COLLECTION FOLIO

Tracy Chevalier

# La brodeuse de Winchester

*Traduit de l'anglais (États-Unis)*
*par Anouk Neuhoff*

Quai Voltaire

*Titre original :*
A SINGLE THREAD

Tracy Chevalier est américaine et vit à Londres depuis 1984. Elle est l'autrice du best-seller *La jeune fille à la perle* (2000), adapté au cinéma par Peter Webber et interprété par Scarlett Johansson. Elle a écrit plusieurs romans depuis, dont *Le récital des anges* (2002), *La Dame à la Licorne* (2003), *Prodigieuses créatures* (2010), *La dernière fugitive* (2013) et *La brodeuse de Winchester* (2020), tous parus à Quai Voltaire.

*Pour Morag*

# CHAPITRE 1

« Chut ! »

Violet Speedwell plissa le front. On n'avait pas à lui faire chut ; elle n'avait rien dit.

L'auteur du « chut ! », une femme autoritaire arborant un casque de cheveux gris, était plantée sous la voûte qui conduisait au chœur, partie de la cathédrale de Winchester que préférait Violet. Le chœur se trouvait au milieu du bâtiment, la nef se déployant dans un sens, le sanctuaire et l'arrière-chœur dans l'autre, les bras courts des transepts nord et sud s'étirant de chaque côté pour compléter la croix formée par l'ensemble de la structure. Les autres parties de la cathédrale présentaient des inconvénients : la nef était immense, les bas-côtés balayés de courants d'air, les transepts sombres, les chapelles trop majestueuses, l'arrière-chœur isolé. Mais le chœur avait un plafond plus bas et des stalles en bois sculpté qui donnaient au lieu une dimension plus humaine. Il était luxueux sans être trop grandiose.

Violet jeta un coup d'œil par-dessus l'épaule de la femme. Elle avait seulement voulu entrer un instant pour regarder. Les stalles du chœur et les sièges de l'avant-chœur adjacent semblaient occupés en majorité par des femmes, étonnamment nombreuses pour un jeudi après-midi. Il devait y avoir un office spécial. Nous étions le 19 mai 1932, la Saint-Dunstan. Saint patron des orfèvres, Dunstan était connu pour avoir repoussé le diable avec une paire de pincettes, mais il y avait peu de chances qu'une cérémonie en son honneur attire autant de paroissiennes.

Elle étudia les fidèles qu'elle apercevait. Les femmes étudiaient toujours les autres femmes, et d'un œil bien plus critique que ne le faisaient les hommes. Les hommes ne remarquaient pas les bas filés, le rouge à lèvres sur les dents, la coupe de cheveux démodée, la jupe tendue de manière peu flatteuse sur les hanches, les boucles d'oreilles en strass un peu clinquantes. Violet remarquait chaque défaut, et connaissait chaque défaut que les autres repéraient chez elle. Elle pouvait en fournir la liste elle-même : des cheveux trop plats d'une couleur indéfinissable ; des épaules tombantes comme à l'époque victorienne ; des yeux si enfoncés qu'on en distinguait à peine le bleu ; un nez qui avait tendance à rougir quand elle avait trop chaud ou bu ne serait-ce qu'une goutte de sherry. Elle n'avait besoin de personne, homme ou femme, pour lui signaler ses points faibles.

Comme la gardienne qui les protégeait, les femmes assises dans le chœur et l'avant-chœur étaient pour la plupart plus âgées que Violet. Toutes portaient un chapeau, et presque toutes avaient un manteau drapé sur les épaules. Malgré le temps correct à l'extérieur, à l'intérieur de la cathédrale il faisait encore très frais, comme souvent dans les églises et les cathédrales, même au plus fort de l'été. Ces hautes murailles de pierre n'absorbant pas la chaleur, les fidèles demeuraient sur le qui-vive et un peu mal à l'aise : il était exclu de trop se détendre quand on s'adonnait à la grave occupation consistant à prier Dieu. Si Dieu avait été architecte, aurait-Il été un architecte de l'Ancien Testament partisan du dallage, ou un architecte du Nouveau Testament partisan des tapis ?

Elles entonnèrent le cantique « All ye who seek a rest above » un peu militairement, à la manière d'un régiment pour qui la notion de groupe était essentielle. Car il s'agissait bien d'un groupe, Violet s'en rendait compte. Les fils d'une toile d'araignée invisible unissaient ces femmes, les reliant à leur cause commune, quelle qu'elle puisse être. Il semblait exister en outre une chaîne de commandement : assises dans le chœur dans une des stalles de devant, deux femmes dirigeaient manifestement la troupe. L'une souriait, l'autre fronçait les sourcils. Les yeux de la renfrognée passaient d'un vers du cantique au suivant, comme si elle cochait dans sa tête la liste de qui était là et qui n'était pas là, qui chantait hardiment et qui timidement, qui il faudrait réprimander pour avoir relâché son attention et qui aurait droit à des compliments énoncés de façon indirecte et condescendante. On se serait cru de retour à l'école, au moment de l'appel.

« Qui êtes...

— Chut ! » Le front de la femme se creusa davantage. « Vous allez devoir attendre. » Sa riposte était bien plus sonore que ne l'avait été la douce question de Violet ; quelques femmes sur les sièges les plus proches tournèrent la tête, ce qui ne fit que renforcer l'indignation du dragon. « C'est la Présentation des Broderies, dit-elle d'un ton sifflant. Les touristes ne sont pas autorisés. »

Violet connaissait ce type de personnage, qui gardait les portes avec une férocité excédant largement les besoins de la fonction. Du genre à minauder devant les doyens et les évêques et à traiter les autres comme des rustres.

La confrontation fut interrompue par un monsieur d'un certain âge qui remontait le collatéral depuis l'arrière-chœur désert à l'extrémité est de la cathédrale. Violet se retourna pour le regarder, heureuse de cette diversion. Elle nota sa chevelure et sa moustache blanches, ainsi que sa démarche, qui, bien que déterminée, ne possédait plus la vigueur de la jeunesse, et se livra au calcul qu'elle effectuait avec la plupart des hommes. Il avait autour de la soixantaine. Si on soustrayait les dix-huit ans qui s'étaient écoulés depuis 1914, il devait avoir franchi la quarantaine quand la Grande Guerre avait commencé. Il n'avait sans doute pas combattu, ou seulement plus tard, quand les jeunes recrues s'étaient raréfiées. Peut-être avait-il eu un fils sur le champ de bataille.

La virago se raidit à l'approche de l'homme, prête à défendre son territoire contre un nouvel envahisseur. Mais l'homme les dépassa avec à peine un regard, et dévala les marches conduisant au transept sud. S'en allait-il, ou bien obliquerait-il vers la petite chapelle des Pêcheurs où était enterré Izaak Walton ? C'était là que se rendait Violet quand l'office spécial l'avait détournée de sa route.

Le cerbère quitta la voûte un instant pour suivre l'homme du regard. Violet en profita pour se faufiler dans les stalles et s'asseoir sur le siège vide le plus proche, au moment précis où le doyen gagnait la chaire située sur sa gauche au milieu du collatéral et annonçait : « Que le Seigneur soit avec vous.

— Et avec votre esprit, répondirent les femmes alentour sur le ton mesuré propre aux services religieux.

— Prions. »

Tandis qu'elle courbait la tête en même temps que les autres, Violet sentit qu'on lui enfonçait un doigt dans l'épaule. Elle ne réagit pas ; le dragon n'allait quand même pas oser interrompre une prière.

« Dieu tout-puissant, qui as jadis ordonné que Ton sanctuaire soit décoré d'œuvres magnifiques, exécutées avec dextérité, pour la sanctification de Ton nom et le renforcement de nos âmes, daigne, nous T'en prions, accepter ces offrandes de notre part, et fais que nous soyons à jamais consacrés à Ton service ; pour l'amour de Jésus-Christ. Amen. »

Violet regarda autour d'elle. Comme ceux du chœur, les sièges du sanctuaire étaient tournés vers le centre et non vers le maître-autel. En face d'elle se succédaient plusieurs rangées de femmes avec, derrière, une clôture de pierre au remplage tout en arcs et en fioritures. Au sommet de la clôture étaient posées des châsses contenant les reliques d'évêques, de rois et de reines qui, par malheur, avaient été mélangées durant la Grande Rébellion, quand les hommes de Cromwell avaient, dit-on, ouvert les coffrets et dispersé les ossements. Lors d'une visite que Violet, consciencieuse, avait effectuée après son emménagement à Winchester, le guide lui avait expliqué que les soldats avaient jeté des fémurs contre la Grande Verrière ouest et détruit les vitraux. Quand Charles II avait été restauré sur le trône en 1660, la verrière elle aussi avait été restaurée à l'aide d'éclats de verre récupérés. Mais ceux-là avaient été remis en place pêle-mêle, sans trop d'efforts pour recréer les scènes bibliques d'origine. Ils dégageaient néanmoins une impression d'ordre, à l'instar des coffres mortuaires. Bien rangés et sûrs de leur fait, ils reposaient aujourd'hui au-dessus de sa tête, comme s'ils avaient toujours été là et étaient voués à y rester toujours. Malgré son air de permanence, l'édifice comportait des éléments qui avaient été démolis et reconstruits de nombreuses fois.

Il était impossible d'imaginer qu'on ait pu se comporter aussi mal dans un bâtiment aussi solide, où on récitait à présent docilement le *Notre Père*. Il faut dire aussi qu'il avait été impossible d'imaginer que cette solide vieille Angleterre entrerait en guerre contre l'Allemagne et enverrait tant d'hommes au casse-pipe. Après le conflit, le pays avait été remis en état comme la Grande Verrière ouest : superficiellement réparé, il affichait un air bravache, mais des dégâts avaient eu lieu.

« Dans la foi de Jésus-Christ, nous dédions ces offrandes à la gloire de Dieu », déclara le doyen, désignant d'un geste le maître-autel au bout du sanctuaire. Violet tendit le cou pour voir de quelles offrandes il s'agissait, puis étouffa un rire. Disposés en rangs solennels sur les marches de l'autel s'alignaient des dizaines d'agenouilloirs.

Elle n'aurait pas dû trouver ça drôle, elle le savait. Les agenouilloirs étaient une affaire sérieuse. Violet avait toujours apprécié les agenouilloirs rectangulaires en cuir de la taille de livres d'images qu'il y avait à St Michael, l'église où allaient les Speedwell à Southampton. Bien qu'usés et réduits à l'état de minces planches très dures par des années de genoux appuyés, au moins n'étaient-ils pas aussi froids que le sol de pierre. Elle n'avait jamais pensé que les coussins puissent nécessiter une bénédiction. C'était pourtant ce qui semblait motiver cette cérémonie singulière.

Elle jeta un coup d'œil à sa montre : elle avait quitté le bureau pour aller acheter un ruban de machine à écrire, et il était tacitement entendu qu'elle pouvait s'arrêter en route boire un café. À la place du café, Violet avait prévu de visiter la chapelle des Pêcheurs dans la cathédrale. Son défunt père adorait pêcher et conservait un exemplaire du *Parfait Pêcheur à la ligne* d'Izaak Walton sur sa table de chevet, même si elle ne l'avait jamais vu le lire. Là, toutefois, elle se demanda si des agenouilloirs méritaient qu'on se mette en retard pour eux.

La prière terminée, elle sentit une autre tape sur son épaule. L'office risquait de prendre plus longtemps qu'un café ou un pèlerinage sur la tombe de Walton, mais elle ne supportait pas d'être malmenée par cette femme. « Je fais partie du groupe », marmonna-t-elle avant que la virago ne puisse dire un mot.

La femme fronça les sourcils. « Vous êtes brodeuse ? Je ne vous ai jamais vue aux réunions.

— Je suis nouvelle, improvisa-t-elle.

— Eh bien, cet office est destiné aux personnes qui ont *déjà* apporté leur contribution. Vous allez devoir attendre le prochain office en octobre, quand vous aurez vraiment mis la main à la pâte et effectué votre part de travail. »

Si le cerbère, à ce moment-là, n'avait pas baissé les yeux sur la main gauche de Violet, cette dernière aurait peut-être admis que l'office n'était pas pour elle et elle serait partie. Elle aurait dû s'éclipser de toute façon, aller acheter le ruban de machine à écrire et retourner au bureau dans un délai convenable. Sans compter que les offices étaient souvent ennuyeux, même dans une cathédrale aussi magnifique que celle de Winchester. Mais le jugement de la harpie quand elle remarqua que Violet ne portait pas d'alliance l'exaspéra. Elle ne put s'en empêcher : elle regarda à son tour la main gauche de la mégère. Un anneau, évidemment.

Elle respira pour se donner du courage. « On m'a dit que je pouvais venir. » Son cœur battait à tout rompre, comme souvent quand elle se rebellait, que ce soit à grande ou à petite échelle. Quand, par exemple, six mois plus tôt, elle avait annoncé à sa mère qu'elle partait s'installer à Winchester, son cœur s'était tellement affolé qu'elle avait cru qu'il allait lui transpercer la poitrine. Trente-huit ans et j'ai encore la frousse, songea-t-elle.

Le front du cerbère se plissa davantage. « Qui vous a dit ça ? »

Violet indiqua une des femmes en manteau de fourrure assises dans la stalle de devant.

« Mrs Biggins a dit que vous pouviez venir ? » Pour la première fois, le ton de la mégère était hésitant.

« Mabel, chut ! » Voilà que d'autres la faisaient taire, et la virago devint écarlate. Après un dernier froncement de sourcils à l'adresse de Violet, elle regagna son poste de gardienne à l'entrée du chœur.

Le doyen était en plein sermon. « Cette magnifique cathédrale s'est vue embellie de nombreux ornements au fil des siècles, qu'ils soient de pierre ou de bois, de métal ou de verre. Ils ont eu pour effet de remonter le moral des fidèles, et de leur rappeler la gloire de Dieu sur la terre comme au Ciel.

« À cette abondance peuvent maintenant s'ajouter les agenouilloirs que vous apercevez devant l'autel… l'amorce d'un ambitieux projet visant à apporter couleur et confort aux fidèles qui viennent assister aux offices dans le chœur. Le cercle des Brodeuses de la Cathédrale de Winchester a été fondé par Miss Louisa Pesel à mon invitation l'année dernière. Elle s'est inspirée de la Vénérable Compagnie des Brodeuses, une guilde spécialisée établie au Moyen Âge. Ce nouveau cercle des Brodeuses de la Cathédrale reflète la noble histoire de cet art, et il a été créé par Miss Pesel afin de relier le passé au présent. Bon nombre de ses membres sont présents aujourd'hui. Mesdames, vous avez manifestement été très occupées à vos travaux d'aiguille, à broder ces splendides agenouilloirs pour le sanctuaire, et allez bientôt attaquer la confection des coussins pour les sièges et les banquettes du chœur. Non seulement nous verrons de splendides couleurs et de superbes motifs se détacher sur la sobriété du bois et de la pierre, mais les fidèles auront plus de facilité à s'agenouiller pour prier. » Il marqua une pause, assortie d'un sourire annonçant une de ces petites plaisanteries dont il avait le secret. « Grâce à ces coussins, mes ouailles auront sûrement plus de facilité à écouter mes sermons. »

Il y eut un paisible gloussement collectif.

Alors qu'il poursuivait, Violet lança un coup d'œil à sa voisine, qui avait ri plus franchement. Son visage était maigre et anguleux, tel un long triangle isocèle qui se serait déployé entre ses tempes et son menton, et ses cheveux châtains, coupés à la garçonne, dessinaient un autre triangle dont les pointes jaillissaient tout droit de ses joues. Elle dirigea vers Violet des yeux foncés pleins d'ardeur, comme si le furtif regard de Violet constituait la carte de visite qu'elle attendait. « Je ne vous ai jamais vue avant, chuchota-t-elle. Vous êtes dans le groupe du lundi ? Un de vos coussins est là ?

— Euh... non.

— Pas encore terminé ? J'ai réussi à finir le mien la semaine dernière, juste avant l'échéance. J'ai dû traverser la ville en courant pour le leur apporter. Miss Pesel et Mrs Biggins étaient très strictes à ce sujet. Je l'ai remis à Miss Pesel en personne. »

Une femme sur le siège devant tourna la tête comme si elle écoutait, et la voisine de Violet se tut. Une minute plus tard elle reprit, plus doucement : « Vous travaillez à un agenouilloir ? »

Violet fit non de la tête.

« Quoi, vos points n'étaient pas assez réussis ? » La

femme eut une moue compatissante. « Elles m'ont fait reprendre mon ouvrage trois fois avant d'être satisfaites ! Elles vous ont assignée aux écheveaux, à la place ? Au rangement des placards ? Les placards ont toujours besoin d'être rangés, mais c'est affreusement barbant. Ou bien vous tenez les registres... Je parie que c'est ça. » Elle regarda brièvement les mains de Violet comme si elle cherchait les taches d'encre sur ses doigts. Évidemment, elle devait aussi chercher l'alliance, tout comme Violet, qui avait noté que son interlocutrice n'en portait pas. « J'ai refusé d'emblée de tenir les registres. Je le fais suffisamment le reste de la semaine. »

La femme devant elles se retourna. « Chut ! »

Violet et sa voisine se sourirent. C'était agréable d'avoir une complice, même un peu trop empressée.

Lorsque l'office s'acheva enfin après la conclusion du discours du doyen, un autre cantique (« O holy Lord, content to dwell »), et encore des bénédictions, Violet était très en retard et dut se sauver ; sa voisine à la figure maigre cria son nom – « Gilda Hill ! » – derrière elle. Violet traversa en courant l'étendue gazonnée qui entourait l'édifice, remonta la Grand-Rue jusqu'à la papeterie Warren, après quoi, munie du ruban de machine à écrire, elle regagna les Assurances des Comtés du Sud, arrivant là-bas toute rouge et à bout de souffle.

Ce n'était pas la peine de courir : le bureau qu'elle partageait avec deux autres dactylos était désert. Quand Violet travaillait à Southampton dans les locaux plus grands de la même entreprise, le directeur était très strict sur les allées et venues des employés. Ici, où le bureau était beaucoup plus petit et les déplacements moins discrets, l'absence de Violet aurait dû sauter aux yeux. Mais non. Bien qu'elle n'ait aucune envie de se faire réprimander, elle fut légèrement déçue que personne n'ait remarqué sa chaise vide et le silence de sa machine à écrire Imperial noire aux touches couleur crème.

Elle regarda les tables inoccupées de ses collègues. Olive et Maureen, qui se faisaient appeler O et Mo et étaient les seules à trouver ça hilarant, devaient être en train de boire un thé au bout du couloir dans la cuisine du personnel. Violet rêvait d'une tasse de thé et d'un biscuit pour calmer son creux à l'estomac. Au déjeuner, elle n'avait mangé que les sandwichs au Marmite et à la margarine qu'elle avait apportés mais qui ne la calaient jamais ; la faim revenait toujours en milieu d'après-midi et elle devait tromper sa fringale avec des tasses de thé. Mrs Speedwell aurait été atterrée d'apprendre que sa fille ne prenait qu'un déjeuner chaud par semaine. Violet ne pouvait s'en payer davantage, mais jamais elle ne l'aurait avoué à sa mère.

L'espace d'un instant elle envisagea de rejoindre ses collègues dans la cuisine. O et Mo étaient deux filles de Winchester âgées de vingt ans et des poussières, et bien que plutôt gentilles avec Violet, elles venaient de milieux différents et la traitaient comme une violette du Cap ou un aspidistra, le genre de plante en pot que posséderait une tante célibataire. Toutes deux habitant chez leurs parents, elles avaient à l'égard de l'argent une attitude plus insouciante, comme Violet autrefois. L'une voluptueuse, l'autre quelconque, elles arboraient des robes neuves aussi souvent qu'elles pouvaient s'en offrir, et ne vivaient que pour les dancings, les rendez-vous galants au cinéma, et tous ces hommes parmi lesquels elles n'avaient qu'à choisir. Il y avait des tas de garçons de leur âge ; lorsqu'elles entraient dans un dancing, elles ne découvraient pas que les seuls cavaliers possibles étaient assez vieux pour être leur grand-père, ou beaucoup trop jeunes, ou affligés de blessures trop profondes pour qu'elles puissent jamais les soigner, quand ils n'étaient pas carrément introuvables, si bien que les femmes dansaient ensemble pour combler leur absence. Tout en tapant à la machine, O et Mo plaisantaient sur les hommes qu'elles rencontraient comme si leur abondance allait de soi. Depuis six mois que Violet travaillait avec elles, elles avaient eu chacune plusieurs petits amis, encore que toutes deux soient devenues plus sérieuses à l'égard de leur dernier soupirant en date. Parfois leur allégresse et leur désinvolture obligeaient Violet à aller se faire du thé dans la cuisine, même quand elle n'en avait pas envie, et à attendre d'avoir calmé ses nerfs pour retourner à sa besogne. Elle tapait bien mieux et bien plus vite que Mo et O, qui semblaient s'en agacer.

Mo ne lui avait demandé qu'une fois si elle avait eu un amoureux, « dans le temps ». Violet avait répondu sèchement oui, refusant de faire de Laurence une simple anecdote.

Cette semaine avait été infernale. Même la perspective d'un thé avec un biscuit ne compensait pas l'effroi de Violet à l'idée de devoir regarder cette boulotte d'Olive écarter les doigts pour la énième fois devant son visage afin d'admirer sa bague de fiançailles. Le lundi, Olive était entrée dans le bureau d'un pas orgueilleux, ses bouclettes blondes dansant sur ses épaules bien droites. Elle avait échangé un sourire sournois plein de suffisance avec Mo, déjà installée à sa machine, puis annoncé en secouant son foulard de mousseline et en accrochant son manteau : « Je m'en vais parler à Mr Waterman. » Elle avait retiré ses gants, et Violet n'avait pu s'empêcher de chercher l'éclat scintillant sur son annulaire. Le diamant était microscopique, mais, même infime, un scintillement restait un scintillement.

Tandis qu'Olive remontait vivement le couloir sur des talons plus hauts que les escarpins de Violet, Mo, plus élégante que son amie mais moins conventionnellement séduisante – cheveux ternes, visage long et tendance à froncer les sourcils –, laissa son sourire se dissiper. Si elle avait été d'humeur bienveillante, Violet aurait assuré à Mo que son petit ami actuel, un employé de banque discret qui était passé à l'agence une fois ou deux, n'allait sûrement pas tarder à faire sa demande. Mais elle n'était pas d'humeur bienveillante, pas là-dessus ; elle demeura silencieuse alors que Mo ruminait sa contrariété.

Depuis le jour où O, triomphante, avait exhibé sa bague, les filles ne parlaient plus que de ça : de la façon dont Joe avait fait sa demande (dans un pub, la bague au fond du verre de porto-citron de la jeune femme), des économies qu'il leur faudrait réaliser pour organiser une fête digne de ce nom (deux ans de patience), de l'endroit où aurait lieu la réception (dans le même pub), de la tenue qu'elle porterait (du blanc plutôt que de l'ivoire – une erreur, selon Violet, car le blanc serait trop dur pour le teint d'Olive), de l'endroit où ils habiteraient (avec sa famille à lui tant qu'ils ne pourraient pas s'offrir un logis ailleurs). Tout cela était tellement banal et monotone, sans la moindre révélation, le moindre rêve ou le moindre désir un peu surprenants ou intéressants, que Violet craignait de devenir folle si elle devait écouter pareils discours deux années durant.

Elle alluma une cigarette pour se distraire et émousser son appétit. Elle glissa ensuite une feuille de papier sous le cylindre de la machine et se mit à taper à un rythme régulier, rédigeant pour Mr Richard Turner de Basingstoke un contrat d'assurance habitation qui lui garantissait des indemnités si la maison et son contenu étaient perdus dans un incendie, une inondation ou toute autre catastrophe naturelle. Violet remarqua que le risque de guerre n'était pas inclus. Elle se demanda si Mr Turner avait conscience que certaines pertes ne sauraient connaître de dédommagement.

Le plus souvent, cependant, elle tapait sans réfléchir. Elle avait tapé un si grand nombre de ces contrats visant à assurer la vie, la maison, l'automobile ou le bateau d'Untel ou d'Untel qu'elle songeait rarement à la signification des mots. Pour elle, taper à la machine était un acte répétitif vide de sens qui favorisait une méditation apaisante lui permettant peu à peu de ne plus penser, et de se borner à être.

Bientôt O et Mo revinrent, leur bavardage les précédant dans le couloir et coupant court à la transe quasi hypnotique de Violet. « Après vous, Mrs Hill », dit Mo, s'écartant de la porte et faisant signe à Olive de passer. Les robes d'été à fleurs qu'elles portaient, couleur pêche pour O, marron clair pour Mo, rappelaient cruellement à Violet que sa robe de lin bleu unie datait d'il y a trois ans et que sa taille basse était démodée. Il n'était pas facile de retoucher une taille basse.

« D'accord, j'accepte, *Miss* Webster... bientôt Mrs Livingstone, j'en suis sûre.

— Oh, ça, je ne sais pas », protesta Mo, l'air pourtant pleine d'espoir.

Olive posa sa tasse de thé avec fracas à côté de sa machine à écrire en en renversant un peu dans la soucoupe. « Bien sûr que oui ! Si ça se trouve, tu te marieras avant moi. Tu ne seras pas ma demoiselle d'honneur mais ma dame d'honneur ! » Elle étendit sa main une fois encore pour inspecter sa bague.

Violet cessa de taper. Mrs Hill. Hill était un nom

assez répandu. N'empêche... « Ton fiancé n'aurait pas une sœur ?

— Qui, Gilda ? Qu'est-ce qu'elle a ? Ce n'est qu'une pauvre vieille fi... » Se rappelant soudain à qui elle parlait, Olive ravala ses mots dans un rire, mais Violet ne manqua pas de noter son ton dédaigneux. Ce mépris la décida à apprécier Gilda Hill.

## CHAPITRE 2

Violet habitait à un quart d'heure du bureau un quartier appelé le Soke, situé dans la partie est de Winchester sur l'autre rive de l'Itchen. Son seul salaire de dactylo ne lui permettait pas de s'offrir les quartiers agréables de l'ouest avec leurs vastes maisons dotées de jardins, leurs rues bien balayées et leurs automobiles bien entretenues. Plus petites, les maisons du Soke hébergeaient pourtant plus de monde. Il y avait moins d'automobiles, et les boutiques aux vitrines poussiéreuses vendaient des articles meilleur marché.

Elle partageait la maison avec deux autres femmes ainsi que la logeuse, qui vivait en bas. Il n'y avait pas d'hommes, bien sûr, et les visiteurs masculins qui n'étaient pas des membres de la famille étaient découragés au rez-de-chaussée, et interdits à l'étage. Les rares fois où des hommes étaient reçus dans le salon, Mrs Harvey avait tendance à aller et venir, cherchant le numéro du *Southern Daily Echo* qu'elle avait oublié ou ses lunettes de lecture, donnant à manger aux perruches dans leur cage, trifouillant le feu quand personne ne s'était plaint du froid, ou rappelant à quelle heure était le train. Non que Violet ait des visiteurs hommes autres que son frère

Tom. Malgré cela, Mrs Harvey ne les laissait jamais longtemps seuls, passant la tête par la porte pour rappeler à Tom que les stations d'essence fermaient tôt le samedi. Tom jugeait ce manège comique. « J'ai l'impression d'être dans une pièce de théâtre et qu'elle va annoncer qu'un corps a été découvert dans l'arrière-cuisine », commentait-il avec jubilation. Il était facile pour lui de trouver Mrs Harvey divertissante car il n'avait pas à vivre avec elle. De temps en temps, Violet se demandait si, en emménageant à Winchester, elle n'avait pas simplement échangé sa mère contre une autre, tout aussi pénible. Chez Mrs Harvey, au moins, elle pouvait monter s'isoler dans sa chambre, chose plus difficile à faire avec sa mère. Mrs Harvey respectait une porte fermée, du moment qu'il n'y avait pas d'homme derrière ; à Southampton, sa mère surgissait parfois dans sa chambre comme si la porte n'existait pas.

De retour du bureau, elle déclina le thé que lui proposait sa logeuse, mais monta du lait en cachette et mit la bouilloire à chauffer dans sa chambre. C'était sa septième tasse de la journée, bien qu'elle ait passé une partie de l'après-midi à la cathédrale. Les tasses de thé ponctuaient le temps, séparant l'avant de l'après : le sommeil du réveil, le trajet vers l'agence de l'installation à sa machine, le déjeuner de la reprise, l'achèvement d'un contrat compliqué de la mise en train du suivant, la fin du boulot du début de sa soirée. Il lui arrivait de fumer pour marquer ces transitions, mais, au lieu de la calmer comme le thé, les cigarettes lui donnaient le tournis. Et elles coûtaient plus cher.

Assise avec son thé dans l'unique fauteuil au coin du feu éteint – il ne faisait pas assez froid pour justifier le charbon –, Violet balayait du regard sa chambre exiguë. Le silence régnait, hormis le tic-tac d'une pendule en bois qu'elle avait dénichée dans une brocante quelques semaines auparavant. Le soleil pâle filtrait à travers les voilages et venait lécher le tapis rouge, jaune et brun. Un « tapis de tonnerre et de foudre », aurait dit son père. Des bas beige foncé séchaient sur un support. Dans l'angle, une vilaine armoire déglinguée dont la porte ne fermait pas laissait voir le maigre choix de robes, de chemisiers et de jupes qu'elle avait apportés de Southampton.

Violet soupira. Cette vie à Winchester… Ce n'était pas ce qu'elle espérait.

Son départ pour Winchester en novembre dernier avait été soudain. Après la mort de son père, Violet avait résisté cahin-caha pendant un an et demi, habitant seule avec sa mère. Il allait de soi que les femmes comme elle, célibataires et peu susceptibles de se marier, s'occupaient de leurs parents. Elle avait essayé, lui semblait-il. Mais Mrs Speedwell était impossible ; elle l'avait toujours été, même avant la perte de George, son fils aîné, mort à la guerre. Elle appartenait à une époque où les filles étaient dévouées et respectueuses envers leur mère, du moins jusqu'à ce qu'elles se marient et se soumettent à leur époux. Non que Mrs Speedwell se soit jamais beaucoup soumise au sien. Dans leur enfance, Violet et ses frères avaient fui l'attention de leur mère, jouant ensemble comme une équipe unie dirigée avec une autorité nonchalante par George. Violet se faisait souvent gronder par Mrs Speedwell, qui lui reprochait de n'être pas assez féminine. « Tu n'auras jamais de mari avec tes genoux écorchés, tes cheveux en bataille et ta folie des livres », déclarait-elle. Elle ne soupçonnait pas que, la guerre venue, il y aurait pires obstacles que les livres et les écorchures pour empêcher Violet de trouver un mari.

À l'âge adulte, Violet avait réussi à tenir tant que son père était en vie pour détendre l'atmosphère et atténuer les excès de sa mère : il haussait les sourcils dans le dos de sa femme et souriait à sa fille, lâchant dès qu'il pouvait de petites plaisanteries. Mais après son décès, quand Mrs Speedwell n'avait plus eu d'autre cible que sa fille – Tom, son frère cadet, s'était marié et avait déguerpi des années plus tôt –, Violet avait dû supporter tout le poids de l'attention maternelle.

Alors qu'elles étaient assises au coin du feu un soir, Violet s'était mise à compter les jérémiades de sa mère. « La lumière est trop faible. La radio n'est pas assez forte. Pourquoi rient-ils quand ce n'est pas drôle ? La mayonnaise de la salade était tournée, j'en suis sûre. Tes cheveux sont épouvantables... tu t'es fait ta mise en plis toi-même, ou quoi ? Tu n'aurais pas pris du poids ? À mon avis, Tom et Evelyn ont tort de vouloir envoyer Marjory dans cette école. Que dirait Geoffrey ? Oh, encore de la pluie ! On va avoir des taches d'humidité dans l'entrée. »

Huit doléances d'affilée, dénombra Violet. Ce qui la déprimait encore plus que les plaintes en question, c'était de les avoir comptées. Elle soupira.

« Violet, quand tu soupires, tes traits s'affaissent, la rabroua sa mère. Ça ne t'avantage pas. »

Le lendemain, au bureau, elle repéra sur le panneau d'affichage qu'un poste de dactylo était à pourvoir à l'agence régionale de Winchester, dont les affaires marchaient bien malgré le marasme économique. Violet agrippa sa tasse et ferma les yeux. Ne soupire pas, s'enjoignit-elle. Quand elle les rouvrit, elle alla voir le directeur.

Le changement et tout ce qu'il impliquait s'avéra plus facile que prévu, du moins au début. Le directeur des Assurances des Comtés du Sud consentit à sa mutation, Tom se montra d'un grand soutien (« Bon Dieu, il était temps ! »), et elle dégota une chambre à louer chez Mrs Harvey sans trop d'histoires. Lorsque Violet annonça prudemment qu'elle partait s'installer à Winchester, sa mère fit d'abord preuve d'une surprenante absence de réaction, se bornant à dire : « C'est au Canada que tu devrais aller. C'est là que se trouvent les maris. » Mais le samedi pluvieux de novembre où Tom vint avec Evelyn et les enfants, et entreprit de charger les quelques effets de Violet dans son Austin, Mrs Speedwell refusa de se lever de son fauteuil. Elle resta dans le salon avec sa tasse de thé refroidi, à lisser de ses doigts tremblants les napperons qui couvraient les accoudoirs. Lorsque sa fille revint lui dire au revoir, elle ne la regarda pas. « Quand George nous a été enlevé, je n'aurais jamais cru que j'aurais à endurer la perte d'un autre enfant », déclara-t-elle à la cantonade. Marjory et Edward étaient en train de faire un puzzle devant le feu de charbon ; toujours sérieuse, la nièce de Violet leva la tête vers sa grand-mère, ses grands yeux noisette suivant les mains agitées de Mrs Speedwell qui continuaient à lisser et relisser les napperons.

« Mère, tu ne me perds pas. Je déménage à vingt kilomètres ! » Malgré ses protestations, Violet savait que, d'une certaine manière, sa mère avait raison.

« Et que l'enfant elle-même soit l'instigatrice de cette perte, reprit Mrs Speedwell comme si Violet n'avait rien dit et n'était même pas dans la pièce. Impardonnable. Au moins, ce pauvre George n'a pas eu le choix ; c'était la guerre, il la faisait pour son pays. Mais ça ! Quelle traîtrise.

— Pour l'amour du ciel, maman, Violet n'est pas *morte*, intervint Tom, passant à côté d'elle avec un carton d'assiettes, de tasses et de couverts prélevés dans la cuisine dont, espérait Violet, sa mère n'aurait pas besoin.

— Eh bien, ce sera sa faute. Si je ne me réveille pas un matin et que personne ne me découvre morte dans mon lit avant des jours, elle s'en mordra les doigts ! Ou peut-être que non. Peut-être que ça ne lui fera ni chaud ni froid.

— Maman, est-ce que grand-mère va mourir ? » demanda Edward, tenant en l'air une pièce du puzzle dans son poing serré. Il ne semblait pas bouleversé par cette idée, seulement curieux.

« Ça suffit comme ça », répliqua Evelyn. Brune assez vive, elle était habituée à Mrs Speedwell, et Violet admirait l'efficacité avec laquelle elle avait appris à clouer le bec à sa belle-mère. C'était toujours plus facile quand on n'avait pas de liens de parenté. Evelyn avait aussi aidé Tom à se remettre les idées en place, après la guerre. Violet appréciait sa belle-sœur mais était un peu trop intimidée pour être réellement amie avec elle. « Viens embrasser tante Violet pour lui dire au revoir. Pendant que papa l'emmènera à Winchester, nous, nous irons faire les magasins. »

Se dépêchant de se lever, Marjory et Edward posèrent sur la joue de leur tante de dociles baisers qui la firent sourire.

« Pourquoi on ne peut pas venir avec vous à Winchester ? demanda Edward. Je veux aller dans la voiture de papa.

— On te l'a expliqué tout à l'heure, Eddie. Tante Violet doit déménager ses affaires ; il n'y a pas de place pour nous. »

En réalité, tante Violet n'avait pas un si gros barda

à déménager. Elle était étonnée que sa vie tienne dans si peu de valises et de cartons. Il restait de la place sur la banquette arrière pour un autre passager, et elle aurait bien aimé qu'Edward vienne avec eux. C'était un petit garçon plein de fougue : ses coq-à-l'âne et son égocentrisme forcené l'auraient réconfortée. Concentrée sur l'univers du gamin, elle n'aurait pas à penser au sien propre. Mais elle ne pouvait pas demander qu'Edward les accompagne et pas Marjory ou Evelyn, aussi ne dit-elle rien quand le trio commença à enfiler chaussures et manteaux pour son expédition sous la pluie.

Lorsqu'il fut clair que Mrs Speedwell ne lui dirait pas au revoir sur le pas de la porte comme elle le faisait pour tous les visiteurs, attendant là qu'ils disparaissent de sa vue, Violet alla la trouver et l'embrassa sur le front. « Au revoir, mère, murmura-t-elle. À dimanche prochain. »

Mrs Speedwell tordit le nez. « Ne te donne pas cette peine. Je serai peut-être morte d'ici là. »

Une des grandes qualités de Tom était de savoir garder le silence. Durant le trajet vers Winchester, il laissa Violet pleurer sans faire de commentaires. À l'abri des vitres embuées, dans les effluves d'huile et de cuir, elle se cala contre le dossier du siège à ressorts et sanglota. Près de Twyford, toutefois, ses sanglots diminuèrent, puis cessèrent.

Elle avait toujours aimé voyager dans la belle voiture marron et noir de Tom, s'émerveillant de la façon dont l'automobile l'extrayait du monde tout en l'emmenant efficacement d'un endroit à un autre. « Peut-être que j'achèterai une voiture », déclara-t-elle, s'essuyant les yeux avec un mouchoir brodé de violettes – un de ces cadeaux de Noël utiles que lui faisait Evelyn. Elle le disait en sachant qu'elle ne pourrait se permettre un tel luxe : elle allait être atrocement pauvre, même si la situation lui apparaissait encore comme une sorte de jeu. « Tu m'apprendras à conduire ? demanda-t-elle, allumant une cigarette et entrouvrant la vitre.

— À la bonne heure ! J'aime mieux ça, ma vieille », répondit Tom, changeant de vitesse pour gravir une colline. Son tempérament affable avait aidé Violet à supporter sa mère au fil des années, ainsi que la guerre et ses conséquences. Tom avait eu dix-huit ans peu après l'annonce de la mort de son frère, et s'était enrôlé sans hésitation et sans chichi. Il ne parlait jamais de ce qu'il avait vécu en France ; comme pour Violet la perte de son fiancé, cette expérience allait demeurer éclipsée par la mort de leur frère. Violet savait qu'elle n'appréciait pas Tom à sa juste valeur, comme toujours les aînés avec les cadets. Ils avaient tous deux admiré George, lui emboîtant le pas dans leurs jeux enfantins. Après sa disparition, ils s'étaient trouvés désemparés. Violet aurait-elle dû reprendre le rôle de l'aîné, assurer le commandement et montrer l'exemple à Tom ? Si oui, elle ne s'était pas très bien débrouillée. Elle était dactylo dans une compagnie d'assurances ; elle ne s'était pas mariée et n'avait pas fondé de famille. Tom l'avait tranquillement devancée, sans jamais se rengorger ni s'excuser. Il n'en avait pas besoin : c'était un homme, et il était normal qu'il réussisse.

Lorsqu'ils eurent monté ses affaires sous l'œil vigilant de Mrs Harvey, Tom l'emmena manger un *fish and chips*. « Maman est une coriace, tu sais, la rassura-t-il durant le repas. Elle a encaissé la mort de George, et celle de papa. Elle survivra. Et toi aussi. Mais ne reste pas enfermée dans ta chambre. Ne va pas attraper la "casaniérite", d'accord ? Il faut que tu sortes, que tu rencontres des gens. »

Des hommes, voulait-il dire. Il était plus subtil que

sa mère sur le sujet, mais Tom aussi aurait aimé que, même à son âge avancé, elle tombe sur un homme qu'elle pourrait épouser. Un veuf, peut-être, avec des enfants grands. Ou un homme affligé de blessures qui avait besoin qu'on l'aide. La guerre avait beau avoir pris fin treize ans auparavant, les blessures persistaient à jamais. Une fois mariée, elle ne serait plus sous la responsabilité de Tom ; il n'aurait plus à se préoccuper de ce fardeau. Sinon, un jour, Violet risquait de devoir vivre avec son frère ; c'était souvent le sort des vieilles filles.

Mais il n'était pas facile de rencontrer des hommes, car il y en avait deux millions de moins que de femmes. Violet avait lu de nombreux articles sur ces « femmes excédentaires », comme on les dénommait, qui à la suite de la guerre ne trouvaient pas de mari et avaient peu de chances d'en trouver, et dont le célibat était considéré comme une tragédie, mais aussi une menace, dans une société conçue pour le mariage. Les journalistes semblaient adorer cette étiquette, brandie telle une épingle qu'ils vous enfonçaient dans la peau. Le plus souvent, c'était agaçant ; mais, quelquefois, l'épingle transperçait l'épiderme et faisait perler le sang. Violet avait cru que l'atteinte serait moins douloureuse avec le temps, et s'étonnait de constater que, même quand on avait trente-huit ans – l'âge mûr –, les étiquettes pouvaient encore faire mal. Mais elle avait connu de pires qualificatifs : elle avait été traitée de garçon manqué, de mégère, de harpie.

Violet n'avait rien contre les hommes, et n'en était d'ailleurs pas totalement dépourvue. Deux ou trois fois par an, elle revêtait sa plus belle robe, en lamé cuivré à motif d'écailles, se rendait seule dans un bar d'hôtel, et s'installait avec un sherry et une cigarette jusqu'à ce qu'un client s'intéresse à elle. Ses

« partenaires de sherry », elle les appelait. La soirée se terminait parfois dans une ruelle, une voiture ou un parc ; jamais dans la chambre de l'homme, et certainement pas chez ses parents à elle. Être désirée faisait du bien, même si, lors de ces rencontres, elle n'éprouvait pas l'intense plaisir qu'elle avait connu jadis avec Laurence durant les Perséides.

Chaque mois d'août, Violet, son père et ses frères observaient les pluies d'étoiles filantes. Au cours de ces longues soirées dans le jardin passées à guetter dans le ciel les traînées lumineuses, Violet n'avait jamais avoué à son père qu'elle n'aimait pas vraiment contempler les étoiles. Le froid, même en août, la rosée qui arrive, le torticolis... il n'y avait jamais de visions assez spectaculaires pour compenser ces inconforts. Elle ferait un astronome épouvantable, car elle préférait avoir chaud.

Les Perséides qu'elle se rappelait le mieux étaient celles d'août 1916, quand Laurence avait eu une permission et était venu la voir. Ils avaient pris un train pour Romsey, avaient dîné dans un pub, puis étaient allés dans un champ où ils avaient étalé une couverture. Un promeneur passant par là aurait bénéficié d'une mini-conférence sur les Perséides ; Laurence lui aurait expliqué comment la terre, dans son orbite, passait chaque année au mois d'août à travers les débris d'une comète, créant de fantastiques averses de météores. Ils étaient là dans ce champ pour contempler, contempler et rien d'autre. Et c'était ce qu'ils avaient fait, un petit moment, allongés sur le dos en se tenant la main.

Après avoir admiré plusieurs traînées de météores dans le ciel, Violet roula sur le flanc de manière à être face à Laurence. La hanche gênée par une pierre sous la couverture, elle dit : « Oui. » Bien qu'il n'ait pas posé la question à voix haute, celle-ci n'avait cessé de flotter entre eux depuis qu'ils s'étaient fiancés l'année précédente.

Elle le sentit sourire, même si elle ne distinguait pas son visage dans le noir. Bientôt Violet n'eut plus froid, et elle ne se soucia plus du mouvement des étoiles au-dessus d'eux, uniquement du corps de Laurence bougeant contre le sien.

On raconte que la première fois d'une femme est douloureuse, qu'il y a du sang, que c'est un choc auquel il faut s'habituer. Ce ne fut absolument pas le cas pour Violet. Elle explosa, plus puissamment, sembla-t-il, que toutes les Perséides, et Laurence fut transporté de joie. Ils restèrent dans le champ si longtemps qu'il n'y avait plus aucun train pour rentrer. Ils durent entamer à pied le trajet d'une douzaine de kilomètres, mais un vétéran de la guerre des Boers les dépassa dans son auto, reconnut une démarche de soldat et s'arrêta pour les prendre, souriant de voir les herbes dans les cheveux de Violet et son bonheur ébloui.

Une semaine plus tard, ils recevaient le télégramme annonçant la mort de George au bois Delville. Et, un an après, celle de Laurence à Passchendaele. Violet et son fiancé n'avaient pas réussi à se retrouver seuls à nouveau, dans un champ, une chambre d'hôtel ou même une ruelle. Avec chaque perte, elle avait basculé dans un gouffre obscur : un abîme s'était ouvert en elle, et elle se sentait fragile et désespérée. Son frère n'était plus, son fiancé n'était plus, Dieu n'était plus. Le vide mit longtemps à se combler, s'il se combla jamais.

Quelques années plus tard, quand elle en eut le courage, elle essaya de revivre avec un vieil ami de George sorti indemne de la guerre ce qu'elle avait connu avec Laurence cette nuit-là. Mais cette fois il n'y eut pas de Perséides, seulement une pénible conscience de chaque instant qui lui ôtait tout plaisir et rendait répugnantes les lèvres caoutchouteuses de cet amant.

Elle avait peu d'espoir d'éprouver du plaisir avec ses partenaires de sherry. Pendant un temps, elle avait fait part de ses frasques à des amies scandalisées ; mais certaines réussirent à épouser les rares hommes disponibles, et d'autres, renonçant bientôt à la sexualité, ne voulurent plus entendre le récit de ses exploits. Le mariage en particulier entraîna beaucoup de changements chez ses amies : elles se paraient notamment d'un conservatisme qui les faisait se sentir facilement choquées et même menacées. Un de ces partenaires de sherry pouvait être leur mari. Violet cessa d'évoquer ses pauvres aventures. Lentement, à mesure que les maris et les enfants imposaient leur loi, et que les parties de tennis, les sorties au cinéma et les virées au dancing se faisaient moins fréquentes, les amitiés se délitèrent. Lorsqu'elle quitta Southampton, il n'y avait en réalité plus personne à regretter, plus personne à qui donner son adresse ou à inviter pour le thé.

« Violet, où étais-tu partie ? » Tom étudiait sa sœur par-dessus ce qui restait de ses frites.

Violet secoua la tête. « Pardon… j'étais juste… tu sais. »

Tom tendit le bras pour l'enlacer, ce qui surprit Violet, car ils n'étaient pas le genre de frère et sœur à s'enlacer. Ils retournèrent chez Mrs Harvey, où la voiture de Tom était garée. Debout à la porte, Violet regarda son Austin s'éloigner en chuintant sur la chaussée mouillée, puis monta l'escalier. Elle avait cru qu'elle pleurerait quand elle serait enfin seule, dans sa nouvelle chambre miteuse, munie d'une porte qu'elle pouvait refermer sur le monde. Mais elle avait versé toutes les larmes de son corps pendant le voyage depuis Southampton. Regardant autour d'elle le mobilier rudimentaire, elle hocha la tête, et mit la bouilloire à chauffer.

# CHAPITRE 3

Violet n'avait pas vraiment mesuré à quel point il serait dur de s'en sortir toute seule avec un salaire de dactylo. Ou bien elle s'en était doutée, et s'était juré d'y arriver quand même... le prix à payer pour se libérer de sa mère. Lorsqu'elle vivait chez ses parents, elle leur reversait presque les deux tiers de son salaire hebdomadaire pour contribuer aux charges du ménage, gardant cinq shillings pour ses dépenses personnelles – déjeuners, vêtements, cigarettes, magazines de quatre sous –, et mettant quelques autres malheureux shillings à la banque. Au fil des années ses économies s'étaient peu à peu étoffées, mais elle en aurait sûrement besoin pour sa vieillesse quand ses parents ne seraient plus là. Elle avait dû les écorner de manière plus importante que prévu pour régler la caution de son meublé dans le Soke, et acheter quelques bricoles destinées à rendre la chambre plus confortable. Bien que sa mère ait des quantités de choses dans la maison de Southampton, Violet se garda bien de quémander. Peut-être, si elle était partie pour le Canada en quête d'un mari, sa mère aurait-elle accepté d'expédier des meubles à des milliers de kilomètres. Mais envoyer quoi que ce soit à une petite vingtaine de kilomètres était un affront. Violet avait dû écumer les brocantes de Winchester afin de racheter une table de nuit bon marché alors qu'il y en avait une ravissante en rotin dans son ancienne chambre, un gros cendrier vert qui était quasiment la réplique de celui du salon, et quelques assiettes en majolique ébréchées censées décorer la tablette de cheminée alors que sa mère avait tout un tas de bibelots enfermés dans des cartons au grenier. C'était la première fois qu'elle avait à transformer en logis une chambre étrangère, et il ne lui était pas venu à l'esprit d'emporter ce genre de babioles quand elle avait déménagé.

Violet gagnait toujours trente-cinq shillings par semaine à l'agence de Winchester, le même salaire qu'à Southampton. Il était considéré comme correct pour une dactylo ; elle travaillait dans l'entreprise depuis dix ans, et elle tapait vite et bien. La somme semblait généreuse quand elle habitait chez ses parents ; elle pouvait prendre un déjeuner chaud presque tous les jours et ne pas trop réfléchir avant d'acheter des cigarettes ou un nouveau rouge à lèvres. Mais ce salaire n'était pas suffisant si on vivait seule ; un peu comme des chaussures trop petites qu'on pouvait porter, mais qui pinçaient, frottaient et provoquaient des cors aux pieds. Maintenant que Violet devait survivre avec ce montant-là, elle se rendait compte que, si fière qu'elle ait été de gagner sa vie et de participer aux frais de la maison, sa contribution financière devait passer aux yeux de ses parents pour de l'argent de poche.

Cette même somme allait maintenant à sa logeuse, et ne couvrait que le petit déjeuner ; Violet payait et préparait son propre dîner, et devait régler le blanchissage et le charbon, qui avaient l'air de tomber du ciel chez ses parents. Il lui semblait ouvrir son porte-monnaie chaque fois qu'elle quittait la maison : des bricoles par-ci par-là, mais qui finissaient par faire beaucoup. La vie occasionnait des dépenses permanentes. Violet ne pouvait plus mettre d'argent de côté. Elle avait dû apprendre à faire avec, ou plutôt à faire sans. Elle s'était mise à porter les mêmes vêtements jour après jour, à les laver sous le robinet pour éviter les notes de lessive trop élevées, à réparer les accrocs et à dissimuler les parties usées au moyen de broches ou de foulards, tout en sachant qu'elle aurait beau faire, ses tenues paraîtraient quand même misérables. Seuls des habits neufs pouvaient pallier cette impression.

Elle cessa d'acheter des magazines et des journaux, récupérant ceux d'O et Mo, et ne remplaça plus ses rouges à lèvres. Elle commença à rationner ses cigarettes à trois par jour. Ses repas du soir se réduisaient souvent à des toasts aux sardines ou à des sprats frits. Fini les côtelettes : la viande coûtait trop cher. Violet ne raffolait pas du petit déjeuner anglais – elle aurait préféré des tartines grillées avec de la marmelade –, mais étant donné qu'elle payait pour ce repas, elle se forçait à avaler l'œuf poché que Mrs Harvey servait tous les matins, et arrivait au bureau l'estomac légèrement barbouillé. Elle allait au cinéma chaque semaine : l'unique plaisir qu'elle s'accordait, en se privant d'un repas ce jour-là. Le premier film qu'elle avait vu à Winchester s'intitulait *Almost a Honeymoon*, l'histoire d'un homme qui a vingt-quatre heures pour trouver une femme à épouser. C'était un tel supplice qu'elle avait été tentée de partir au milieu, mais il faisait chaud dans le cinéma, et elle ne pouvait pas avoir sacrifié un repas pour sortir en cours de séance.

Tous les dimanches elle prenait le train pour Southampton afin d'accompagner sa mère à l'église ; l'argent du billet provenait de ses économies, qui s'amenuisaient lentement. L'idée n'aurait pas effleuré Mrs Speedwell de proposer de la rembourser. Elle n'interrogeait jamais Violet sur ses finances, sur son travail à Winchester, ni sur les autres aspects de sa nouvelle existence, ce qui rendait difficile un véritable dialogue. En fait, Mrs Speedwell passait simplement l'après-midi à se plaindre, comme si elle avait amassé tous ses griefs pour les quelques heures où sa fille se trouvait avec elle. Quand Tom et sa famille n'étaient pas là, Violet inventait presque toujours une excuse pour prendre un train plus tôt, partagée entre le défi et la mauvaise conscience. Elle restait alors dans sa chambre à lire un roman (elle avançait dans Trollope, l'auteur préféré de son père), partait se promener dans les prairies inondables au bord du fleuve, ou allait assister à la fin de l'office du soir à la cathédrale de Winchester.

Chaque fois qu'elle franchissait la porte principale sous la Grande Verrière ouest et pénétrait dans la cathédrale, traversant la longue nef et cet immense espace que surmontait un extraordinaire plafond voûté, Violet sentait au-dessus d'elle tout le poids de ce bâtiment vieux de neuf cents ans, et elle avait envie de pleurer. C'était le seul édifice dédié à la nourriture spirituelle où elle avait le sentiment que son esprit était alimenté. Pas forcément lors des offices, qui, à part celui du soir, étaient convenus et rigides, même si leur répétition s'avérait réconfortante. Cela tenait davantage de la révérence pour le bâtiment proprement dit, pour la sagesse cumulée des milliers de gens qui l'avaient fréquenté à travers les âges, en quête d'un lieu où ils seraient libres de réfléchir aux grandes questions sur la vie et la mort plutôt qu'au moyen de payer le charbon de l'hiver ou un nouveau manteau devenu indispensable.

Elle aimait aussi la cathédrale pour des raisons

plus concrètes : pour ses vitraux colorés aux arcs élégamment sculptés, pour son vieux carrelage à motifs, pour ses tombeaux ouvragés d'évêques, de rois et d'aristocrates, pour ses étonnants bossages peints qui masquaient les raccords entre les nervures de pierre sur le lointain plafond, pour la formidable énergie qu'avait nécessitée la fabrication de tout cela, et pour la multitude de créateurs qui l'avaient embellie au fil du temps.

Comme la majorité des offices mineurs, celui du soir se tenait dans le chœur. Les enfants de chœur à l'espiègle frimousse frottée de frais s'asseyaient d'un côté dans les stalles, les fidèles de l'autre, et les personnes supplémentaires dans les sièges de l'avant-chœur adjacent. Comparé aux services du dimanche matin, Violet soupçonnait que celui du soir était jugé frivole par les pratiquants réguliers, mais elle-même préférait la musique plus discrète à l'orgue retentissant, et le sermon plus bref et plus simple à celui, doctoral, du matin. Elle ne priait pas et n'écoutait pas les prières : les prières étaient mortes à la guerre en même temps que George et Laurence et une nation entière de jeunes gens. Assise dans les stalles du chœur, elle se plaisait à observer au-dessus de sa tête les arches en chêne sculpté représentant des feuilles, des fleurs et des animaux, et même un Homme vert dont la moustache se transformait en ramages luxuriants. Du coin de l'œil, elle apercevait l'immensité de la nef, mais assise là entourée des voix éthérées des enfants de chœur, elle se sentait préservée du vide qui, par moments, menaçait de l'engloutir. Quelquefois, en silence et à la dérobée, elle pleurait.

Un dimanche après-midi, quelques semaines après la Présentation des Broderies, Violet se glissa tardivement dans l'avant-chœur alors qu'un doyen invité prononçait le sermon. En prenant place, elle retira un agenouilloir qui avait été posé sur le siège, puis le mit sur ses genoux et l'examina. C'était un rectangle d'une vingtaine de centimètres sur trente avec, au centre, un cercle couleur moutarde pareil à un médaillon, inséré dans un champ moucheté de bleu. Le médaillon représentait un bouquet de branches ornées de glands à cupule quadrillée au milieu d'un feuillage bleu-vert. Des glands quadrillés figuraient aussi aux quatre coins. Les couleurs étaient étonnamment vives, le motif joyeux et pas très clérical. Un peu comme les fonds aux mille fleurs des tapisseries médiévales, avec leurs arrangements compliqués de fleurettes et de feuilles. Bien que plus simple, ce dessin constituait cependant un hommage au passé.

C'était le cas de tous, constata Violet, plaçant l'agenouilloir par terre et jetant un coup d'œil aux coussins alentour ; chacun montrait, au milieu, un disque de fleurs ou de nœuds sur fond bleu. Il n'y avait pas encore suffisamment d'agenouilloirs brodés pour tous les sièges, et les autres présentaient les habituels et banals losanges de feutre rouge et noir. Les nouveaux coussins ennoblissaient le sanctuaire, lui conférant couleur et dignité.

À la fin de l'office, Violet ramassa l'agenouilloir pour l'examiner à nouveau, souriant en caressant de son doigt les akènes brodés. Il paraissait toujours contradictoire de devoir afficher une mine grave dans la cathédrale, alors qu'on était entouré par la beauté exaltante des vitraux, le bois sculpté, la pierre gravée, la splendide architecture, les voix cristallines des enfants de chœur, et maintenant les agenouilloirs.

Une présence lui fit lever la tête. Debout dans l'allée à côté d'elle, une femme d'à peu près son âge fixait des yeux l'agenouilloir qu'elle tenait. La femme portait un manteau trapèze vert forêt qui tombait en drapé de ses épaules et sur le devant duquel courait une double rangée de gros boutons noirs. Elle était coiffée d'un feutre vert foncé assorti, garni d'un ruban noir d'où jaillissaient des plumes. Malgré cette tenue à la mode, elle n'avait pas l'air moderne, cultivant plutôt une apparence désuète. Ses cheveux n'étaient pas ondulés et ses yeux gris pâle semblaient flotter dans son visage.

« Pardon. Vous permettez que je… » Elle tendit la main pour retourner l'agenouilloir et en révéler l'envers bleu foncé. « J'aime bien le regarder quand je suis ici. C'est le mien, voyez-vous. » Elle indiqua la bordure. Violet plissa les yeux : elle distingua, brodées, des initiales et une année : *DJ 1932*.

Violet l'observa qui contemplait son ouvrage. « Combien de temps avez-vous mis pour le finir ? demanda-t-elle, un peu par politesse, mais aussi par curiosité.

— Deux mois. J'ai dû en défaire des bouts plusieurs fois. Ces agenouilloirs serviront peut-être pendant des siècles, alors ils doivent être d'une facture impeccable dès le départ. » Elle marqua une pause. « *Ars longa, vita brevis*. »

Violet repensa à ses cours de latin. « L'art est long et la vie est courte, traduisit-elle, citant son ancien professeur.

— Oui. »

Violet n'arrivait pas à imaginer que l'agenouilloir pourrait subsister des centaines d'années. La guerre lui avait appris à ne pas présumer que les choses allaient durer, même une chose aussi imposante qu'une cathédrale, encore moins un simple agenouilloir. À peine un quart de siècle auparavant, un scaphandrier du nom de William Walker avait été employé pendant cinq ans pour consolider les fondations de la cathédrale grâce à des milliers de sacs de béton, car le bâtiment risquait de s'effondrer. Rien n'était jamais acquis.

Elle se demanda si les bâtisseurs de la cathédrale, il y a neuf cents ans, s'étaient représenté quelqu'un comme elle debout sous leurs arches, à côté de leurs énormes piliers, plantée sur leur carrelage médiéval, baignée par la lumière de leurs vitraux... une femme de 1932, vivant et rendant grâces d'une manière si différente d'eux. Ce qui est sûr, c'est qu'ils ne s'étaient pas représenté Violet Speedwell.

Elle tendit la main au moment où « D.J. » reposait son agenouilloir sur un siège et s'apprêtait à s'en aller. « Êtes-vous membre des Brodeuses de la Cathédrale ? »

D.J. hésita. « Oui.

— Si on veut prendre contact avec elles, comment...

— Les réunions sont affichées sur le panneau du porche. » Elle regarda Violet droit dans les yeux plusieurs secondes, puis sortit à la suite des autres fidèles.

Violet n'avait pas eu l'intention d'aller lire l'annonce. Elle pensait avoir relégué les agenouilloirs dans un coin de sa tête. Mais quelques jours plus tard, alors qu'elle se promenait aux abords de la cathédrale, elle se trouva attirée vers le panneau et le message concernant les brodeuses, rédigé d'une soigneuse écriture moulée pareille à celle de sa mère. Violet copia le numéro d'une certaine Mrs Humphrey Biggins et l'appela ce soir-là avec le téléphone de sa logeuse.

« Compton 220. » Mrs Biggins répondit en personne. Violet sut tout de suite qu'il ne s'agissait pas de sa fille, d'une gouvernante ou d'une sœur. Cette femme s'exprimait tellement comme Mrs Speedwell dans ses meilleurs jours que Violet en resta sans voix, et que Mrs Biggins dut répéter « Compton 220 » avec une irritation accrue jusqu'à finir par demander : « Qui est à l'appareil ? Je ne tolérerai pas ces silences. Je vais vous signaler à la police, vous pouvez en être sûr !

— Excusez-moi, bredouilla Violet. J'ai dû faire un faux numéro. (Elle savait que non.) J'appelle… à propos des agenouilloirs de la cathédrale.

— Ma jeune dame, vos manières téléphoniques sont épouvantables. Vous êtes totalement embrouillée. Vous devez énoncer votre nom avec clarté, puis demander à me parler, et expliquer le motif de votre appel. Maintenant essayez. »

Violet frissonna et faillit raccrocher. Au début, quand les Speedwell avaient fait installer le téléphone, sa mère lui avait donné des leçons d'étiquette téléphonique, alors que son propre ton impatient avait souvent dissuadé les gens qui appelaient. Mais Violet savait qu'elle devait persister, sans quoi elle n'aurait jamais son agenouilloir personnel dans la cathédrale de Winchester. « Je m'appelle Violet Speedwell, commença-t-elle docilement, comme un enfant. Je voudrais parler à Mrs Biggins en ce qui concerne le projet de broderie à la cathédrale.

— Voilà qui est mieux. Mais vous appelez très tard, et au mauvais moment. Nos cours se terminent sous peu pour l'été et ne reprendront qu'à l'automne. Miss Pesel et Miss Blunt ont besoin de temps pendant l'été pour travailler sur les motifs de la prochaine série.

— Très bien, je rappellerai à ce moment-là. Pardon de vous avoir dérangée.

— Pas si vite, Miss Speedwell. Puis-je supposer que vous êtes une "Miss" ? »

Violet serra les dents. « Oui.

— Allons, vous autres jeunes personnes êtes bien trop promptes à renoncer. » Il y avait longtemps que Violet n'avait pas été qualifiée de jeune personne. « Vous savez broder, au moins ? Nous faisons de la tapisserie pour les coussins et les agenouilloirs. Ça vous dit quelque chose ?

— Non.

— Bien sûr que non. Pourquoi attirons-nous tant de volontaires qui n'ont jamais tenu une aiguille ? Notre travail n'en prend que davantage de temps.

— Peut-être pourriez-vous me voir comme une toile vierge, sans défauts à corriger. »

Le ton de Mrs Biggins s'adoucit. « Vous n'avez peut-être pas tort, Miss Speedwell. Une page blanche peut en effet s'avérer plus payante. Nous tenons nos réunions deux fois par semaine, le lundi et le mercredi, de dix heures et demie à midi et demi, et de deux heures et demie à quatre heures. Venez à la prochaine et nous verrons. Vous pourrez toujours donner un coup de main… recopier des motifs, ou ranger les placards, peut-être. »

Violet se souvint de ce que Gilda avait dit au sujet des placards. « Je crains de ne pas être disponible à ces horaires-là, Mrs Biggins. Je travaille, voyez-vous.

— Vous *travaillez* ? Où ça ?

— Dans un bureau.

— Alors pourquoi téléphoner ? Et si tard le soir, ajouterais-je. Si vous êtes prise ailleurs, vous ne serez d'aucune utilité aux Brodeuses de la Cathédrale. Nous exigeons un engagement total.

— Mais… » Violet hésita, se demandant comment expliquer à cette femme autoritaire qu'elle tenait à fabriquer un agenouilloir, un coussin qui éviterait d'avoir mal aux genoux durant les prières et qu'elle pourrait repérer entre tous dans le chœur de la cathédrale. Un coussin qui serait encore là longtemps après sa mort. Au fil des siècles, d'autres avaient façonné des têtes dans les stalles du chœur, sculpté avec minutie des silhouettes de saints dans le marbre, conçu des colonnes et des arches aussi robustes qu'impressionnantes, assemblé les morceaux de verre colorés des vitraux : tous ces éléments constituaient de glorieux ajouts à un bâtiment dont l'existence était censée vous faire lever les yeux vers le Ciel afin de remercier Dieu. Violet voulait faire comme eux. Elle avait peu de chances d'avoir des enfants désormais, et si elle voulait laisser une empreinte en ce monde, elle allait devoir s'y prendre autrement. Un agenouilloir était un pauvre geste dérisoire, mais voilà. « J'aimerais faire un agenouilloir pour la cathédrale », finit-elle par déclarer d'une petite voix, se reprochant aussitôt sa timidité.

Mrs Biggins soupira. « Tout le monde aimerait, ma chère. Mais ce qu'il nous faut... et on se fiche de ce dont vous, vous rêvez... ce sont des brodeuses qualifiées pour travailler sur les coussins que Miss Pesel a prévus pour les sièges et les banquettes du chœur. Pas des débutantes espérant conquérir la cathédrale avec un simple agenouilloir. »

Violet garda le silence. Des années d'expérience avec sa mère lui avaient appris que le silence était souvent plus efficace que les mots.

« Pour quelle entreprise travaillez-vous ?

— Les Assurances des Comtés du Sud.

— Pour Mr Waterman ?

— Oui.

— Dans ce cas cela ne posera pas de problème. Il habite notre village. Je le connais par notre club d'ornithologie. Dites-lui que Mrs Humphrey Biggins a demandé que vous soyez autorisée à prendre une demi-journée de congé pour assister au cours. »

Violet n'était pas du tout sûre d'avoir envie de renoncer à son précieux congé annuel pour assister à des cours de broderie. « Il n'y a donc pas de cours en dehors des heures de bureau... le soir, ou le samedi ? »

Mrs Biggins s'esclaffa. « Vous croyez que les réunions sont organisées à votre convenance ? Certaines d'entre nous ont des familles dont elles doivent s'occuper. Demandez à Mr Waterman de vous libérer. Soyez là mercredi à dix heures et demie, à la maison paroissiale dans l'enclos de la cathédrale. Bonne nuit. » Elle raccrocha avant que Violet n'ait le temps de répondre.

Qui avait besoin d'améliorer ses manières téléphoniques ?

Les règles de Mrs Biggins quant au moment où téléphoner ne s'appliquaient apparemment qu'aux autres. Lorsque Violet arriva à l'agence le lendemain matin, Mr Waterman avait déjà laissé un mot sur son bureau l'autorisant à prendre son mercredi matin. En dépit de l'heure, Mrs Biggins avait dû lui téléphoner aussitôt après avoir parlé à Violet, pensant qu'elle n'oserait pas solliciter elle-même son supérieur. Quand Violet le croisa dans le couloir, elle le remercia. Cet homme insignifiant aux cheveux châtains, au teint blafard et à la moustache tombante qui recouvrait en partie son sourire hésitant, baissa subitement la tête comme si Mrs Biggins était tapie dans les parages.

« Vous pouvez utiliser votre congé annuel comme bon vous semble, répondit-il. Et pour une noble cause, du reste. » Il se tut, tripotant ses manchettes, qui auraient pu être plus propres. Mrs Biggins les aurait nettoyées à l'eau de Javel jusqu'à ce que leur blanc étincelle, songea Violet. « Mais attention, Miss Speedwell, ajouta-t-il. Une fois que Mrs Biggins vous tiendra dans ses griffes, vous ne serez plus jamais libre ! » Il pivota sur ses talons et repartit en sens inverse, comme terrifié d'en avoir trop dit.

# CHAPITRE 4

Bien que contrariée par l'intervention de Mrs Biggins, tout comme par ses messages contradictoires – Venez mercredi mais vous ne nous serez pas très utile –, Violet se surprit à attendre avec impatience la réunion des brodeuses. Son frère n'avait cessé de la harceler depuis son emménagement à Winchester pour qu'elle s'inscrive à des clubs – randonnées, associations historiques, fonds de solidarité paroissiaux, tout ce qui lui permettrait de rencontrer des amis et des soupirants potentiels. Elle pourrait maintenant répondre qu'elle avait suivi ses conseils… même s'il était peu probable que les soupirants foisonnent dans un club de broderie.

Le mercredi matin, cela lui fit drôle de dormir tard un jour ouvrable, de traîner au petit déjeuner et de ne pas avoir à attendre son tour pour la salle de bains. Vêtue de sa robe de chambre couleur thé, Violet alluma une cigarette et écouta la maison vide : les autres pensionnaires étaient parties travailler, et sa logeuse sortie faire les courses. Elle finit par s'habiller, consciente que les brodeuses allaient noter sa tenue, sa coiffure, son maquillage. Après réflexion, elle choisit une robe toute simple, en mousseline vert pâle à fleurs jaunes, et son cardigan beige au cas où il ferait frais dans la salle des brodeuses.

La maison paroissiale faisait partie d'une rangée de maisons mitoyennes dans l'enclos de la cathédrale, au sud de l'édifice. Violet était déjà passée devant ces bâtiments sans réfléchir à ce qui pouvait se dérouler à l'intérieur. Elle éprouvait une légère nausée en approchant de l'entrée, un peu comme son premier jour au bureau de Winchester : dans son ventre, l'attrait de la nouveauté le disputait au confort du familier. À côté de la porte se trouvait une cloche, avec un petit écriteau manuscrit qui ordonnait : *Sonnez*. L'impertinence de l'écriteau faillit pousser Violet à rebrousser chemin. Pour aller où ? Retrouver une chambre vide ? Faire du lèche-vitrines sans un sou en poche ? Rejoindre le bureau, où personne n'aurait remarqué son absence ?

Elle sonna. Au bout d'un moment une jeune fille vint ouvrir, la toisa des pieds à la tête, et, avant que Violet n'ait pu dire un mot, lui intima : « En haut de l'escalier, à droite, puis tout au bout du couloir, dernière pièce. »

Comment a-t-elle deviné ? s'étonna Violet, regrettant soudain de ne pas s'être habillée autrement, même si elle ne savait trop ce qu'elle aurait dû choisir. Elle trouva la salle et se força à y pénétrer avec hardiesse, comme si elle plongeait dans la mer froide au lieu de demeurer hésitante sur la grève. Elle n'était pas en retard : alors qu'elle remontait le couloir, Violet avait entendu les cloches de la cathédrale sonner la demi-heure, mais la douzaine de chaises autour de la longue table étaient presque toutes occupées. Certaines femmes étaient déjà penchées sur des canevas, consultant des modèles et enfilant des aiguillées de laine colorée dans les trous minuscules de la toile. D'autres murmuraient au-dessus de l'ouvrage qu'elles tenaient, commentant sans doute une technique ou comparant des résultats.

Personne ne leva la tête lorsque Violet entra. Elle se demanda si elle s'était trompée d'heure, si la séance avait commencé à dix heures ou à neuf heures et demie. Non, elle était certaine que Mrs Biggins avait dit dix heures et demie. Ces brodeuses devaient être les plus zélées. Il régnait dans la pièce une ambiance de tranquille détermination, mêlée d'une pointe de suffisance, péché qu'elles nieraient si on les en accusait.

Même si elle ne se rappelait pas l'avoir vue à l'office des brodeuses, Violet devina tout de suite qui devait être Mrs Biggins d'après son attitude, très similaire à ses manières téléphoniques. Elle portait un chemisier à col montant et ses cheveux bouffants étaient empilés sur le haut de son crâne, comme si son style était resté figé aux alentours de 1910. Elle ne déambulait pas parmi les brodeuses pour regarder leur ouvrage par-dessus leur épaule. Non, elle trônait à un bout de la table, tel un président de conseil, et laissait les ouvrières venir lui présenter comme une offrande leur échantillon de broderie. Là, elle examinait et rendait son verdict. Sous le regard attentif de Violet, elle étrilla trois brodeuses coup sur coup. « Non, non, non, vous n'avez utilisé que deux teintes de bleu dans cet angle. Vous devez connaître le premier principe de Miss Pesel en ce qui concerne le fond : trois teintes doivent être utilisées, pour apporter à l'arrière-plan de la texture et de la nuance. Il faut tout défaire et recommencer. »

« Vous avez tiré trop fort ici, voyons, les points sont trop serrés et la tension irrégulière. Cela ne va pas du tout… Cette partie-là est à défaire. »

« On dirait que vous avez mélangé deux points.

Vous n'avez quand même pas fait alterner point de croix et point de croix allongé, si ? Oh, ma chère, non ! Miss Pesel nous encourage à nous montrer audacieuses avec les points que nous utilisons, mais jamais de la vie on ne doit associer ces deux points-là. Recommencez ! »

Chacune des femmes hocha la tête en disant : « Oui, madame, je me remets au travail », ou quelque chose d'approchant, avant de détaler comme un chien qui se serait fait gronder pour avoir volé des os sur la table du dîner. De retour à leurs places, les trois femmes, maussades, s'adressèrent à leurs voisines en marmonnant.

« Où est votre ouvrage ? demanda Mrs Biggins alors que Violet approchait.

— Je n'ai encore rien fait. C'est ma première fois. Nous nous sommes parlé au téléphone.

— Miss Speedwell, c'est cela ? Aucune expérience de la broderie ? Bien, on va vous mettre en train. Vous pourrez travailler avec Mrs Way. Mabel ! appela-t-elle. Voici Miss Speedwell qui va vous aider à mettre de l'ordre dans le placard. »

Une femme maigre en robe grise et aux cheveux assortis s'écarta d'un grand placard dans un coin de la salle. C'était le cerbère qui avait essayé d'empêcher Violet d'assister à l'office des brodeuses dans la cathédrale. Elle sursauta en reconnaissant la nouvelle venue. « Il n'a pas l'air trop chambardé, Mrs Biggins, fit-elle d'un ton pressant. Je n'ai pas vraiment besoin qu'on m'aide.

— Ne dites pas de bêtises. Un placard bien rangé est la base de toute notre entreprise et nous permet de travailler plus efficacement. »

Violet inspira profondément. Elle n'avait d'autre choix que de se rebiffer, comme elle l'avait fait avec sa mère quand elle avait emménagé à Winchester, et comme avec Mabel Way quelques semaines plus tôt. Sinon il ne rimait à rien d'être là.

« J'espérais apprendre la broderie, pas le rangement. » Elle avait parlé à voix basse, mais apparemment tout le monde l'entendit car le silence se fit dans la pièce.

Mrs Biggins se redressa sur sa chaise, comme pour réajuster le piquet dans son dos. « Miss Speedwell, je sais que vous tenez à apporter votre contribution singulière à la cathédrale avec votre agenouilloir personnel. Mais ceci est une œuvre collective, et dans un esprit de coopération, nous avons toutes des tâches à accomplir, dont beaucoup ne consistent pas à broder mais qui sont néanmoins essentielles à notre projet. Rejoignez donc le placard et aidez Mabel à en faire le placard le mieux rangé de Winchester. Ce n'est qu'une fois cette besogne effectuée que nous vous apprendrons à enfiler une aiguille. »

Violet avait rougi durant cette réprimande publique. Si broder pour la cathédrale de Winchester devait signifier ranger des placards et essuyer des remarques condescendantes, peut-être ferait-elle mieux de laisser tomber et de renoncer à l'idée d'un agenouilloir à ses initiales. Elle pouvait abandonner les Brodeuses de la Cathédrale dans leur salle de la maison paroissiale et aller plutôt se promener le long du fleuve dans les champs inondables, où elle pourrait admirer les campanules et les coquelicots sur les berges. Elle pouvait aller regarder les garçons du Collège de Winchester jouer au cricket. Rentrer chez elle et sortir la bouteille de sherry bon marché à laquelle elle évitait de recourir trop souvent. Ou encore, bien qu'elle n'en ait pas les moyens, se rendre au Royal Hotel et boire son sherry au bar, en attendant qu'un homme s'asseye en face d'elle et lui en offre un autre.

Elle n'eut à faire aucune de ces différentes choses, car à ce moment-là la femme souriante qui se trouvait sur le banc de devant lors de la Présentation des Broderies arriva. Aussitôt la tension dans la pièce retomba. Violet n'avait jamais rencontré quelqu'un qui sache à ce point alléger l'atmosphère. C'était une petite bonne femme de soixante, soixante-cinq ans, avec des lunettes et un charmant double menton, ses cheveux gris ramassés sur la nuque en un chignon lâche. Sa grande bouche conservait un faible sourire qui rassurait plus qu'il ne jugeait. « Mesdames, je suis ravie de vous voir ici », se borna-t-elle à dire, mais, bizarrement, cette courte phrase suffit. Souvent, les meneuses sûres de leur autorité n'avaient pas besoin de hausser le ton, et pouvaient se permettre d'être généreuses. Elle évoquait à la fois la plus gentille et la plus stricte des mères.

Les femmes chapitrées se mirent à défaire leur ouvrage avec une énergie renouvelée, et d'autres s'attroupèrent, lançant des : « Miss Pesel, je peux vous dire un mot ? » « Miss Pesel, vous voulez bien vérifier mes œillets… je n'arrive pas à les faire tenir à plat. » « Miss Pesel, est-ce que j'ai mélangé les jaunes comme vous vouliez ? » « Miss Pesel… » On aurait dit des écolières avides de plaire à une institutrice adorée. Même Mrs Biggins s'adoucit.

À la longue, ça sera mon tour, songea Violet. Soudain, aider Mabel Way à ranger un placard en désordre ne paraissait plus si assommant. Violet ne voulait pas que Miss Pesel la trouve à ne rien faire. Lorsque Violet rejoignit Mabel près de l'énorme armoire placée contre le mur du fond, le front de celle-ci se déplissa légèrement, comme tiré par un élastique. « Ça me servira peut-être de voir ce qu'il y a là-dedans, en attendant d'apprendre à broder. »

Mabel Way hocha la tête, le regard fixé sur

Miss Pesel tandis qu'elle déambulait dans la salle, pareille à une jeune mariée saluant ses invités. « J'ai un ouvrage à lui montrer. Vous n'avez qu'à continuer à trier les écheveaux de laine bleue et à les mettre en piles, en veillant à ce qu'ils ne se mélangent pas. Regardez, j'ai commencé, du clair vers le foncé. » Elle indiqua la laine posée sur le large appui de fenêtre à côté de l'armoire, puis s'esquiva d'un pas pressé.

Violet contempla les écheveaux. Elle n'avait pas manié de laine depuis que, dans son enfance, elle avait voulu apprendre le tricot et le crochet auprès de sa grand-mère. Elle avait fait une liseuse pour sa mère, que Mrs Speedwell ne s'était jamais donné la peine d'essayer, et, pour son père, une écharpe d'un vilain caca d'oie qu'il avait portée loyalement pendant deux semaines pour aller au bureau alors que sa femme lui répétait chaque jour qu'il était ridicule de se prêter au jeu de sa fille. Lorsque l'écharpe disparut mystérieusement, Mrs Speedwell nia toute responsabilité.

Mabel Way avait séparé les fils bleus des fils rouges, jaunes, orangés et marron ; Violet avait l'impression qu'il n'y en avait que deux nuances, bleu clair et bleu foncé, et que le tri était déjà effectué. Ignorant ce qu'elle pouvait faire de plus, elle scruta l'intérieur du placard pour voir si elle repérait autre chose à ranger, bien que l'organisation ne soit pas son fort. Ses frères avaient toujours été plus ordonnés qu'elle avec leurs vêtements, leurs jouets et leurs livres. George classait ses volumes par ordre alphabétique, Tom par couleur et par taille. Ceux de Violet finissaient pêle-mêle, les livres qu'elle aimait aux côtés de ceux dont elle se moquait, les livres qu'elle n'avait pas encore lus mélangés à ceux qu'elle avait déjà lus. Même problème pour ses vêtements : Violet avait beau brosser ses robes et ses jupes avant de les suspendre avec soin, elle les retrouvait toujours froissées et accrochées n'importe comment. Même chose avec ses cheveux qui refusaient de rester crantés, et s'aplatissaient à toute vitesse. Cela n'avait pas grande importance chez ses parents, mais maintenant qu'elle tâchait d'être indépendante, elle remarquait ces petites déficiences-là.

Le placard des brodeuses était une splendeur, si par « splendeur » on entendait étiquettes et classement. Il avait été agrémenté de nombreuses étagères, sur lesquelles étaient collées des étiquettes manuscrites : *Agenouilloirs*, *Coussins de siège de stalle*, *Coussins de banquette de stalle*. Il y avait des boîtes de tailles diverses, séparant les laines de couleur les unes des autres, et des piles de patrons. Il y avait plusieurs boîtes de *Modèles*, et des rouleaux de *Toile à canevas* en chanvre (*Monofil* ou *Pénélope*). Si elle étudiait le placard pendant une demi-heure, Violet comprendrait comment s'élaborait le projet des brodeuses. Peut-être était-ce dans ce but que Mrs Biggins l'y avait assignée.

Le placard lui rappela les leçons sur les fournitures de bureau prodiguées à l'école de secrétariat où elle était allée un an ou deux après la guerre, quand elle avait fini par admettre que le mariage n'était plus une évidence et qu'il lui fallait faire autre chose de son temps que de tenir compagnie à sa mère. Les élèves apprenaient surtout la dactylo et la sténo, mais elles avaient eu droit à quelques cours sur la façon d'organiser les placards à fournitures, avec des règles à assimiler comme par exemple toujours mettre les objets les plus lourds et les plus volumineux sur les étagères du bas, ou utiliser les couvercles de boîtes pour y mettre les becs de plumes, les élastiques et les trombones une fois triés. Violet avait jugé tout cela indigne d'elle, il n'empêche qu'elle avait été recalée à sa première épreuve de rangement de fournitures. Ce souvenir la fit glousser.

« Tu es là ! Après l'office des brodeuses je me demandais si tu viendrais à une réunion. » Gilda Hill était arrivée, et se précipitait vers elle. Elle portait une robe à fleurs rouge et blanc dont le col en V imitait son visage triangulaire. À la vue de son rouge à lèvres éclatant, Violet prit conscience de ses propres lèvres mâchonnées.

« Bonjour, dit Violet, presque intimidée, en lui tendant la main. Je m'appelle Violet Speedwell. »

Gilda la lui serra énergiquement. « Gilda Hill, tu te souviens ? Allons, ne me dis pas que Biggins t'inflige la corvée de placard ! Et avec Mabel, en plus. Tu es censée trier la laine ? Il vaut mieux la regarder à la lumière naturelle. C'est pour ça que Mabel la triait sur l'appui de fenêtre. Elle ne te l'a pas dit ? Franchement, elle est incorrigible ! Et sa broderie ! Je ne devrais pas critiquer, la mienne n'a rien d'extraordinaire. Disons simplement qu'il y a une raison pour que Mabel soit si souvent affectée au rangement du placard. Est-ce qu'elle ou Mrs Biggins t'a expliqué les bleus ? Non ? Tu devrais jeter un coup d'œil à mon ouvrage ; tu comprendrais mieux. » D'un sac à ses pieds, elle sortit un métier rectangulaire. « Je fabrique un agenouilloir pour l'avant-chœur. Rien de sophistiqué… pas comme les coussins du chœur.

— Quels sont les différents objets à fabriquer ? l'interrompit Violet, déjà épuisée par le babillage de sa nouvelle amie.

— Biggins ne t'a rien dit ? Bien sûr que non… elle ne t'expliquera jamais quelque chose d'aussi élémentaire, elle part du principe que tu sais. Nous avons commencé par les agenouilloirs destinés aux sièges proches de l'autel dans l'avant-chœur. Comme celui-ci. » Gilda tapota son rectangle brodé. « Il y en aura des centaines à la fin. Ce sont tous des variations sur un thème : une sorte de nœud celtique au centre, de forme circulaire, avec des fleurs ou des dessins géométriques autour, sur un fond bleu couvert de hachures ou de zigzags. Miss Pesel voudrait que nous utilisions toujours au moins trois nuances de bleu pour le fond, afin de lui donner de la texture. Ce sont les bleus que tu es en train de trier... là, tu en as quatre, quand on fait un agenouilloir, on en choisit donc trois sur les quatre. Et puis il y a les bordures, composées de carrés ou de rectangles rouges, marron et crème, ou bien jaunes, avec des coins ornés de petits motifs. Elles ne sont pas trop difficiles à faire, et elles offrent une telle variété de points et de tons que chacune paraît singulière, mais que l'ensemble demeure harmonieux. Miss Pesel est une créatrice de génie. »

Violet hocha la tête, se demandant si elle allait rencontrer le génie.

« Ensuite, il y a deux types de coussins : les coussins de stalle, qui sont des coussins plus petits pour les sièges le long de l'arrière du chœur ; et les coussins de banquette, qui seront bien plus longs. Les coussins de banquette et certains des coussins de siège auront au centre une série de médaillons que Miss Sybil Blunt est en train de concevoir. C'est une amie de Miss Pesel ; elle ne fait que les dessins, c'est pourquoi tu ne la verras pas beaucoup aux réunions. Les médaillons représenteront des scènes de l'histoire d'Angleterre, ayant un rapport avec Winchester. Ils feront référence à des rois comme Alfred le Grand, Knut le Grand et Richard Cœur de Lion, qui ont régné à Winchester, sont enterrés à Winchester ou ont un lien avec la ville, et il y aura un médaillon en hommage au roi Arthur. Aussi à des évêques célèbres de Winchester comme Wykeham, Beaufort et Wodeloke.

— Pas de femmes ?

— Des épouses. Emma et Mary Tudor. Pour ce qui est de la broderie, les médaillons historiques seront composés d'un mélange de grands points et de petits points effectués avec une laine et une soie plus fines, et qui nécessiteront plus d'habileté. Seules les brodeuses les plus expérimentées y travailleront. Les autres se chargeront des fonds et des pourtours. Miss Pesel a réalisé le dessus d'un des coussins historiques pour nous montrer ce à quoi nous devons aspirer. Tu veux le voir ? »

Violet acquiesça.

« Biggins a dû le ranger dans le placard de l'entrée. Reprends le tri, je vais le chercher. » Elle prit deux écheveaux de bleu dans le tas. « Voici tes troisième et quatrième bleus. »

Violet les examina avec attention. « Je ne vois pas la différence. »

Gilda éclata de rire. « Quand on travaille, on devient intime avec chaque nuance. » Un clin d'œil, puis elle s'esquiva.

Violet étudia la laine, tâchant de distinguer les différents tons de bleu. Elle ferma les yeux un moment, et repensa au cours de dessin qu'elle avait suivi quelques années plus tôt à Southampton. Elle y allait avec une amie, qui s'était mariée l'année d'après et avait disparu de sa vie, préférant éviter que Violet ne lui rappelle son statut excédentaire antérieur. Alors que leurs crayons raclaient le papier à dessin, leur professeur, un homme jovial qui avait perdu un bras à la guerre (« Pas le bras qui dessine… je peux m'estimer heureux »), leur avait dit de faire comme les soldats et de réprimer leurs pensées tout en ouvrant grand les yeux.

Violet s'était demandé si Laurence avait agi de la sorte, s'il avait obéi aux ordres et cessé de penser sur le champ de bataille. Elle n'avait eu aucune information sur les circonstances de sa mort, aucun témoignage de son officier supérieur ou de ses compagnons d'armes, aucun petit détail (« Il faisait sourire les hommes avec ses imitations du Kaiser ») ni aucun adjectif ou adverbe éloquents (« Le lieutenant Furniss s'est bravement battu aux côtés de ses camarades et a joué un rôle capital dans la défense du territoire conquis »). Peut-être l'officier avait-il écrit ce jour-là trop de lettres de ce genre et était-il à court de formules et de superlatifs enthousiastes. À moins que personne n'ait vu ce qui était arrivé à Laurence Furniss : une victime parmi les centaines de soldats britanniques morts à Passchendaele le 1er août 1917. Il n'avait sans doute rien fait d'extraordinaire ; mourir ce jour-là n'avait rien de spécial. Bien que personne n'en ait parlé, Violet avait appris par la suite qu'il y avait là-bas une boue épouvantable, et elle s'était demandé si Laurence ne s'était pas simplement embourbé, devenant ainsi une cible facile.

Un soir, au cours de dessin, le professeur habituel était absent et une femme l'avait remplacé. Elle avait un style très différent : alors qu'elle disposait les habituelles natures mortes de fruits, de bouteilles et de verres, elle leur avait demandé de dessiner rapidement, puis de gagner un autre chevalet pour dessiner à nouveau rapidement, puis une fois encore, avant de revenir à leur chevalet initial pour passer une heure sur leur dessin. Violet ne savait trop ce qu'elle était censée constater. Que tout dépendait de l'angle sous lequel on regardait les choses ? L'exercice lui avait donné envie de sortir fumer.

Le nouveau professeur rôdait derrière les élèves, s'arrêtant pour scruter leurs dessins et faire des commentaires, rarement élogieux. Violet s'efforçait de bloquer le son de cette voix, se retirant en profondeur dans ses pensées. Elle entendit son nom prononcé au loin, mais il fallut qu'une main s'agite devant son dessin à peine commencé pour qu'elle écoute.

« Miss Speedwell, à quoi pensez-vous ?

— À mon frère », répondit-elle honnêtement sous le coup de la surprise. George, pour sa part, avait été caractérisé par certaines formules : « nobles efforts », « courageux face au feu ennemi », « mort vaillamment en défendant les valeurs les plus sacrées de ce pays ». Violet les connaissait par cœur parce que sa mère les avait souvent répétées au fil des années, tirant d'elles jusqu'à la dernière goutte de réconfort, au point qu'elles étaient devenues aussi sèches et insignifiantes que des bâtons.

« Arrêtez de penser à lui, ordonna la femme. Il n'est pas ici. » Le professeur indiqua la nature morte. « Vous devez penser uniquement à l'endroit où placer le rehaut sur la pomme, ou à la façon de restituer l'apparence vitreuse de la bouteille. Votre attention doit être tout entière concentrée sur ce que vous regardez... le reste doit disparaître. Cela donnera un meilleur dessin, et ce sera aussi un soulagement pour vous, de demeurer dans l'instant, de ne pas ruminer. » Par ces dernières paroles, elle autorisa Violet à mettre George et Laurence de côté pour la soirée. Elle exécuta son meilleur dessin lors de cette séance-là, et n'éprouva plus jamais le besoin de retourner au cours.

Là, avec les laines bleues à trier, elle s'efforçait de ressusciter cette sensation, de laisser les pensées superflues s'évanouir pour accéder à une vision claire. C'était incroyable tout ce qui pouvait se bousculer dans son esprit : la curiosité quant à ce que Gilda allait lui montrer ; l'angoisse de ne pas pouvoir manier assez bien l'aiguille pour broder quoi que ce soit pour la cathédrale ; la rage contre Mrs Biggins qui prenait un tel plaisir à rabaisser les ouvrières ; la timidité à la perspective de trouver sa place parmi toutes ces femmes qui savaient déjà ce qu'elles faisaient ; la contrariété à l'idée que personne ne remarquerait son absence du bureau ce matin-là ; les interrogations quant à ce qu'elle pourrait manger le soir qui ne soit pas des sardines, des haricots à la tomate ou des sprats dont elle avait vraiment sa dose. D'autres pensées tournaient sans doute dans sa tête, mais Violet les évacua presque toutes, regarda à nouveau la laine, et s'aperçut immédiatement qu'un des bleus comportait une nuance de vert qui lui donnait un aspect un peu glauque, comme ses yeux, dont elle aurait voulu depuis toujours qu'ils soient d'un bleu plus franc, du bleu clair de l'écheveau qu'elle repéra et déposa dans sa boîte. Bleu clair, bleu roi avec un soupçon de gris, bleu-vert, et bleu foncé. Le tri lui prit à peine quelques minutes, si bien que quand Gilda revint elle avait terminé.

« Et voilà ! » annonça Gilda, déployant une tapisserie rectangulaire d'une trentaine de centimètres sur soixante-dix. Dans le médaillon central, des petits points soigneux dans de subtiles teintes de brun et de crème représentaient un arbre, avec, perchés dans ses branches, deux paons bleu et ocre picorant des grappes de raisin, tandis qu'une biche et un chevreuil broutaient en contrebas. Le plumage des paons était délicatement rendu, et le raisin habilement rehaussé de paillettes de couleur. Encadrant le médaillon, une broderie plus épaisse et plus sommaire dessinait un motif compliqué de nœuds celtiques bleus, que venaient compléter des fleurs rouges brodées sur un fond jaune.

« Cette broderie est exquise, déclara Violet, caressant un paon du bout du doigt. Si splendidement exécutée que je n'imagine pas qu'on puisse s'asseoir dessus un jour. »

Elle entendit un rire. Pas le rire sonore de Gilda, mais un rire plus grave et mélodieux. Violet leva la tête et ses yeux se retrouvèrent plongés dans deux lacs brun foncé. Le regard de Louisa Pesel était direct et attentif, malgré la clameur dans la pièce et la présence de Mrs Biggins rôdant à ses côtés. Elle dévisageait Violet comme si elle était la seule personne qui comptait.

« Il s'agit de quel épisode de l'histoire de Winchester ? demanda Violet. Je n'habite pas ici depuis longtemps, et cette scène ne me dit rien.

— Vous devez chercher plus loin, dans la Bible.

— L'Arbre de Vie ? » tenta Violet. Comme tout le monde ici, déjà elle voulait plaire à Miss Pesel.

La femme mûre eut un sourire radieux. « Oui. Les autres médaillons historiques seront directement liés à Winchester, mais j'ai pensé que le premier devait être plus universel. Par chance, le doyen Selwyn était d'accord avec moi, même si je ne l'ai prévenu qu'une fois le médaillon à moitié terminé. » Elle gloussa. « Celui-ci et un autre seront pour les sièges des bedeaux de chaque côté de l'allée centrale quand on pénètre dans le chœur. Ils sont un peu plus longs que les autres, parce que les sièges sont plus larges. Peut-être les bedeaux sont-ils plus gros que le commun des mortels !

— Miss Pesel, je vous présente Miss Speedwell, notre dernière recrue, intervint Mrs Biggins. Bien qu'elle s'y mette tard.

— Il n'est jamais trop tard, répliqua Miss Pesel. Nous avons des centaines de coussins et d'agenouilloirs à confectionner. Nous allons travailler des années, et nous avons besoin de toutes les bonnes volontés. Je vois que Mrs Biggins vous a affectée au tri de la laine. C'est bien joli, mais si vous devez commencer à broder pendant les vacances d'été, il faut que vous appreniez les points dès maintenant. Je vais moi-même vous montrer. Venez vous asseoir. » Elle la précéda vers deux places qui s'étaient miraculeusement libérées à la table sans qu'elle ait à demander. « Miss Hill, auriez-vous l'amabilité d'aller chercher un carré de toile et un modèle pour Miss Speedwell ? Pas besoin de tambour. Pas encore. »

En s'éloignant, Gilda adressa à Violet un large sourire aux dents éclatantes et chevalines, tandis que ses yeux se réduisaient à des fentes.

« Dites-moi, Miss Speedwell, avez-vous déjà fait de la broderie ? » Miss Pesel pencha la tête à la manière d'un oiseau. « Pas de point de croix à l'école ?

— Je ne... » Violet se tut. Un vague souvenir lui revint : un morceau d'étoffe ramolli, tout gris à force d'être tripoté, sur lequel des croix composaient une maison primitive, une guirlande de fleurs, un alphabet et une maxime. « "Seigneur, accorde-moi la sagesse pour diriger mes pas..." murmura-t-elle.

— ... "Je ne demande ni la richesse ni la longévité", compléta Miss Pesel. Un marquoir qui ne date pas d'hier. Très populaire autrefois. Qui vous l'avait fait faire ?

— Ma mère. Elle a encore la nostalgie de la reine Victoria. »

Miss Pesel rit.

« Mon marquoir n'était pas très réussi, ajouta Violet.

— Eh bien, nous allons devoir vous faire progresser. Nous commencerons par les principaux points que nous utilisons pour les agenouilloirs et les coussins : point de croix, point de croix allongé, demi-point de croix, point de riz, point de Gobelin droit et point d'œillet. Mais nous en ajoutons au fur et à mesure, pour éviter la monotonie. Je suis bien décidée à éviter sur nos coussins de siège ces banals paysages au point de croix mêlant vert, jaune et brun. »

Violet sourit : Miss Pesel venait de décrire les chaises de salle à manger qu'il y avait chez sa mère.

Gilda revint avec un carré de toile écrue et un deuxième, identique, présentant des parties brodées en bleu et en jaune.

« Chanvre italien, expliqua Miss Pesel en tendant le carré de toile à Violet. Et ceci est une aiguille à tapisserie, avec un chas plus grand et un bout rond. » Elle lui remit l'aiguille, ainsi qu'un brin de laine bleu moyen. « Enfilez-moi ça… Bien, vous vous souvenez. Ce matin je vais vous apprendre le demi-point de croix, le point de Gobelin, le point de croix et le point de croix allongé. » Elle tapota chacun des points en question sur le modèle. « Cet après-midi, le point de riz et le point d'œillet. Si tout se passe bien, vous aurez peut-être fini votre modèle de points avant la fin de la journée ! »

Violet s'apprêtait à dire qu'elle n'avait pris que sa matinée de congé, mais elle se ravisa. Qui remarquerait son absence ou s'en soucierait ? O et Mo ? Mr Waterman ? Elle pourrait facilement rattraper ses heures de travail. Et si Mr Waterman se plaignait, elle demanderait à Mrs Biggins de lui faire peur.

« Bon, quelques règles, poursuivit Miss Pesel. Ne jamais utiliser d'aiguilles pointues, qui éraillent la toile ; seulement des aiguilles à bout rond. Ne pas laisser de nœuds, ils se défont ou forment des bosses ; nouer le fil, coudre par-dessus, puis couper ce qui dépasse… je vous montrerai. Bien serrer ses points…

il faut couvrir l'intégralité de la toile, elle doit être entièrement brodée et on ne doit surtout pas voir la trame du canevas. Tout intervalle entre les points affaiblira le coussin ou l'agenouilloir, qui ne tiendra pas longtemps. Ces coussins et ces agenouilloirs serviront tous les jours, parfois deux ou trois fois par jour, pendant au moins cent ans, espérons-nous. Cela veut dire qu'on s'assiéra ou qu'on s'agenouillera dessus des milliers et des milliers de fois. Ils devront être robustes pour résister si longtemps à un usage aussi intensif.

« Pour finir, n'oubliez pas l'envers du canevas. Il faut que l'envers soit presque aussi parfait que l'endroit. Vous ferez des erreurs que vous pourrez corriger au verso, et personne ne se doutera de rien. Mais si c'est un affreux méli-mélo sur le revers, cela peut affecter le recto ; avec votre aiguille, par exemple, vous risquez d'accrocher des fils mal arrêtés et de les faire apparaître. Quand l'envers est bien propre, cela se ressent sur l'endroit. »

Violet repensa à l'envers de son marquoir d'enfance, avec ses fils de laine enchevêtrés, et son recto où foisonnaient les croix irrégulières. Sa mère désespérait.

« Représentez-vous votre ouvrage comme les offices célébrés dans la cathédrale, ajouta Louisa Pesel. Dans l'avant-chœur ou le chœur, les cérémonies paraissent toujours bien huilées, avec les processions, les prières, les cantiques, le sermon, tout cela magnifiquement chorégraphié. Mais si le service se déroule sans anicroche c'est en grande partie grâce aux bedeaux qui supervisent l'ensemble et règlent les détails au préalable à l'abri des regards. »

Violet hocha la tête.

« Très bien, commençons par le demi-point de croix, que vous allez beaucoup utiliser. » Miss Pesel désigna sur le modèle une série de points jaunes. « Ce point est solide, surtout en diagonale, et il remplit les vides à merveille. »

Violet, qui n'avait pas l'habitude, se débattait avec l'aiguille, la laine et la toile. Miss Pesel était patiente, mais Violet, maladroite et indécise, paniquait chaque fois qu'elle arrivait au bout d'une rangée et devait repartir en sens inverse.

« Un point en diagonale, puis on redescend de deux trous, répéta plusieurs fois Miss Pesel. Pour remonter la rangée, c'est un point en diagonale et on reprend deux points vers la droite. À la verticale quand on descend, à l'horizontale quand on monte. C'est ça ! » Elle applaudit. « Vous y êtes. »

Bêtement, Violet se sentit fière.

Miss Pesel la laissa s'exercer sur plusieurs rangs de demi-point de croix pendant qu'elle allait aider d'autres ouvrières. Le nombre de brodeuses impatientes de la voir ne semblait pas perturber Miss Pesel, et si aucune n'osait se plaindre, toutes regardaient Violet d'un œil noir par-dessus l'épaule du professeur.

Elle revint au bout de vingt minutes. « Très bien, dit-elle, étudiant les rangs qu'avait faits son élève. Vous avez appris où doit aller l'aiguille. Maintenant défaites tout et recommencez.

— Quoi ? Pourquoi ? geignit Violet, qui pensait s'être bien débrouillée.

— La tension dans chaque point doit être la même, sans quoi le résultat sera irrégulier et disgracieux. Ne perdez pas espoir, Miss Speedwell, ajouta-t-elle en remarquant l'expression accablée de Violet. Je peux vous assurer que chacune des femmes présentes dans cette pièce a défait son ouvrage plus souvent qu'à son tour. Personne ne réussit du premier coup. Bon, corrigeons un peu ce qui ne va pas au bout de vos rangées. Ensuite, je vous enseignerai le point de Gobelin. Il ressemble pas mal au demi-point de croix mais en plus simple. »

Il était en effet plus simple et plus facile à maîtriser, si bien qu'avant le déjeuner Miss Pesel put également lui montrer le point de croix et le point de croix allongé. « Je suis contente de vos progrès, déclara-t-elle en rendant son canevas à Violet. Cet après-midi nous verrons le point de riz et le point d'œillet, et alors vous serez prête. Nous reprenons à deux heures et demie. »

Violet se surprit à boire ces compliments comme du petit-lait.

# CHAPITRE 5

Alors que les brodeuses rassemblaient leurs affaires – certaines partant pour de bon, d'autres sortant déjeuner avec l'intention de revenir –, Violet resta désemparée un instant. Elle aurait dû retourner au bureau demander à Mr Waterman si elle pouvait prendre aussi son après-midi. Soudain Gilda apparut à ses côtés. « Si on déjeunait sur l'esplanade ? suggéra-t-elle, comme si elles étaient amies depuis des années. Il y a un if près de la tombe de Thetcher sous lequel j'aime bien m'asseoir quand il fait chaud. De là, on peut surveiller les allées et venues, ce qui est on ne peut plus distrayant.

— Thetcher ?

— Tu ne connais pas ? Tu vas adorer ! » Gilda lui prit le bras pour l'entraîner dehors. Violet fut tentée de se dégager : il y avait quelque chose dans le visage maigre de Gilda, ses dents en avant et les ridules autour de ses yeux qui trahissaient… pas vraiment le désespoir, mais une insistance excessive.

« J'étais censée retourner au bureau cet après-midi, dit-elle en descendant l'escalier. Je ne pensais pas rester la journée entière. Mrs Biggins n'avait parlé que de la matinée. »

Gilda fit la grimace. « La vieille Biggins ne voulait

sans doute pas de toi toute la journée. Franchement, elle agit comme si une nouvelle bénévole était un fardeau que Dieu lui imposait, alors que nous avons besoin à tout prix de brodeuses supplémentaires. Cette sotte devrait te remercier ! Heureusement, tu as la bénédiction de Miss Pesel. Tu es sûre de ne pas pouvoir prendre ton après-midi ? Ton supérieur est-il arrangeant ? Où travailles-tu ?

— Aux Assurances des Comtés du Sud. »

Gilda s'arrêta au milieu de l'enclos intérieur, la cathédrale se profilant derrière elle. En toge et en toque, un groupe de jeunes étudiants du Collège de Winchester se scinda pour les contourner, faisant claquer les pavés sous leurs pas. « Tu dois connaître Olive Sanders, dit-elle, l'air d'avoir mordu dans une pomme appétissante qui se serait révélée blette.

— Oui, nous sommes dactylos toutes les deux. Nous partageons un bureau.

— Ma pauvre ! Oh, désolée, je n'aurais pas dû dire ça. » Gilda ne paraissait pas désolée. « Mais franchement, ajouta-t-elle alors que toutes deux reprenaient leur marche, je ne m'imagine pas entre quatre murs avec elle. Comment fais-tu ? »

Violet repensa à toutes les conversations stupides entre O et Mo, aux couinements, aux braiments pour des riens, à la condescendance désinvolte, aux parfums trop suaves, aux tasses à thé encore à moitié pleines où flottaient des mégots de cigarette. « Il n'y en a plus pour très longtemps.

— Non, puisqu'elle épouse mon frère ! C'est moi qui hérite du problème. Sais-tu qu'elle a eu le culot de suggérer de me remplacer ? Je m'occupe des comptes et des rendez-vous pour le garage de mon frère », expliqua Gilda, leur faisant emprunter les arcades sous les contreforts de la cathédrale. La galerie, qui allait de l'enclos à l'esplanade, les mena devant l'entrée principale. « Elle n'y connaît rien en chiffres ni en automobiles ! J'ai mis un terme à cette lubie. » Une inflexion de doute dans la voix de Gilda porta Violet à soupçonner qu'il n'en était rien, et elle eut pitié d'elle. L'incertitude de la vieille fille… Elle ne nous quitte pas ; elle sous-tend le moindre de nos actes.

Violet leva la tête vers la cathédrale. Son aspect extérieur la surprenait toujours. Elle était venue plusieurs fois la voir depuis son enfance et savait à quoi s'attendre, mais chaque fois elle espérait voir quelque chose de spectaculaire et, là encore, elle fut déçue. Lorsqu'elle pensait à une cathédrale dans l'abstrait, l'édifice faisait toujours une entrée à couper le souffle. Tout était immense : le portail, le corps du bâtiment, et surtout le clocher ou la flèche. La cathédrale clamait sa présence haut et fort, et son essence physique ne permettait à personne d'oublier qu'elle était là en l'honneur de Dieu. La cathédrale de Salisbury s'affirmait ainsi par sa flèche impressionnante, la plus haute d'Angleterre ; tout comme celle de Chichester, que Violet avait vue en rendant visite à ses grands-parents. En vacances, elle avait admiré les belles tours carrées de la cathédrale de Canterbury, et de celle de Lincoln, lesquelles, comme il se devait, dominaient et écrasaient la ville.

Dans la réalité, la cathédrale de Winchester était tassée tel un crapaud gris sur une ordinaire place gazonnée en retrait de la Grand-Rue. Bien que la ville ait été le siège du pouvoir sous de nombreux rois, la cathédrale s'avérait étonnamment facile à manquer ; Violet devait souvent donner des indications aux touristes, même quand l'édifice se trouvait sous leurs yeux. « Ah… » disaient-ils. Mais elle savait qu'ils se demandaient : *Où est la tour ?* Car la cathédrale n'avait qu'une tour trapue ; elle ressemblait à un chien à la queue sectionnée, ou à un projet en panne de financement avant d'avoir pu gagner en hauteur. Le bâtiment évoquait une très grande église plutôt qu'une splendide cathédrale.

« Elle est plus belle à l'intérieur, avait-elle envie d'expliquer. L'intérieur est spectaculaire. » Mais Violet n'avait pas l'habitude de confier ses sentiments à des inconnus. Ils auraient cette surprise sans tarder.

Le gazon s'étendait autour de la cathédrale, entrecoupé de deux sentiers bordés de tilleuls. Partout des visiteurs et des travailleurs profitaient du soleil pour s'asseoir dans l'herbe sur de grands mouchoirs ou des journaux et manger des sandwichs. Plusieurs monuments funéraires et autres vieilles tombes parsemaient la pelouse, respectueusement évités par les pique-niqueurs, hormis Gilda, qui se dirigea d'un pas énergique vers une stèle à une cinquantaine de mètres de l'entrée de la cathédrale, sous un grand if. « Thetcher », annonça-t-elle.

La pierre, blanche, faisait environ un mètre. Violet lut à voix haute : « "Thomas Thetcher, mort d'une violente fièvre contractée en buvant de la bière alors qu'il avait chaud, le 12 mai 1764." Ça alors. »

*Ici repose en paix un grenadier du Hampshire,*
*Qui attrapa la mort en buvant de la petite bière froide.*
*Soldats, soyez prudents après ce décès prématuré*
*Et si vous avez chaud buvez de la bière forte ou pas de bière du tout.*

Gilda était capable de réciter l'inscription de mémoire sans regarder la pierre tombale. « Oublie la cathédrale, ajouta-t-elle. Le voilà, le monument important de Winchester. » Elle tapota la stèle avec affection, comme s'il s'agissait du chat de la famille, puis, ouvrant un paquet emballé dans du papier paraffiné, elle le posa entre elles. « On partage ?

— Ah. D'accord. » À contrecœur, Violet sortit son offrande de son sac à main. Les sandwichs de Gilda contenaient d'épaisses tranches de jambon et étaient généreusement tartinés de beurre : rien à voir avec la margarine bon marché et la triste couche de pâte d'anchois dont Violet avait garni les siens.

Mais Gilda ne sembla pas le remarquer. « Je trouve toujours les sandwichs préparés par les autres bien plus intéressants, déclara-t-elle en enfournant un triangle à la pâte d'anchois. Comme quand on vous prépare votre café... il paraît toujours meilleur quand quelqu'un vous le prépare, non ?

— Sans doute.

— Alors, raconte-moi comment ça s'est passé pour tes points ? Miss Pesel est un professeur fabuleux, n'est-ce pas ? Elle donne envie de réussir.

— Elle est très douée. Mais moi je ne suis pas sûre de l'être. » Violet mordit dans le jambon. Il était sucré et délicatement fumé, et si délicieux qu'elle en aurait pleuré. Les seules fois où elle mangeait correctement, c'était lorsqu'elle déjeunait le dimanche chez Tom, et qu'Evelyn préparait un rôti juteux. À la maison, sa mère semblait se délecter à laisser la viande brûler, à servir trop peu de pommes de terre et à faire une crème anglaise trop délayée, histoire de continuer à punir Violet de l'avoir abandonnée. Le succulent et abondant jambon l'obligea à se rendre à l'évidence : elle mourait de faim.

« Oh, j'étais lamentable au début ! s'écria Gilda, interrompant la rêverie culinaire de Violet et semblant se réjouir de ses propres insuffisances. Je me voyais condamnée aux bordures et au tri des écheveaux. Mais un jour les points deviennent une seconde nature et on arrive à se détendre tout en travaillant. J'ai remarqué que si j'étais tendue ma broderie se retrouvait tendue elle aussi. Or pas question d'avoir des coussins trop tendus dans le chœur, pas vrai ? Les choristes méritent de s'asseoir sur des coussins bien faits ! »

Violet ne put se retenir : elle s'empara d'un autre sandwich au jambon, même si c'était contraire aux convenances qui auraient voulu qu'on alterne. Là encore, la chose ne sembla pas déranger Gilda, qui entreprit de questionner Violet sur sa famille, sa vie à Southampton, et ce qui l'amenait à Winchester.

« Mon père est mort il y a deux ans et c'est devenu plus difficile de vivre avec ma mère, répondit Violet.

— Ta mère est abominable ?

— Un peu, oui. Elle ne s'est jamais vraiment remise de la mort de mon frère à la guerre. » Ça y est, elle l'avait dit.

Gilda hocha la tête. « Joe est sorti indemne de la guerre, mais nous avons perdu maman de la grippe espagnole juste après son retour. Il a dit qu'il avait vécu toute la guerre sans pleurer une seule fois, mais rentrer et perdre maman… c'était trop.

— Tu as perdu… quelqu'un d'autre ? »

Gilda secoua la tête, et regarda autour d'elle, comme pour évacuer la question. Pas de fiancé, donc, conclut Violet.

« Arthur ! » Gilda se leva et fit un signe de la main à deux hommes qui, poussant des vélos, remontaient le sentier bordé d'arbres vers l'entrée de la cathédrale. Ils avaient la jambe droite du pantalon rentrée dans la chaussette pour que le tissu ne se prenne pas dans la chaîne. L'un était l'homme à la chevelure et à la moustache blanches que Violet avait vu à la cathédrale lors de l'office des brodeuses. Au son de la voix de Gilda, il s'arrêta, puis les rejoignit en faisant rouler sa bicyclette, suivi d'un homme plus jeune et plus petit. Violet se leva à son tour.

« Bonjour Gilda », dit le premier en soulevant son chapeau, avant de saluer Violet d'un signe de tête. Ses yeux étaient des perles d'un bleu éclatant, son regard chaleureux et direct. Elle se sentit rougir jusqu'aux oreilles, sans trop savoir pourquoi : il était beaucoup plus âgé qu'elle, et – elle vérifia machinalement – il portait une alliance.

« Va-t-on vous entendre bientôt ? demanda Gilda.

— Pas cet après-midi. Nous allons voir le bedeau pour passer en revue le programme de l'été. En plus du quotidien, il y a quelques mariages, et les anniversaires royaux, bien sûr. Je vous présente Keith Bain, qui est notre ténor. Je ne suis pas sûr que vous vous connaissiez... il habite Winchester depuis deux ans. »

L'homme plus jeune, petit et sec, qui avait des cheveux roux et une peau toute tachetée de son, les salua de la tête.

« Et voici Violet Speedwell. Elle a rejoint les Brodeuses de la Cathédrale, n'est-ce pas, Vi ? »

Violet tressaillit. Personne ne l'avait appelée Vi depuis la mort de Laurence ; sa famille avait compris d'instinct que ce surnom était maintenant proscrit. Elle chercha à dissimuler son malaise en tendant la main aux deux hommes, mais alors qu'Arthur la lui serrait, Violet eut l'impression qu'il notait mentalement : *Ne pas l'appeler Vi*.

Il sourit. « Votre nom... c'était astucieux de la part de vos parents.

— Pourquoi astucieux ? voulut savoir Gilda.

— Speedwell est le nom vulgaire de la véronique, une fleur violette. Et ils ont appelé leur fille Violet.

— C'était l'idée de mon père, expliqua Violet. Mes frères ont... avaient... ont des prénoms plus traditionnels. » Elle ne les cita pas ; elle ne voulait pas prononcer le prénom de George à voix haute.

« Une chance qu'il ne t'ait pas appelée Veronica ! s'esclaffa Gilda. Veronica Véronique.

— Vous avez choisi de vous asseoir près de Thetcher, dit Arthur, indiquant du menton la pierre tombale.

— Je ne l'avais jamais vue, avoua Violet.

— Ah, alors vous ne devez pas être de Winchester.

— Non. De Southampton. J'ai emménagé ici il y a sept mois.

— Je m'en doutais. Je vous connaîtrais, sinon. » Son ton était neutre mais, bizarrement, ses mots ne l'étaient pas. Violet s'empourpra à nouveau.

« Arthur et moi avons fréquenté la même église, expliqua Gilda. Je jouais avec sa fille au catéchisme. Elle est en Australie aujourd'hui, et Arthur a déménagé à la campagne. À Nether Wallop, le plus beau village d'Angleterre, et celui au nom le plus rigolo. »

Tandis qu'Arthur la corrigeait – « En fait, nous habitons Middle Wallop » –, Violet se remémorait une visite là-bas avec son père et ses frères quand elle était petite. « Je connais, dit-elle. La pyramide de Douce. »

Keith Bain et Gilda eurent l'air perplexes, mais Arthur acquiesça. « Exact. » Il se tourna vers les autres. « Dans le cimetière de Nether Wallop, une pyramide a été bâtie sur la tombe de Francis Douce. La famille devait aimer les pyramides, vu que d'autres membres en ont fait ériger aussi, comme à Farley Mount. » Il sourit à nouveau à Violet, qui remercia secrètement son père d'avoir prévu une escale à Nether Wallop lors de leur courte randonnée estivale. Elle devait avoir onze ans, Tom sept et George treize. Mrs Speedwell n'étant pas venue avec eux, les vacances avaient été plus décontractées et ils étaient tous de bonne humeur. Ils avaient pris le train jusqu'à Salisbury puis une charrette anglaise jusqu'à Stonehenge, et là ils avaient commencé à marcher, traversant des bois et longeant des champs de blé fraîchement semés. À Nether Wallop, ils avaient séjourné au Five Bells et étaient allés voir l'église, où leur père avait fait la courte échelle à George pour qu'il puisse empoigner la flamme de pierre au sommet de la pyramide, et se proclamer roi d'Égypte. Si on leur avait dit ce jour-là que, onze ans plus tard, George et des centaines de milliers d'autres Britanniques seraient morts, ils ne l'auraient pas cru.

À sa grande honte, Violet sentit des larmes lui piquer les yeux puis jaillir avant qu'elle n'ait le temps de les cacher. Elle pleurait rarement en pensant à la perte de George et Laurence. Dans ce deuil familial, Mrs Speedwell avait toujours été la pleureuse officielle, laissant peu l'occasion à Violet, Tom ou leur père de donner voix à leur propre chagrin. Quand Laurence était mort un an après George, Mrs Speedwell n'avait pas une seule fois exprimé de tristesse ni tenté de consoler Violet, mais avait réussi à transformer cette infortune en compétition, rappelant à qui voulait l'entendre que la perte d'un fils était la perte la plus terrible qui soit, autrement dit, qu'elle surclassait celle d'un fiancé. Violet ne voulait pas jouer à ce jeu-là, et refoulait ses larmes.

Arthur lui proposa un mouchoir avec une bienveillance muette. Même presque quatorze ans après la fin de la guerre, personne ne s'étonnait devant des larmes soudaines.

« Merci. » Violet s'essuya les yeux. « Je suis vraiment désolée. » Arthur et Keith inclinèrent la tête, et Gilda lui tapota le bras juste ce qu'il fallait. Puis ils reprirent leur badinage, comme l'exigeait la politesse.

« Cela fait des années que je ne suis pas allée à Farley Mount, observa Gilda. Nous y allions tout le temps le dimanche après-midi.

— Et c'est quoi, Farley Mount ? » demanda Keith Bain, parlant pour la première fois. À la grande surprise de Violet, il avait un accent écossais.

Gilda et Arthur pouffèrent. « Carrière de craie ! s'écria Gilda.

— Si invraisemblable que cela paraisse, "Carrière de craie !" est le nom d'un cheval, expliqua Arthur. Un parent de la famille Douce a fait construire une pyramide au sommet d'une colline à quelques kilomètres de Winchester, en l'honneur d'un cheval qui avait remporté une course. Avant la course, le cheval était tombé dans une carrière de craie, d'où le nom.

— Ça pourrait me faire un but de promenade, dit Keith Bain. Je ne suis allé qu'à la colline Ste Catherine. Je veux mieux connaître les environs. Où est-ce ?

— À environ huit kilomètres à l'ouest d'ici. Si une plus longue promenade te dit, tu peux marcher à travers champs jusqu'à Salisbury. Ça fait quarante kilomètres. J'appelle cette marche la Randonnée des cathédrales. Tu pourras t'arrêter chez moi aux Wallop si tu veux.

— Pourquoi pas.

— Le bedeau nous attend… » Arthur se tourna vers Violet. « Très heureux d'avoir fait votre connaissance, Miss Speedwell.

— Moi aussi. » Violet le regarda s'éloigner vers la cathédrale en poussant sa bicyclette. La brève attention qu'il lui avait montrée l'avait apaisée, comme une main arrêtant un fauteuil à bascule qu'on viendrait de heurter.

Elle ne s'aperçut qu'après son départ qu'elle agrippait toujours son mouchoir. Les initiales *AK* avaient été brodées en bleu dans un angle, dans un point de chaînette irrégulier. Elle aurait pu lui courir après, ou confier le mouchoir à Gilda pour qu'elle le lui rende. Au lieu de cela, elle attendit que sa nouvelle amie regarde ailleurs pour le fourrer dans son sac.

« Ils font partie d'une chorale ? demanda-t-elle une fois le mouchoir rangé.

— Pas du tout, répondit Gilda, repliant le papier paraffiné des sandwichs. Qu'est-ce qui te fait dire ça ?

— Il a parlé de ténor.

— Non, non, ils sont sonneurs de cloches ! Pour la cathédrale. La ténor, c'est la plus grosse cloche. Si nous prenions un café ? Après, je trouverai un téléphone pour prévenir ton bureau que tu es malade. Que tu t'es évanouie sur l'esplanade de la cathédrale ! »

À leur retour, Violet découvrit qu'elle avait été supplantée auprès de Miss Pesel et avait perdu son titre d'élève privilégiée. Plusieurs brodeuses se pressaient autour de leur mentor ; en voyant entrer Violet, deux disciples se rapprochèrent davantage, comme pour défendre leur position et protéger leur professeur.

« Quels points devait-elle te montrer ? » demanda Gilda, contemplant la mêlée avec réprobation.

Violet se saisit du modèle. « Celui-ci… Le point de riz, je crois. Et le point d'œillet.

— Je peux te les montrer. Miss Pesel aime bien que nous enseignions à d'autres, elle dit que la meilleure façon de graver dans son esprit ce qu'on a appris c'est de l'expliquer à quelqu'un d'autre. »

Les deux points en question étaient délicats mais pas difficiles à assimiler. Ainsi, avant d'aller consulter Miss Pesel au sujet de son propre ouvrage, Gilda suggéra-t-elle que Violet compose un marquoir avec les six points qu'elle maîtrisait, afin de le remettre au professeur à la fin de la journée.

L'ambiance était plus calme à présent, plus tranquille. Une douzaine de femmes – certaines déjà là le matin, d'autres nouvelles – travaillaient autour de la grande table, avec Miss Pesel et Mrs Biggins qui répondaient aux questions et donnaient des conseils. Violet se concentrait sur son marquoir, veillant à effectuer des points uniformes, d'une tension constante. Au bout d'un moment, elle s'aperçut qu'elle pouvait travailler tout en écoutant les conversations alentour. Les brodeuses parlaient principalement de leurs enfants et petits-enfants, de leurs voisines, de leur jardin, des repas qu'elles préparaient, des vacances qu'elles prendraient peut-être. Toutes écoutaient poliment, mais sans réel intérêt. Elles attendaient simplement leur tour de s'exprimer. Comme d'ordinaire dans ces situations, les femmes mariées parlaient plus que les vieilles filles, s'arrogeant une autorité naturelle et une place supérieure dans la hiérarchie féminine que personne ne remettait en cause. Seuls étaient tolérés les commentaires occasionnels de Gilda, qui était drôle et connaissait tout le monde, même si quelques-unes échangeaient des regards dans son dos. La plupart étaient d'une certaine classe sociale, et Violet supposait qu'elles méprisaient un peu cette famille qui tenait un garage et révisait leurs automobiles. Elle-même était devenue moins encline à critiquer : quand on était une femme célibataire vivant seule avec un petit salaire, le milieu d'origine ne signifiait pas grand-chose. Gilda appartenait peut-être à un milieu différent, mais elle vivait en famille et avait les moyens de manger de bien meilleurs sandwichs que Violet.

Que se passerait-il, se demanda-t-elle, si je changeais de sujet et demandais à la cantonade qui, selon elles, allait former le nouveau gouvernement allemand maintenant que le chancelier avait démissionné ? Est-ce qu'une de ces femmes aurait une opinion ? Violet n'était pas sûre d'en avoir une, mais elle commençait à trouver un peu étouffant l'esprit de clocher qui régnait dans cette pièce. Peut-être devait-elle juste apprendre à mieux connaître ces femmes.

Mrs Biggins tapa deux fois dans ses mains. « Très bien, mesdames, cela suffira pour aujourd'hui. Laissez votre place aussi nette qu'à votre arrivée. Je ne veux voir traîner aucun bout de laine. Mrs Way notera les fournitures que vous emporterez. »

Les brodeuses commencèrent à faire la queue près de Miss Pesel, qui inspectait leur ouvrage avant qu'elles ne s'en aillent. Violet observait la scène, soudain intimidée à l'idée de montrer son marquoir. Elle n'avait pas envie qu'on lui ordonne de le défaire à nouveau, ou qu'on l'assigne à la tenue des registres avec Mabel Way. Elle finit toutefois par rejoindre la file d'attente derrière Gilda et écouta tandis que Miss Pesel et elle discutaient de la différence entre les points de Gobelin obliques et verticaux. Puis Louisa Pesel tendit la main pour examiner l'ouvrage de Violet. « Vous vous êtes très bien débrouillée, déclara-t-elle en promenant un doigt sur les points. Faites attention, pour le point de croix allongé, à bien tendre la partie allongée ; sinon ça fait des bosses, comme ici. Mais rien de méchant... pas la peine de les défaire puisque c'est un modèle, et cette erreur vous servira de pense-bête. » Elle lui rendit l'ouvrage. « Pour mercredi prochain, apprenez les points à quelqu'un d'autre et revenez me montrer ce que votre élève aura fait.

Vous prendrez de la toile, de la laine et une aiguille en sortant. »

Violet demeura ébahie. « À qui dois-je… » Mais Miss Pesel s'était déjà tournée vers la brodeuse suivante.

Gilda souriait à nouveau de toutes ses dents. « Qu'est-ce que je t'avais dit ! »

# CHAPITRE 6

Violet ne voyait pas du tout à qui enseigner les points. Sa mère n'accepterait jamais, Evelyn avait trop à faire, et Marjory était sans doute trop jeune pour maîtriser une chose aussi compliquée que le point de riz. L'espace d'un instant elle envisagea sa logeuse, mais Mrs Harvey n'avait pas l'air du genre à rester tranquillement assise à broder. Elle arriverait peut-être à convaincre une des autres pensionnaires, mais n'était pas certaine d'en avoir envie. Violet avait pris soin de garder ses distances par rapport à Miss Frederick, professeur d'anglais dans une école de filles, et Miss Lancaster, qui travaillait comme greffière au tribunal de Winchester. Il flottait autour de ces deux femmes comme un désarroi, une mélancolie dont Violet espérait de tout cœur qu'ils n'émanent pas d'elle. Devenir amie avec elles ne ferait qu'accentuer cette sensation. Pourtant, quand plusieurs jours se furent écoulés sans qu'elle ait trouvé personne à qui enseigner les points de broderie, elle comprit qu'elle allait devoir rompre son serment et demander à Miss Frederick. Elle réfléchissait à ce problème un matin alors qu'elle tapait à la machine, deux jours avant le cours suivant. Ses collègues n'étaient pas encore arrivées : elles étaient rarement à l'heure.

Mo débarqua alors que Violet rédigeait son deuxième contrat, ajoutant une assurance incendie à une police existante sur une maison d'Andover. Mo était toujours bien moins bruyante et moins sûre d'elle en l'absence d'Olive. Là, elle semblait particulièrement abattue : tête basse, elle marmonna un bonjour dans son col sans lever les yeux. Son habillement reflétait son humeur, un marron boueux, avec une jupe informe et un chemisier trop ample. Violet la salua, puis, lorsqu'elle eut terminé le contrat, elle proposa de faire du thé.

« Oui, s'il te plaît », répondit Mo d'une petite voix, avant de soupirer. Le soupir était une ouverture, sa façon d'indiquer qu'elle était prête à être interrogée sur ce qui n'allait pas.

Violet alla d'abord dans la cuisine préparer le thé, et rapporta la théière dans le bureau avec une assiette de biscuits Garibaldi ; personne n'en raffolait, mais il n'y avait que ça. « Bon, dit-elle en plaçant une tasse de thé devant Mo et en lui tendant le sucrier. Que se passe-t-il ? » Elle reprit place sur sa chaise, les mains sur sa tasse pour les réchauffer, car c'était une de ces journées pluvieuses de juin où on se croyait plus au début du printemps qu'en été. Un jour à cardigan. Elle alternait entre le beige et le havane. Aujourd'hui elle portait le havane ; n'ayant pas les moyens de s'en racheter un neuf, elle l'avait récemment rafraîchi en remplaçant les boutons par un lot en nacre déniché dans une boutique d'occasion.

Mo versa plusieurs cuillerées de sucre dans son thé et fit la moue devant les biscuits rectangulaires sur lesquels les cassis séchés ressemblaient à des mouches écrasées. Violet ne la brusqua pas. Elles avaient toute la journée.

« O va donner sa démission, lâcha-t-elle enfin. À effet immédiat. Sa mère va appeler Mr Waterman ce matin. » Elle prit un biscuit et mordit violemment dedans.

« Je vois. » Violet ne s'attendait pas à ça. Elle avait supposé que Mo broyait du noir à cause de quelque chose que son petit ami employé de banque avait dit ou fait, et qu'Olive était occupée à régler quelque détail en vue de son lointain mariage – rendez-vous avec un pasteur, recherche d'un imprimeur pour les invitations, choix d'un tissu pour la robe –, utilisant ce prétexte pour s'octroyer une journée oisive. Violet s'attendait à des mois, voire des années de cette comédie avant que l'événement n'ait vraiment lieu. Olive ne partirait qu'à ce moment-là ; les femmes quittaient toujours leur emploi une fois mariées, rarement avant.

« Autant te le dire… tu l'apprendras assez tôt. Les gens sont de telles commères, ajouta Mo, oubliant évidemment combien O et elle se plaisaient à jaser et à colporter des rumeurs. Elle… eh bien, elle se marie bientôt. Le week-end prochain.

— Ah. » Violet repoussa un stylo sur son bureau, le plaçant perpendiculairement à une pile de papier. Il n'existait qu'une raison pour qu'une femme se marie si rapidement.

« Ce n'est pas ce que tu imagines ! »

Violet patienta un moment, puis déclara doucement : « Bien sûr que si. Pauvre Olive. »

Mo se raidit, comme si elle allait protester, mais au bout de quelques secondes elle s'avachit à nouveau sur sa chaise et trempa le biscuit dans son thé. « Ce n'est pas comme si elle ne voulait pas l'épouser. Seulement, pas si vite, avec tous ces gens qui… médisent. »

Violet alluma une cigarette et se sentit vieille. « Ils s'en remettront. » C'était vrai. Olive et son fiancé se marieraient : « On a décidé qu'on ne voulait pas de chichis, dirait-elle, on veut être ensemble, parce qu'on s'aime follement. » Elle aurait son bébé. « Prématuré, mais regardez quelle petite chose pleine d'énergie nous avons là ; on ne croirait jamais qu'il est arrivé avec deux mois d'avance ! » Et les gens oublieraient le contexte, parce que le phénomène était assez fréquent, et quelle importance de toute façon ? Violet avait pris ses précautions avec ses partenaires de sherry, utilisant un diaphragme qu'elle avait convaincu une amie mariée de lui procurer auprès d'un médecin. Mais elle avait eu quelques frayeurs au fil des années, et savait avec quelle facilité une jeune fille comme Olive pouvait se laisser surprendre. Au moins son fiancé avait-il une conduite honorable. S'il ressemblait un tant soit peu à sa sœur Gilda, O avait vraiment beaucoup de chance.

Au déjeuner il pleuvait trop pour sortir, et Violet et Mo restèrent à leurs tables de travail avec leurs sandwichs. Mo feuilletait un magazine d'un air malheureux.

« Et si je t'apprenais un passe-temps qui te change un peu les idées ? » suggéra enfin Violet.

Il s'avéra que Mo – ou Maureen, car avec le départ brutal d'Olive le surnom disparut lui aussi – était plus douée pour la broderie que Violet, bien qu'elle n'en ait jamais fait. Elle avait le don pour demeurer concentrée et pour s'obstiner, des qualités que Violet ne l'avait jamais vue déployer à sa machine à écrire. Il faut dire qu'Olive avait toujours été là pour la distraire. La jeune femme, en outre, jubilait facilement : « Regarde mes points de Gobelin, annonça-t-elle avec fierté tandis qu'elles cousaient. On ne fait pas plus droit ! »

Miss Pesel avait raison : enseigner les points à autrui vous aidait à les apprendre vous-même, les questions de l'élève vous obligeant à définir le pourquoi de vos gestes et à mettre le doigt sur ce que vous ne compreniez pas réellement. « Pourquoi est-il si important de bien tendre le fil ? demanda Maureen, fronçant les sourcils sur sa laine verte.

— Parce que… regarde… » Violet indiqua un point mal fait. « Tu vois comme il dépasse ? Tu ne l'as pas assez tiré. Si tu ne le défais pas, il restera comme ça.

— Quelle importance, que les points soient droits ou en diagonale sur l'envers ?

— Les points en diagonale tirent sur la toile et la déforment. Les coussins et les agenouilloirs doivent être parfaitement d'équerre.

— Mais pourquoi faut-il que l'envers soit si impeccable ?

— S'il y a trop de fils qui se promènent, tu risques de les ramener accidentellement sur l'endroit en faisant tes points. » Violet avait conscience de répéter les mots de Miss Pesel comme un perroquet. Jusque-là elle avait réussi à répondre à toutes les questions de Maureen, mais elle s'attendait, à la longue, à être prise en défaut.

« Tu devrais peut-être venir à la réunion, avant que les cours ne s'arrêtent pour l'été », suggéra-t-elle alors qu'elles s'étaient remises à broder durant leur pause-thé de l'après-midi. Violet n'en revenait pas : d'abord ignorée et prise en pitié, elle était brusquement devenue le professeur de Maureen, au point de lui proposer une activité conjointe. Elle n'arrivait pas à imaginer qu'elles deviennent un jour bonnes amies – Maureen avait quinze ans de moins qu'elle –, mais l'ambiance de leur bureau était d'ores et déjà métamorphosée.

« Mr Waterman ne nous laissera pas y aller toutes les deux », répondit Maureen, tenant son canevas tout près de son visage afin d'examiner ses points. Elle s'exerçait au point de riz, avec deux couleurs de laine. « Oh, zut ! J'ai oublié dans quelle direction faire aller les points de dessus. Est-ce que ça compte, que ce soit dans un sens ou dans l'autre ?

— Non, du moment que tu couds chaque carré de la même manière, pour que ce soit uniforme. » Violet étudia ses propres points de riz. Ils laissaient voir beaucoup trop de toile. « Mr Waterman nous libérera peut-être le matin si nous travaillons à l'heure du déjeuner et si nous restons tard pour rattraper le temps perdu.

— Avec le départ d'Olive, il va devoir se grouiller d'embaucher quelqu'un. »

Violet avait sa petite idée là-dessus, mais la garda pour elle en attendant de l'approfondir.

Quand on parle du loup... Violet entendit dans le couloir le cliquetis caractéristique des talons d'Olive. Maureen – à moins qu'elle ne soit redevenue Mo – leva des yeux paniqués. Se débarrassant de sa broderie, elle saisit un magazine, rapprocha sa tasse de thé et détourna le visage. Violet fut plus amusée que blessée.

Mais Mo n'avait pas eu l'intelligence de dissimuler son ouvrage. Avec son allure de pouliche robuste et plantureuse, Olive resta sur le seuil, observa la pose maladroite de Maureen derrière son magazine, jeta un coup d'œil au marquoir brodé sur son bureau et à celui que tenait Violet, et pouffa. « Je suis à peine partie que tu te mets aux travaux manuels ! s'exclama-t-elle, railleuse. Qu'est-ce que c'est que ça ? » En moins de deux, Olive s'était emparée du canevas. L'aiguille se désenfila et tomba à terre dans un petit tintement.

« Demi-point de croix, point de Gobelin, point de croix, point de croix allongé et point de riz, répliqua Violet à la place de Mo. Et, bientôt, elle va apprendre le point d'œillet. »

Olive lâcha la broderie comme si elle était contagieuse. « À tricoter comme une vieille fille ! s'écria-t-elle, dévisageant avec mépris son amie d'antan. Qu'est-ce qui t'est arrivé ? »

Mo baissa son magazine. « Tu es partie, déclara-t-elle doucement.

— Et alors ? Je serais partie de toute façon une fois mariée. Ça survient juste un peu plus tôt, c'est tout. Tu partiras toi aussi, un jour. » Olive regarda autour d'elle et repéra son foulard de mousseline aux couleurs vives, suspendu à un crochet derrière la porte. « Te voilà ! lança-t-elle, triomphante, en le récupérant. Tu ne pensais pas que j'allais t'abandonner !

— Je serai quand même ta demoiselle d'honneur, pas vrai ? » Mo parlait d'une petite voix suppliante. « La semaine prochaine ?

— Oh, je ne pense pas. » Olive passa un long moment à ajuster le foulard autour de son cou pour qu'il tombe comme il convenait. « Ce n'est qu'un petit mariage intime. Rien que la famille. »

Mo eut l'air tellement malheureuse que Violet éprouva le besoin insolite d'intervenir. « Ce n'est pas du tricot, en fait, rectifia-t-elle. Mais du canevas. La version moderne de la quenouille, pourrait-on dire. » Voyant les plis perplexes sur le front d'Olive, elle ajouta : « La quenouille… pour filer la laine. L'activité des vieilles filles autrefois. »

Olive roula les yeux. « Seigneur, je suis bien contente d'échapper à ces trucs-là.

— Eh bien moi je te souhaite bonne chance pour ce truc-là », repartit Violet de sa voix la plus sèche en désignant le ventre d'Olive, qui était encore plat.

Olive sursauta et devint écarlate. « Je ne vois pas ce que tu veux dire ! Vraiment, c'est… » Elle s'interrompit. Sous le rouge de ses joues, son teint sembla verdir. « Bon, je vais me laver les mains ! » Elle pivota et remonta prestement le couloir en direction des toilettes.

Avec une autre, Violet se serait peut-être moquée d'Olive et de son départ précipité. Mais elle savait que Mo ne rirait pas, surtout avec en bruit de fond, au loin, les haut-le-cœur de son amie. Elle demanda plutôt avec douceur : « Si on passait au point d'œillet ? »

Au bout d'un moment Maureen se pencha pour chercher son aiguille sur le sol. « D'accord. »

Violet se donna des forces avec un petit biscuit, puis alla parler à Mr Waterman. Elle avait intérêt à exposer ses idées d'une seule traite : le travail, les cours de broderie et Maureen. Elle n'était pas du genre à faire des suggestions d'ordre professionnel, mais la chose ne s'était pas avérée nécessaire quand elle vivait chez ses parents et n'avait pas à subvenir à tous ses besoins. Si elle ne disait rien maintenant que l'occasion se présentait, elle allait lentement mourir de faim.

Quand elle frappa à sa porte ouverte, Mr Waterman regardait la pluie par la fenêtre. « Bonjour, Miss Speedwell. J'admirais la pluie. Le jardin en a besoin. Que puis-je pour vous ? Est-ce une tasse de thé que vous m'apportez là ? Exactement ce qu'il me faut, merci ! Asseyez-vous. »

Violet savait peu de choses sur la vie privée de son supérieur, sinon qu'il avait une femme et un enfant dont il ne parlait jamais, qu'il aimait le cricket, et qu'il n'aimait pas la chaleur. Elle ne savait pas ce qu'il avait fait pendant la guerre. Sur des bases aussi minces, la conversation n'était pas évidente. Tandis qu'il buvait son thé à petites gorgées, elle choisit ses mots avec soin. « Merci beaucoup de m'avoir accordé un congé pour assister à la réunion de broderie de Mrs Biggins la semaine dernière », commença-t-elle.

À la mention de Mrs Biggins, Mr Waterman se redressa sur son siège. « Bien sûr, bien sûr. Elle était contente, n'est-ce pas ? Contente d'avoir une élève ?

— Oui. À ce propos…

— Mais attendez : n'avez-vous pas été malade cet après-midi-là ? Elle ne vous a pas rendue malade, tout de même ? »

Violet réfléchit rapidement. « Non, c'était la chaleur. On manquait un peu d'air dans la salle.

— Ah, la chaleur, oui. On a eu quelques journées étouffantes, hein ? Ce n'est certainement pas le cas aujourd'hui.

— J'aurais dû m'installer près de la fenêtre. La prochaine fois je demanderai cette place-là.

— La prochaine fois ? Elle ne vous a donc pas appris le nécessaire ?

— Mrs Biggins aimerait que je vienne à la prochaine séance avant que les réunions ne s'arrêtent pour l'été, histoire de s'assurer que je saurai me débrouiller. Et je dois amener Maureen avec moi. »

Mr Waterman haussa soudain les sourcils. « Miss Webster ?

— Mrs Biggins cherche à recruter d'autres brodeuses pour la cathédrale. Il semble que Miss Webster soit très douée.

— Je vois. » Mr Waterman se mit à tambouriner avec ses ongles contre sa tasse de thé. « C'est l'avis de Mrs Biggins ?

— Mrs Biggins n'a pas encore vu son travail, admit Violet, sachant qu'elle marchait sur des œufs. Mais elle et Miss Pesel, qui a fondé le cercle des Brodeuses de la Cathédrale, ont dit qu'il fallait davantage de bonnes ouvrières. Or le travail de Miss Webster est exceptionnel. » C'était exagéré, mais Mr Waterman n'y verrait que du feu s'il regardait le marquoir de Maureen ; ce seraient des hiéroglyphes pour lui, exactement comme pour elle à peine une semaine plus tôt.

« Eh bien, loin de moi l'idée d'entraver les bonnes œuvres pour l'Église, commença Mr Waterman. Mais il y a un problème, comprenez-vous, étant donné… le… départ soudain de Miss Sanders. » Il avala la fin de son thé ; des gouttes restèrent accrochées à sa moustache. La mère d'Olive pouvait bien invoquer l'impétuosité de jeunes amoureux impatients de se marier, à l'évidence, Mr Waterman n'était pas dupe.

« J'ai une suggestion à propos du poste vacant, déclara Violet.

— Ah bon ? » Mr Waterman ne fit rien pour cacher sa surprise, une surprise mêlée de réprobation. Violet allait devoir se dépêcher d'exposer son plan avant que son supérieur, contrarié par cette témérité féminine, ne coupe court à l'entretien.

« J'allais suggérer que Miss Webster et moi prenions en charge nous-mêmes une partie du supplément de travail. Miss Sanders était une brave fille, mais pas la plus rapide des dactylos. Si je me contente d'une demi-heure de pause au déjeuner, et que je travaille une heure de plus chaque jour de la semaine, cela fera sept heures et demie de plus par semaine. Je ne peux pas parler pour Miss Webster, bien sûr, mais elle aussi voudra peut-être faire des heures supplémentaires. Vous pourriez alors embaucher une dactylo à temps partiel pour combler la différence. Si ça se trouve, vous constaterez que vous n'en avez même pas besoin. » Violet aurait pu être plus abrupte. Olive était une dactylo épouvantable et une employée indolente. Maureen ne serait plus distraite par son amie, et ensemble elles viendraient largement à bout du travail existant. Mais cela, elle ne pouvait pas le dire.

« Vous feriez ça ? Vous seriez vraiment prête à faire plus d'heures pour les Assurances des Comtés du Sud ? » La gratitude de Mr Waterman alarma Violet ; manifestement, il avait mal compris un élément fondamental.

« Bien sûr, l'augmentation de salaire sera la bienvenue, répondit-elle. Plus que la bienvenue. Il n'est pas facile pour une célibataire de vivre avec ce que je touche à l'heure actuelle.

— L'augmentation de salaire ? » La voix de Mr Waterman s'accéléra, tout comme ses pensées. Il s'essuya le front avec un mouchoir.

Violet aurait pu dire : « Évidemment, espèce d'idiot. Je ne vais quand même pas travailler davantage sans contrepartie ! Savez-vous ce que je mange au déjeuner ? Que je ne fais jamais de repas chaud ? Que mes vêtements pendent sur ma carcasse parce que j'ai perdu du poids et que je n'ai pas les moyens d'en racheter ? Qu'aller au cinéma signifie me priver de nourriture ? Que je n'ai pas de pension et pas de mari pour m'entretenir et que je suis en train d'épuiser mes économies ? Que je me demande souvent ce qui se passera quand je serai trop vieille pour travailler ? Que je n'ose pas demander de l'argent à mon frère parce que j'ai de bons rapports avec lui et que je ne veux pas les gâcher, afin de pouvoir compter sur son aide et celle de ses enfants quand je serai vieille ? »

Elle ne dit aucune de ces choses-là à Mr Waterman, mais expliqua : « À terme, il reviendra moins cher à l'entreprise de ne pas avoir à payer une troisième dactylo à temps plein.

— Oui, je suppose que c'est vrai », concéda Mr Waterman au bout d'un moment. Sa réprobation décroissait peu à peu.

Elle s'accrut à nouveau quand Violet suggéra que son salaire et celui de Maureen soient augmentés de quatre shillings par semaine, et ne retomba pas lorsqu'elle lui détailla patiemment les chiffres en lui expliquant ses calculs. « Il est clair que vous avez réfléchi au problème, Miss Speedwell », grommela-t-il, visiblement mécontent de cette initiative.

Mais quand Violet lui eut rappelé à plusieurs reprises que la compagnie économiserait le salaire d'Olive, moins leur augmentation à Maureen et elle, sous réserve que toutes deux se montrent plus efficaces, il accepta à contrecœur de proposer cette solution à sa hiérarchie à Southampton. « Une seule chose, Miss Speedwell, je dirai que l'idée vient de moi, si cela ne vous fait rien, ajouta-t-il en plissant le front. Je ne sais pas ce que penserait la direction si elle savait que c'est une femme qui a eu une idée si... *progressiste*. »

Violet n'attendait pas de réponse avant un certain temps, convaincue qu'il faudrait une semaine ou deux à Mr Waterman pour souscrire à l'idée et, dans une certaine mesure, se l'approprier. Cela ne la dérangeait pas, du moment qu'elle obtenait une augmentation. Ce soir-là, dans le salon, alors qu'elle écoutait Gracie Fields à la radio, elle rêva de côtelettes.

Deux jours plus tard, elle fut étonnée de le voir apparaître dans leur bureau alors qu'elles tapaient à la machine – Maureen bien plus vite, en effet, maintenant que Violet dictait la cadence –, et annoncer que Southampton avait accepté que leur duo se charge du travail d'Olive pendant une période d'essai d'un mois.

« Avec quatre shillings de plus par semaine ? crut bon de demander Violet.

— Oui, oui, Miss Speedwell, avec vos quatre shillings de plus. » Mr Waterman paraissait las, comme s'il craignait d'avoir à endurer ce type de requête de la part de sa femme ou de sa fille.

Après son départ, les deux femmes continuèrent à taper sans rien dire. Mais quand Violet jeta un coup d'œil à sa collègue, Maureen souriait.

Violet célébra l'événement en allant déjeuner au salon de thé Awdry dans la Grand-Rue, où elle s'offrit un menu complet : une soupe aux pommes de terre et aux poireaux, une côte de porc avec deux petits pains, et du pudding aux raisins secs avec un supplément de crème anglaise. Chaque fois, elle nettoya à fond son assiette.

# CHAPITRE 7

À la fin du dernier cours de broderie, Violet fut chargée de travailler durant l'été à la fabrication de bordures pour les coussins : une frise de trois centimètres ornée de motifs géométriques bleus, jaunes et rouges qui formeraient les pourtours des futurs coussins des sièges et banquettes du chœur. « Vous ne pourrez pas faire trop de dégâts avec cette mission-là, et vous n'aurez pas besoin de tambour », avait déclaré Mrs Biggins, continuant à traiter Violet moins comme une aide que comme une gêne. Il était vrai, toutefois, que les bords seraient peu visibles ; les gens admireraient les médaillons historiques sur le dessus.

Violet se vit confier un modèle de la frise, une longueur de toile, des aiguilles et suffisamment de laine pour réaliser plusieurs mètres de bordure. Contemplant le modèle, magnifiquement brodé avec des points réguliers, Gilda commenta : « Miss Pesel a dû faire ça en une demi-heure ! »

Violet soupira. Gilda avait sûrement raison, mais cette remarque ne faisait que lui rappeler sa propre lenteur.

Elle se trouva bientôt un peu obsédée par la broderie. Ayant volé à sa mère un vieux porte-aiguilles, elle le gardait en permanence dans son sac à main, avec une portion de bordure, afin de la reprendre dès qu'elle avait le temps. Au bureau, elle brodait pendant la pause du thé et après le déjeuner. Elle brodait dans le train le dimanche en allant à Southampton, et en en revenant. Le soir, après le dîner, elle se mit à rester dans le salon avec les autres pensionnaires ; elle écoutait les émissions de variétés à la radio et travaillait à de longs segments de bordure. Elle était tout de suite plus à l'aise quand elle avait quelque chose à faire de ses mains. Miss Frederick corrigeait les devoirs de ses élèves sur Tennyson ou les *Contes de Canterbury* ou bien préparait ses cours pour le trimestre suivant, Miss Lancaster lisait des magazines, et Mrs Harvey, comme d'habitude, ne cessait d'aller et venir, même s'il lui arrivait de s'arrêter pour écouter Al Bowlly chanter. « Quelle voix il a ! » s'exclamait-elle, avant de se joindre à ses perruches qui chantaient en même temps.

Pour Violet, la broderie était comparable à la dactylographie, en plus satisfaisant. Il fallait se concentrer, mais une fois qu'on était suffisamment experte, on trouvait son rythme et on ne pensait plus qu'à l'ouvrage qu'on avait devant soi. La vie se résumait alors à une rangée de points bleus qui se muaient sur la toile en une longue tresse, ou à une explosion de rouge qui se transformait en fleur. Au lieu de taper des formulaires pour des gens qu'elle ne verrait jamais, Violet faisait grandir sous ses doigts des motifs aux couleurs éclatantes. La broderie commença à hanter ses rêves : y apparaissaient les petits trous carrés de la toile à canevas, des chapelets de tresses jaunes, et des rangées bien régulières de points de riz rouges et de points de Gobelin roses.

Au bureau, Maureen brodait souvent à ses côtés pendant les pauses. Elle s'était intégrée sans difficulté dans l'équipe des Brodeuses de la Cathédrale, se révélant étonnamment habile à amadouer Mrs Biggins en se rabaissant devant son aînée, reconnaissant qu'elle était une sacrée casse-pieds d'avoir débarqué si tard dans l'année et que, oui, elle ne causerait que des soucis, et que, non, elle ne savait pas pourquoi Mrs Biggins s'embêtait avec elle. Elle avait ensuite roulé les yeux derrière le dos du professeur comme si elles étaient redevenues écolières, et avait fait rire les plus jeunes brodeuses. Même Mabel Way avait souri à la vue de ses grimaces. À la fin de la séance, Maureen était bien partie pour remplacer Olive par de nouvelles amies. Violet n'en revenait pas de sa transformation : la petite employée de bureau effacée s'était changée en couturière pleine d'assurance qui faisait le pitre avec les autres.

Sa collègue l'avait rapidement devancée et lui donnait désormais des conseils en broderie. « Enfin, bon sang, Violet ! s'écria-t-elle un après-midi alors qu'elles prenaient le thé. Quand tu défais, ne tire pas par deux trous en même temps. Tu effiloches la laine et tu ne pourras plus t'en resservir. Tire-la par un trou, puis retourne le canevas et tire-la par le trou suivant. »

Violet se renfrogna. Défaire ses points était vraiment décourageant, comme d'être obligé de rebrousser chemin parce qu'on a oublié son portefeuille. Mais les erreurs finissaient toujours par se voir, même si l'énorme trou dû à un point oublié ne se remarquait parfois que des rangées plus tard. Violet n'osait faire comme si de rien n'était : elle savait que les erreurs seraient repérées par Miss Pesel et qu'il faudrait les rectifier.

Privée de cours, Violet se tourna vers Gilda pour avoir des conseils. Elles prirent l'habitude d'aller chez Awdry boire un café à l'heure du déjeuner ou après le bureau afin de parler broderie, bien qu'elles soient amenées à aborder une foule d'autres sujets. Gilda était tellement bavarde que Violet avait à peine besoin de poser des questions. Sa nouvelle amie approuvait pleinement la nouvelle vie de Violet à Winchester, et Violet était heureuse qu'on l'incite à se sentir moins coupable d'avoir quitté sa mère. Gilda l'invita à dîner un soir dans sa famille, mettant la cuisine sens dessus dessous dans ses efforts pour lui préparer le meilleur des parmentiers de mouton. Il était délicieux, mais Violet dut le déguster sous l'œil sinistre de son ancienne collègue Olive, qui, à présent établie comme dernière recrue du clan Hill, en portait ostensiblement la descendance. Elle préférait voir Gilda ailleurs, chez Awdry, au cinéma, ou dans le parc de la cathédrale en profitant du soleil.

Pendant l'été Violet se mit également à fréquenter davantage la cathédrale, plus pour des raisons pratiques que spirituelles, car elle voulait examiner les agenouilloirs utilisés dans le chœur et comparer leurs bordures à la sienne. Peu à peu, elle remarqua les activités quotidiennes qui animaient l'édifice. Y régnait une effervescence qui n'avait rien à voir avec la prière et la contemplation. On se serait plutôt cru chez Plummers, le grand magasin de Southampton où elle achetait ses bas, ses gants ou ses sels de bain. Plummers semblait être rempli de clients, et pourtant, quand on y regardait de plus près, ça grouillait aussi d'employés, pliant des vêtements, mettant en place des échantillons, poussant des chariots de marchandises, balayant les sols de marbre. De temps en temps, quand une épidémie de grippe réduisait les effectifs, la poussière s'accumulait dans les coins et les vêtements gisaient en tas désordonnés : on voyait alors à quel point Plummers s'appuyait sur son personnel pour fonctionner sans heurt.

Violet soupçonnait que c'était la même chose avec les collaborateurs de la cathédrale qui, à l'exception des bedeaux, étaient surtout des bénévoles. Il y avait les dames qui arrangeaient des bouquets sur des socles au-dessous des vitraux et à côté des piliers. Un homme qui disposait les cierges votifs à allumer, et qui raclait la cire fondue des cierges précédents. Une femme qui plaçait les agenouilloirs sur les sièges de l'avant-chœur, et les alignait au millimètre près. Deux vieux messieurs qui rassemblaient les livres de prières et les rangeaient dans des casiers. Un homme qui astiquait les chandeliers en laiton sur les autels, et un autre qui passait la serpillière sur le carrelage médiéval de l'arrière-chœur. Deux femmes qui se surnommaient les Épousseteuses sacrées, et qui déambulaient en essuyant toutes les surfaces possibles. Et les bedeaux, qui transportaient d'un pas pressé un pot d'hosties, une chasuble verte, une bible.

Un soir après le bureau, dans l'avant-chœur, Violet inspectait un agenouilloir pour vérifier comment la brodeuse avait mélangé les bleus, et se demandait comment procéder de même avec les jaunes des bordures sur lesquelles elle travaillait. Alors qu'elle tirait sur les points, quelqu'un prit place à côté d'elle. Surprise de constater qu'il s'agissait de Louisa Pesel, elle laissa échapper un petit cri, avant de s'excuser.

Miss Pesel sourit. « J'aime venir ici parfois, simplement pour m'asseoir et regarder. »

Violet hocha la tête. C'était comme si un membre de la famille royale avait décidé de s'asseoir à côté d'elle, mais un membre de la famille royale portant un turban marron rehaussé d'une aigrette.

« Par moments je me demande si nous ne pourrions pas utiliser encore plus de couleurs. L'endroit est si sombre, en particulier dans les stalles. » Miss Pesel indiqua les stalles en bois sur leur gauche.

« La pierre et le bois les absorbent complètement, même le jaune moutarde dont se plaignent certains.

— Des gens se plaignent ?

— Oh, oui. » Le rire de Miss Pesel résonna telle une cloche au son grave dans tout l'avant-chœur. « Ils prétendent que c'est vulgaire et déplacé dans un cadre religieux. Pas le doyen Selwyn, bien sûr. Il a toujours été dans notre camp. C'est lui qui m'a demandé d'organiser la fabrication de ces coussins et de ces agenouilloirs, après avoir vu ceux que j'avais faits pour la chapelle de Wolvesey House. Là, je n'avais pas lésiné sur la couleur. Il savait à quoi s'attendre, et il n'a pas flanché.

— Avez-vous toujours brodé ?

— Depuis mon enfance, oui. Ensuite j'ai enseigné la broderie, ici et à l'étranger, et cela m'a, dirons-nous, engagée sur cette voie pour la vie.

— À l'étranger ?

— J'ai enseigné la broderie plusieurs années dans une école de filles en Grèce. Voilà comment je suis devenue experte en broderie grecque.

— Ça alors. » Miss Pesel paraissait tellement anglaise qu'il était difficile de l'imaginer sous un climat étranger, à transpirer délicatement sous un soleil de plomb, à enseigner le point de riz ou le point de croix allongé à des jeunes filles grecques dans un bâtiment d'un blanc immaculé sur un fond de mer et de ciel d'un bleu éclatant. Violet avait envie de l'interroger sur l'existence d'un mari, mais n'en fit rien, car c'était la question qu'elle-même détestait le plus qu'on lui pose.

« J'ai aussi un peu voyagé, poursuivit Louisa Pesel, souriant à ce souvenir. En Égypte, en Inde. Fabuleux. Je suis même montée sur un chameau, une fois ! Puis, pendant la guerre, je suis rentrée à Bradford…

— Bradford ?

— Eh oui. J'ai grandi à Bradford. À mon retour, j'ai enseigné la broderie aux soldats convalescents. Savez-vous, Miss Speedwell, que la couture peut être extrêmement thérapeutique quand on a subi un traumatisme ? Les couleurs gaies et la répétition de points tout simples avaient un effet extrêmement apaisant sur les hommes. Le fait de créer de belles choses opérait des miracles sur leurs nerfs ébranlés. J'étais très heureuse des résultats. »

Violet se représenta George et Laurence dans une tranchée boueuse en train de coudre une rangée de points d'œillet rouges, et frissonna.

Louisa Pesel ne sembla pas le remarquer, ou était trop polie pour relever. « Est-ce que c'est le vôtre, Miss Speedwell ? demanda-t-elle en désignant le coussin sur les genoux de Violet. Je sais que les brodeuses aiment venir admirer leur œuvre *in situ*, en quelque sorte.

— Non, je regardais l'œuvre des autres pour voir comment elles avaient mêlé les couleurs. » Violet était contente que Miss Pesel se soit souvenue de son nom.

« Sur quel motif travaillez-vous cet été ?

— Oh, je ne fais pas un agenouilloir. Mrs Biggins m'a assignée à la confection de pourtours pour les coussins. Des mètres et des mètres de pourtour.

— Avez-vous terminé votre marquoir ? »

Violat acquiesça.

« Et enseigné les points à quelqu'un d'autre ?

— Oui. Mon élève a rejoint les Brodeuses.

— Et vous aimeriez broder un agenouilloir ?

— Oui.

— Je suis curieuse, Miss Speedwell. Pourquoi un agenouilloir ? Il y en aura plus de trois cents, le vôtre sera noyé dans la masse. Alors que les coussins seront moins nombreux, ils attireront l'œil, et les pourtours, bien sûr, seront essentiels pour leur apporter du volume. Il n'y a aucune honte à coudre des pourtours.

— Je sais. C'est juste que… » Violet se tut.

Miss Pesel prononça les mots à sa place. « Vous voulez faire quelque chose qui soit entièrement vôtre, et qui sera vu et utilisé comme il se doit.

— Oui. »

Miss Pesel la regardait d'un air d'attente, comme si elle lui avait remis un livre pour qu'elle en lise un extrait. Violet comprit qu'elle était censée développer sa pensée, même si en réalité elle n'avait pas réfléchi en détail à ses motivations. « J'ai grandi à Southampton, commença-t-elle, et nous allions à l'église St Michael. Ma mère continue à y aller.

— Je la connais. Une belle église.

— Bien que je l'aie fréquentée toute ma vie – pour le catéchisme, la préparation à la communion, les offices du dimanche –, je ne m'y suis jamais sentie réellement à l'aise. Encore moins après… après la mort de mon frère à la guerre. Sa messe d'enterrement avait quelque chose de machinal. Le pasteur avait célébré un si grand nombre de ces offices-là qu'il aurait pu le faire sans notes. Il connaissait George, mais il a conduit la cérémonie comme si elle ne voulait rien dire. »

Violet s'interrompit.

« Cela a dû vous faire de la peine, dit Miss Pesel.

— C'était déroutant. Non seulement Dieu semblait nous avoir abandonnés, mais l'Église d'Angleterre aussi. Elle n'apportait aucune réponse, aucun réconfort. J'aurais voulu que le pasteur réconcilie le Dieu d'amour dont il parlait avec les ravages causés sur une génération d'hommes, et indirectement aussi sur nous, les femmes, mais non. Après, j'ai évité le plus possible d'aller à l'église. Je me débrouillais toujours pour avoir la migraine le dimanche matin. » Elle secoua la tête en y repensant. « Ma mère se plaignait, elle me disait que j'étais une sœur et une fille insensible. Mais mon père comprenait, bien qu'il n'ait jamais pipé mot. Je cherche sans doute à recommencer à zéro. » Elle regarda autour d'elle les grands murs de pierre et l'immense voûte au-dessus de leurs têtes. « Mais une cathédrale, c'est écrasant. Aussi bien spirituellement que physiquement. Je me disais que s'il y avait une petite partie de moi ici, cela aiderait peut-être. Une contribution qui me rattacherait à ce lieu. Un objet dont je pourrais me servir, et d'autres aussi. Un pourtour de coussin n'est pas tout à fait la même chose qu'un agenouilloir. »

Miss Pesel opina. « Ce que vous dites me rappelle la foule de gens qui viennent ici allumer un cierge. Cette petite flamme dans l'immensité de la cathédrale. Ils la regardent, ils reviennent la voir. Elle est à eux.

— Oui, mais un agenouilloir dure plus longtemps qu'un cierge.

— Très juste. Bon... » Miss Pesel se leva et indiqua les agenouilloirs sur les sièges autour d'elles. « Choisissez le dessin que vous aimeriez faire. »

C'était l'issue espérée, mais Violet ne s'attendait pas à obtenir gain de cause de manière aussi catégorique. Louisa Pesel avait pris sa décision. Violet n'avait plus qu'à choisir. Elle savait déjà, et désigna l'agenouilloir avec les glands à cupule en damier, celui fait par D.J.

Miss Pesel approuva. « Il est beau. Je suis contente de tous les dessins, dans l'ensemble, mais, comme une mère avec ses enfants, j'ai secrètement mes préférés. Venez, allons à la maison paroissiale chercher vos fournitures. J'ai une clé sur moi.

— Mais… Mrs Biggins…

— J'en fais mon affaire. Mais je vous suggère de réaliser aussi les longues bordures dont elle vous a chargée, si vous avez le temps. Nous n'allons tout de même pas lui gâcher son grand œuvre, n'est-ce pas ? »

# CHAPITRE 8

Début juillet, l'anniversaire de Mrs Speedwell tomba un samedi, et Tom et Evelyn organisèrent un déjeuner dans leur jardin pour fêter l'événement. C'était une journée chaude avec un soleil éblouissant, mais la mère de Violet insista pour mettre une robe de laine bleu marine à manches longues et des bas épais, comme en novembre. « Oh là là, non, je vais avoir bien trop chaud », déclara-t-elle en sortant dans le jardin et en contemplant la table qu'Evelyn avait soigneusement dressée avec de l'argenterie astiquée, une nappe et des serviettes bien repassées, et un vase de marguerites et de delphiniums fraîchement coupés. Marjory, armée d'un arrosoir, s'appliquait à asperger des plantes qu'Edward frappait avec un bâton, insensible aux protestations de sa sœur. Mrs Speedwell tressaillit en entendant leurs cris.

« Nous allons vous installer à l'ombre, répondit Evelyn, peu disposée à dresser une nouvelle table à l'intérieur. Vous serez assise à côté du ventilateur. » Elle portait une élégante robe d'été à fleurs roses et grises que lui enviait Violet, mais elle semblait mourir de chaleur et paraissait distraite.

Violet sourit intérieurement. Il était rare que sa belle-sœur fasse des bévues pareilles. Elle aurait pu dire à Evelyn que sa mère n'aimait pas rester dehors par temps chaud. Chaque fois que les Speedwell étaient en vacances sur l'île de Wight, Mrs Speedwell demeurait le plus souvent assise à la fenêtre de la pension de famille pendant que les autres prenaient le thé sur la pelouse au soleil.

Depuis que Violet était petite fille, les Speedwell avaient toujours passé une quinzaine de jours en août à Ventnor, sur l'île de Wight. C'était là que son père avait été le plus heureux, louant des bateaux pour les emmener en mer, partant en randonnée sur les Tennyson Downs et le cap des Needles, flânant sur la plage au milieu des fossiles de dinosaures, pantalon retroussé et mouchoir noué sur son crâne dégarni. Puisqu'il était heureux, Violet l'était aussi. Ils l'étaient tous, même sa mère, qui s'adoucissait un peu, ainsi éloignée du quotidien et de sa rigidité. Ils n'avaient dérogé à ce rituel qu'une seule année, quand Violet avait douze ans. Ils étaient allés à Hastings, avec la sœur de Mrs Speedwell, la tante Penelope, et ils avaient tous regretté l'île de Wight. La tradition était si ancrée qu'elle avait survécu à la mort de George. Evelyn avait été obligée de suivre le mouvement, ce qu'elle faisait avec un sourire figé durant les deux semaines en question.

« Le jardin est ravissant, Evelyn, fit remarquer Violet, jouant pour une fois les conciliatrices. C'est formidable de pouvoir déjeuner dehors dans ce décor. Ensuite, nous pourrons peut-être prendre le thé à l'intérieur, et mère pourra ouvrir ses cadeaux.

— Les cadeaux ! Les cadeaux ! » s'écria Edward, et Marjory l'imita, avec un peu moins d'exubérance. « Oui, les cadeaux de grand-mère ! »

Leur grand-mère se dérida à la perspective de recevoir des cadeaux, et se laissa tomber sur son siège à l'ombre à la place d'honneur.

« Prendrez-vous du sirop d'orgeat, Mrs Speedwell ? » demanda Evelyn, qui n'avait jamais appelé sa belle-mère par son prénom, mais qui n'y avait pas non plus été encouragée.

« Oh non, ma chère, par cette chaleur, rien ne vaut du thé bien chaud. » Mrs Speedwell déploya son éventail japonais et l'agita vers son visage. « La capillarité, comprenez-vous. C'est ça qui vous rafraîchit. »

Evelyn aurait dû le savoir, songea Violet. Mère leur tenait le même discours tous les étés. Deuxième bourde de sa belle-sœur…

« Bon, alors, où sont les cadeaux de grand-mère ? s'écria Tom, surgissant de la maison par la porte-fenêtre en se frottant les mains.

— Je vais les chercher ! » Edward s'élança vers une chaise, ramassa une pile de paquets, et revint lâcher le tout aux pieds de sa grand-mère.

« Attention, Eddie ! s'exclama Marjory, un peu comme l'aurait fait sa mère. Tu sais que c'est fragile.

— Ouvre celui-là en premier ! » D'autorité, Edward tendit à sa grand-mère un gros paquet plat en forme de losange. Violet devina de quoi il s'agissait avant qu'Edward ne claironne : « C'est un cerf-volant ! C'est nous qui l'avons fait ! »

Mrs Speedwell adressa un faible sourire à son petit-fils. « Ouvre-le, mon chéri, et montre-moi. »

Edward déchira l'emballage cadeau pour dévoiler un cerf-volant composé de deux bâtons et de vieux papier journal qu'ils avaient barbouillé de taches de couleur. La partie la plus soignée était la queue : un long bout de ficelle orné de papillotes colorées. L'œuvre d'Evelyn, très certainement.

« On va le faire voler pour toi, grand-mère. Regarde ! » Edward attrapa l'extrémité de la ficelle et courut sur la pelouse, le cerf-volant rebondissant derrière lui, Marjory tentant, dans son sillage, de protéger leur création. Mais ils n'arrivèrent pas à le faire décoller, et regagnèrent la table, déçus.

« Pas assez de vent, mon vieux, décréta Tom. On essaiera plus tard, sur le terrain communal. »

Marjory tapa des mains. « On pourra l'emporter en vacances sur l'île de Wight ? Il y a toujours du vent là-bas.

— Laissons grand-mère ouvrir ses autres cadeaux, vous voulez bien ? » intervint Evelyn, tendant à sa belle-mère un petit paquet plat joliment emballé dans du papier lilas. Il contenait une boîte de trois mouchoirs ornés, dans les angles, de brins de muguet brodés, la fleur et le parfum préférés de Mrs Speedwell.

« Oh, vous n'auriez pas dû, mon enfant. Je vais devoir en utiliser un tout de suite. » Avec force simagrées, elle en déplia un et se tamponna les yeux. C'était un cadeau peu risqué : la mère de Violet avait consommé des multitudes de mouchoirs au fil des années, et sa femme de ménage passait un temps fou à les repasser.

Tom lui offrit un plaid à mettre sur ses genoux lors de leurs sorties en voiture. Été comme hiver, Mrs Speedwell se plaignait des courants d'air. Il lui tapota la cuisse. « Maintenant, maman, plus d'excuses pour échapper aux balades. Peut-être tout à l'heure ?

— Oh, il fait bien trop chaud aujourd'hui, répliqua Mrs Speedwell en s'éventant. Une autre fois. »

Elle ne fit aucun geste pour attraper le dernier cadeau, enveloppé dans du papier de soie bleu, que sa fille avait posé sur la chaise à côté d'elle. Il était évident que Violet ne lui avait pas encore offert le sien, or sa mère se laissa aller contre son dossier et soupira. « J'ai beaucoup de chance d'avoir des proches pour s'occuper de moi et me faire des cadeaux d'anniversaire. Ça atténue les malheurs que j'ai eus. »

Violet contemplait son paquet solitaire abandonné sur la chaise. Pas question que je lui fasse remarquer son oubli, songea-t-elle. Pas question que je lui coure après avec mon cadeau comme une suppliante apportant une offrande. Pas question.

Ouf ! Marjory finit par remarquer le paquet. « Regarde, grand-mère, tu en as encore un ! » La fillette s'empara du cadeau pour le lui remettre.

Violet eut l'impression que sa mère ouvrait le paquet avec plus de répugnance que d'enthousiasme, laissant l'étui à lunettes brodé dégringoler sur ses genoux sans un regard. « Pour tes lunettes de lecture, mère, expliqua-t-elle. C'est moi qui l'ai fait. Le travail de tapisserie dont je t'ai parlé, comme celui pour la cathédrale. »

Mrs Speedwell soupira à nouveau. « C'est bien le jour pour me rappeler que j'ai la vue qui baisse. » En réalité Mrs Speedwell avait une très bonne vue pour une femme de soixante-trois ans ; elle n'avait besoin que d'une très faible correction pour lire.

Violet dut réprimer son envie de lui reprendre l'étui. Elle y avait travaillé dur, combinant les couleurs qu'aimait sa mère – marron, bleu, bordeaux, mauve, rose et crème – avec des points qu'elle avait appris auprès de Miss Pesel, comme le point de riz et le point de croix allongé. Gilda lui avait prêté un livre sur les points de broderie, et elle en avait assimilé plusieurs autres en autodidacte. Elle avait été contente du résultat, mais l'indifférence de sa mère faisait qu'elle repérait à présent les défauts de l'ouvrage : les morceaux de toile qu'on apercevait par-ci par-là, les points qui dépassaient plus qu'ils n'auraient dû, les endroits où transparaissait la colle dont elle s'était servie pour fixer la doublure en feutrine qui éviterait de rayer les lunettes.

« Déjeunons, voulez-vous ? intervint Evelyn. Les enfants, lavez-vous les mains, s'il vous plaît. Restez là à l'ombre, Mrs Speedwell. Nous allons tout disposer autour de vous. Violet va m'aider. »

Violet fut reconnaissante à sa belle-sœur de cette échappatoire. Evelyn était trop discrète pour oser un commentaire tandis qu'elles allaient chercher les tranches de langue de bœuf, la salade d'œufs durs, la laitue vinaigrette et un assortiment de pickles, mais même ce bref répit la requinqua. Au fil des années, Violet avait constaté qu'Evelyn, face aux agaçantes réflexions de sa belle-mère, préférait changer de sujet et, si possible, s'éloigner physiquement du problème.

Quand Violet reprit sa place à table, Marjory était revenue de se laver les mains ; elle avait ramassé l'étui brodé que Mrs Speedwell avait laissé glisser sous sa chaise, et elle l'examinait. Violet connaissait assez bien sa nièce pour se retenir de dire quoi que ce soit par crainte de l'effaroucher, mais lorsque Marjory, avec un soin infini, reposa l'étui à côté de sa grand-mère, Violet eut envie de la serrer dans ses bras. Pendant tout le repas Marjory ne cessa d'y jeter des coups d'œil. Finalement, après le gâteau d'anniversaire – ce « gâteau Victoria » qui était, comme de juste, le préféré de Mrs Speedwell, mais sans bougies, car « bien trop frivoles ; de notre temps, une petite part de gâteau suffisait à nous combler de joie… » –, les enfants furent libérés de ce repas léthargique. Tandis qu'Edward s'esquivait dans le jardin pour essayer le cerf-volant avec son père, et qu'Evelyn rentrait dans la maison pour ranger, Marjory s'approcha furtivement de sa tante. « C'est toi qui as fait ça, tante Violet ?

— Eh oui. »

Les yeux noisette de Marjory étaient rivés sur l'étui. « Il est joli.

— Merci, ma chérie. Apporte-le-moi. On va le regarder ensemble. »

Mrs Speedwell, qui semblait somnoler sur sa chaise, ouvrit les yeux au moment où Marjory allait prendre l'étui. « On ne prend pas les affaires des autres, jeune demoiselle. Il n'y a que les enfants mal élevés pour faire ça. »

Marjory retira brusquement sa main comme si elle avait touché de la glace. Violet sentit son cœur se contracter. « C'est moi qui le lui ai demandé, mère. Je suis sûre que ça ne te dérange pas qu'elle le regarde... Elle s'y intéresse bien plus que toi. »

Sa mère soupira. « Un seul jour dans l'année, rien qu'un seul jour, j'aimerais bénéficier d'un traitement de faveur, être un peu dorlotée pour une fois, au lieu de devoir m'occuper des autres. Mais c'est le triste lot des mères d'être à jamais blessées par leurs enfants. » Elle soupira à nouveau. « Que dirait Geoffrey ? »

Violet serra les dents, tendit la main et s'empara de l'étui. Mrs Speedwell referma les yeux.

Marjory contemplait maintenant l'objet avec crainte, comme s'il allait la mordre. Non, songea Violet, je ne laisserai pas ma mère me gâcher aussi le plaisir de la broderie. « Ce n'est rien, ma chérie, murmura-t-elle. Grand-mère est en colère contre moi, pas contre toi. Voyons, quelle partie tu préfères ?

— Le zigzag.

— On appelle ça le point florentin. Il fait de l'effet, n'est-ce pas ? Il paraît compliqué mais il est très facile.

— Et celui-là, il s'appelle comment ?

— Point de Hongrie.

— Et celui-là ?

— Point de riz.

— De riz... répéta Marjory, songeuse. Comme celui qu'on mange ?

— Oui.

— On dirait pas du riz. On dirait des x.

— Tu as raison. Tu aimerais que je t'apprenne à broder comme ça ? »

Violet n'était pas du tout sûre que sa nièce en soit capable, mais la suggestion valait la peine, rien que pour voir le visage de Marjory s'éclairer comme sa tante aurait voulu qu'il le fasse plus souvent. « Oh, oui !

— C'est un peu tôt pour lui apprendre des trucs de vieille fille », déclara Mrs Speedwell, les yeux toujours fermés.

Si Marjory n'avait pas saisi le bras de sa tante, ravie à l'idée d'apprendre à broder, Violet serait partie. Mais elle avait commencé à apprivoiser cette fillette si sérieuse et elle ne laisserait pas sa mère lui ôter ce bonheur. « J'apporterai le matériel qu'il faut la prochaine fois que je viendrai.

— Promis ?

— Promis, ma chérie. Peut-être que nous pourrons broder ensemble pendant nos vacances d'été. »

Marjory tapa des mains. « Oui, s'il te plaît ! » Sa nièce ne raffolait pas des longues marches sur le sentier côtier que Tom jugeait impératives, à l'instar de son propre père. La broderie pourrait peut-être remplacer ces sorties, du moins les jours de pluie.

« Oui, s'il te plaît, quoi ? » Evelyn apportait un plateau avec du thé fumant et des tasses.

« Tante Violet va m'apprendre à en faire un sur l'île de Wight ! » s'écria Marjory en brandissant l'étui à lunettes vers sa mère.

Evelyn s'immobilisa une seconde, les mains sur les

anses du plateau, une pause si brève que seule Violet pouvait la remarquer. Sa belle-sœur trahissant rarement ses sentiments, Violet avait appris à analyser ses gestes les plus infimes. Alors qu'Evelyn demandait à Tom de les rejoindre et envoyait Marjory jouer avec son frère, Violet devina ce qui allait suivre.

Tom s'assit. « Oui… Alors… » Il se tourna, implorant, vers sa femme. Ils savaient tous qu'Evelyn était mieux armée pour braver les périls de cette conversation.

« Alors, voilà, se lança Evelyn. Nous sommes invités à accompagner ma sœur et sa famille en Cornouailles pour les vacances d'été. Nous n'irons pas sur l'île de Wight. Cela fera du bien à Marjory et Edward de jouer avec leurs cousins, et de découvrir un endroit nouveau. Mais malheureusement il n'y a de la place que pour nous. Je suis désolée. » Elle eut au moins la bonne grâce de regarder Violet en face et de paraître sincèrement navrée. Tom s'avéra incapable de croiser son regard ; il fixait le contenu de sa tasse d'un air malheureux.

Cela faisait un certain temps que Violet attendait une annonce de ce genre. Depuis la mort de Mr Speedwell, les deux derniers séjours sur l'île de Wight n'avaient pas été aussi réussis que les années précédentes. Tom avait tenté, en vain, de reprendre le rôle de boute-en-train que jouait jadis son père. Les enfants étaient devenus grincheux, les plaintes de Mrs Speedwell s'étaient intensifiées, le sourire d'Evelyn s'était figé encore davantage, et un voile d'incertitude s'était déposé sur leurs vacances comme une couche de poussière. Quelque chose allait devoir changer, ce n'était qu'une question de temps.

Appuyée contre le dossier de sa chaise, les yeux fermés, la mère de Violet ne montrait aucune réaction. Elle est déjà au courant, songea Violet, sans quoi elle serait en train de pousser des hauts cris, de s'éventer et de gémir en disant qu'ils bafouaient la mémoire de Geoffrey. Si elle était si impassible, c'est que cette scène avait déjà eu lieu.

« Vous auriez pu me prévenir plus tôt », marmonna Violet. Vous avez bien prévenu mère, ajouta-t-elle en son for intérieur.

« Nous venons juste de mettre au point les derniers détails », se défendit Evelyn, avant de se taire, peut-être un peu gênée. Ils avaient tout échafaudé sans consulter Violet.

« Cela dit, rien ne vous empêche d'aller à Ventnor ! s'exclama Tom d'un ton trop jovial. Maman et toi. De loger dans la même pension, puis de nous faire un compte rendu... qui était là cette année, quels nouveaux fossiles on a trouvés, quels salons de thé font les meilleurs *rock cakes*. » Les Speedwell avaient coutume de se disputer au sujet des *rock cakes* de l'île de Wight.

« J'irai à Hastings avec Penelope », annonça Mrs Speedwell sans ouvrir les yeux.

Un soulagement inattendu envahit Violet. Elle n'aurait pas à partir en vacances seule avec sa mère. Elle aurait préféré ne pas avoir de vacances du tout plutôt que d'être soumise à cette épreuve. Pauvre tante Penelope, songea-t-elle. Sa tante, une femme douce, veuve elle aussi, avait le chic pour s'incliner devant sa sœur aînée. Violet ne manquerait pas de la remercier de son sacrifice.

Tom se sentait tellement coupable de ce changement de programme estival qu'il proposa à Violet de la ramener en voiture à Winchester. Evelyn l'y encouragea, pleine d'une sollicitude exagérée. « Profitez bien de l'après-midi, tous les deux. Je m'occuperai de votre mère. »

Ils ne dirent rien avant d'être complètement sortis de Southampton et d'avoir atteint la campagne, comme s'ils avaient besoin de mettre la ville entre eux et le reste de la famille, avec ses annonces et ses exigences. Même là, Violet garda le silence. Elle laisserait son frère parler en premier ; elle ne l'aiderait pas.

« Écoute, ma vieille, je suis désolé pour tout ça ! cria Tom par-dessus le vacarme du moteur au moment où ils obliquaient sur la route de Winchester. L'île de Wight et ainsi de suite. Vraiment désolé. Si ça ne tenait qu'à moi, je serais heureux de retourner là-bas. C'est juste que... enfin bon, je ne suis pas censé encore en parler, c'est tout récent, mais Evie est enceinte. Ne dis rien ! ajouta-t-il alors que Violet s'apprêtait à beugler ses félicitations. Mieux vaut ne pas... oh, la barbe ! » Il se gara sur une aire de stationnement et coupa le moteur. Alors que le bruit s'éteignait, Violet entendit des moutons qui bêlaient dans le champ à côté de la route, cachés par une haie.

« Voilà qui est mieux », dit Tom. Il alluma deux cigarettes et lui en donna une. « Écoute, je me sens affreusement mal de ne pas t'avoir prévenue, mais je t'assure, on a su seulement hier avec certitude que ça marchait pour la Cornouailles. C'est qu'Evelyn... tu ne dois pas en souffler mot, mais on en a perdu plusieurs depuis Eddie. »

Violet mit un moment à comprendre ce qu'il racontait. « Ah.

— Evie en a toujours voulu trois, mais le troisième... s'est fait désirer. Alors on ne dit plus rien quand elle... tu sais. Elle veut que celui-là... tienne. Et elle a pensé qu'il serait mieux pour elle d'être avec sa sœur, au cas où il y aurait des complications. Et... disons que c'est plus facile.

— Moins éprouvant pour elle, tu veux dire, précisa Violet.

— Oui.

— À cause de moi ou à cause de mère ? » Elle se sentait un peu puérile de poser la question, mais elle avait besoin qu'on la rassure.

Tom fut heureux de s'en charger. « Oh, maman, bien entendu ! Toi, ça va ! Les gosses t'adorent, et Evie aussi. »

Violet en doutait, mais peu importait. « Quand avez-vous prévenu mère pour la Cornouailles ?

— Hier.

— Elle a fait des histoires ?

— Un peu, mais moins qu'on n'aurait cru. D'accord, elle s'est plainte du fait qu'on trahissait la mémoire de papa et de George, que la famille se désagrégeait, et tout ça. Mais après s'être bien défoulée, elle s'est mis en tête d'aller à Hastings avec tante Penelope, elle s'est même servie de notre téléphone pour l'appeler et commencer à tout organiser. »

Ils écrasèrent leurs cigarettes. « Tu crois que tu vas aller à Ventnor ? demanda Tom. On n'a pas encore annulé, alors il y a une chambre pour toi si tu veux. Il y aura un supplément chambre individuelle, mais évidemment c'est nous qui le réglerons, ajouta-t-il après coup.

— Je vais y réfléchir. »

Ils demeurèrent silencieux un moment. Violet contemplait les nuages boursouflés à l'horizon, s'efforçant de ne pas pleurer. Elle respira à fond, absorbant la réconfortante odeur de cuir.

« Tu pourrais peut-être faire un de ces voyages pour filles célibataires qui randonnent en groupe et font escale dans des gîtes, suggéra Tom. Ils sont assez prisés, non ?

— Oui… tellement prisés qu'il ne doit plus y

avoir de place à l'heure qu'il est. » Violet avait vu les affiches pour ces randonnées organisées. Elles montraient des femmes souriantes aux joues rouges marchant d'un pas énergique en short et béret. Elle-même n'aurait jamais porté un tel déguisement, mais le principe lui plaisait. La suggestion de son frère lui donna une idée. « Tu te souviens des Wallop ? Avec père ? Over, Middle et Nether Wallop ?

— Bien sûr. George et moi avions pris le mot "wallop" au pied de la lettre et passé l'après-midi à nous taper dessus[1]. Et papa et George avaient bu un panaché au pub. J'étais atrocement jaloux.

— Tu avais sept ans !

— Je sais. Mais on était en concurrence, même si George avait six ans de plus que moi. Je nous revois aussi tous les deux à Stonehenge en train d'escalader un des menhirs et de nous faire enguirlander par les gardiens. C'étaient de chouettes vacances.

— Comment s'appelait le pub à Nether Wallop ?

— Le Five Bells. Pourquoi ?

— Oh, une idée comme ça. » Mais qui lui remonta le moral, et de retour à Winchester, elle se pencha sur les cartes d'état-major de sa logeuse.

Le lendemain elle téléphona à l'Alliance chrétienne des femmes et jeunes filles et demanda s'il restait des places pour leurs randonnées de célibataires au pays de Galles et dans la région des Lacs, mais apprit, comme elle s'en doutait, que tout était complet depuis longtemps.

Violet fut en partie soulagée de ne pas avoir à aller en vacances avec des inconnues : elle n'aurait pas à faire poliment la conversation ni à s'efforcer de partager l'euphorie générale. Mais elle n'avait que deux possibilités si elle ne voulait pas se retrouver coincée

1. *Wallop* signifie « torgnole ».

à Winchester, à faire la grasse matinée, bouquiner et effectuer des promenades occasionnelles en attendant la fin des vacances. Elle pouvait se joindre à sa mère et sa tante à Hastings, où Mrs Speedwell ferait d'elle un objet de pitié et d'exaspération pendant que tante Penelope s'évertuerait à les apaiser toutes les deux. Ou bien elle pouvait aller quelque part en solo. Avant de se raviser, elle téléphona à Tom pour lui demander s'il participerait aux frais de l'excursion qu'elle projetait. « Bien sûr, ma vieille, répondit-il en gloussant. Pas question de laisser ma sœur s'affamer. Que dirait papa ? » Il marqua une pause, puis ajouta : « Tu n'as pas été augmentée récemment ? »

Violet répondit du tac au tac. « Si. Maintenant je peux presque m'offrir un repas chaud par jour.

— D'accord, je vois. » Tom s'empressa de changer de sujet, décontenancé, peut-être, que sa plaisanterie sur la nourriture ait été prise au sérieux. « Où iras-tu, alors ? Pas à Hastings ?

— Je vais marcher. D'abord de Winchester à Salisbury, puis je traverserai la New Forest jusqu'à Lymington. De là je prendrai le ferry pour l'île de Wight et je resterai quelques jours à Ventnor.

— Bon sang, ce que j'aimerais venir avec toi ! » Il baissa la voix. « La Cornouailles, ce sera très bien, évidemment, mais me coltiner la famille d'Evie… et tous les mômes. Une marche me rappellerait le bon vieux temps.

— Au moins, ni toi ni moi n'aurons à supporter maman ! »

Elle avait un mois pour tout préparer : établir son itinéraire, écrire aux pubs ou aux bed & breakfasts pour réserver des chambres, faire ressemeler ses chaussures de marche et acheter un nouveau chapeau de paille, emprunter un sac à dos aux Hill et une boussole et un canif à Tom, refaire dix fois ses bagages pour en alléger le poids. Elle n'avait jamais eu à s'occuper des préparatifs ; son père ou Tom s'étaient toujours chargés de la logistique. Mais Violet s'aperçut qu'elle ne détestait pas étudier les cartes de Mrs Harvey, évaluer la distance qu'elle pourrait parcourir à pied chaque jour, chercher les endroits intéressants à visiter et les raccourcis qu'elle pourrait prendre, deviner dans quels villages elle trouverait à se loger.

Elle ne vit son frère et sa famille qu'une fois avant les vacances, mais elle était prête pour Marjory. Elle avait apporté son canevas, de la laine en quatre couleurs, une aiguille, et un modèle qu'elle avait réalisé avec différents points, très comparable à celui que Miss Pesel avait fait pour les Brodeuses de la Cathédrale. Marjory était aux anges, et se révéla une élève appliquée, assise près de sa tante à la table du jardin, la regardant avec attention lui montrer comment enfiler une aiguille, compter les carrés, coudre un point et cacher sur l'envers l'extrémité du fil de laine. Quand le moment arriva pour elle d'exécuter ses propres points, elle prit son temps, mais elle y arriva, et petit à petit sa rapidité et son assurance s'accrurent. Violet se reprocha d'avoir sous-estimé les capacités de la fillette.

Alors qu'elles travaillaient ensemble, concentrées et absorbées, le reste de la famille allait et venait autour d'elles, désherbant, buvant du thé, lisant le journal, lançant un ballon en l'air. De temps en temps l'un ou l'autre jetait un coup d'œil vers la tante et la nièce. Mrs Speedwell, qui était là aussi, s'avérait particulièrement irritée par leur assiduité. « Quelle idée de manier de la laine par une chaleur pareille, déclara-t-elle, alors même qu'elle arborait sa robe de laine bleue. Ça ne peut pas être bon pour une enfant. Regarde comme elle est congestionnée.

— Marjory va très bien, Mrs Speedwell », affirma Evelyn, levant les yeux du *Southern Daily Echo*. Depuis que Violet avait accepté son exclusion des vacances en Cornouailles, Evelyn mettait un point d'honneur à se montrer positive et à soutenir sa belle-sœur.

« C'est une activité très bizarre, si vous voulez mon avis. À quoi ça sert, je vous le demande ? »

Marjory leva les yeux de ses zigzags au point florentin et adressa un regard désarmant à sa grand-mère. « On peut faire de belles choses.

— Allons, allons, petite, c'est très mal élevé de répondre. »

Les yeux de Marjory s'agrandirent. « Mais tu as posé une question, grand-mère. J'ai répondu.

— Voyons, Marjory, intervint Evelyn. Je suis sûre que tu ne voulais pas être impolie avec grand-mère. D'ailleurs, tu pourras peut-être lui fabriquer un joli objet en tapisserie. »

Marjory regarda sa tante. « Bien sûr, acquiesça Violet. Tu pourrais broder à grand-mère un petit porte-monnaie pour ses pièces, une paire de pantoufles, ou une ceinture. Qu'est-ce que tu en dis ?

— Je ne vois pas ce que je ferais de ces trucs-là, déclara Mrs Speedwell.

— Eh bien, tu pourras fabriquer quelque chose pour ta mère. Je suis sûre qu'elle adorerait avoir un porte-monnaie. Tu vas t'entraîner à broder pendant l'été, et quand tu maîtriseras les points, je t'aiderai à réaliser un porte-monnaie. » Violet ne savait trop comment elle s'y prendrait pour le dessiner, mais Miss Pesel lui donnerait peut-être un coup de main.

Mrs Speedwell grogna. « Évidemment, il est bien

plus important de broder quelque chose pour ta mère que pour ta grand-mère. »

Violet croisa le regard d'Evelyn. Sa belle-sœur leva les yeux au ciel, et Violet s'esclaffa.

« Qu'est-ce qui vous fait rire ? demanda Mrs Speedwell, quand Evelyn pouffa à son tour. Il n'y a rien de drôle ! »

## CHAPITRE 9

Organiser un voyage en solo était une chose, faire le premier pas pour franchir la porte en était une autre. Un matin d'août, Violet se tenait de bonne heure dans l'entrée, avant même que sa logeuse ne soit levée, à tâcher de calmer ses nerfs et de trouver le courage de partir. En apparence elle était prête : son sac à dos était bouclé, elle portait une vieille robe de lin marron et une veste, et avait lacé ses grosses chaussures.

Il y avait encore quelques jours, ses amies et sa famille applaudissaient son projet de randonnée en solitaire. L'échéance approchant son frère avait toutefois téléphoné pour lui demander si elle était certaine de vouloir partir. « On devrait trouver à te loger pas trop loin de nous en Cornouailles », suggéra Tom d'un ton dégagé, conscient sans aucun doute que tout serait complet à cette date tardive, mais voulant soulager sa culpabilité par cette proposition.

« Tu es sûre que ça ira, livrée à toi-même comme ça ? demanda Gilda plus franchement lorsqu'elles se retrouvèrent chez Awdry. Tu peux toujours changer d'avis, tu sais.

— Tout ira bien », répondit Violet avec fermeté.

Gilda ne s'appesantit pas. Elle partait en famille

passer quinze jours à Swanage, et sa nouvelle belle-sœur serait là. « Olive va exhiber sa grossesse comme si la chose était prévue depuis le début, et exiger d'être au centre de l'attention. Si maman était vivante, elle la remettrait à sa place. Mais papa et Joe lui passent tout.

— Alors tu vas devoir jouer le rôle de ta mère », répondit Violet, qui se rendit compte après coup qu'elle aurait pu inviter son amie à marcher avec elle.

Mrs Harvey avait commencé à se tourmenter la veille au soir. « Je n'aime pas imaginer une de mes petites pensionnaires toute seule en pleine nature, déclara-t-elle en regardant Violet poser dans l'entrée son sac à dos, prêt pour le lendemain. Et si vous vous tordez la cheville, que vous n'avez plus d'eau ou qu'une vipère vous mord ? Qu'est-ce que vous ferez ? » Ces inquiétudes, Violet les avait elle-même, et elle fila au lit avant que sa logeuse ne parvienne à l'affoler davantage.

À présent Violet avait faim mais n'avait pas envie de s'attarder. Si je fais des toasts, Mrs Harvey se lèvera et recommencera son cinéma. Elle installa son sac à dos sur ses épaules, serra les courroies et se mit en route sans cérémonie ni petit déjeuner.

Elle descendit la colline d'un bon pas jusqu'au pont enjambant l'Itchen. Devant elle, sur un piédestal de granit, se dressait une statue du roi Alfred. Dos à elle, il regardait la Grand-Rue et brandissait son épée, poignée vers le haut, comme s'il bénissait la ville qui s'étendait devant lui. Violet dépassa la statue, jeta un coup d'œil alentour, puis fit une révérence à Alfred avant d'entamer la traversée de Winchester.

Elle passa devant les boutiques de la rue aux façades médiévales en surplomb ; devant la boucherie et la pharmacie ; devant chez Awdry, où elle envisagea un instant de s'arrêter prendre un café, mais continua ; devant la Buttercross, une structure en pierre dotée d'un socle octogonal à degrés où les femmes au Moyen Âge vendaient leur beurre ; elle passa devant chez Warren où elle achetait les fournitures de bureau. Les commerces n'étaient pas encore ouverts, si bien qu'il y avait peu de monde : un cycliste de temps en temps, un garçon livrant les journaux, un laveur de carreaux nettoyant la vitrine d'un magasin de confection. Ils la saluèrent de la tête, mais personne ne s'arrêta pour bavarder ou l'interroger sur son sac à dos et le lieu où elle comptait se rendre. Personne ne dit : « Bravo, Violet. C'est courageux ! », ni « Vous êtes sûre de vouloir faire cette randonnée toute seule ? », ni « Pourquoi ne pas venir avec nous à la mer, plutôt ? » Ne vivant à Winchester que depuis neuf mois, elle n'était toujours qu'une étrangère sur laquelle personne n'était disposé à miser. Elle n'avait pas cru cela important, mais aujourd'hui elle aurait aimé qu'il y ait quelqu'un pour lui souhaiter bon voyage au seuil de son aventure.

Vers le haut de la ville, elle franchit l'arche médiévale de la porte ouest, qui indiquait qu'elle quittait le centre. Elle gagna un pont au-dessus de la voie ferrée, le traversant au moment précis où, dans un nuage de vapeur, un train matinal à destination de Londres pénétrait dans la gare située légèrement à sa droite. Violet évita les escarbilles rejetées par la locomotive, puis resta là à regarder les passagers monter, claquant les portières et s'interpellant tandis qu'ils hissaient leurs valises à bord. Quand le train démarra dans un ahanement caractéristique, elle se demanda si elle n'aurait pas mieux fait d'aller à Londres. Elle avait tout juste les moyens de se payer une nuit là-bas, mais en jouant sur la mauvaise conscience de Tom, elle aurait peut-être pu lui soutirer un peu plus d'argent pour se rendre à un spectacle en matinée, un concert ou un thé dansant. Elle aurait pu marcher le long de la Tamise, explorer les librairies de Charing Cross Road, et visiter méthodiquement les salles du British Museum. Toutes ces choses, elle les avait déjà faites, mais toujours à la remorque de ses parents. Même à trente-huit ans, elle trouverait difficile, sinon terrifiant, de les faire sans être accompagnée.

Ce voyage aussi était terrifiant. Violet s'était déjà promenée seule, dans le parc communal de Southampton, sur le front de mer à Portsmouth, sur l'île de Wight, ou sur la colline Ste Catherine à l'extérieur de Winchester, mais c'étaient des endroits où il y avait du monde, et puis des gens attendaient son retour. Elle n'avait jamais marché en solitaire à travers champs. L'équipée avait semblé possible lorsqu'elle se bornait à l'imaginer, mais maintenant qu'elle était au pied du mur, l'angoisse montait du fond de son ventre et lui étreignait la gorge.

C'étaient les autres solutions – quinze jours à Hastings avec sa mère et sa tante, ou rester à Winchester à broder près de la radio dans une pièce étouffante en sirotant des tasses d'un thé pâlot avec en fond sonore le jabotage incessant des perruches – qui avaient incité Violet à serrer les dents et à entreprendre sa randonnée.

Elle se dirigea vers l'ouest sur une route à flanc de colline qui passait entre deux imposantes constructions victoriennes : d'abord la prison, avec ses quatre bras rayonnant telles les branches d'une étoile autour du centre du bâtiment coiffé d'un campanile ; puis l'hôpital du comté, avec son briquetage compliqué. Dépasser ces deux établissements, où tout citoyen risquait d'atterrir si les choses tournaient mal, lui fit l'effet d'abandonner les ultimes bastions de la civilisation. Puis les maisons se firent plus rares et une petite route se dessina sur la droite – une voie romaine, d'après la carte d'état-major –, qui menait vers des champs. Violet prit cette route et laissa derrière elle les dernières maisons.

À sa gauche s'étendait un verger dont les arbres alignés étaient chargés de pommes vertes, pas encore mûres. Le lieu n'avait rien d'effrayant. À sa droite s'étendait un terrain de golf. Il était à peine huit heures du matin, mais des joueurs tapaient déjà dans des balles, et leur présence en casquette, gilet et knickerbockers, semblait domestiquer la nature.

La voie romaine, après un léger virage, suivait le tracé prévu par les Romains et s'étirait tout droit, des champs se déployant d'un côté, des bois de l'autre. Une auto la doubla avec un coup de klaxon amical, sans doute en chemin vers Farley Mount, car il n'y avait pas vraiment d'autre destination que celle-là. Demeurer sur la route contribuait à rassurer Violet. Tant qu'elle était sur la route, bien visible de tous, elle n'avait rien à craindre et pouvait apprécier la chaleur du soleil sur ses bras, la vue d'un couple de martinets fendant le ciel au-dessus d'elle, le teuf-teuf d'un tracteur dans le lointain. L'atmosphère était paisible sans être silencieuse. Elle se mit à fredonner et à penser au petit déjeuner qu'elle n'avait pas pris. Elle avait emporté un en-cas, auquel elle ne tarderait pas à faire un sort.

Au bout d'une heure, la route tournait à gauche et devenait une petite allée de gravier conduisant au monument. Violet la suivit vers l'endroit où était garée la voiture qui l'avait doublée. Au-delà, un sentier montait vers un tertre que couronnait une drôle de folie architecturale. Haut d'environ huit mètres, doté de murs de plâtre blancs se rejoignant en pointe et de portes cintrées en saillie des quatre côtés, Farley Mount ressemblait à une chapelle wesleyenne coiffée d'une pyramide égyptienne.

Violet apercevait un couple à côté de la folie au sommet du tertre, et deux enfants qui criaient et riaient tout en escaladant puis dévalant la pente abrupte. L'espace d'un instant elle envisagea de passer son chemin, de peur que la famille ne rompe le charme que les lieux exerçaient déjà sur elle. Mais la pyramide semblait l'attirer comme une force irrésistible, et Violet se surprit à s'y diriger à longues enjambées.

Une grande plaque sur le monument lui remit en mémoire une partie de la conversation qu'elle avait eue avec Gilda et Arthur devant la cathédrale : Farley Mount avait été construit en hommage à un cheval. Lors d'une chasse au renard, un propriétaire du XVIIIe siècle était tombé dans une crayère avec sa monture. L'un et l'autre avaient survécu, et le cheval, baptisé « Carrière de craie ! », avait gagné une course l'année suivante, si bien que son propriétaire, plein de fierté, avait fait ériger la pyramide en son honneur. Violet sourit. Son père et ses frères auraient adoré l'absurdité de cette histoire. Elle se demanda s'ils étaient déjà venus ici.

Elle gravit la butte et rejoignit le couple. « Magnifique journée, dit l'homme.

— Oui. » Violet contempla l'étendue devant elle, peinte dans mille nuances de vert, de jaune et de brun, le soleil et le ciel baignant la vaste plaine. La campagne anglaise était en effet magnifique. Mais elle avait aussi quelque chose d'un peu oppressant au mois d'août. La chaleur qui ondulait au ras du sol, le soleil éblouissant, l'immobilité, les champs de blé, de foin et d'orge jaunis, les bouquets d'arbres où le vert avait atteint son apogée et commençait à se faner : une sensation de luxuriance mais aussi d'altération naissante... Le mois d'août n'avait plus l'épanouissement triomphant du mois de juillet, où la nature était au summum de sa beauté. Il apportait avec lui une mélancolie qui s'accentuerait en septembre. Violet préférait le mois d'octobre, quand le monde perdait ses feuilles et virait clairement à la fraîcheur et au froid, acceptant son destin sans plus tenter de s'accrocher à l'été.

La femme lui lança un regard oblique. « Vous voyagez seule, on dirait ? » Elle attrapa le bras de son mari.

« Je... dois retrouver quelqu'un. » Violet tressaillit : elle était incapable de dire qu'elle était seule. Pourquoi était-ce si honteux ?

L'homme regarda autour de lui. « Quoi, ici ? » Il avait un sourire sournois ; il avait décidé qu'elle retrouvait un homme.

« À Nether Wallop. » Le village avait beau représenter un détour de cinq kilomètres sur son itinéraire de Winchester à Salisbury, Violet avait écrit au Five Bells pour réserver une chambre.

« Et vous faites tout ça à pied ? Bigre ! » s'exclama la femme, plus réprobatrice qu'impressionnée.

Leurs enfants, à l'intérieur du bâtiment, poussaient des cris pour jouer avec l'écho. Il y avait un banc accueillant à proximité qui aurait été parfait pour un petit déjeuner avec vue. Mais Violet souhaita une bonne journée au couple et quitta Farley Mount. Elle ne voulait pas manger son casse-croûte dans une atmosphère de pitié et de suspicion.

Elle regagna le sentier, puis ne put s'en empêcher : elle jeta un coup d'œil en arrière. Le couple continuait à l'observer. Violet avait beau mourir de faim, elle allait devoir trouver un lieu plus éloigné. Le sentier descendait une petite colline, au pied de laquelle il rattrapait la voie romaine qu'elle avait quittée tout à l'heure. Désormais bordé de haies, trop cahoteux et étroit pour des voitures, il traversait un pré, où elle laissa enfin tomber son sac à dos et s'assit, soulagée que la famille ne puisse plus la voir. Des moutons broutaient au fond du pré, mais ils ne faisaient pas attention à elle.

Avant d'avaler son casse-croûte, Violet but de grandes gorgées d'eau à la gourde qui avait été celle de Tom pendant la guerre. Ça lui faisait bizarre de s'en servir, mais il la lui avait proposée et elle en aurait besoin. Ils n'avaient jamais discuté en détail de son expérience de la guerre. La plaie était trop à vif au début, puis l'eau avait coulé sous les ponts. Tom voulait simplement avancer dans la vie, d'une façon dont Violet était incapable : embrasser une carrière sérieuse, se marier, fonder une famille. Elle ne pouvait pas lui reprocher ces aspirations-là, mais elle les jalousait. Sa vie à elle n'avait rien d'évident ni de simple, aucune route toute tracée qu'il suffisait de suivre.

Elle sortit de son sac un petit luxe qu'elle s'était accordé, même s'il alourdissait son bagage : une thermos de café. Fort et âcre, c'était exactement le coup de fouet dont elle avait besoin après huit kilomètres de marche. Même les petits pains rassis tartinés de margarine et de confiture paraissaient délicieux. Mieux encore, Violet s'autorisa, pour fêter cette étape, un carré du caramel mou qu'elle avait confectionné pour le voyage. Les Speedwell en avaient toujours emporté lors de leurs randonnées, et elle estimait qu'elle avait mérité cette gâterie. Il fondit sur sa langue, y laissant une flaque sucrée qui lui rappelait l'enfance.

Après avoir mangé, elle rempaqueta les restes de son en-cas, puis sortit la carte d'état-major que lui avait prêtée Mrs Harvey. La couverture rouge et brun était illustrée d'une gravure montrant un homme en tenue de randonneur, assis sur une colline en train de consulter sa carte ; s'étalait devant lui, idyllique, un paysage anglais de bois et de champs, avec un aqueduc au second plan et un clocher plus loin. Violet étudia l'itinéraire : elle devait poursuivre le long de la voie romaine, qui, maintenant, se réduisait à des sentiers à travers champs. De là où elle était, elle apercevait déjà le premier d'entre eux, un petit champ de maïs.

Les champs angoissaient Violet. Quand on croisait quelqu'un dans un champ, on se demandait toujours ce que cette personne fabriquait là (Violet imaginait forcément un homme, jamais une femme). Évidemment, l'homme pouvait effectuer lui aussi une randonnée, ou bien se rendre d'un endroit à un autre – d'une ferme à un magasin, par exemple –, aller voir un ami souffrant, ou chercher une vache égarée. Il y avait des tas de raisons pour qu'un homme se promène tout seul.

Mais pas une femme. Violet avait beau être célibataire et sembler autonome, elle n'était jamais vraiment seule. Dans la maison, il y avait sa logeuse et les autres pensionnaires ; elle sentait leur présence même derrière sa porte fermée. Au bureau, il y avait les collègues. Et quand elle allait en solitaire à la cathédrale, il y avait toujours du monde, des brodeuses qu'elle connaissait de vue, et même quelques bedeaux, que désormais elle saluait.

Un échalier la séparait du champ de maïs. Elle y grimpa, puis, demeurant assise sur le barreau du haut, elle scruta le sentier que bordaient des pieds de maïs plus grands qu'elle.

Allons, ma vieille, ressaisis-toi, s'ordonna-t-elle. Qu'aurait fait Laurence ? Elle invoquait souvent son défunt fiancé quand elle avait besoin d'un stimulant que le café et le caramel ne pouvaient lui procurer. Laurence n'avait rien d'un fier-à-bras, mais il était allé à la guerre et ne s'était jamais plaint d'y avoir été envoyé ni de ce qu'il y avait vu, et c'était là une sorte de courage, un courage à l'anglaise.

Elle sauta de l'échalier et s'élança dans la forêt de maïs, cheminant avec précaution le long de l'étroite trouée entre les rangées. Les tiges effleuraient ses épaules ; leurs feuilles fibreuses couleur émeraude frôlaient les manches de sa veste et pommelaient le soleil. Elle regarda derrière elle plusieurs fois pour s'assurer qu'elle était bien seule. Le bruit et le contact des feuilles alliés aux jeux d'ombre et de lumière la déboussolaient. Le champ semblait interminable. Le traversait-elle depuis quelques minutes ou déjà plusieurs heures ?

Soudain, devant elle, un lapin surgit et se mit à courir le long de la rangée. Violet garda les yeux fixés sur les éclairs de sa queue blanche, jusqu'à ce que l'animal disparaisse et qu'elle débouche au soleil à la lisière du champ, mourant de chaud et essoufflée, près d'une haie couverte de ronces aux baies pas encore mûres. Elles débordaient sur un portillon à chicanes, et Violet, en s'y faufilant, s'écorcha à travers le lin de ses manches et se mit à saigner.

Le champ d'après était de l'herbe et le suivant de l'orge, dont les lourds épis ployaient, dans l'attente d'être coupés. Ici, elle se sentait beaucoup moins oppressée car elle pouvait voir autour d'elle et devant, où se dressaient des corps de ferme. Elle atteignit la ferme au bout du champ d'orge ; le sentier longeait le côté droit de la cour. Il n'y avait personne en vue, mais du linge était accroché au soleil, et des cliquetis se faisaient entendre dans une des granges. Dans le pré suivant, un cheval broutait. Il leva la tête pour l'observer quand elle passa.

Derrière la ferme Violet traversa un petit bois broussailleux, où un vieux tracteur abandonné tombait tranquillement en morceaux, et où un lit en fer était en train de rouiller, tout comme d'autres déchets métalliques qu'elle ne put identifier. Ces rebuts, le désordre masculin d'un tel dépotoir, lui déplurent, et elle se dépêcha de rejoindre les champs, l'un peuplé de vaches, l'autre de moutons. Elle traversa une route, un autre champ d'orge, puis une autre route, avant de se trouver face à un vaste champ de maïs. Violet marqua une pause pour le scruter, mais seulement un instant : avec le café et le caramel qu'elle avait ingurgités, elle se sentait d'attaque. Parcourir ces huit cents mètres ne prendrait que dix minutes, après quoi il y avait une route, puis une piste cavalière à travers un petit champ menant à une auberge. Elle pourrait s'y arrêter.

Violet ne remarqua l'homme qu'une fois profondément engagée dans le champ de maïs, même si la distance était difficile à évaluer : comme avec le premier champ, elle avait été vite désorientée par le bruit des feuilles et les taches de lumière. Tout ce qu'elle savait, c'est qu'à un moment elle avait regardé derrière elle et qu'elle y avait vu un homme, à une quarantaine de mètres. Elle ne pouvait affirmer qu'il la suivait. Empruntait-il simplement le même sentier, ou était-il là à cause d'elle ? D'où sortait-il ? De la ferme avec son tas de ferraille rouillée ? L'avait-il repérée depuis une des granges et lui avait-il emboîté le pas ? Ou bien allait-il récupérer une vache égarée, ou rendre visite à un ami malade, comme elle s'en était fait la suggestion ? Ces deux explications semblaient absurdes maintenant qu'elle se trouvait seule avec lui dans un champ de maïs sans fin.

Elle se pressa tout en essayant de ne pas avoir l'air paniquée. Des tiges de maïs envahissaient le sentier, l'empêchant de bien voir ce qu'il y avait devant. Elle envisagea de s'arrêter et d'attendre que l'homme la rattrape : ainsi, elle pourrait guetter son approche et ne pas lui tourner le dos. Peut-être allait-il lui sourire, la saluer et la dépasser, sans plus. Mais, si brièvement qu'elle l'ait aperçu, Violet avait compris qu'il n'était pas du genre à sourire. Il n'était pas particulièrement grand – à peine plus qu'elle –, il avait un visage sérieux et concentré, et il marchait vite. Il émanait de lui une atmosphère de coins sombres, de métal oxydé et de mâchoire mal rasée. Elle avait envie de tourner à nouveau la tête mais n'osa pas. Elle doubla le pas, se moquant désormais qu'il sache qu'elle cherchait à fuir. Elle crut entendre le maïs qui bruissait plus près d'elle. Soudain elle aperçut de la lumière au bout du sentier, et courut.

Sortant du champ à toutes jambes, Violet escalada tant bien que mal un échalier qui donnait sur une route, qu'elle remonta en courant sans regarder derrière elle. Il fallut qu'un point de côté la poignarde pour qu'elle ralentisse enfin et regarde alentour. Il ne l'avait pas suivie sur la route. Elle s'arrêta et se courba en deux, les mains sur les genoux, haletante, les yeux sur la trouée d'où il allait surgir. Comme l'homme n'émergeait toujours pas, elle se dit qu'elle avait eu raison de courir, car il devait se cacher dans le champ de maïs. Bien qu'elle n'ait pas encore repris haleine, elle se remit vivement en marche, espérant qu'une auto passe par là, un tracteur, ou des gens à pied.

Elle atteignit une petite route à droite sur laquelle elle s'engagea ; invisible désormais du champ de maïs, elle consulta sa carte. La route l'amènerait à l'auberge qu'elle cherchait, à quatre cents mètres de là. Cheminant rapidement, elle regardait derrière elle tous les vingt pas, mais aucun signe de l'homme.

Elle faillit pleurer à la vue de la John O'Gaunt Inn, une bâtisse blanche toute simple au toit d'ardoise et aux fenêtres encadrées de noir, située à un croisement près de la Test. Il était à peine plus de onze heures, et le pub n'avait peut-être pas encore ouvert. Mais il y aurait sûrement quelqu'un pour lui préparer une tasse de thé, ou un sandwich qu'elle pourrait manger sur un des bancs placés de chaque côté de la porte. Elle avait besoin qu'on la prenne en pitié.

Violet poussa la porte et fut soulagée de la trouver déverrouillée. Des effluves de tabac froid et de graillon lui assaillirent les narines quand elle pénétra dans une salle remplie de tables et de chaises vides. À sa droite s'étirait le comptoir, où le patron servait quelqu'un à l'autre bout, mais la salua pour l'accueillir. Elle était déjà en train de se délester de son sac à dos qu'elle posa sur le plancher recouvert d'un tapis, près d'une table, quand le client debout au comptoir se retourna pour la regarder. C'était l'homme du champ de maïs.

Violet se pétrifia et ravala un hoquet. Si son sac à dos n'avait pas déjà été à terre, elle l'aurait empoigné pour ressortir illico. Mais elle se sentait prise au piège : par le traitement hospitalier du patron ; par sa peur de montrer sa peur ; par sa crainte d'avoir réagi de manière excessive face à un homme innocent ; par son désir de ne pas passer pour une idiote effarouchée. Elle renonça à partir, et demeura plantée, maladroite et rougissante, son cœur battant à tout rompre.

L'homme ne sourit pas et ne dit pas davantage bonjour ; son silence était bien plus puissant. Il avait des yeux foncés au regard fixe et des cheveux châtains plus longs que la mode du moment. Sa casquette, qu'il avait ôtée, était posée à côté de sa pinte de bière. Son corps était maigre et nerveux, ses vêtements mal ajustés, comme s'ils étaient de seconde main. Il avait relevé ses manches à cause de la chaleur et Violet apercevait les poils bruns et drus qui poussaient sur ses avant-bras.

Comment s'était-il débrouillé pour arriver ici avant elle ? Et s'être déjà fait servir une pinte ? Pour se calmer, Violet essaya de réfléchir, reconstituant son itinéraire et se remémorant la carte qu'elle venait de consulter. Au bout d'un moment, elle parvint à la conclusion que les routes qu'elle avait prises jusqu'à l'auberge épousaient les deux côtés d'un triangle. L'homme avait probablement coupé par un champ le long de la piste cavalière, prenant le troisième côté et mettant ainsi moitié moins longtemps qu'elle.

Pendant qu'elle s'employait à élucider le mystère, le patron avait parlé et avait l'air d'attendre une réponse. « Pardonnez-moi, j'étais... » Violet suspendit sa phrase : impossible d'avouer ce qui la turlupinait.

Le patron pouffa. « Je vous demandais juste ce que je pouvais vous servir, trésor. Vous devez être crevée, à vous trimballer ce barda toute seule. » Il indiqua le sac à dos.

L'homme du champ de maïs étudiait son verre.

« Ça va très bien, marmonna Violet. Je prendrai un thé, s'il vous plaît.

— Asseyez-vous. Je vous l'apporte. »

Violet s'assit, victime de ses bonnes manières. La salle lui semblait toute petite.

« Qu'est-ce qui vous amène par ici, trésor ? » Derrière le comptoir, le patron s'affairait avec une bouilloire.

Violet fit la grimace, mais s'efforça de la dissimuler.

C'était le genre de bistrotier fouineur qui masquait sa curiosité sous une cordialité excessive. Elle allait maintenant être mitraillée de questions auxquelles elle ne pourrait se soustraire, et auxquelles elle n'avait aucune envie de répondre devant l'homme du maïs debout avec sa bière.

« Je… je marche.

— Et vous allez où ? »

Elle resta interdite. Elle aurait dû mentir pour que l'inconnu ne connaisse pas sa vraie destination. Mais que ce soit au nord ou au sud, le nom d'aucune ville ne lui revint, et si elle prétendait se rendre à Winchester, l'inconnu saurait qu'elle mentait puisqu'il l'avait vue arriver de là-bas. « Salisbury, se surprit-elle à dire, pour combler le silence et éviter qu'il ne devienne suspect.

— D'une cathédrale à l'autre, alors ? »

Violet acquiesça, contrariée que son itinéraire soit si facile à deviner.

« On a pas mal de randonneurs qui font ça. Le sentier passe au bout de la route. » Le patron du pub eut un vague mouvement de tête. « Il suit la vieille voie romaine jusqu'à Old Sarum, au nord de Salisbury. Mais ça, vous le savez. Vous avez forcément une carte, pas vrai, trésor ? »

Violet brandit sa carte d'état-major.

« Et vous savez la lire, pas vrai ? »

Violet piqua un fard. « Mon père m'a appris.

— Il a bien fait. C'est bien qu'une fille soit pas trop empotée. Mais, quand même, vous comptez pas aller jusqu'à Salisbury dans la journée, si ? C'est bien trop loin.

— Je… » Surtout, ne parle pas de Nether Wallop, s'enjoignit-elle.

« Parce qu'y a des chambres à l'étage si vous cherchez un endroit où dormir.

— Non, merci. Je vais marcher encore un peu aujourd'hui avant de m'arrêter. »

Le patron du pub apporta à Violet un plateau avec une théière, une tasse et une assiette de biscuits à l'arrow-root. « Voilà votre thé, et de l'eau chaude si vous voulez en rajouter.

— Merci.

— J'ai des amis qui louent des chambres à Broughton. Je pourrais les prévenir pour vous.

— Tout va bien, merci.

— Une jeune femme comme vous, qui marche seule. Il vous faut un endroit où dormir. Ça me dérange pas de m'en occuper, trésor.

— Vraiment, je vous assure, ce n'est pas la peine. J'ai prévu mon escale.

— Où ça ? » Le patron se tenait au-dessus d'elle. L'homme au comptoir souleva sa pinte et but une longue gorgée. Violet ne put s'empêcher de contempler son profil.

« À Nether Wallop. » Elle avait toujours été incapable de mentir.

« Quoi, au Five Bells ? Dites à Bob que je lui envoie le bonjour, et que je le verrai au cricket mercredi soir. »

Violet hocha la tête.

« Nether Wallop... ça vous fait un détour, non ?

— J'ai... j'ai des amis là-bas.

— Ah bon ? Et qui, si je peux me permettre ? »

Non, tu ne peux pas, songea Violet. L'homme manifestait le genre de gentillesse qui confinait à l'hostilité, comme s'il cherchait à la prendre en flagrant délit de mensonge. Il aurait protesté qu'il ne faisait que son devoir de citoyen, qu'il gardait un œil sur les allées et venues. Violet aurait aimé qu'il lui soit véritablement utile, pouvoir lui demander : « Qui est cet homme au comptoir qui respire le danger ? Je ne lui fais pas confiance. Et vous ? »

Perdue dans ses réflexions, Violet était restée muette et une ride fâchée se creusa entre les sourcils de l'aubergiste. « Arthur », lâcha-t-elle, pour mettre fin au silence. Puis, s'apercevant qu'elle ne connaissait pas son nom de famille, elle ajouta : « Le sonneur de cloches. » C'était un peu exagéré de le qualifier d'ami alors qu'elle ne l'avait croisé qu'une fois ; n'empêche, le mouchoir qu'il lui avait prêté ne quittait pas son sac à main. Bizarrement, elle n'avait rien fait pour le lui rendre. Elle trouvait réconfortant de tomber dessus quand elle cherchait un bâton de rouge à lèvres ou un penny qui traînait. Ce bout de tissu lui donnait l'impression que quelqu'un veillait sur elle.

Le patron du pub s'esclaffa. « Arthur le sonneur de cloches, répéta-t-il. Sacré Arthur… Vous savez que je lui ai demandé un jour qu'il m'explique ce qu'ils fabriquent là-haut avec leurs cloches, et que j'ai pas compris un mot de ce qu'il m'a raconté ? Je lui ai demandé : “Mon vieux, pourquoi tu nous joues pas plutôt un air qu'on puisse chanter ?” Je crois que je l'ai vexé. » L'homme semblait fier de lui.

« Vous savez quoi, je vais peut-être emporter mon thé dehors, déclara Violet du ton le plus joyeux qu'elle put. Il fait tellement beau. »

L'aubergiste parut offensé, cachant aussitôt son dépit derrière un sourire commerçant. « Bien sûr, trésor. Je vais prendre votre plateau. »

Violet ramassa son sac à dos, jeta un dernier coup d'œil à l'homme au comptoir, puis lui tourna le dos et tint la porte au patron du pub avec son plateau.

Dehors elle se sentit à la fois mieux et plus mal. Mieux parce que l'air, pur, n'empestait pas le tabac ni le poisson frit, et qu'elle avait moins l'impression d'être prisonnière. Plus mal parce qu'elle ignorait ce que l'homme au comptoir était en train de faire, et où il était.

Cependant, par chance, une fois le plateau déposé sur un banc, le patron la laissa tranquille et retourna à l'intérieur s'occuper de son autre client. Peut-être étaient-ils en train de parler d'elle. Violet se servit du thé, mangea du bout des dents un biscuit à l'arrow-root – ceux qu'elle aimait le moins – et regarda autour d'elle. Le John O'Gaunt se trouvait à l'orée d'un petit village : Horsebridge, d'après la carte. Il ne comportait qu'une poignée de maisons, mais possédait une gare. Elle pourrait sans doute prendre un train pour Southampton, si elle voulait, histoire d'échapper à l'homme du maïs, au patron du pub et à sa randonnée. Sa mère partait pour Hastings cet après-midi ; il était encore possible de la rattraper, de se répandre en excuses et de se joindre à elle. Quelques secondes, Violet fut tentée.

À ce moment précis une jeune femme passa devant le pub en poussant un landau. Sa capote était revêtue d'une parure blanche à fanfreluches, son occupant endormi. La femme contemplait le bébé avec une adoration sans mélange. Elle leva les yeux. À la vue de Violet, de ses grosses chaussures et de son habillement, de sa carte et de son sac à dos, mais aussi de sa tasse de thé, elle sourit. Son visage était encore rempli d'amour pour son bébé, et cet amour surpassait la curiosité éventuelle qu'elle pouvait éprouver pour cette inconnue de passage. Violet lui rendit son sourire.

Cet échange était tellement normal qu'il la calma. C'est un endroit où il y a des femmes et des bébés, se dit-elle, pas seulement des hommes qui lèvent le coude à onze heures du matin. Elle allait boire son thé et continuer son chemin vers Nether Wallop.

Elle étudia sa carte. Pour faire les huit kilomètres jusqu'au village, plusieurs sentiers étaient possibles, mais elle décida de s'en tenir aux routes. Ce ne serait pas aussi sauvage, mais elle ne voulait pas répéter sa mésaventure du champ de maïs.

Elle termina son thé et enfila son sac à dos, de manière à s'esquiver au plus vite après avoir payé.

À l'intérieur le patron, derrière le comptoir, s'employait à faire briller des verres. L'autre homme avait disparu. Son verre aussi avait disparu. On aurait dit qu'il n'avait jamais été là. Violet s'efforça de ne pas fouiller la salle du regard et de ne pas avoir l'air perturbée, mais son ventre se noua. Était-il aux toilettes ? Ou sorti par une porte de derrière pour la guetter et la suivre ?

Arrête, se gronda-t-elle. Il y a des gens autour et tu ne risques rien. Ne te laisse pas intimider par ce type. Qu'il parte donc à la recherche de sa vache égarée. Cette pensée lui arracha un sourire.

« Voilà qui est mieux, déclara le patron. C'est la première fois que vous souriez depuis votre arrivée. »

Violet cessa de sourire.

Le patron ne sembla pas le remarquer. « Une fille qui sourit fait tout de suite bien plus jeune, insista-t-il. Toutes ces crèmes, potions et compagnie pour lesquelles on fait de la publicité dans les magazines... c'est de la foutaise. Il suffit de sourire. Ça fera trois pence, trésor. »

Violet posa la pièce sur le comptoir. « Merci. Bonne journée. »

Tournant les talons, elle franchit la porte sans plus de cérémonie et entendit le « tss-tss » du barman. « On a beau être aimable, avec certains y a rien à faire », marmonna-t-il alors que la porte se rabattait derrière elle.

La Test ressemblait à une tresse aquatique dénouée, et au cours du trajet vers Broughton Violet en franchit des mèches folles à plusieurs reprises. Elle s'arrêta pour contempler l'eau étincelante et claire qui courait en contrebas. C'était un territoire idéal pour la pêche à la mouche, et elle aperçut des hommes debout dans la rivière en train de lancer.

Il y avait plus de circulation à présent. Il était midi et elle voyait passer des camionnettes de livraison, des automobilistes l'air pressés et des familles en excursion. Un couple âgé coiffé de chapeaux de paille assortis la doubla avec un coup de klaxon et un geste de la main. Une atmosphère rassurante, même si Violet avait davantage l'impression de marcher pour rallier une destination que de profiter d'une sortie à la campagne. Le paysage, d'ailleurs, était plus plat et moins pittoresque. Et elle avait mal aux pieds.

À Broughton elle s'arrêta le long d'un affluent de la Test nommé Wallop Brook et enleva ses chaussures et ses chaussettes pour tremper ses pieds dans l'eau glacée. Elle avait très chaud, et elle était fatiguée. Violet avait marché presque vingt kilomètres, et en avait encore trois à parcourir. Elle mangea les sandwichs qu'elle s'était préparés et termina sa thermos de café. À partir de maintenant, elle allait devoir acheter ses repas, et regarder son pécule diminuer.

Sa collation ne l'avait pas rassasiée et, dans la Grand-Rue, elle contempla avec envie le pub devant lequel elle passa, puis le salon de thé où une famille attablée au soleil dégustait du thé, des gâteaux et de l'orangeade, les enfants jouant à se bombarder de miettes. Violet ne s'arrêta ni au pub ni au salon de thé. Elle ne pouvait pas se faire plaisir constamment.

Le décor ne lui rappelait aucune image de l'époque où elle était venue marcher ici avec son père et ses frères. Elle n'arrivait pas à se rappeler exactement où ils étaient allés à part Nether Wallop. Si ça se trouve, ils avaient emprunté cette route. Ils avaient peut-être fait escale au John O'Gaunt, et c'était peut-être le même patron qui les avait servis, bien plus jeune à l'époque. Il avait dû se montrer déférent envers son père, taquiner un peu ses frères, et faire comme si elle n'existait pas.

De Nether Wallop, en revanche, elle se souvenait, et pas seulement à cause de ce drôle de nom. Elle dépassa un moulin le long du ruisseau et, après un tournant, découvrit une rangée de chaumières vaguement familières, dont l'originalité était que la paille du toit, très épaisse, retombait sur les fenêtres comme des sourcils. Certaines maisons avaient des murs chaulés à colombages foncés, façon Tudor, d'autres étaient en brique. Elles formaient un ensemble assez joli, surtout avec leurs jardins de devant foisonnants de roses, de dahlias et de marguerites.

Tandis qu'elle remontait la rue déserte en direction du pub, elle éprouva le sentiment étrange de reconnaître un endroit tout en ne le connaissant pas, de lui trouver une apparence identique, comme si rien n'avait changé, alors que tout avait changé et vieilli, y compris elle-même. George était mort ; Laurence était mort ; son père était mort. Violet avait trente-huit ans, et non plus onze. Elle voyait Nether Wallop avec des yeux qui avaient vu beaucoup d'autres choses entre-temps. C'était bizarre et triste, et elle se demanda pourquoi elle était venue.

Mais elle avait marché vingt-deux kilomètres et était fatiguée ; le Five Bells apparut, et lui aussi avait un aspect à la fois familier et inconnu. Elle entra et eut affaire au genre de tenancier qu'elle préférait, le genre taciturne. L'homme lui remit la clé de sa chambre au-dessus du pub et ne manifesta aucune curiosité. Violet monta, fit glisser son sac à dos à terre, envoya promener ses chaussures et s'endormit en une minute.

# CHAPITRE 10

Quand elle se réveilla Violet se rendit compte que la lumière avait baissé, que le soleil, là-haut, n'était plus aussi insistant, mais ses rayons plus subtilement obliques. À proximité une cloche sonna cinq fois. Ses jambes étaient raides et douloureuses après sa longue marche. Elle se débarbouilla dans le lavabo, puis ôta sa robe de lin chiffonnée. Elle en revêtit une plus légère imprimée de fleurs dans les tons crème, vert et brun, enfila son cardigan beige, et chaussa des ballerines qui lui semblèrent aériennes après le poids de ses croquenots. Violet avait prévu de s'habiller de cette façon après chaque journée de marche. C'était comme endosser un costume pour marcher et un autre pour renouer avec la société.

Elle n'était pas encore de force à visiter l'église, avec les souvenirs de George qu'évoquerait l'édifice. Elle préféra bifurquer et remonter la rue, passer devant l'épicerie-bureau de poste, la boucherie, la forge, l'école – toutes fermées – et continuer après le parc communal vers ce que la carte indiquait comme étant Middle Wallop et Over Wallop. Ces noms de villages étaient du pain bénit pour les humoristes et faisaient à coup sûr l'objet de bien des plaisanteries, mais Violet les adorait.

Elle atteignit une grappe de maisons en retrait de la route, dont les jardins étaient immenses après les timbres-poste précédents. Regardant furtivement par-dessus leurs grands murs, elle aperçut des massifs plantés de roses trémières et de sauge, des bouleaux, des tilleuls et des hêtres pourpres. Un jardin possédait un gros poirier chargé de fruits. Violet s'arrêta pour l'admirer et remarqua près de la porte d'entrée du cottage une femme d'un certain âge assise sur un banc, tête nue, les yeux fermés, le visage orienté vers le soleil déclinant. Elle portait une robe blanche, et ses cheveux gris, plus longs que la coiffure féminine en vogue, lui arrivaient au-dessous des épaules. Un magazine qu'elle n'avait pas ouvert gisait sur ses genoux. Son maintien rappelait celui d'un pèlerin en dévotion dans une église, à cette différence près qu'elle semblait honorer le soleil.

Le clic-clic d'un sécateur se faisait entendre dans le jardin, et Violet, en promenant le regard, aperçut Arthur le sonneur de cloches qui coupait les roses fanées d'un des parterres. Arthur, son ami, selon le qualificatif qu'elle lui avait attribué au John O'Gaunt. Elle comprit que c'était là la vraie raison de sa venue à Nether Wallop. Bien sûr : elle voulait le revoir. Elle s'apprêtait à parler, mais Arthur avait dû sentir sa présence, car il se retourna. S'il n'avait pas l'air étonné de la voir, elle n'était pas certaine pour autant qu'il sache qui elle était. Elle leva néanmoins une main en signe de salut, et il leva la sienne. L'infime regard qu'il lança vers sa femme en dit long à Violet. Elle avait toujours les yeux fermés, et Violet fit un pas en arrière de sorte que le poirier la dissimule. Arthur posa son sécateur et se dirigea vers le portail, sans se presser mais sans se faire remarquer. Il ouvrit le portail et le referma derrière lui d'un seul mouvement fluide, en prenant soin de ne pas le claquer. Puis il remonta la rue. Violet le suivit. Lorsqu'ils furent suffisamment loin, elle expliqua : « Je passais par là et j'admirais vos poires. »

Arthur s'arrêta et se retourna vers l'arbre. « Ce sont des poires Williams. Un bon rendement cette année. Deux cent cinquante kilos, je dirais. » Il avait retroussé ses manches pour jardiner ; ses avant-bras étaient couverts de poils blancs.

« Je suis Miss Speedwell. Violet. Gilda nous a présentés, devant la cathédrale.

— Je sais qui vous êtes, Miss Speedwell.

— Je... je fais la marche entre les cathédrales dont vous aviez parlé. Pour mes vacances d'été. »

Il contemplait les souliers de Violet, des ballerines qui rendraient l'âme aux premières aspérités du chemin.

« J'ai des chaussures de marche, dans ma chambre, précisa-t-elle.

— Vous logez au pub ?

— Oui.

— On mange bien là-bas. La tourte au bœuf et aux rognons est très bonne.

— Tant mieux... je meurs de faim. » Violet rougit. C'était vulgaire de mentionner son appétit.

Arthur se contenta de hocher la tête. « La marche, ça creuse. Vous êtes déjà allée voir l'église ?

— J'y vais, justement. Je faisais un tour dans le village avant.

— Dans ce cas, je vous laisse à votre promenade pendant que je finis mes rosiers. »

Violet ressentit un pincement de déception à l'idée qu'ils s'en tiennent là. Soudain Arthur reprit : « J'irai sans doute au pub tout à l'heure. Vous jouez au *cribbage* ? »

Violet opina. Elle y jouait jadis avec son père, et parfois encore avec Tom.

« Parfait, à tout à l'heure, alors. » Il fit demi-tour et regagna son portail, puis lui adressa un bref sourire avant de le refermer derrière lui.

Violet ne bougea pas et perçut des voix basses : le ténor d'Arthur et un alto léger et musical, un mari répondant à sa femme que tout allait bien. Violet se demanda ce qu'il racontait mais n'osa pas se rapprocher.

Tandis qu'elle remontait la rue en direction de l'église, elle s'interrogea sur le réflexe qu'elle avait eu de se cacher en comprenant qu'Arthur ne la présenterait pas à sa femme et éviterait que toutes deux ne se rencontrent. Violet s'était rarement trouvée en situation d'apparaître comme une menace pour une autre femme ; bien qu'un peu déplaisante, cette sensation inédite avait également quelque chose d'excitant. Si excitant qu'elle s'arrêta sur un banc au bord de Wallop Brook pour allumer une cigarette et la savourer.

Les pubs n'étaient pas des endroits très fréquentés par les femmes. Et jamais elles ne s'aventuraient côté bar, la partie réservée aux hommes, plus crasseuse, plus sombre, consacrée à l'activité sérieuse qui consistait à boire. Les femmes pouvaient s'asseoir côté salle, en général avec d'autres femmes, mais on avait toujours l'impression qu'elles étaient simplement tolérées dans ce qui était un territoire masculin. Un pub n'était pas un lieu douillet. Le comptoir, les poutres, les tables et les chaises en bois, le tapis usé, le vif éclat des robinets et des verres… le décor dégageait une dureté qui n'encourageait pas les femmes. C'était pour cette raison que Violet préférait les bars d'hôtel pour dénicher ses partenaires de sherry. Les hôtels avaient quelque chose d'éphémère qui rendait les gens vulnérables et les adoucissait. Si les bars d'hôtel étaient un peu comme ces salons confortables qu'on réservait aux invités, les pubs faisaient plutôt penser à une remise de jardin. C'était du moins la sensation qu'elle avait toujours eue quand elle allait dans des pubs avec sa famille, notamment pendant leurs randonnées. Les pubs de campagne étaient plus accessibles, plus tolérants, mais on y voyait malgré tout peu de femmes, et jamais de femmes seules.

Le Five Bells était différent. Peut-être parce qu'elle logeait dans une chambre à l'étage et qu'elle était censée dîner là, Violet sentait que sa présence dans le pub n'était pas remise en cause. Lorsqu'elle entra, le patron lui indiqua une table dans l'angle puis vint prendre sa commande. « Un sherry sec et la tourte au bœuf et aux rognons. » Le barman ne manifesta aucun étonnement devant cette association insolite, même si, quand il lui apporta son verre, elle se dit que ce vin se marierait très mal avec la tourte, et demanda également de l'eau.

Tandis qu'elle sirotait son sherry et attendait son plat, Violet regarda autour d'elle. Le Five Bells n'avait guère changé depuis sa venue vingt-sept ans plus tôt. Il y avait quelques tables avec des chaises, des médaillons de harnais en laiton accrochés le long des poutres, des chopes suspendues à des crochets derrière le bar, et une grande cheminée sans feu avec un gros labrador couché devant, rêvant sans doute de flambées hivernales. Elle revoyait George et Tom ici – George essayant la bière pour la première fois et la recrachant, peu habitué à ce goût, Violet, Tom et son père se moquant de lui, son père demandant qu'on y ajoute de la limonade pour en faire un panaché.

On était samedi soir et l'établissement était animé sans être désagréablement bondé. Ceux qui voulaient un siège pouvaient en trouver, et quelques couples étaient assis, certains mangeant, d'autres buvant. Les femmes semblaient boire soit du porto-limonade, soit du soda-citron vert. Elle était la seule à avoir pris du sherry. Des hommes se bousculaient au comptoir, et il y en avait sûrement davantage dans la partie pub. Elle surprit quelques regards curieux mais ils n'avaient rien de critique ni d'hostile. L'ambiance d'un pub dépendait énormément de l'exemple donné par le patron. Puisque le patron jugeait sa présence naturelle, les clients l'imitaient.

Violet se sentait d'autant plus à l'aise qu'elle devait retrouver quelqu'un. Elle avait rendez-vous. Et l'homme était du coin. Violet ne doutait pas qu'en entrant Arthur saluerait tout le monde, et échangerait quelques mots avec les uns ou les autres. Elle serait acceptée par tous parce que lui l'acceptait. Elle se réjouissait aussi, elle devait l'avouer, à la pensée de la surprise qu'éprouveraient ceux qui lui lançaient des regards en coin lorsqu'ils verraient Arthur la rejoindre.

Elle mangea sa tourte et, Arthur avait raison, elle était délicieuse. La marche et le soleil, ainsi que les mois accumulés d'un maigre régime de sardines et de toasts nappés de haricots à la tomate, lui avaient donné un appétit gargantuesque. Quand elle eut terminé sa tourte, elle n'hésita qu'un instant avant de commander un roulé à la confiture, même si cette extravagance devait écorner son budget de voyage. Premier jour et déjà elle dépensait trop... Violet soupira. Elle n'en pouvait plus de s'inquiéter ainsi de chaque sou déboursé. Ce n'était qu'un dessert ! Pourquoi faudrait-il qu'elle se prive d'un dessert si elle en voulait un ?

Quand Arthur arriva, il la surprit en train de racler les dernières gouttes de crème anglaise dans son bol de roulé à la confiture, et sourit. « J'aime qu'on nettoie son assiette, déclara-t-il en s'asseyant en face d'elle et en plaçant entre eux une planche de *crib* et un jeu de cartes. Ça veut dire que la nourriture vous a plu. Comment était la tourte ? »

Violet se carra dans son siège. « Excellente. Merci de me l'avoir conseillée. »

Arthur lorgna son verre de sherry. « Un autre comme ça, ou bien préférez-vous une demi-pinte de bière ? Elle est brassée au bout de la rue par Mr Trout, bien houblonnée mais pas trop amère. »

Violet choisit la bière légère, contente qu'il n'ait pas l'air de trouver bizarre qu'elle en prenne alors que les autres femmes dans le pub n'en buvaient pas. Au comptoir, il connaissait en effet tout le monde, et semblait éluder avec adresse les questions importunes concernant Violet.

Bientôt ils jouaient au *crib* en buvant et en bavardant, presque comme deux amis. Violet avait remarqué que les hommes entre eux s'adonnaient souvent à un passe-temps : ils jouaient aux cartes ou aux fléchettes ou faisaient les mots croisés ensemble. La conversation s'avérait plus facile parce qu'ils ne se concentraient pas sur leurs interlocuteurs avec l'intensité que montraient parfois les femmes. C'était ce passe-temps partagé qui avait rendu les séances de broderie si agréables.

Durant la soirée, au fil de leurs parties de cartes, ils discutèrent des choses qu'ils avaient en commun : Gilda (« une fille formidable »), le fonctionnement de la cathédrale, les élections locales. Elle était contente qu'Arthur présume qu'elle allait voter ; sa mère n'avait jamais voté alors qu'elle en avait le droit depuis 1918, et Violet avait exercé ce droit d'autant plus diligemment quand elle l'avait acquis. Elle lui raconta sa mutation à Winchester, et Arthur déclara qu'elle avait eu de la chance, que la ville était assez riche pour être moins affectée par le marasme économique. Il parla un moment du chômage en Angleterre, en Europe et en Amérique, et de ce qu'il faudrait faire pour sortir de l'ornière. « L'Allemagne... C'est là que la pression est le plus inquiétante, surtout avec l'essor du parti nazi. Winston Churchill a exprimé son malaise, et lui sait de quoi il parle.

— Mais il n'est pas membre du gouvernement, si ? » Violet lâcha cette remarque d'un ton timide, car elle ne discutait pas souvent politique, et craignait de ne faire là que répéter ce qu'elle pouvait avoir entendu à la radio ou lu dans le journal.

« Cela ne veut pas dire qu'il n'est pas perspicace. Les députés montrent parfois d'autant plus de bon sens qu'ils n'ont pas à répondre au Cabinet ni au Premier ministre. Ils peuvent dire ce qu'ils pensent réellement. »

Violet s'éclaircit la gorge ; elle s'employa à compter les points. « Quinze-deux, quinze-quatre, quinze-six et un brelan font douze. » Elle n'avait pas vraiment envie de parler de l'Allemagne ; il était encore trop douloureux de penser au pays qui avait ruiné sa jeunesse. Mais elle était ravie qu'Arthur la juge assez intelligente pour discuter avec elle des événements du monde. Tant d'hommes l'en croyaient incapable, à commencer par Tom et son père.

Progressivement, Arthur divulgua des détails plus personnels : il avait deux petits-fils en Australie, qu'il n'avait jamais vus. Il était géomètre, mais avait pris il y a peu une retraite anticipée. Il était carillonneur à l'église du village ainsi qu'à la cathédrale de Winchester, et allait à vélo de l'une à l'autre le dimanche. « Je sonnerai les cloches pour l'office de demain matin, ajouta-t-il. Vous les entendrez peut-être en marchant. Bon, à qui le chien ? »

Ce sur quoi elle n'apprit rien, parce qu'elle ne l'interrogea pas et que lui non plus n'aborda pas le sujet, c'était sa femme. Non qu'il ait omis de la mentionner. Il avait dit : « "Nous" habitons Nether Wallop depuis treize ans. » Mais il n'avait pas développé, ne précisant ni son prénom, ni ce qu'elle était en train de faire pour ne pas s'être jointe à eux au pub, ni ce qu'elle pensait de Nether Wallop ou si Winchester lui manquait. Arthur parlait de choses concrètes, et ne dévoilait pas beaucoup ses émotions.

Quand elle avait vu la femme d'Arthur avec ses cheveux gris en bataille et ses yeux fermés face au soleil, Violet avait tout de suite compris que quelque chose n'allait pas, sans pouvoir dire si le problème était d'ordre physique ou mental. Elle donnait l'impression d'une blessure cachée, comme un pot finement fissuré qu'on pouvait encore utiliser mais qu'on devait manier avec délicatesse de peur qu'il ne se brise. Violet soupçonnait qu'Arthur regorgeait de délicatesse et que la minutie requise dans son métier de géomètre avait fait de lui un expert en matière d'observation et d'analyse. Mais en lui aussi elle percevait une fêlure, probablement due à la guerre, comme la plupart des fêlures aujourd'hui.

C'est fini et nous n'aurons plus à traverser une épreuve pareille, se rappela Violet pendant qu'Arthur était aux toilettes. Elle était un peu éméchée après sa deuxième bière.

Elle était contente que lui aussi pose des questions. Avec ses partenaires de sherry, elle avait passé maintes soirées à les écouter pour s'apercevoir à la fin qu'ils ne connaissaient rien d'elle hormis une brève sensation physique. Mais Arthur tenait à en savoir davantage sur ce qui l'avait amenée à Winchester, sur l'endroit où elle travaillait et la façon dont elle s'était trouvée embarquée dans le projet des brodeuses. Il n'était pas évident d'esquiver le pourquoi de son déménagement à Winchester, et elle se surprit à lui raconter la mort de son père, et la difficulté de continuer à vivre avec sa mère. Ces explications la ramenèrent à la mort de son frère, avec un rapide détour par la mort de son fiancé. Arthur hocha la tête, mais n'insista pas. « Votre mère a été dévastée par la perte de son fils », déclara-t-il avec une si tranquille autorité que Violet comprit qu'il parlait également de sa femme, et de lui, et de ces fêlures qui ne se réparaient jamais.

« D'accord, dit Violet. Mais elle n'est pas obligée de se défouler sur Tom et moi. Nous, nous sommes encore là. » Elle ne pouvait s'empêcher de s'exprimer avec irritation. « Tom a fait la guerre lui aussi. Elle devrait être heureuse qu'il ait survécu, et le montrer. »

Arthur demeura silencieux un moment. « C'est peut-être difficile à comprendre quand on n'a pas eu d'enfants soi-même. L'impératif biologique pour un parent est de protéger son enfant, et quand la chose s'avère impossible, on éprouve un sentiment d'échec, quelles que soient les circonstances. C'est un sentiment qui n'est pas évident à supporter et avec lequel on doit vivre le restant de ses jours.

— Est-ce que... vous vivez avec ce sentiment ?

— Oui. Nous avons perdu notre fils.

— Je suis vraiment désolée. » Elle avait beau être sincère, ses mots paraissaient secs comme du papier.

« Oui. »

Ils discutaient sérieusement, leur partie de cartes suspendue, penchés l'un vers l'autre. Alors qu'Arthur, se redressant, retournait un valet et annonçait : « Deux pour le donneur », Violet leva les yeux et reconnut l'homme du champ de maïs. Debout à la lisière du groupe en train de boire au comptoir, il tenait à la main un verre aux trois quarts vide – il était donc là depuis un moment –, et il l'observait. Violet sursauta, renversant son propre verre, et la bière qui restait se répandit sur les cartes. « Oh ! »

Arthur était décidément un homme de ressources. Il sortit un mouchoir de sa poche – semblable à celui qu'elle avait toujours en sa possession, avec les initiales brodées dans l'angle –, mais il avait manifestement décelé quelque chose sur ses traits, car il regarda alentour, scrutant la foule au comptoir. Il se retourna bientôt vers la table et entreprit d'éponger la bière. C'était le moment idéal pour lui rendre son premier mouchoir et s'excuser de l'avoir empoché par mégarde. Mais elle n'en fit rien.

« Je suis confuse, dit-elle. Vos cartes sont fichues.

— Ces cartes en ont vu d'autres, depuis le temps. Je ne m'en fais pas pour elles. Est-ce l'homme aux cheveux un peu longs qui vous a fait sursauter ?

— Oui. Vous le connaissez ?

— Seulement de vue. Il vient boire ici de temps en temps. Il n'habite pas le village.

— Il… je suis tombée sur lui dans un champ près de Horsebridge. C'était… » Violet ne savait trop comment décrire ce qui s'était passé.

« Il vous a fait peur ?

— Oui. »

Arthur la regarda, attendant la suite.

« Ce n'est pas facile d'être une femme seule, expliqua Violet au bout d'un moment. Les gens n'ont pas l'habitude, bien que nous soyons très nombreuses. Les femmes "excédentaires"… Cela ne devrait pas être si étonnant de voir une femme marcher dans un champ ou boire une tasse de thé dans un pub. »

Arthur la dévisagea, ses yeux bleus cristallins remplis de gravité. « Je vais me renseigner sur lui. Et si vous pouvez attendre que j'aie sonné les cloches demain matin, je vous accompagnerai un bout de chemin vers Salisbury.

— C'est très gentil. Mais vous devez être attendu ailleurs... » Elle imaginait un rôti du dimanche, et sa femme qui lui tendait la saucière.

« Rien d'impératif. »

Violet jeta un coup d'œil vers l'homme du maïs, mais il avait disparu, son verre vide encore maculé de mousse. Il s'était volatilisé une fois de plus.

« Alors, oui, je veux bien, dit-elle. Cela me ferait très plaisir. »

# CHAPITRE 11

Violet ne l'avait pas avoué à Arthur, mais elle n'était pas allée voir l'église au cours de sa balade dans Nether Wallop. Après une journée aussi mouvementée – la longue marche, l'homme dans le champ de maïs, la surprise de tomber sur Arthur –, elle ne s'était pas sentie armée pour affronter les souvenirs d'un endroit si étroitement lié à son frère et son père disparus. À vrai dire, elle se demandait comment elle avait pu penser que revenir ici était une bonne idée. Dans le passé, elle avait pris soin d'éviter les bals, les boîtes de nuit, les champs et les villages où elle avait été avec Laurence.

Il était toutefois plus facile d'y retourner avec un but précis : elle devait y retrouver Arthur. Ils s'étaient confiés l'un à l'autre dans le pub, et elle le connaissait mieux à présent. Après lui avoir servi un copieux petit déjeuner d'œufs sur le plat, de haricots à la tomate, de saucisse et de pain frit, le patron du pub lui remit un quignon de pain, une tranche de jambon et un morceau de fromage pour son repas suivant sans qu'elle ait rien demandé. Lorsque, l'air timide, elle lui montra sa thermos, il dit : « Thé ou café ? » et la lui remplit. Puis Violet régla sa note, enfila son sac à dos et lui fit au revoir de la main : ses petites attentions silencieuses l'avaient touchée.

C'était une autre journée chaude et sans air. Il y avait des nuages au loin, mais si peu de vent qu'ils bougeaient à peine. En passant devant le bureau de poste, Violet soupira. Elle avait des ampoules aux deux petits orteils, ses mollets lui faisaient mal et sa robe de lin était rêche de transpiration séchée. Imaginer encore trois matinées à devoir se lever et marcher, de Salisbury jusqu'au ferry pour l'île de Wight en traversant la New Forest, n'avait rien d'enthousiasmant. Elle s'était crue plutôt en forme et endurante, mais marcher de longues distances se révélait étonnamment fatigant.

Soudain les cloches commencèrent à jouer la gamme descendante familière qu'elle avait entendue toute sa vie, et ce son agit comme un aimant qui l'attirait vers l'église. Celle-ci était située sur une petite pente à l'orée sud du village, et plus Violet approchait, plus son ventre se nouait au souvenir de George. Mais la vue de l'église ne s'avéra pas aussi bouleversante qu'elle le craignait. L'édifice en pierre, à la silhouette compacte de style anglo-saxon, doté d'une tour carrée, avait été légèrement modifié à l'époque victorienne, où des éléments y avaient été ajoutés et d'autres supprimés. Bien que massif et assez beau, il n'était pas très différent d'autres églises de village qu'il lui avait été donné de voir. Sa seule originalité était la pyramide de pierre surmontée d'une flamme que George avait conquise toutes ces années plus tôt. En la voyant, elle marqua un arrêt ému, mais les cloches qui sonnaient avec insistance dans la tour carrée l'empêchèrent de sombrer dans le gouffre de la mélancolie.

Elle se dirigea vers le porche de l'église, encombrée de son sac à dos. La porte était ouverte ; elle entra.

L'église comprenait une nef et deux collatéraux, et était meublée de bancs fermés en bois. Au-dessus de sa tête, de grandes arches gothiques blanchies à la chaux et de hautes fenêtres, munies pour la plupart de simples vitres, faisaient que le soleil brillait en hauteur alors que la pénombre régnait au niveau du sol. La taille du bâtiment n'avait rien à voir avec celle de la cathédrale de Winchester : sis dans un village et non dans une ville, il avait le côté douillet et oppressant qui allait avec ses dimensions restreintes.

Deux femmes étaient en train de mettre en place les livres de cantiques et les livres de prières, tandis que le pasteur s'employait à disposer ses papiers sur un lutrin en bois sculpté en forme d'aigle. À droite de l'entrée, Violet perçut un mouvement. S'attendant à ce que les sonneurs soient cachés dans les hauteurs de la tour, elle fut étonnée de voir Arthur et quatre autres hommes debout au rez-de-chaussée : postés face à face en un cercle étroit, ils tiraient sur des cordes en les tenant par une longue section entourée de laine de deux couleurs. Chaque sonneur tirait la sienne de manière qu'elle lui descende jusqu'au bassin, puis la laissait remonter librement et levait les bras au-dessus de sa tête pour en saisir à nouveau l'extrémité. Bien campés sur leurs jambes, les pieds légèrement écartés, les cinq hommes se tenaient immobiles avec seulement leurs bras qui bougeaient et ils se regardaient avec intensité. De temps en temps l'un d'eux criait quelque chose, mais Violet n'arrivait pas à comprendre quoi. C'était comme si les sonneurs communiquaient dans un langage privé, tout en participant à un rituel public. Le pasteur et les femmes répartissaient les livres sans y faire attention, mais Violet ne pouvait détacher ses yeux des sonneurs. Elle s'émerveillait de leurs mouvements, surtout ceux d'Arthur, fluides, pleins d'assurance et parfaitement naturels. Il ne la voyait pas, tant il était concentré sur ses partenaires.

Tout à coup les cloches reprirent leur gamme descendante. « En l'air ! » cria quelqu'un, puis chaque cloche retentit encore deux fois avant de se taire. Le charme fut rompu, et les hommes se détendirent, échangeant signes de tête et murmures. À ce moment-là, Arthur la repéra, et hocha la tête de façon presque imperceptible. Elle opina en retour, moins discrètement, car une des femmes cessa de trier ses livres de prières et dévisagea Violet comme on n'ose le faire que dans les petits villages.

« Grandsire doubles, annonça un des hommes. David, tu prends l'aiguë cette fois-ci. Arthur, la grave. On y va. »

Ils se concentrèrent à nouveau sur leur cercle. « Attention à l'aiguë, annonça David, tirant sur la portion rayée de sa corde. C'est parti. » Sa cloche sonna et les autres se mirent à sonner en descendant la gamme, encore et encore, jusqu'à ce que le chef crie : « Et maintenant Grandsire », et que la gamme se décompose en sons apparemment aléatoires. La femme aux livres de prières continuait à la dévisager, de plus en plus renfrognée, et Violet se retira. Dans le cimetière à flanc de colline qui entourait l'église, elle trouva un banc vers le haut de la pente, et s'y installa.

Violet avait souvent entendu des concerts de cloches, sans les écouter véritablement. Elle n'arrivait pas à distinguer de motif mélodique : chaque cloche avait beau retentir avec clarté, les sons semblaient se chevaucher sans ordre particulier. Ils étaient pourtant précis et n'avaient rien de chaotique. C'était comme d'écouter des gens parler allemand et avoir conscience que cette langue possédait une grammaire et une structure, un rythme et une logique, même si on ne comprenait pas le sens des phrases.

Des gens commençaient à remonter le sentier et à entrer dans l'église. Certains observaient Violet et son sac à dos, peut-être écartelés entre un désir chrétien d'hospitalité et une suspicion de villageois face à cette inconnue assise dans leur cimetière. Finalement un homme imposant en costume de laine se détacha d'un groupe de fidèles et gravit la pente pour la rejoindre. « Vous êtes perdue ? L'office va bientôt commencer, si vous comptez entrer. » Il posa les yeux sur son sac à dos.

« Merci, mais j'attends un ami.

— Je vois. » L'homme lui adressa un drôle de regard. N'ayez crainte, fut-elle tentée de dire, ce n'est pas un partenaire de sherry.

À ce moment-là, les cloches interrompirent leur séquence énigmatique pour reprendre la volée si reconnaissable, puis elles sonnèrent de plus en plus vite avant de toutes se taire, hormis la cloche à la tonalité la plus grave, qui continua à sonner avec insistance. L'homme s'éloigna prestement comme si la cloche le talonnait. Tandis qu'il pénétrait dans l'église, certains carillonneurs en sortaient. Arthur n'était pas parmi eux. Ils se dirigèrent vers le village, la cloche solitaire continuant à sonner de manière pressante. À la fin, elle aussi se tut, puis la sonnerie horaire familière se fit entendre sur cette cloche la plus grave, frappée à un rythme si régulier que Violet supposa qu'un mécanisme s'était mis en marche. Régulier, mécanique et sans âme, le son était complètement différent de celui produit auparavant par les carillonneurs : la différence qui sépare les biscuits maison des biscuits industriels.

Au bout de quelques minutes elle entendit les fidèles entonner le premier cantique : « Before the throne of God above ». À la deuxième strophe, Arthur sortit de l'église et gravit la pente jusqu'à elle. Violet se mit debout tant bien que mal, déséquilibrée par son sac à dos.

« Pardon de vous avoir fait attendre, dit-il. On m'a assigné à la ténor, et j'ai dû la préparer pour la sonnerie horaire. Je la surnomme la cloche d'appel de tous les pécheurs. »

Violet sourit. « Elle a fait son effet sur les traînards. Vous êtes sûr de ne pas vouloir rester pour l'office ? Je peux rester aussi. »

Arthur fit non de la tête. « Vous avez vingt kilomètres de marche jusqu'à Salisbury. Mieux vaut ne pas trop tarder. Et puis, la tradition veut que les sonneurs s'en aillent au moment où l'office commence. Nous avons assez servi Dieu pour la journée.

— Oui, j'ai vu. Et entendu.

— Bon, donnez-moi ce sac à dos. » Arthur empoigna les courroies et le lui ôta des épaules.

« Oh, vous n'êtes pas obligé… »

Mais il l'avait déjà enfilé, absorbant la transpiration et la chaleur corporelle dont le tissu était imprégné. Violet déglutit à la pensée de cette intimité imprévue. « Vous le porterez bien assez, dit-il. Je peux au moins m'en charger pour cette partie du trajet. »

Elle ne trouva aucun argument à lui opposer, et ses épaules douloureuses le remercièrent en silence. Elle lui emboîta le pas tandis qu'il la précédait sur un chemin escarpé menant à une petite route qui sortait du village par le sud. « Nous allons emprunter quelques petites routes puis prendre un sentier pour rejoindre la voie romaine, expliqua-t-il. Une fois que vous serez dessus, vous ne pourrez plus vous tromper, elle va tout droit, et puis, pas très loin de l'endroit où je vous quitterai, il y a une auberge où vous pourrez déjeuner. Vous voulez que je vous montre sur la carte ?

— Plus tard. »

Ils marchèrent sans parler un moment, et elle fut étonnée de voir qu'elle était parfaitement à l'aise avec lui, même si elle le connaissait à peine. Elle n'avait pas passé autant de temps seule avec un homme depuis Laurence.

« Je me suis un peu renseigné sur le type du pub, dit Arthur. Il s'appelle Jack Wells. Il habite une ferme à quelques kilomètres au sud d'ici. Pas le genre bavard. »

Violet se mordit l'intérieur de la joue. Elle ne voulait pas que cet homme ait un nom… cela le rendait trop réel. « Merci, dit-elle, avant de changer délibérément de sujet. Depuis quand êtes-vous sonneur de cloches ?

— J'avais onze ans. J'ai grandi à Barton Stacey, à une quinzaine de kilomètres au nord de Winchester. Mon père y était sonneur avant moi. C'était une évidence.

— Alors vous le faites par devoir ?

— Pas du tout. Je voulais juste dire que j'ai ça dans le sang. Il me manquerait quelque chose, sinon… comme si j'avais oublié de me brosser les dents.

— Ce doit être très différent de carillonner dans une église comme celle-ci après une cathédrale.

— Le principe est le même : on tire une corde, une roue fait tourner la cloche et le battant la frappe. Mais il y a douze cloches à Winchester alors qu'ici il n'y en a que cinq. Ça réduit les possibilités. Barton Stacey aussi n'avait que cinq cloches, et pas très bonnes, en plus. À la cathédrale, certaines cloches sont plus lourdes, et ce facteur est à prendre en compte quand on sonne. N'empêche que j'aime beaucoup carillonner dans une église de village. Avec moins de sonneurs, le cercle est plus petit, et il est plus facile de voir ce que font les autres.

— Mais ici vous sonnez à la vue de tous.

— C'est presque un spectacle, n'est-ce pas ? À la cathédrale, nous sommes cachés là-haut dans le clocher. C'est notre petit monde à nous. Je vous emmènerai un jour, si vous voulez. Les cloches valent le coup d'œil.

— J'en serais ravie. » Elle se tut. « Quand j'écoutais tout à l'heure, je ne savais pas trop ce que j'entendais. Ce n'était pas une mélodie.

— Vous entendiez des séquences. Nous commençons par descendre la gamme avec les cinq cloches, l'une après l'autre. On appelle ça des volées. Puis nous changeons l'ordre des cloches, de façon que chaque séquence soit différente de la précédente. Ce sont des volées à permutations. Une des règles est de ne jamais répéter une séquence.

— Pourquoi donc ? »

Arthur haussa les épaules. « C'est une règle comme une autre. L'enchaînement est régi par une méthode, un schéma mathématique, si vous voulez, qui sous-tend toutes les variations. À la fin, on revient au début… à la gamme descendante, aux volées. »

Violet fronça les sourcils. Arthur aurait aussi bien pu lui parler une langue étrangère. « Vous entendez les motifs quand vous sonnez ?

— Moi oui, parce que je suis sonneur depuis quarante-neuf ans. Les débutants, eux, apprennent petit à petit à les discerner. »

Il avait soixante ans. Violet s'efforça de ne pas être étonnée ou… déçue. Mais… soixante ans. Il avait vingt-deux ans de plus qu'elle. Si elle devait être attirée par un homme, il vaudrait mieux qu'il soit plus proche de son âge, et qu'il n'ait pas de femme. Elle secoua la tête pour en chasser ces pensées contrariantes. Pour l'heure, ils étaient simplement amis. « Et les gens pour qui vous sonnez les cloches ? »

Arthur parut déconcerté.

« Tous les gens de Nether Wallop ou de Winchester qui entendent les cloches, expliqua-t-elle. Ce système leur échappe, ils n'en ont pas conscience.

— Sans doute que non. »

Violet arracha une tige de gratteron dans la haie. « Et ça ne vous gêne pas du tout, d'imposer aux autres, avec tant d'insistance, un son qu'ils ne comprennent pas ? »

Arthur lui lança un regard oblique. « Êtes-vous en train de suggérer que nous sonnons les cloches égoïstement, pour notre propre plaisir ?

— Non, non, pas du tout. » En réalité, si.

« Peut-être, au fond. Vous aimeriez mieux que nous jouions une *mélodie* ? » Son ton légèrement sarcastique rappela à Violet le patron du John O'Gaunt, et elle frissonna. Elle ne voulait pas passer pour une béotienne.

« Bien sûr que non, s'empressa-t-elle de répliquer. Mais certaines séquences sont facilement reconnaissables. La gamme descendante, par exemple, n'est pas une mélodie, et pourtant elle est connue de la plupart des gens. Comme pour les quarts d'heure et ce qui précède la sonnerie des heures. *La-la-la-laaa ; la-la-la-laaa* », chanta-t-elle, avant de se taire. Elle se sentait ridicule d'avoir fredonné un air qu'un homme qui sonnait les cloches depuis cinquante ans connaissait forcément, un air que tout le monde connaissait. C'était comme chanter « Mary Had a Little Lamb » à un chanteur d'opéra et lui demander s'il voyait ce que c'était.

« Je sais que ça paraît bizarre, reconnut Arthur, mais nous les Anglais sommes bizarres. Nous préférons sonner des séquences mathématiques plutôt que des mélodies. N'empêche, si vous prêtez bien l'oreille aux cloches – ce que la plupart des gens ne font pas –, vous pourrez commencer à discerner certains motifs.

— C'est ce que j'ai fait. Quand vous avez sonné ce matin, j'ai repéré des bribes de répétition, mais elles n'arrêtaient pas de changer et j'ai perdu le fil.

— Il y a quelque chose de très mystérieux dans ces séquences, plus que s'il s'agissait d'une mélodie, trop prévisible. Un peu de complexité peut être une bonne chose. Je crois que les gens sentent qu'il y a une structure qui maintient l'ensemble. Sont-ils obligés de savoir ce qu'est cette structure pour l'apprécier ?

— Peut-être que non. »

Ils avaient atteint un échalier au bord de la route, et Arthur l'enjamba avec aisance, Violet derrière lui. Ils se trouvaient à la lisière d'un champ de trèfle fleuri tout bourdonnant d'abeilles. « C'est vraiment agréable, observa-t-elle alors qu'ils s'engageaient sur un étroit sentier, entourés du vacarme des insectes. J'espère qu'il fera aussi beau quand je traverserai la New Forest. »

Arthur lui lança un coup d'œil. « Vous êtes déjà allée là-bas ?

— Plusieurs fois avec ma famille.

— Alors vous savez combien elle peut être déserte. Même pendant l'été on peut y passer des heures sans voir personne. »

Violet s'essuya le front, car le soleil lui donnait déjà chaud. Arthur avait touché une corde sensible. Depuis l'homme du maïs, cette partie de l'excursion la tracassait. Elle n'avait jamais réellement aimé la New Forest. Elle portait mal son nom : elle comptait beaucoup plus de landes que de forêt. Peut-être les arbres y étaient-ils plus nombreux à l'époque où Guillaume le Conquérant en avait fait une forêt royale. Les bois pouvaient certes receler des dangers, mais Violet avait toujours eu peur des grandes prairies broussailleuses. Plus sauvages et moins bien entretenues, elles lui faisaient penser à des cheveux en bataille ou à un bureau jonché de papiers. Le désordre pouvait se transformer en menace. Mais la New Forest s'étendait entre Salisbury et le ferry pour l'île de Wight, et si elle voulait effectuer sa randonnée, il lui fallait la traverser.

Elle se demanda si Arthur éprouvait de l'appréhension quand il marchait en solitaire. Elle soupçonnait que non. Les hommes allaient et venaient en ce monde comme s'il leur appartenait. Bien que tentée de lui faire part de son angoisse, elle préféra dire : « Il y aura sûrement des vacanciers. Et ce n'est que pour deux jours.

— Vous avez déjà marché sans être accompagnée ?

— Pas pour de longues randonnées, non. Uniquement jusqu'à la colline Ste Catherine, aller et retour, ce genre de choses.

— On peut se sentir seul. »

Violet haussa les épaules.

Arthur lui adressa un sourire triste, qui l'agaça. Elle ne voulait pas qu'on la plaigne. « Ça ne me gêne pas d'être seule. J'ai l'habitude. » Elle avait parlé d'un ton sec, trop sec, car il tressaillit. « Vous avez raison, c'est un peu étrange de marcher seule ici, concéda-t-elle, indiquant l'ondoyant paysage vert et jaune autour d'eux.

— Vous pourriez prendre le train jusqu'à Lymington. Et passer un jour ou deux de plus à vous promener autour de Salisbury. »

Violet sourit. « Essaieriez-vous d'organiser mon voyage ? »

Arthur courba la tête. « Excusez-moi. C'est juste que je ne suis pas sûr que la campagne soit aussi ouverte aux femmes seules que vous le voudriez. Je ne serais pas tranquille si ma fille faisait une randonnée en solo. »

Le sourire de Violet s'évanouit. La mention de sa fille lui rappela qu'elles devaient avoir à peu près le même âge. « Je me débrouillerai, affirma-t-elle avec raideur, bien qu'elle n'en soit pas si sûre.

— Je n'en doute pas. »

Ils marchèrent ensuite en silence, et après plusieurs échaliers et plusieurs champs ils atteignirent la voie romaine. Par ici, elle était plus ou moins carrossable, même si aucune voiture n'y circulait ; les gens devaient être à l'église ou en train de préparer leur rôti du dimanche.

Arthur scrutait la voie romaine vers Horsebridge, à environ huit kilomètres à l'est. Il n'en dit rien, mais Violet savait qu'il cherchait l'homme du maïs, Jack Wells. Elle s'était efforcée de ne pas penser à lui tandis qu'ils marchaient, mais maintenant qu'elle n'allait pas tarder à se retrouver seule, la peur ressurgissait. Pour la dissimuler, elle s'affaira avec sa carte, s'empêtrant dans les plis, mettant un certain temps à repérer le secteur concerné, puis à la replier en un rectangle de taille raisonnable.

« Bon, nous sommes ici. » Arthur planta un doigt sur la carte avec la fermeté d'un homme rompu aux techniques de mesure qui aimait connaître sa position exacte. C'était sûrement lui le guide quand il partait en randonnée avec d'autres. « Vous n'avez plus qu'à marcher tout droit sur deux kilomètres et demi et vous atteindrez Winterslow et le Lion's Head. Il sera midi, le pub sera ouvert : vous pourrez déjeuner, boire un café ou ce que vous voudrez. Je vais vous accompagner encore un kilomètre jusqu'à un sentier que je pourrai prendre pour retourner à Nether Wallop. »

Violet opina. Ils se mirent à cheminer sur la voie

romaine, bordée d'un côté par des arbres et de l'autre par une grande haie. Ils marchaient vite à présent, comme s'ils tentaient d'échapper à quelqu'un, ce qui, selon elle, était sans doute le cas. La présence de l'homme du champ de maïs quelque part derrière eux était palpable même si on ne le voyait pas. Peut-être d'autant plus perceptible qu'on ne le voyait pas.

Ils passèrent par un bois, à l'orée duquel un sentier qui tournait vers le nord ramènerait Arthur chez lui. Plus loin, sous le soleil, elle apercevait les maisons de Winterslow, à environ huit cents mètres. Arthur se débarrassa du sac à dos et aida Violet à l'enfiler. Le tissu était moite de sueur.

« Merci beaucoup de m'avoir accompagnée jusqu'ici. »

Arthur hocha la tête. « Ce n'est rien.

— Vous savez quoi ? Je ne connais même pas votre nom de famille.

— Knight. Arthur Knight.

— Eh bien, merci, Mr Knight.

— Oh, appelez-moi Arthur.

— Et moi, Violet.

— Violet, dans ce cas. » Il s'inclina légèrement. « Ça a été un plaisir, Violet Speedwell. » Depuis qu'il avait évoqué sa fille, ils avaient retrouvé une certaine solennité, tout en décidant de s'appeler par leurs prénoms. Ils se serrèrent la main et Arthur retint celle de Violet. « Je serais heureux si vous pouviez téléphoner ce soir pour dire que vous êtes bien arrivée à Salisbury. Le mieux serait peut-être d'appeler le pub. J'y serai pour jouer aux fléchettes et ils pourront me prévenir.

— D'accord. Merci encore. Je vous suis infiniment reconnaissante.

— Bonne fin de randonnée. Je vous reverrai à l'automne, à la cathédrale. »

Elle le salua une dernière fois, puis s'éloigna sur la voie romaine baignée de soleil. Lorsqu'elle jeta un coup d'œil derrière elle, Arthur était toujours là, se profilant sur la tache sombre du bois. Il leva la main et elle fit de même. Dix minutes plus tard, quand elle parvint aux abords du village, elle se retourna pour regarder à nouveau. Le bois était loin à présent, mais elle crut apercevoir une silhouette toujours en faction. À toutes fins utiles, elle agita la main.

# CHAPITRE 12

« Tu as fini ça pendant les vacances ? Bravo ! » Gilda et Violet étaient attablées devant des petits gâteaux chez Awdry, et Gilda examinait le dessus d'agenouilloir de Violet : elle était la première brodeuse de la cathédrale à le voir. Violet était inquiète, mais pas autant qu'elle le serait plus tard dans la matinée lors de l'inspection de Mrs Biggins ou de Louisa Pesel.

Le dessin de l'agenouilloir était semblable à celui de D.J. : un médaillon central avec, sur fond jaune, des glands à cupule en damier nichés parmi des feuilles de chêne stylisées dans plusieurs teintes de bleu. Autour du médaillon, des rectangles de différents bleus – les fameux bleus que Violet avait eu pour mission de trier à sa première réunion des brodeuses – étaient hachurés de manière à donner l'impression que l'ouvrage avait été tissé. Violet, qui avait trouvé le motif superbe quand elle l'avait contemplé chez elle, craignait maintenant qu'il ne sombre dans l'anonymat au milieu des autres agenouilloirs de l'avant-chœur. Il n'était pas censé sortir du lot, se rappela-t-elle. Le rôle des agenouilloirs et des coussins était de créer une sensation harmonieuse de couleurs, de dessins et de tons. Un agenouilloir qui se distinguait des autres ne serait pas acceptable, tout comme ne l'était pas un point proéminent. Il fallait que l'ensemble possède une unité, malgré les touches individuelles. Mais Violet savait qu'elle repérerait le sien dans la multitude d'agenouilloirs similaires, tout comme une mère repère son enfant dans une cour de récréation remplie d'élèves vêtus d'uniformes identiques, à une certaine façon de courir ou de tourner la tête, ou à des oreilles décollées propres à son rejeton. Violet connaissait chaque point de son agenouilloir. Elle y avait travaillé le soir dans sa pension de Salisbury, et aussi dans celle, familière, de Ventnor. Il n'avait pas fait beau sur l'île de Wight, et au lieu de sortir marcher sous la pluie comme elle l'aurait fait avec Tom ou son père, Violet était restée à l'intérieur assise à la fenêtre en saillie donnant sur la mer démontée, et elle avait brodé méticuleusement, décousant ses points quand elle estimait qu'ils n'étaient pas assez réguliers. De retour à Winchester, elle avait terminé son ouvrage dans le salon de sa logeuse, exécutant ses derniers points en écoutant à la radio Jack Payne et son Orchestre de danse de la BBC.

« Ne me dis pas que tu as passé tout ton temps à broder, la sermonna Gilda. Il y a quand même mieux à faire en vacances. Peut-être pas pour Miss Pesel et la vieille Biggins qui ne jurent que par la broderie, mais pour nous, si.

— Oh, j'ai fait d'autres choses. J'ai marché, j'ai séjourné quelques jours à Salisbury, j'ai visité Old Sarum, Stonehenge et les ruines de Clarendon Palace. Et la cathédrale, bien sûr. » Elle ne fit pas mention d'Arthur et de Nether Wallop, tout en sachant qu'elle aurait dû, puisque c'était Gilda qui les avait présentés. C'était suspect de ne pas en parler, et malgré tout elle décida de ne rien dire. Ce choix allait de pair avec le fait de se cacher de la femme d'Arthur et de téléphoner au pub plutôt que chez lui pour le prévenir qu'elle était bien arrivée à Salisbury. Quand elle avait appelé le Five Bells et parlé au patron, il avait expliqué à sa manière bourrue qu'Arthur était en train de jouer aux fléchettes et qu'il lui transmettrait le message. Violet entendait en fond sonore le petit bruit des fléchettes heurtant la cible, et peut-être même la voix calme d'Arthur, et son cœur s'était contracté. Elle brûlait de demander au patron de lui passer Arthur, mais elle n'avait pu s'y résoudre et l'homme n'avait pas proposé d'aller le chercher. Elle avait gardé le silence, le barman avait attendu, puis fini par dire : « Et ce message, *miss* ? » Violet avait bégayé qu'elle allait bien, que sa marche s'était déroulée sans encombre, qu'elle logeait à Salisbury et qu'elle prendrait le train pour rejoindre l'île de Wight. Elle l'avait chargé aussi de le remercier.

« Le remercier de quoi ? avait demandé le patron du pub.

— Pour son mouchoir », avait-elle lâché, avant de raccrocher.

« Ne t'avise pas de parler de la cathédrale de Salisbury à qui que ce soit *ici* ! s'écria Gilda en inclinant la tête dans la direction de la cathédrale de Winchester, à quelques rues de là. On évite la comparaison parce qu'on sait qu'on ne fait pas le poids ! »

Violet avait été éblouie par la cathédrale de Salisbury, en particulier sa flèche ornementée, qui, des quatre coins de la ville, se détachait sur l'horizon. Elle possédait aussi une salle capitulaire octogonale inondée de lumière où était exposée une copie originale de la Magna Carta, et une incroyable quantité de vitraux. « Je ne sais pas, dit-elle. Elle m'a beaucoup impressionnée, mais elle est un peu… trop noire à l'intérieur. Il y a énormément de marbre foncé. Et puis elle n'a pas les tombeaux de Jane Austen ou d'Izaak Walton. Ni la Grande Verrière ouest. Ni un William Walker et ses exploits de scaphandrier.

— Ni la plus longue nef de la chrétienté. Ni de magnifiques agenouilloirs ! ajouta Gilda en tapotant celui de Violet. Tes points sont merveilleusement réguliers. Méfie-toi... Miss Pesel ne va pas tarder à te confier des coussins historiques !

— Ça m'étonnerait. Elle doit les réserver aux brodeuses les plus chevronnées, non ?

— Peut-être. Mais tu pourrais travailler sur le fond des grands coussins de banquette, au moins. Pas seulement les pourtours. » Gilda se cala dans son siège et sirota son café. « J'ai beaucoup moins cousu que je n'espérais le faire cet été, annonça-t-elle. J'étais trop occupée à fuir l'affreuse Olive. On n'a jamais vu une tragédienne pareille ! »

Tu ne connais pas ma mère, songea Violet.

« Mais raconte, c'était comment de te retrouver en vacances toute seule ?

— C'était... bien. » Et ça l'avait été, à part l'homme du maïs. Violet avait vu de belles choses, et visité des lieux intéressants, sans trop souffrir de la solitude. Seuls les repas du soir étaient parfois pénibles, quand elle était entourée de gens qui dînaient ensemble, bavardaient et lui lançaient des regards de pitié. Elle avait essayé de prendre un livre, mais cette manœuvre indiquait trop clairement qu'elle tentait d'assumer sa solitude sans y parvenir. Un journal ou un magazine étaient plus efficaces, tant qu'elle ne les lisait pas d'un air trop absorbé, et y jetait des coups d'œil nonchalants. De temps en temps des curieux à des tables voisines engageaient la conversation. Ce n'était pas toujours agréable : les femmes étaient souvent sur la défensive ; les hommes curieux. « Et où allez-vous donc ?

Personne ne vous accompagne ? Ça alors ! Vous ne vous sentez pas trop seule ? »

Violet n'admettait jamais qu'elle se sentait seule, prétendant au contraire rencontrer toutes sortes de gens et s'amuser comme une folle. Elle ne leur racontait pas les soirées où elle restait dans sa chambre à fumer en lisant Trollope, à broder ou à étudier son guide pour trouver une énième colline fortifiée qu'elle pourrait rejoindre à pied ou une église qu'elle n'avait pas encore visitée. À Salisbury, qu'elle connaissait mal, il y avait largement de quoi faire. Mais elle avait si souvent séjourné sur l'île de Wight qu'elle ne pouvait quand même pas retourner au château de Carisbrooke ou à la folie de Luccombe Chine. Elle s'était mise à se lever tard et à se coucher tôt, et à aller au cinéma les jours de pluie. Un après-midi, elle avait vu *Self-Made Lady*, l'histoire d'une jeune fille pauvre devenue modéliste courtisée par un boxeur. C'était tellement bête, tellement loin de ce que signifiait réellement réussir par soi-même, qu'après le film, pour se remonter le moral, Violet était allée dans un bar d'hôtel s'installer avec un sherry. Personne ne l'avait accostée. Peut-être les hommes avaient-ils senti que le cœur n'y était pas.

Le lendemain elle était rentrée à Winchester avec quelques jours d'avance, mais elle ne l'avoua pas à Gilda, pas plus qu'à Tom ou à sa mère. Surtout pas à eux. Au contraire, elle décrivit sa randonnée comme un triomphe uniquement gâché par les ampoules qui l'avaient contrainte à effectuer en train la traversée de la New Forest. « Je suis bien content, ma vieille », avait dit Tom, manifestement soulagé de voir qu'il n'avait pas traumatisé sa sœur en la laissant tomber. Violet se demanda après coup si elle n'avait pas forcé la note au point que tous trouvent dorénavant normal qu'elle passe ses vacances de son côté.

Marjory était la seule à qui elle semblait avoir manqué. Quand Violet vint les voir un dimanche début septembre, sa nièce accourut pour lui montrer la broderie qu'elle avait réalisée pendant l'été. C'était un enchevêtrement de points loupés et de laine emmêlée, mais la fillette avait compris le principe, et les points étaient reconnaissables. Violet s'était extasiée et avait promis à Marjory de lui enseigner d'autres rudiments après le thé.

Mrs Speedwell se montra plus satisfaite de son séjour à Hastings que ne l'aurait cru Violet. « Oh, le temps était affreux, déclara-t-elle, presque avec jubilation, quand on l'interrogea. Mais c'était bien agréable de changer. »

Violet ouvrit la bouche puis se ravisa. Sa mère n'avait-elle donc pas pris de plaisir aux excursions familiales à l'île de Wight ? Elle n'en avait jamais rien dit. Peut-être ne lui avait-on jamais demandé. Violet avait toujours supposé que Mrs Speedwell serait la première à vouloir maintenir la tradition.

Sa mère ne lui posa aucune question sur son propre voyage, et Violet avait beau s'y attendre, ce n'en était pas moins blessant.

Chez Awdry, Gilda compensa cette indifférence en bombardant son amie de questions. Une seule désarçonna Violet. « Tu as rencontré quelqu'un ? » Gilda souriait malicieusement, pianotant sur sa tasse de café.

« J'ai rencontré des tas de gens. » Violet avait compris ce qu'elle voulait dire, mais préféra éluder.

« J'entends, tu sais bien… quelqu'un… d'intéressant. »

Violet rougit et, l'espace d'un horrible instant, elle crut que Gilda savait déjà qu'elle avait vu Arthur.

« Tu as rencontré quelqu'un ! s'exclama Gilda, que la gêne de Violet enchantait.

— Non, non, pas du tout. » Elle se demanda si elle devait lui parler des partenaires de sherry, histoire de détourner son attention.

« Mais si.

— Non... je... » Pour camoufler son embarras à propos d'Arthur, Violet se surprit à raconter à Gilda l'homme du champ de maïs, alors qu'elle ne comptait en parler à personne ; elle s'efforçait d'oublier l'incident. Elle passa sous silence l'épisode où elle l'avait revu à Nether Wallop, et ne cita pas son nom. C'était simplement l'homme du champ de maïs.

« Le sale type ! marmonna Gilda, compatissante, s'attirant les regards de clients aux tables voisines. Décidément, il y a des hommes épouvantables.

— Ce n'est pas grave. C'est du passé. » Violet tâcha de mettre la conversation sur d'autres rails. « Et toi ? Tu as rencontré quelqu'un à Swanage ? » C'était le genre de question lourde d'espérances incongrues et de déceptions obligées qu'en temps normal elle évitait de poser à une amie de l'âge de Gilda.

Elle l'avait posée sans vraiment attendre de réponse, sinon une dérobade comme la sienne. Au lieu de cela, Gilda baissa la tête. « Pas à Swanage. » Elle se leva d'un bond. « J'ai laissé ma broderie au garage... je vais la chercher et je te rattrape ! » Elle s'était esquivée avant que Violet n'ait pu la sonder davantage. Malgré tout son babil, Gilda pouvait se montrer étonnamment impénétrable.

La salle des brodeuses, dans la maison paroissiale, était pleine à craquer : les femmes bavardaient avec excitation en exhibant leurs ouvrages de l'été. Durant ces trois mois de pause, elles avaient eu tout le temps de créer des pièces plus considérables. Violet fut atterrée d'apercevoir plus d'une douzaine d'agenouilloirs terminés, qui volaient la vedette au sien. Maureen, sa collègue de bureau, en avait terminé deux, dont l'un présentait des points que Violet ne reconnut même pas.

Quelques autres avaient brodé des médaillons historiques combinant gros point et petit point, avec une habileté d'exécution qui faisait chanter les images. Violet admira particulièrement un dessus de coussin rectangulaire : réalisé dans un petit point délicatement nuancé, son médaillon central représentait un bouclier bleu orné de trois couronnes d'or, avec, derrière, une épée légendairement fichée dans un rocher. On pouvait lire les mots « Roi Arthur » au point de croix marron. Le dessin autour était analogue à celui du coussin de l'Arbre de Vie : nœuds celtiques bleus et grappes de fleurs rouges quadrillées sur ce fond jaune moutarde familier qui, aux dires de Louisa Pesel, avait donné lieu à des plaintes. Violet s'était tellement accoutumée à ces couleurs et à ces motifs audacieux qu'ils ne la surprenaient plus ; elle aimait leur hardiesse. Quand il sera fini, il faudra que je montre ce coussin à Arthur, se dit-elle.

Elle fut étonnée de constater que l'auteur du médaillon du roi Arthur était D.J., qu'elle n'avait pas revue depuis le jour où elle avait cherché son agenouilloir dans l'avant-chœur au printemps. Elle portait son manteau vert aux gros boutons noirs, et gardait les mains dans ses poches, modeste tandis que les autres brodeuses se pressaient autour d'elle pour admirer son ouvrage. Ses cheveux étaient ébouriffés, ses joues rouges, et son sourire vague.

Lorsque Gilda surgit – essoufflée et criant bonjour –, D.J. tressaillit et se figea soudain, comme prise dans un bloc de lave. Elle ne cessa pas de sourire, mais ses yeux naviguèrent vers un angle de la pièce comme pour échapper à l'attention générale.

Gilda non plus n'avait pas l'air dans son assiette, regardant partout sauf vers D.J., et riant un peu trop gaiement en retirant son chapeau cloche. Violet vit une ou deux autres brodeuses épier les réactions des deux femmes, avant de réagir elles-mêmes par une infime grimace et un tressaillement de sourcil. Maureen frissonna. Mabel Way plissa le front en contemplant la planche à pince où elle inscrivait qui avait fait quoi. Tout cela se déroula en l'espace de quelques secondes, quelques secondes durant lesquelles Violet découvrit qu'il y avait quelque chose à découvrir, bien qu'elle ne sache pas encore quoi.

Puis l'assemblée parut s'ébrouer et se ressaisir. Gilda rejoignit D.J., tapota le médaillon du roi Arthur, et lança : « Ma parole, Dorothy, tu as réussi ton coup ! Une fois les pourtours prêts, le coussin sera fini en un rien de temps. »

Dorothy eut un petit sourire et un hochement de tête, puis se mit à fouiller dans son sac comme si elle y cherchait une aiguille égarée ou un écheveau de laine. Gilda se tourna vers Violet. « Pousse-toi un peu, tu veux, ordonna-t-elle en indiquant la chaise de Violet. Je ne pense pas pouvoir rester debout pendant que Biggins dégoisera sur la gloire qu'il y a à œuvrer pour la cathédrale. Et ne t'en fais pas, on aura bientôt toute la place qu'on veut, ajouta-t-elle en aparté, se juchant sur un coin de la chaise. À la première réunion, tout le monde rapplique plein d'enthousiasme, mais à Noël la moitié aura débarrassé le plancher ! » Elle était encore un peu nerveuse, et Violet eut envie de lui poser une main sur le bras pour l'apaiser, comme on flatte un cheval ombrageux.

Mrs Biggins arriva à ce moment-là, propageant dans la pièce un courant d'appréhension qui balaya toute autre distraction. Elle s'installa en bout de table

– à la place qui lui était réservée –, et, comme Gilda l'avait prévu, elle prononça un bref discours sur la nécessité de travailler avec fierté et diligence pour la cathédrale. Elle s'appesantit davantage sur les tire-au-flanc et les fumistes, et sur celles qui semblaient croire que broder un coussin pour la cathédrale les mettrait en valeur aux yeux de Dieu ou du doyen. « Si vous comptez me faire perdre mon temps, ou faire perdre le sien à Miss Pesel, je vous suggère de partir tout de suite, conclut-elle. Vous me faciliterez la vie. » Personne ne partit, mais Violet se demanda si un accueil aussi rebutant n'inciterait pas certaines à s'éclipser au moment de la pause pour ne jamais revenir. Mrs Biggins était le sermon assommant qu'il vous fallait endurer avant de pouvoir admirer les magnifiques vitraux ou les superbes sculptures en bois d'une cathédrale.

Violet resta assise quand Mrs Biggins annonça qu'elle allait examiner les travaux de l'été : inutile de se précipiter vers l'inévitable réprimande qui l'attendait quand on découvrirait qu'elle avait réalisé un agenouilloir sans autorisation. Sans compter que si elle patientait assez longtemps, Miss Pesel arriverait peut-être pour la sauver du courroux de Mrs Biggins.

« Où est Miss Pesel ? demanda-t-elle à Gilda, qui déballait sa propre offrande estivale consistant en une portion de fond bleu, jaune, vert et rouge dans laquelle serait inséré un médaillon historique.

— Encore en vacances. À Weymouth, je crois. Bon, j'y vais. L'impression de sauter dans un bain glacé. Souhaite-moi bonne chance ! » Gilda s'empara de son ouvrage et rallia la file d'attente, juste derrière Dorothy avec sa broderie du roi Arthur. Dorothy se tourna légèrement, présentant son profil à Gilda. Il y avait quelque chose autour d'elles qui faisait qu'elles paraissaient toutes proches l'une de l'autre, alors qu'en réalité elles ne se tenaient pas plus près que leurs voisines et ne se regardaient même pas. Comme une clôture invisible, qui les isolait du monde.

« Voilà ce qui arrive quand on est vieille fille. »

Ces mots avaient été chuchotés, derrière Violet, d'une femme à une autre. Ils étaient empreints de sarcasme, mais aussi de dureté, et d'une sorte de peur. Violet ne se retourna pas pour voir qui avait parlé, mais reconnut, en réponse, le gloussement rauque de Maureen. Son estomac la brûla soudain, comme si elle avait avalé du lait tourné.

Son trouble fut interrompu par Mrs Biggins, qui brandissait la broderie du roi Arthur. « *Ceci*, mesdames, est ce que nous visons, déclara-t-elle. Ceci est ce qui peut être accompli avec quelques modestes points cousus au nom du Seigneur, Miss… » Elle plissa le front en regardant Dorothy, dont les yeux restaient rivés sur le sol.

« Jordan, compléta Gilda à sa place. Miss Dorothy Jordan. Oui, bravo, Dorothy. C'est une splendeur. » Elle adressa un sourire rayonnant à son amie. Un sifflement de mépris se fit entendre derrière Violet.

Au lieu d'affronter ce serpent, Violet ramassa son agenouilloir et ses bordures pour rejoindre la queue. À son grand étonnement, Mrs Biggins ne lui reprocha pas d'avoir fait un agenouilloir sans sa permission. Elle avait vu tant de travaux ce matin-là qu'elle semblait à court de commentaires. « Ça ira », dit-elle au sujet des longues bandes de pourtour. Elle approuva le dessus d'agenouilloir d'un hochement de tête. « Maintenant il faut l'assembler. Le prochain office de Présentation des Broderies se tient le 20 octobre, il devra être prêt d'ici là.

— Comment dois-je m'y prendre ?

— Trouvez quelqu'un qui a terminé le sien pour

vous montrer… je n'ai pas le temps. Allez, avancez, d'autres attendent leur tour. »

Violet regarda autour d'elle. Tout le monde semblait occupé, à coudre ou à se procurer de nouvelles fournitures. Gilda fouillait dans une pile de modèles. Maureen aidait Mabel Way à noter ce que chaque brodeuse avait terminé et allait attaquer.

« Je vous montrerai. » La voix douce de Dorothy Jordan parvint à percer le brouhaha d'une salle pleine de femmes parlant en même temps. Elle se tenait près du placard, un métier à broder à la main.

« Ce serait gentil, merci. » Violet sentait des regards qui les fixaient et frissonna malgré elle.

Dorothy promena une main sur ses cheveux frisés. Elle ne semblait pas avoir conscience qu'on l'observait. « Il y a un nécessaire dédié à la finition des agenouilloirs. » Elle attrapa dans le placard un paquet rectangulaire emballé dans du papier kraft. Elle en sortit un coussin rembourré, quatre bandes d'une grosse étoffe bleue, et un morceau de toile brune. S'emparant de la broderie de Violet – avec un bref sourire à la vue du motif de glands familier –, elle la plaça à l'envers sur la table. « Vous devez commencer par coudre une bande le long de chaque côté. Puis prendre le coussin et le placer sur la broderie, comme ceci, avec ce morceau de toile par-dessus. » Elle montra à Violet comment replier les bandes bleues et les coudre sur la toile, en utilisant du fil bleu bien solide pour que l'ensemble soit correctement ajusté.

« Mais, avant de faire tout cela, vous devez le signer. Utilisez de la laine bleue pour broder vos initiales sur une des longues bandes, et la date sur l'autre, comme sur les agenouilloirs déjà en usage dans la cathédrale. Faites ça avant tout le reste. »

Violet hocha la tête.

« Il est important de signer. Ce sera peut-être la seule empreinte que nous laisserons. *Sic parvis magna.* »

Violet haussa les sourcils. Elle n'avait pas appris cette formule latine.

« Des petites choses naît la grandeur. »

Violet acquiesça. Silencieuses, elles contemplaient les éléments de l'agenouilloir. Violet guetta d'autres sifflements, mais n'entendit que la voix de Gilda disant : « Il me faut une tasse de thé, sinon je vais tuer quelqu'un. »

Cinq minutes plus tard, les deux femmes étaient parties, même si elles s'étaient retirées séparément.

Ce soir-là Violet broda les initiales *VS* et l'année *1932*, et elle cousit les bandes sur son agenouilloir.

# CHAPITRE 13

Par un samedi après-midi de fin septembre, alors qu'elle était allée acheter de la poudre d'amandes pour la tarte Bakewell qu'elle devait apporter chez sa mère le lendemain, Violet eut la surprise, dans la Grand-Rue, de se trouver nez à nez avec Arthur Knight qui sortait de la pharmacie.

« Oh ! » s'écria-t-elle, faisant un pas en arrière et riant nerveusement. Elle fut heureuse de le voir afficher un sourire ravi, puis le masquer sous une certaine solennité.

« Miss... Violet. » Il souleva son chapeau mou. « Quel plaisir de tomber enfin sur vous.

— Oui. » Ces dernières semaines, Violet avait passé plus de temps à la cathédrale, prétextant y étudier les broderies, mais espérant y croiser Arthur. « Comment allez-vous ?

— Très bien, merci. Je me demandais comment s'était passée la suite de vos vacances. Avez-vous le temps de prendre un thé ? Je vais chercher mon vélo. »

Ils allèrent à l'Old Market Restaurant, un établissement de la Grand-Rue où Violet n'avait jamais été car il était trop chic pour elle, avec ses nappes en tissu et ses grandes baies vitrées derrière lesquelles elle se sentait exposée aux regards. Arthur semblait connaître la serveuse, une femme entre deux âges qui lorgna Violet d'un œil torve en prenant leur commande. « Miss Speedwell s'est prise d'intérêt pour les cloches, expliqua-t-il quand elle leur apporta du thé avec une assiette de petites brioches toastées.

— Je n'en doute pas, répondit la serveuse en plaçant sur la table le pot à lait et un deuxième pot d'eau chaude. Comment va votre femme, Arthur ?

— Pas mal. Nous avons bon espoir.

— Faites-lui mes amitiés. » La serveuse déposa l'addition puis repartit.

Autour de leur goûter, Violet raconta à Arthur ses aventures à Salisbury et sur l'île de Wight. Elle les fit passer pour plus joyeuses qu'elles n'avaient été, mais reconnut qu'elle était rentrée plus tôt à cause de la pluie.

« Et pas d'ennuis en chemin ? Pas d'hommes bizarres ?

— Non, rien de ce genre.

— J'ai été content d'avoir votre message au pub ce soir-là. Je m'inquiétais.

— Il ne fallait pas, mais merci. Et merci de m'avoir accompagnée, et aussi pour le *cribbage*. J'ai passé un bon moment. » Violet ne précisa pas que cette soirée avait été le temps fort de son excursion : cela aurait paru trop pitoyable.

Ils se turent un moment, Violet se délectant du plaisir inespéré d'un pain brioché généreusement beurré.

« Qu'est-ce qui vous amène à Winchester aujourd'hui ? Je croyais que vous ne veniez que pour sonner les cloches.

— J'avais quelque chose à récupérer à la pharmacie. » Arthur tapota sa poche de veste.

« Est-ce que tout v... » Violet s'interrompit. Elle ne le connaissait pas assez pour poser des questions aussi personnelles.

« Ce n'est pas pour moi.

— Ah, bien sûr. Je suis désolée. » Violet prit une inspiration et se risqua sur un terrain délicat. « Votre femme est-elle souffrante ? »

Arthur poussa vers elle l'assiette contenant le dernier petit pain brioché. « Prenez-le. » Il faisait comme s'il ne l'avait pas entendue.

« C'est le vôtre.

— Je vous le laisse. Vous avez faim. »

Violet rougit : elle avait dû engloutir le sien de manière trop vorace. Elle accepta pourtant. Comme Arthur l'avait fait remarquer, elle avait faim. « Merci. »

Elle attendit de voir s'il accepterait de parler de sa femme. Il s'essuya les doigts sur sa serviette. « Jean est... elle a les nerfs fragiles.

— Je suis désolée.

— Oh, vous savez, on a tous nos problèmes. »

Violet hocha la tête, se demandant s'il allait développer. Mais peut-être cela suffisait-il.

« Allez-vous refaire tout le trajet à vélo demain ? s'enquit-elle. Pour les cloches ?

— Oui.

— Ça fait un bout de chemin.

— J'avais une voiture jusqu'à ma retraite l'année dernière. Maintenant j'ai pris l'habitude du vélo. Ça me maintient en forme. » Il se tut. « Est-ce que cela vous plairait de monter dans la tour voir les cloches ? Je sonne les vêpres demain après-midi.

— Oh oui, j'adorerais.

— Retrouvons-nous à deux heures moins le quart, je vous montrerai.

— Je... oui. Ça me plairait beaucoup.

— Rendez-vous sous la Grande Verrière ouest. Il y a une porte à gauche.

— Je la connais.

— Parfait. Bon, je dois repartir. » Arthur tapota à nouveau sa poche, puis régla l'addition.

De retour chez elle, Violet s'arma de courage et emprunta le téléphone de sa logeuse.

« Southampton 225. » Le ton impérieux de sa mère laissait entendre qu'aucun coup de téléphone ne justifiait qu'on la dérange.

« Bonjour, mère, c'est moi.

— Violet, as-tu déjà fait la tarte ? Parce que les Leighton viendront peut-être pour le thé, alors surtout, fais-en une grande. De toute façon, on attendra qu'ils soient servis. Et toi, c'est mauvais pour ta ligne, tu n'en voudras pas. » Manifestement, sa mère n'avait pas remarqué que Violet avait perdu du poids depuis son départ de Southampton.

« J'ai bien peur de ne...

— Ne me dis pas que tu ne vas pas la faire. Faut-il donc toujours que je m'occupe de tout ? Et je ne vais pas demander à Evelyn : elle cuisine comme un pied, même un plat aussi simple qu'une tarte Bakewell.

— Voyons, mère, tu es injuste. Evelyn sait très bien cuisiner. » Autant qu'elle s'en souvienne, Evelyn ne leur avait jamais servi un mauvais repas, même si elle n'était pas un cordon-bleu. Mrs Speedwell lui en voulait sûrement encore de l'avoir exclue des vacances d'été. Elle était capable de lui garder rancune des années.

« Quoi qu'il en soit, reprit Violet, fermement décidée à aller jusqu'au bout, je suis au regret de t'annoncer que j'ai un rhume et que je ne pourrai pas venir demain.

— N'importe quoi ! Tu vas très bien.

— Comment pourrais-tu le savoir ? Il se trouve

que j'ai la gorge qui me gratte et le nez qui coule. Et je sens venir un mal de tête. Alors, je suis navrée, mère, mais il faudra que tu te débrouilles sans moi demain. Tu m'excuseras auprès des Leighton et leur diras que je leur ferai une tarte une autre fois. Ma logeuse a besoin du téléphone. Au revoir ! » Violet raccrocha avant que Mrs Speedwell n'ait le temps de protester. Violet le paierait cher la semaine suivante, mais pour l'heure elle était libre.

« Ma pauvre, rien de pire qu'un rhume, déclara Mrs Harvey, la dépassant d'un air affairé dans le couloir. C'est vraiment rageant d'être malade quand il fait si beau dehors. Je vous prépare un grog ? Offert par la maison.

— Non merci, Mrs Harvey, répondit Violet, faisant fi de cet excès de zèle. Je pense que ce n'est rien. »

Le lendemain Mrs Harvey se montra tour à tour prévenante et critique, surtout lorsqu'elle surprit Violet en train de franchir la porte. « Vous allez attraper une pneumonie si vous n'êtes pas prudente ! cria-t-elle. Un rhume, il ne faut jamais mettre son mouchoir dessus ! » Ce jeu de mots inconscient fit glousser Violet, et Mrs Harvey, vexée, se renfrogna.

Réussissant à s'échapper, Violet se dirigea en hâte vers la cathédrale. Le parc, autour, était plein de familles et de couples se promenant main dans la main sous le soleil de début d'automne. Elle était un peu en avance, mais au lieu d'aller s'asseoir comme d'habitude dans l'avant-chœur au milieu des agenouilloirs, Violet rejoignit nonchalamment l'aile nord pour s'arrêter devant la tombe de Jane Austen, une simple dalle dans le sol ne mentionnant pas ses écrits. Le soin avait été laissé à d'autres, par la suite, d'apposer près de la tombe une plaque commémorative soulignant sa renommée de romancière. Jane Austen n'habitait pas Winchester, mais y avait été envoyée consulter des médecins quand elle était tombée malade, et n'était jamais retournée chez elle. Sa famille avait payé un petit supplément pour qu'elle soit enterrée à l'intérieur de la cathédrale. Elle était morte à l'âge de quarante et un ans sans mari ni enfants, seulement une sœur dévouée. Violet n'avait même pas cela, et elle n'avait certes pas plusieurs romans à son actif. Il ne lui restait que trois ans pour rattraper Miss Austen en termes de créativité.

Cesse de pleurer sur ton sort, se gronda-t-elle. Jane Austen ne se serait jamais lamentée ainsi. Un homme adorable est sur le point de te montrer les cloches de cette magnifique cathédrale, que la plupart des gens ne verront jamais. Jane se serait réjouie de grimper dans le clocher.

Quand Violet atteignit la petite porte en bois sous la Grande Verrière ouest, Arthur l'attendait, tenant des clés et une lampe de poche. À côté de lui se trouvait l'Écossais au corps maigre et nerveux qu'elle avait vu avec lui au printemps. « Bonjour, Violet. Vous vous souvenez de Keith Bain ? Vous l'avez déjà rencontré.

— Bien sûr. » Violet et Keith Bain se saluèrent, Violet s'efforçant de cacher sa déception.

« Keith a repris mon ancien poste de géomètre il y a deux ans, expliqua Arthur. Nous avons travaillé un moment en tandem et Keith a été intrigué par mon activité de carillonneur. Cela n'existe pas dans sa région d'Écosse, et il était curieux d'essayer. Il se débrouille bien pour un débutant. Il prend régulièrement la ténor.

— On apprend souvent le métier sur des cloches de cathédrale ?

— Quitte à sonner, autant sonner les meilleures. » Keith Bain s'exprimait sur un ton plus rude qu'Arthur.

« Il est temps de monter. Faites attention dans l'escalier. Je vais passer devant, et Keith fermera la marche. » Arthur déverrouilla la porte en bois, les fit entrer, et reverrouilla derrière eux. « Fais-moi penser à ne pas laisser la clé en haut, dit-il à Keith Bain. Ça m'est déjà arrivé et j'ai été obligé de remonter.

— On devrait cacher un double comme pour l'autre entrée, fit remarquer Keith Bain.

— Le maître des cloches craint qu'un visiteur de la cathédrale ne la trouve et n'ouvre une brèche dans les remparts. » Les hommes ricanèrent.

Ils se mirent à gravir un escalier de pierre en colimaçon, éclairé par de petites fenêtres à carreaux sertis de plomb. « Le nombre de marches ne vous fait pas peur, je présume ? lança Arthur par-dessus son épaule. Pas après votre randonnée de cet été.

— Nullement », répondit Violet, consciente de la présence de Keith Bain derrière elle. Elle s'était imaginée seule avec Arthur et les cloches pendant plusieurs minutes avant l'arrivée des autres sonneurs. Maintenant elle se sentait gênée, et se demandait si Keith Bain était là en tant que chaperon ou, pire, en tant que soupirant potentiel. Elle ne supportait pas qu'on tente de la caser. À Southampton, des amis avaient essayé au fil des années, et cela n'avait jamais marché. Il y avait en général une raison pour qu'un homme reste célibataire : tempérament autoritaire, manque d'humour, égocentrisme ou hygiène défectueuse. Sans compter qu'elle réagissait de manière perverse quand on lui assurait que quelqu'un allait lui plaire. Dans son enfance, si sa mère disait qu'une robe, un jouet ou un dessert allait lui plaire, Violet prenait un malin plaisir à détester la robe, le jouet ou le dessert en question.

Ils arrivèrent au sommet de l'escalier en spirale, et Violet se félicita de ne pas être à bout de souffle.

Arthur ouvrit une porte, et à la surprise de Violet, ils débouchèrent sur un parapet. À leur gauche s'étendait le toit de la cathédrale, avec la tour massive au bout. Mais ils se tournèrent naturellement vers la droite, d'où ils dominaient la partie sud de la ville. Au-dessous d'eux se trouvaient l'enclos de la cathédrale, et la maison paroissiale où se réunissaient les brodeuses ; Violet avait une vue plongeante sur la pièce dans laquelle il lui arrivait de travailler : elle était vide aujourd'hui dimanche. Elle voyait la grande armoire qu'elle avait reçu l'ordre de ranger le premier jour, et l'appui de fenêtre où elle avait disposé les écheveaux de laine bleue. Par-delà l'enclos s'élevaient les bâtiments du Collège de Winchester, entre lesquels des garçons en costume déambulaient ; ensuite, il y avait des maisons, les champs inondables au bord de l'Itchen et, au loin, la colline Ste Catherine.

« Les gens aiment regarder l'horizon, commenta Arthur. Je pourrais passer la journée entière à admirer cette vue. Mais il faut nous y mettre. » Il ouvrit une porte sur leur gauche et les reconduisit à l'intérieur.

Violet réprima un cri de surprise. À gauche, une rangée d'étroites fenêtres transparentes éclairait la zone immédiatement autour d'eux, mais à droite se déployait une profonde caverne que traversait une étroite passerelle, munie de rambardes, s'étirant indéfiniment dans le noir. Violet mit un moment à comprendre qu'il s'agissait de la nef de la cathédrale, allant de la fenêtre derrière elle jusqu'à la tour au-dessus des transepts, où se trouvaient les cloches. Tout au long de l'édifice se succédaient d'énormes poutres qui épousaient la forme du toit. On se serait cru dans le grenier d'une maison, à contempler la charpente soutenant l'ensemble de la structure. Sauf que c'était le plus vaste grenier imaginable. De la taille d'un terrain de football. Violet admirait le spectacle, sidérée, puis elle renifla, humant l'odeur de plusieurs tonnes de bois chauffé, car il faisait chaud dans ces hauteurs.

« Du chêne, expliqua Arthur. Datant parfois de presque un millier d'années, et provenant d'une des forêts royales des environs. On raconte que l'évêque chargé de bâtir la cathédrale avait demandé à Guillaume le Conquérant l'autorisation de prélever du bois dans sa forêt. Le roi leur avait accordé l'équivalent de trois jours de coupe. L'évêque avait alors rassemblé le plus d'hommes possible, et ils avaient abattu la forêt entière à l'exception d'un chêne ! Le roi n'était pas très content.

— Pauvre petit Guillaume », persifla Keith Bain, et Violet pouffa. Arthur se rembrunit ; il semblait agacé par leur frivolité.

« Regardez par ici. » Il indiqua du menton une des fenêtres. « Des graffiti. » Dans les meneaux de pierre étaient gravés des noms et des dates, un bouclier, une tête de mort... *1871. Barratt. Portefaix. 1790. 17 fév.* Des inscriptions sommaires, mais stylisées.

« Ça alors, même dans une cathédrale, dit Violet.

— Les gens aiment laisser leur empreinte. Vous verrez des graffiti partout. En bas dans l'avant-chœur il y a même un sonneur de cloches. La prochaine fois, cherchez “Harey Coppar”.

— Il y en a d'autres dans la salle des sonneurs, ajouta Keith Bain. Je vous montrerai.

— Des graffiti anciens, bien sûr. William nous étriperait si nous faisions une chose pareille aujourd'hui.

— William ?

— William Carver. Le chef des sonneurs. Il sonne ici depuis trente-neuf ans, un an de plus que moi. Vous ferez sa connaissance tout à l'heure. »

Arthur sonne à Winchester depuis que je suis née, songea Violet. Il était rare qu'elle ait l'impression d'être jeune. Pourtant Arthur Knight ne lui semblait pas vieux.

« On ferait mieux de l'éviter, dit Keith Bain. Carver est trop à cheval sur les principes. Il fait payer une amende aux sonneurs qui arrivent en retard. Je me demande ce qu'il pensera de la présence d'une femme parmi nous ! »

À ces mots, Arthur grimaça et se détourna. Violet se demanda s'il regrettait la compagnie exubérante de l'Écossais. Il les précéda sur la passerelle en bois, braquant le faisceau de sa lampe vers les pieds de Violet. Au-dessous d'eux, de gros mamelons de ciment moulés sur les voûtes de l'édifice et évoquant une boîte à œufs géante creusaient de profondes vallées. Le bois grinçait sous leurs pas. Ici sous les combles, loin du brouhaha des visiteurs et des fidèles, le silence régnait. Violet se serait crue dans le ventre d'une énorme baleine, ses côtes figurées par les poutres.

Ils atteignirent enfin une autre porte. Arthur se retourna et désigna de la tête le chapeau cloche beige de Violet. « Il y a une interdiction ancestrale dans les salles des sonneurs : pas de chapeaux… ni d'éperons ! » Il se découvrit, et Violet et Keith Bain l'imitèrent, Violet se lissant les cheveux. Ils laissèrent la grotte sombre derrière eux pour pénétrer dans la salle des sonneurs. C'était une grande pièce carrée d'une quinzaine de mètres, aux murs de pierre où alternaient colonnes et arches romanes. D'une douzaine de trous dans le plafond descendaient des cordes dont les extrémités étaient enroulées autour de deux grappins en hauteur ; elles remplissaient l'espace au-dessus de leurs têtes à la manière de grands lustres de chanvre aux branches partiellement gainées de laine bleu, blanc, rouge, comme à Nether Wallop.

« La portion gainée s'appelle la sally, expliqua Arthur en la voyant observer les cordes. C'est à elle que ma fille doit son prénom. »

Il y avait dans la salle une caisse pleine de livres et de magazines sur l'art campanaire, un panneau d'affichage, et des chaises alignées le long d'un mur. Keith Bain lui montra sur un des murs un vieux bas-relief représentant un carillonneur vêtu d'un gilet. Sur d'autres murs étaient accrochées des plaques en bois ornées de caractères dorés, répertoriant les noms des sonneurs, avec ce qu'ils avaient sonné. Violet les examina : *Sonneurs au Couronnement du roi Édouard VII, 9 août 1902. À la Saint-Stephen, 26 décembre 1903, Kent Treble Bob Royal, 5 040 volées ont été sonnées sur ces cloches, chacune en 3 heures & 35 minutes. Le samedi 8 septembre 1923, en 3 heures & 55 minutes, fut sonné sur les cloches de cette tour un concert de Stedman Cinques, 5 019 volées*. On avait l'impression de lire de l'anglais médiéval, familier sans l'être.

« Elles commémorent les concerts de cloches sonnés ici », expliqua Arthur.

Violet écarquilla les yeux. « Un concert peut durer trois heures cinquante-cinq ?

— Parfois, selon le poids et le nombre de cloches. Un concert prend toujours plus de trois heures, et implique plus de cinq mille volées.

— Sans s'arrêter ?

— Sans s'arrêter. Pas de pause, pas de tasse de thé, ni rien de ce genre.

— Ma parole. Pourquoi le faites-vous ?

— C'est ma plus grande joie. J'en ai sonné trente-sept au fil des années.

— C'est quoi, exactement, un concert de cloches ? »

Arthur pointa le doigt vers le plafond. « Il y a douze cloches là-haut. Chaque fois qu'elles sonnent toutes l'une après l'autre cela s'appelle une salve, ou une volée. Vous vous souvenez, à Nether Wallop ? Une salve, au moins, vous est familière : la gamme descendante. Imaginez que vous avez huit cloches et que vous sonnez cette gamme. Ensuite, vous changez l'ordre des cloches, si bien que la volée est différente de la précédente. Chaque fois la sonorité est différente. Savez-vous combien il existe de variations avec huit cloches ? »

Violet secoua la tête.

« Repensez à vos cours de maths, intervint Keith Bain.

— Ça remonte à loin. »

Comme les hommes paraissaient déçus, elle fit un effort.

« Les factorielles, lui souffla Keith Bain. Comment feriez-vous pour trouver le nombre de combinaisons possibles avec trois chiffres ? »

Violet se revit dans une salle de classe poussiéreuse avec des rangées d'autres écolières, dans son uniforme qui la grattait, regardant par la fenêtre tandis que les explications du professeur bourdonnaient autour d'elle comme une mouche. « 3 × 2 × 1. Six combinaisons.

— Exact. Alors, avec huit chiffres ?

— 8 × 7 × 6 × 5, et comme ça jusqu'à 1.

— Quelle est la réponse ? »

Violet sourit. « Je dois vraiment ?

— C'est une bonne gymnastique mentale.

— 40 320, répondit Arthur.

— Je suppose que vous savez combien il y a de combinaisons avec douze cloches ?

— 479 001 600, annonça Keith Bain, triomphant.

— Autrement dit, nous sommes ici pour un moment. »

Arthur eut un petit rire. « Pas cet après-midi. Nous ne sonnons des concerts que pour des occasions spéciales. Les concerts sont une suite de volées, chacune respectant un schéma différent, selon le nombre de cloches. Chacune porte un nom. Stedman Cinques, par exemple, est une séquence créée au XVII^e siècle par un certain Fabian Stedman ; "Cinques" signifie qu'elle est jouée sur onze cloches plus la ténor. »

Violet avait beau se concentrer, elle comprenait à peine ce qu'il disait. Arthur sourit de sa confusion. « Ne vous en faites pas... j'ai un peu plus d'expérience que vous. Il faut du temps pour comprendre la campanologie. Ça vous dit de voir les cloches ? Je vous préviens, ça grimpe ! L'escalier est étroit et très escarpé. Vous pensez y arriver ?

— Naturellement.

— Keith, tu veux bien descendre les araignées et libérer les cloches ? » Alors que Keith Bain commençait à abaisser les grappins auxquels les cordes étaient accrochées, Arthur guida Violet vers une porte de l'autre côté de la salle, d'où descendaient des marches. « C'est l'autre entrée, par l'extérieur du transept sud. L'entrée de service, on l'appelle. Mais, là, nous montons. » Il la précéda dans un escalier tellement étroit qu'on avait presque l'impression d'escalader une échelle. Violet fut contente de voir qu'une corde pendait à sa droite : elle s'y agrippa pour se hisser plus facilement.

La salle des cloches n'était pas du tout aménagée – ni lumière, ni chaises, ni tapis. C'était un espace pour les cloches, pas pour les gens, et il n'était éclairé que par les rayons du soleil qui filtraient à travers les persiennes des baies romanes, aux lames légèrement ouvertes. Elle parvenait tout juste à distinguer les imposantes structures en bois qui maintenaient les cloches à l'envers, leurs bouches béantes orientées vers le ciel comme des becs d'oisillons attendant leur pitance. Mais des oisillons gigantesques, plus proches des taureaux ou des éléphants, d'énormes animaux de métal gris terne, silencieux et patients.

« Ça, alors ! » Voilà tout ce qu'elle put dire. Quelque chose dans la présence des cloches la laissait sans voix.

Arthur sembla comprendre. « Je vois ces cloches depuis presque quarante ans, et je ne me lasse jamais du spectacle. »

Ils entreprirent de faire le tour du cercle de cloches. Violet indiqua la plus grosse. « Celle-ci doit peser... » Elle n'en avait aucune idée.

« Trois mille neuf cents livres. Pas loin de deux tonnes. Une des plus grosses ténors d'Angleterre. Imaginez la monter jusqu'ici. Stupéfiant de penser à la façon dont ils ont dû hisser des cloches si lourdes au Moyen Âge. Je les ai vus en monter deux petites quand ils ont augmenté les cloches en 1921, mais ils avaient des machines et des chaînes, et les cloches étaient beaucoup plus légères que celle-ci. C'est quelque chose qu'on ne voit pas tous les jours. Remarquez, ajouta-t-il, vous aurez peut-être cette chance. Le chef des sonneurs veut convaincre le doyen Selwyn de refondre les cloches.

— Pourquoi ?

— Elles sont désaccordées... un peu gênant pour une cathédrale grandiose comme Winchester. Bien sûr, c'est une opération coûteuse, ce qui ne plaira pas au doyen. Il ne raffole pas des cloches : il prétend qu'elles font un raffut terrible. Il nous oblige à garder fermés presque tous les abat-sons. » Arthur indiqua du doigt les persiennes. « C'est ce qui règle la quantité de son qui sort du clocher. » Il se tut, regardant dehors par-dessus les cloches. « Ce n'est pas qu'une question de bruit, je crois. Il est jaloux de nous.

— Jaloux ? Pourquoi ?

— C'est tout un petit univers ici dans le clocher… un univers dont il n'a pas le contrôle comme en bas. »

Violet pensa aux brodeuses et à leur bonne entente avec le doyen. Il s'agissait d'un univers de femmes, plus doux et plus conciliant, censé produire des objets concrets à la fois beaux et confortables. Très différent de l'univers des cloches, invisibles dans la tour, vouées à produire un son étrange qui s'évanouissait aussitôt créé.

Ils rebroussèrent chemin, et Violet se mit de profil pour descendre les marches escarpées. Plusieurs hommes étaient arrivés dans la salle des cloches, la plupart à peu près de l'âge d'Arthur. Ils avaient retiré leurs vestes et portaient des gilets, leurs manches retroussées. Ils dévisagèrent ouvertement Violet. Arthur la guida jusqu'à un homme massif aux yeux noirs intenses, aux cheveux gris bien peignés et à la barbe soigneusement coupée pour épouser sa mâchoire. « William, je te présente Miss Speedwell… les cloches l'intéressent et elle est venue en spectatrice. Je t'ai téléphoné hier pour te prévenir de sa visite. Miss Speedwell, je vous présente Mr Carver, le chef des sonneurs. »

William Carver lui adressa un signe de tête circonspect. « Miss Speedwell, surtout, pas un mot pendant que nous sonnerons. Nous n'encourageons pas le bavardage quand nous carillonnons, alors, si vous avez des questions, posez-les maintenant. » Il attendit. Derrière lui, Keith Bain souriait de toutes ses dents.

« Je n'ai pas de questions. Mais merci d'accepter ma présence ici. » Violet recula vers les chaises alignées le long du mur, penaude comme un chien qui se serait fait gronder pour s'être couché sur un lit défendu. Elle s'assit et observa la scène tandis que chaque homme allait se poster près d'une des douze cordes qui pendaient. William Carver permuta deux sonneurs et plaça Keith Bain sur une caisse. Une corde demeurait sans sonneur. William Carver fronça les sourcils, permuta encore deux hommes, puis tous courbèrent la tête tandis que le chef des sonneurs récitait : « Dieu tout-puissant, qui nous as appelés pour remplir la fonction de carillonneurs dans cette cathédrale, accorde-nous d'être unis et fidèles à Ton service, que notre mission soit consacrée à Ta gloire et au bénéfice de Ton peuple, par Jésus le Christ notre Seigneur. Amen. »

Alors qu'il achevait sa prière, un homme déboucha de la passerelle. William Carver consulta sa montre. « Un shilling dans le bocal, Gerald. Tu prendras la septième. Je n'ai pas besoin de te rappeler l'importance de la ponctualité quand on carillonne. Nous commençons à sonner à deux heures trente... pas à deux heures trente et trente secondes. Ton retard est un manque de respect non seulement envers la cathédrale et les habitants de la ville, mais envers nous également. »

Il avait beau avoir largement dépassé la soixantaine, le retardataire paraissait aussi contrit qu'un gamin de six ans. Le bocal était posé sur un meuble de rangement dans un coin. L'homme se dépêcha d'aller y glisser une pièce, puis rejoignit sa corde.

William Carver gagna sa propre corde. « Très bien, les gars, nous allons commencer, Grandsire Cinques. » Il fit un signe de tête à un autre homme, qui cria : « Attention à l'aiguë », puis ajouta, tandis qu'il commençait à tirer : « C'est parti. » Chaque cloche se mit à sonner tour à tour.

Il y avait beaucoup plus d'espace dans cette salle des cloches qu'à Nether Wallop. Ici, douze hommes formaient un vaste cercle. Durant plusieurs minutes ils sonnèrent des gammes, avec quatre notes hautes supplémentaires, dans ce curieux mouvement de va-et-vient plein de fluidité, tous intervenant les uns après les autres. Keith Bain sonnait la cloche la plus grave, qui était aussi la plus lourde – la ténor, l'avait appelée Arthur. Le fait d'être surélevé donnait à l'Écossais plus de latitude et plus de puissance sur sa corde pour ébranler la cloche ; il tirait aisément, tout en y appliquant manifestement beaucoup de force. Violet essaya d'imaginer l'effet de sa traction sur l'énorme cloche qu'elle venait de voir dans le beffroi. Il semblait impossible qu'il suffise de tirer sur une mince corde ici, dans cette salle, pour actionner un monstre pareil.

Bien qu'il y ait un plafond entre eux et les cloches, le son était retentissant, et la tour tremblait légèrement. Violet avait l'impression d'être ballottée par le vent. Elle adorait ça.

« Grandsire ! » cria William Carver, et l'ordre des cloches changea, puis changea encore, et encore, jusqu'à ce que Violet se perde dans la combinaison des cloches qui montaient, descendaient, se chevauchaient. Tout ce qu'elle parvenait à discerner, c'était que Keith Bain sonnait la ténor à la fin de chaque volée ; en se concentrant sur lui, il lui semblait suivre le battement d'un tambour chargé de donner le tempo.

William Carver cria quelque chose et les hommes revinrent à la gamme descendante, avant de s'arrêter lorsqu'il lança : « En l'air ! » Il intervertit des sonneurs et demanda à Keith Bain et quelques autres de sortir du cercle pendant qu'ils exécutaient du Stedman Triples. Keith Bain s'écroula sur la chaise à côté d'elle. Il transpirait.

« C'est fatigant ? demanda-t-elle. De sonner ?

— Oh, pas tant que ça. » Il s'essuya le front avec un mouchoir. « C'est juste que la ténor n'est pas commode tellement elle est lourde. Elle a son petit caractère, et je n'ai qu'une pauvre corde pour la mater. Le vieux Carver m'y colle presque chaque fois, sinon il me met sur la touche, en attendant de pouvoir me faire confiance.

— Et ce sera quand ?

— Quand il sera mort ! » répliqua Keith Bain en chuchotant, et elle s'esclaffa. William Carver leur adressa un regard, impassible et cependant aussi terrifiant qu'un regard furieux. Violet se tut. Arthur les observait lui aussi, son expression difficile à déchiffrer. Était-il content qu'elle s'entende bien avec Keith Bain, ou contrarié que son protégé ait réussi à l'amuser ? Elle baissa les yeux, gênée, et ne les releva que quand les salves eurent repris.

Ici, on exigeait d'eux qu'ils se concentrent exclusivement sur les cordes – la leur et celles des autres –, et sur la cadence à laquelle les tirer. C'était fascinant de voir ces hommes si attentifs entre eux. Certains tournaient la tête très franchement, vers un sonneur puis un autre. Certains ne bougeaient pas du tout, le regard dans le vague ; pourtant, du coin de l'œil, ils surveillaient leurs voisins.

Keith Bain observait Violet en train d'observer les sonneurs. « Une question de concentration, chuchota-t-il. Être conscient de ce que font les autres, de qui tire quand et de comment s'insérer dans la séquence. »

Violet suivait le mouvement et écoutait les cloches ; au bout d'un moment, les deux se combinèrent et, l'espace d'un instant, tout fusionna, les hommes qui tiraient et les cloches qui sonnaient. C'était comme une danse, qu'on voyait et qu'on écoutait en même temps. Puis les cloches perdirent leur harmonie et reformèrent des sons aléatoires, avant de rejouer la gamme descendante. Durant ce bref instant, toutefois, la mécanique lui avait paru limpide, et elle avait compris l'attrait de cette drôle d'activité. Soudain William Carver annonça : « En l'air ! », et les cloches se turent.

Je veux faire pareil, se dit-elle.

Keith Bain se leva d'un bond et regagna la ténor. Cette fois Arthur fit une pause et vint s'asseoir à côté d'elle. « Est-ce qu'il y a des femmes sonneuses de cloches ? demanda-t-elle.

— Quelques-unes. Les sœurs White à Basingstoke sonnaient. Alice White a été la première femme dans le pays à exécuter un concert entier, soit plus de cinq mille séquences.

— Quand ce clocher a-t-il vu une femme pour la dernière fois ? »

Un silence, puis : « Ce devait être ma femme, le 22 janvier 1919. »

La date était si précise que Violet devina qu'une histoire l'accompagnait. Elle attendit. Arthur se confierait en temps voulu.

Le concert reprit et, dans le vacarme, il expliqua. « Une commémoration s'est tenue ici pour un des sonneurs mort à la guerre. Le fils Russell... il avait contracté une pneumonie à Salonique. Nous avons sonné le glas, trente et un coups, l'âge qu'il avait quand il est mort. À l'hommage assistaient principalement des sonneurs, mais Jean a insisté pour venir aussi. Le lendemain, nous recevions la lettre confirmant enfin que Jimmy était mort. Il était porté disparu depuis plus d'un an, vous comprenez. À partir de là, dans son esprit, Jean a associé la cathédrale et les cloches à l'annonce de sa mort. Elle n'a plus voulu revenir à la cathédrale, et a demandé si nous pouvions déménager. C'est pour ça que nous habitons à Nether Wallop. »

Violet demeura silencieuse. Elle n'avait pas de mots pour exprimer la terrible tristesse qu'elle ressentait pour lui. Elle aurait voulu lui presser la main, mais, au lieu de cela, elle se laissa aller contre le dossier de sa chaise et écouta les cloches, cherchant à discerner une cohérence dans le chaos.

# CHAPITRE 14

Après cette visite, Violet se rendit souvent à la cathédrale, mais elle ne tomba pas sur Arthur. Elle n'avait aucun moyen de le joindre, à moins de se planter devant la porte de l'escalier menant à la salle des cloches quand elle savait qu'il allait y monter pour annoncer un office ou pour s'entraîner. Cette solution semblait à la fois désespérée et maladroite, car les autres carillonneurs se poseraient des questions. Elle voyait d'ici le regard noir de William Carver et son froncement de sourcils. Mais il était difficile d'imaginer les sonneurs en train de parler d'elle. Les sonneurs de cloches étaient-ils des commères ? Les hommes en général ragotaient-ils ? Son père et Tom ne cancanaient jamais, mais peut-être étaient-ils différents en l'absence des femmes. Lorsqu'elle entendait bavarder des hommes au restaurant, dans les hôtels ou dans le train, ils discutaient football ou cricket, évoquaient la crise économique ou les tensions politiques sur le continent, mais ne parlaient jamais les uns des autres. Les brodeuses, elles, parlaient des autres brodeuses – de leur travail, de leurs enfants, de leur habillement. Violet participait rarement à ces conversations, mais écoutait, se demandant parfois ce qu'elles disaient dans son dos.

Il était facile de ragoter et de se croire en quelque sorte immunisée, mais on finissait toujours par devenir la cible des médisances.

Après un office matinal, un dimanche, elle remontait l'allée centrale de la nef quand elle aperçut le groupe de sonneurs près de la petite porte sous la Grande Verrière ouest. Son cœur se mit à battre la chamade. Pauvre sotte, se gronda-t-elle.

Mais Arthur n'était pas parmi eux. Elle reconnut William Carver et quelques autres, ainsi que Keith Bain. Avant qu'elle ne puisse se cacher derrière un pilier, l'Écossais l'aperçut, lui fit signe, et s'approcha à grandes enjambées.

« Vous montez nous regarder sonner ? demanda-t-il en souriant.

— Non, non, je viens juste d'assister à l'office matinal. Je pars déjeuner chez ma mère. »

Violet, consternée, eut l'impression que Keith Bain était déçu. « Remarquez, ce ne sera pas si différent de l'autre semaine.

— Comment va... Mr Knight ?

— Arthur ? Il s'est mis en retrait. Sa femme ne va pas bien.

— Oh, je suis désolée. Vous savez ce qui lui arrive ? »

Keith Bain haussa les épaules. « Pas vraiment. Elle a pris le lit, c'est tout ce que je sais. » Il baissa la voix. « Carver a dû faire venir un autre sonneur pour le remplacer. C'est quand on les perd qu'on apprécie ceux qui sont bons... »

Ainsi, les carillonneurs ragotaient bel et bien.

« Je me demandais, poursuivit Keith Bain. Vous ne voudriez pas faire une balade un de ces jours ? Jusqu'à la colline Ste Catherine, ou même Farley Mount ? Avant qu'il fasse trop froid ? »

On y était... Violet avait fréquenté comme ça

plusieurs hommes acceptables au fil des années. Elle avait toujours dit oui, même quand elle n'en avait pas envie. Keith Bain n'était pas si mal. Il avait un ou deux ans de moins qu'elle, une causticité écossaise qui la faisait sourire, et il n'était pas compliqué. Il était peut-être le candidat le plus recevable depuis Laurence.

Seulement voilà, elle éprouvait quelque chose, même si ce n'était pas le sentiment qu'il fallait, ni pour celui qu'il fallait. Et ce sentiment, elle ne voulait pas l'abîmer pour une passade.

« Merci, dit-elle, mais je ne crois pas. »

Keith Bain la regarda, sa tête rousse inclinée sur le côté.

« Excusez-moi, je dois filer ou je vais rater mon train. » Violet s'esquiva avant qu'il n'ait le temps de réagir.

La Présentation des Broderies avait lieu le jeudi après-midi suivant, et Violet et Maureen obtinrent de Mr Waterman la permission spéciale de quitter le bureau pour y assister. Elles s'assirent le long du mur sud de l'avant-chœur, non loin du porche voûté que gardait Mabel Way cinq mois plus tôt, quand Violet s'était incrustée à la dernière cérémonie. Mabel était postée au même endroit, Mabel qui lui avait dit « chut ! » et ne laissait entrer que le public autorisé, encore aujourd'hui. Violet sourit intérieurement. Maintenant qu'elle faisait partie du public autorisé, cette scène ne lui paraissait plus aussi saugrenue. Elle comprenait que Mabel ne puisse permettre l'accès du sanctuaire qu'à des personnes qui, ayant consacré des heures à leur travail de broderie, avaient ainsi gagné leur place à la cérémonie. Elle ne trouvait pas bizarre non plus que des agenouilloirs et des pourtours de coussins soient entassés devant l'autel et que son ouvrage figure parmi eux. Au contraire, leur présence était légitime, tout comme était légitime sa propre présence. Car Violet, enfin, faisait partie d'un groupe. Elle était assise entre Maureen et Gilda, elle adressait des signes de tête aux autres femmes, Mabel ne pestait plus contre elle et l'avait même saluée, et elle avait eu droit à un sourire de Louisa Pesel, sans oublier un plissement de front de Mrs Biggins. Pour une fois, il lui semblait avoir vraiment sa place dans la cathédrale.

Après une musique d'introduction, l'organiste jouait à présent quelque chose de plus processionnel. Venant de la nef, le doyen et les bedeaux apparurent en haut des marches, puis traversèrent le chœur. Alors qu'ils passaient, Violet vit Dorothy Jordan se glisser sur un banc près de la porte. Elle sentit Gilda s'agiter. « J'ai convaincu Dorothy de venir, chuchota-t-elle, même si d'habitude elle n'aime pas trop les services religieux. »

Maureen, à côté, remua et lâcha un « tss-tss » agacé.

Violet avait beau être contente d'être là, l'office en soi n'avait rien de particulièrement étincelant. Des prières, des cantiques, un sermon… un schéma sans surprise. Même le sermon du doyen lui parut identique à celui de la dernière Présentation des Broderies. Violet laissa errer son regard en même temps que ses pensées : elle contempla le retable derrière l'autel, le bois sculpté des stalles, les coffres mortuaires posés au sommet de la galerie de pierre autour de l'avant-chœur. Puis elle aperçut, sommairement gravée sur un pan de mur en face d'elle, une inscription en lettres majuscules :

HAREY • COPPAR • A • ÉTÉ •
FAIT • CARRILLONEUR • EN •
L'EN • DE • NOTRE • SEIGNEUR
• 1545 •

C'était le graffiti dont Arthur lui avait parlé.

Après l'office, alors que les brodeuses étaient debout à bavarder, elle alla étudier le graffiti de plus près, appuyant sa main contre le mur tout en levant la tête. Harey Coppar n'avait pas la meilleure orthographe, pourtant il avait réussi à imposer sa présence dans la cathédrale. Peut-être n'avait-il pas voulu que sa contribution soit aussi éphémère que la sonnerie des cloches.

D'autres hommes avaient gravé leur nom dans le mur – John Rowse, William Stempe –, mais sans se qualifier de carillonneurs. Soudain elle se figea. Deux noms avaient été gravés ensemble : George Bathe et Thomas Bathe. Les prénoms de ses frères. Les frères Bathe avaient-ils vécu vieux, ou bien la guerre, la peste ou la faim en avaient-elles emporté un, sinon les deux ? Violet ravala la boule qu'elle avait dans la gorge.

Miss Pesel frappa dans ses mains. « Mesdames, il y a tellement d'agenouilloirs à disposer que votre aide ne serait pas superflue. Prenez-en un ou deux et placez-les sur les sièges, je vous prie. »

Sa suggestion fut accueillie avec enthousiasme. Il y eut une ruée vers l'autel, et alors que les brodeuses se mettaient à chercher leurs agenouilloirs personnels, une ambiance de fête peu coutumière s'établit dans l'avant-chœur. Violet se joignit à la troupe, contente de laisser les frères Bathe, et dénicha aisément son agenouilloir au milieu des autres. Elle regarda autour d'elle. La plupart des bancs avaient déjà de nouveaux agenouilloirs, mais un siège sous le graffiti de Harey Coppar en était encore dépourvu. Elle y plaça le sien, et caressa ses initiales. *VS*. Sa marque.

Gilda surgit à ses côtés, Dorothy Jordan avec elle. Dorothy désigna du menton les initiales de Violet. « *Dulcius ex asperis*, murmura-t-elle en indiquant l'agenouilloir. La douceur après les difficultés.

— Tu viens chez Awdry avec nous ? demanda Gilda.

— Je crains de devoir retourner travailler, dit Violet. On a eu de la chance de pouvoir s'absenter. »

En temps normal Gilda aurait essayé de convaincre Violet qu'une tasse de thé était indispensable. Là, cependant, elle se contenta de hocher la tête et de saisir le bras de Dorothy. « Alors, salut ! À la semaine prochaine ! »

Maureen fronçait les sourcils quand Violet la retrouva pour faire le chemin avec elle. Mais sa collègue attendit qu'elles aient traversé le parc pour prendre la parole. « Méfie-toi de ces deux-là », l'avertit-elle. Gilda et Dorothy étaient devant elles au loin, la main de Gilda toujours accrochée au coude de son amie. « On risque de te mettre dans le même sac. »

Violet tressaillit. Quels que soient ses doutes concernant l'amitié de Gilda et Dorothy, il n'était pas question qu'une fille plus jeune lui dise ce qu'elle devait faire ou non. « On croirait entendre Olive, répliqua-t-elle. Ça ne te va pas du tout. »

Elles gardèrent le silence le reste du trajet.

# CHAPITRE 15

Le salon de Mrs Harvey n'avait pas connu une telle affluence depuis des mois. Réunis autour du feu, Marjory, Edward, Tom et Evelyn dégustaient du lait de poule et du pain d'épice que Violet avait préparés pour l'occasion. Les enfants oscillaient entre l'euphorie d'être autorisés à veiller aussi tard et l'épuisement. « Heureusement, demain, ils feront la grasse matinée, déclara Evelyn, assise dans un fauteuil plus loin de la cheminée et s'éventant avec un des magazines de Mrs Harvey. Ils ne seront pas debout à l'aube pour voir ce que le Père Noël a mis dans leurs chaussettes. » Sa grossesse lui donnait l'impression d'être ligotée à un radiateur, et, avec ses hanches et son ventre élargis, elle s'encastrait tout juste dans le fauteuil, comme un bouchon dans le goulot d'une bouteille. Elle étendit ses jambes et soupira ; ses chevilles étaient enflées et elle avait des cernes sous les yeux. Evelyn se targuait d'être imperturbable, et avait réussi à rester maîtresse de la situation lors de ses deux premières grossesses. Celle-ci, toutefois, semblait la dépasser, et Violet surprit Evelyn l'air affolée et perplexe, une reine dont les sujets se rebelleraient sans raison. Elle avait beau apprécier sa belle-sœur, Violet fut secrètement amusée par cette perte de contrôle. Les enfants eux aussi percevaient la distraction de leur mère, et en profitaient. Edward poussait des cris et Marjory s'exerçait à des regards en coin qui donnaient à Violet envie de pouffer de rire.

« Plus que quatre semaines, c'est ça ? » dit-elle en lui proposant une autre part de pain d'épice. En temps normal, Evelyn, soucieuse de sa ligne, ne se resservait jamais. Aujourd'hui, elle accepta volontiers. « Encore du lait de poule ?

— Je ferais mieux d'éviter, si je veux rester éveillée pendant la messe.

— Maman ronfle ! s'écria Edward.

— C'est vrai, confirma Marjory, passant ses doigts sur la cage où voletaient les perruches.

— Allons, allons, laissez votre mère tranquille », intervint Tom, avec une certaine lassitude.

La logeuse de Violet passa la tête par la porte. « Attention, ma jeune dame, dit-elle à Marjory. Ces oiseaux peuvent te donner un coup de bec. » Marjory retira aussitôt sa main. « Tout le monde est bien installé ?

— Oui, Mrs Harvey, répondit Violet.

— Du charbon pour le feu ?

— Non merci, nous n'allons pas tarder à partir pour la cathédrale. » Le charbon lui avait déjà coûté un supplément pour mieux chauffer la pièce.

« Vous feriez mieux de ne pas traîner. La messe de minuit est toujours très fréquentée. Plus que le matin de Noël. Les gens aiment en être débarrassés.

— Vous y allez ?

— Moi ? Non ! répliqua Mrs Harvey, presque indignée. Je ne mets jamais les pieds dehors après neuf heures du soir. Cela ne se fait pas. Vous, vous êtes ensemble… vous allez à l'église, après tout. Mais une dame ne peut pas sortir seule le soir. »

Violet repensa aux fois où elle était sortie après neuf heures cette année-là... pour aller chez Gilda boire le thé, à un concert à la cathédrale, au cinéma. Elle s'était abstenue des partenaires de sherry depuis son emménagement à Winchester : c'était une trop petite ville pour y être anonyme, et sa logeuse surveillait sans doute encore plus ses allées et venues que sa mère ne l'avait fait.

« Vous êtes la bienvenue si vous voulez vous joindre à nous », proposa-t-elle à contrecœur. Tom acquiesça de la tête.

« Non, non, allez, filez. J'ai des cadeaux à emballer pour les petits. » Mrs Harvey allait chez sa fille le jour de Noël.

Il faisait froid, il pleuvait, et tandis qu'ils se dépêchaient de descendre la colline et de traverser l'Itchen, Violet se félicita que Mrs Speedwell ne soit pas avec eux pour se plaindre du mauvais temps, de la marche jusqu'à la cathédrale, de l'indiscrétion de Mrs Harvey, du comportement des enfants, du pain d'épice trop parfumé ou du lait de poule trop épais. Elle aurait sa dose de jérémiades le lendemain, car elle retournait à Southampton avec son frère et sa famille après la messe de minuit afin de passer Noël avec eux. Mrs Speedwell avait confié l'organisation des festivités à Tom et Evelyn, et n'avait pas décoré la maison : ni houx, ni bougies, ni sapin, ni boules de Noël. Cet automne, elle avait également commencé à laisser à sa belle-fille le soin d'organiser le déjeuner dominical, et quand c'était son tour elle avait plus d'une fois annulé à la dernière minute, en prétextant rhume, migraine ou tension nerveuse.

« Est-ce que mère va bien ? » demanda-t-elle alors qu'ils remontaient la Grand-Rue. Elle était cramponnée à un bras de Tom, et Evelyn tenait l'autre. Leurs chaussures faisaient clip-clop sur le trottoir mouillé comme des sabots de cheval. Les enfants gambadaient devant, zigzaguant d'une vitrine à l'autre pour regarder les décorations de Noël.

Tom hésita. D'habitude, il balayait ses inquiétudes au sujet de leur mère, faisant fi de ses maux et déclarant qu'elle était forte comme un bœuf. « J'ai l'impression qu'elle n'a pas le moral, répondit-il. C'est le contrecoup des vacances... Toute seule dans cette maison. Elle est trop grande pour elle, tu ne trouves pas ? J'ai dû aller chercher un truc l'autre jour dans notre ancienne chambre à George et moi. Tu es montée à l'étage récemment ? » Non, Violet n'était pas montée. Elle évitait son ancienne chambre et les années de célibat accumulées qu'elle incarnait. « C'est fou ce que c'est poussiéreux. Crasseux même. J'ai fait une remarque à maman, gentiment, bien sûr, et elle a répondu qu'elle avait dit à la femme de ménage de ne plus s'en occuper. Et puis maman n'est pas... enfin, disons, elle dégage une petite odeur de moisi.

— Tu me racontes ça parce que tu voudrais que je retourne vivre avec elle ? » Violet avait bien détaché ses mots de peur que sa voix ne se brise.

« Non ! Non. » Tom s'arrêta, soucieux de la rassurer. Marjory et Edward avançaient toujours, sautant par-dessus les flaques, et Evelyn lui tira le bras pour qu'ils rattrapent les enfants. « Je t'en parle seulement pour qu'on l'ait à l'œil. Viendra peut-être un moment où il faudra prendre une décision, c'est tout. Mais bien sûr que tu dois rester à Winchester. Ta vie est ici maintenant. Franchement, ma vieille, ça fait plaisir à voir comme tu t'es transformée. Tu parais... heureuse. Winchester te réussit.

— Eh bien... » Heureuse n'était peut-être pas précisément le mot que Violet aurait choisi. Mais elle se sentait en effet plus indépendante, plus sûre d'elle. Ces derniers temps, elle avait même un peu de peine pour sa mère. Une odeur de moisi... quelle horreur. « Qu'est-ce qu'on peut faire ?

— Elle pourrait toujours vendre et déménager...

— Pour habiter où ? » Violet sentit Evelyn se raidir à l'autre bras de Tom, et soudain elle comprit. Pauvre Evelyn. « Peut-être qu'elle pourrait aller chez tante Penelope », suggéra-t-elle, pour les apaiser, même si elle savait que cette solution n'était pas vraiment envisageable. Leur tante s'occupait déjà d'une belle-mère extrêmement âgée, et avait plusieurs petits-enfants qu'elle gardait très souvent. Elle était du genre à collectionner les gens qui avaient besoin d'elle, mais elle ne pouvait pas prendre en charge la terre entière.

« Rien n'est fait, bien sûr.

— Bien sûr, répéta Violet.

— Mais je voulais t'en parler au cas où la chose viendrait sur le tapis avec maman demain.

— D'accord. » À mots couverts, le projet lui avait maintenant été exposé : Mrs Speedwell finirait par emménager chez Tom et Evelyn, et leur couple ainsi sans doute que leurs enfants seraient très malheureux. Ils ne le seraient pas si Violet n'était pas partie pour Winchester ; seule Violet le serait. Le prix de son bonheur – non, pas de son bonheur, mais de sa liberté – était le malheur d'au moins quatre personnes. C'était un prix très élevé, et Violet détestait être obligée de se livrer à ce type de calculs. Un homme n'y était jamais contraint.

« Bonjour, Violet ! » lança Mabel Way, de l'autre côté de la rue.

Violet lui fit signe.

Marjory se retourna, curieuse. « C'est qui, tante Violet ?

— Une des dames avec qui je brode les coussins et les agenouilloirs.

— Ah ! Comme ce que tu m'as montré tout à l'heure ? » Violet avait sorti la dernière bordure sur laquelle elle travaillait, et Marjory l'avait câlinée comme un chat jusqu'à ce qu'on apporte le pain d'épice.

« Oui. Tu en verras sûrement ce soir. »

Alors qu'ils traversaient l'esplanade de la cathédrale, ils tombèrent sur Maureen et sa famille, puis sur Gilda, qui enchanta les enfants en sautant directement dans une flaque et en envoyant de l'eau partout. « Tu es toute seule ? demanda Violet. Tu veux te joindre à nous ?

— Merci, mais Joe et mon père sont à l'intérieur, ils gardent des places. Vous pouvez vous asseoir avec nous si vous voulez. On sera un peu serrés, mais on se débrouillera.

— Olive est là aussi ? Sûrement pas, tu me diras, maintenant qu'elle a son bébé. »

Gilda fit une grimace. « Les histoires qu'elle fait ! On croirait qu'elle est la première à avoir jamais enfanté. N'empêche, me voilà tante Gilda, c'est toujours ça. Gilda la tante brindezingue… Ah, nous y sommes ! » Ils avaient atteint l'entrée de la cathédrale, où un grondement sourd les accueillit. Violet n'avait jamais entendu un tel vacarme dans la cathédrale : un bourdonnement d'excitation, pareil au brouhaha d'un pub, remplaçait l'habituel silence religieux.

À l'intérieur, avec la foule et les lumières, il faisait chaud et clair. Tandis qu'ils remontaient l'allée centrale de la nef, où se tiendrait l'office, elle constata avec plaisir que Tom et Evelyn contemplaient, impressionnés, le haut plafond voûté. « Ce que c'est beau », murmura Evelyn. Violet sourit. Elle avait marché au-dessus de ce plafond. Elle était chez elle à présent dans cette cathédrale, et le plaisir des visiteurs équivalait aux compliments qu'on lui aurait faits sur la décoration de son salon ou les plantations de son jardin. Elle aurait aimé pouvoir leur montrer ses détails préférés : les bossages sur le plafond de l'avant-chœur, sculptés en forme de lions, de cygnes et de cerfs, l'Homme vert avec sa moustache de feuillage dans les stalles du chœur, le carrelage médiéval sur le sol de l'arrière-chœur.

La nef était aussi bondée que l'avait prévu Mrs Harvey, mais il y avait de la place pour eux avec la famille de Gilda, presque au fond, à condition qu'Edward s'asseye sur les genoux de Tom. « Ta tante m'a raconté qu'elle t'apprenait à broder », dit Gilda à Marjory tandis qu'elles enlevaient leurs manteaux mouillés. La forte odeur de laine humide les enveloppa.

Marjory fit oui de la tête.

« Alors, quel est ton point préféré ? »

Marjory réfléchit aussi sérieusement à la question que si on lui avait demandé son avis sur l'état de la politique allemande. C'était un sujet grave. « Le point de riz, répondit-elle enfin de sa voix la plus solennelle.

— Oh, moi aussi ! » Le visage de Gilda s'illumina en proférant ce mensonge – Violet savait qu'elle préférait le point de croix allongé. « Tu veux que je t'emmène voir nos agenouilloirs ?

— Oui, s'il vous plaît.

— On trouvera peut-être celui de ta tante. Et si tu es très sage, tu verras peut-être d'autres de ses travaux demain matin. » Gilda fit un clin d'œil à Violet en prenant la main de Marjory. Malgré la tiède réaction de Mrs Speedwell à son cadeau d'anniversaire, Violet, pour Noël, allait offrir une tapisserie à chaque membre de la famille : elle avait confectionné un porte-aiguilles pour Marjory, des pantoufles pour sa mère, un porte-monnaie pour Evelyn, une ceinture pour Eddie, et un cadre à photos pour Tom.

« Elle est bien dynamique, commenta Tom, approbateur, en regardant Gilda entraîner sa fille dans l'allée centrale. Elle n'est pas mariée ?

— Non.

— Dommage. » Ainsi clôtura-t-il le chapitre pour se tourner vers le père et le frère de Gilda.

Edward se tortillait sur les genoux de son père. Violet se leva. « Eddie, tu veux que je t'emmène en exploration ? » Elle aida son neveu à se mettre debout, et Evelyn adressa à Violet un regard reconnaissant. Alors qu'ils remontaient l'allée centrale vers l'autel, Edward lui prit la main. La menotte du gamin était comme un petit animal transpirant réfugié dans la sienne, et Violet se sentit parcourue d'un frisson protecteur. C'était agréable de marcher en public avec un enfant. Elle vit Miss Pesel leur sourire tandis qu'Eddie sautillait sur les dalles grises et brunes, s'efforçant d'éviter les pierres tombales enchâssées dans le sol. Vêtue d'un manteau à long col de fourrure, Mrs Biggins était là avec son mari, et la dévisageait. Violet goûtait la sensation extraordinaire de s'exhiber avec un fils, une sensation délicieuse autant que pitoyable.

Ils tournèrent dans la nef latérale sud. « C'est quoi, ça, tante Violet ? » Edward indiquait une chapelle en pierre construite entre deux piliers, percée de hautes et étroites ouvertures, et surmontée de grands arcs gothiques.

« C'est la chapelle de l'évêque de Wykeham, expliqua-t-elle. Il y a longtemps, c'était un homme très important dans la cathédrale, et on lui a construit une splendide petite maison pour qu'il y soit enterré.

— Il est là-dedans ? Je peux voir ?

— Pas ce soir, mon chéri. On reviendra un autre

jour, quand il y aura moins de monde. Ça te plairait ? »

Eddie hocha la tête.

Violet gravit avec son neveu les marches qui menaient à l'entrée sud de l'avant-chœur. À côté de la foule dans la nef, l'avant-chœur était étonnamment vide et silencieux. Accroupie par terre, Marjory inspectait une rangée d'agenouilloirs. Gilda errait à proximité, mais elle n'était pas seule ; elle était avec Dorothy Jordan et elle déballait un objet enveloppé de papier de soie, souriant à la vue du cadeau. Les deux amies ne parlaient pas, mais leur façon de se tenir, penchées l'une vers l'autre, reflétait une sorte de communication intime qui troubla Violet, comme si elle avait surpris une scène qu'elle n'aurait pas dû voir. Lorsqu'elles s'aperçurent qu'elles avaient du public, Gilda et Dorothy s'écartèrent d'un bond. « Oh ! » fit Gilda, écrasant contre sa poitrine le cadeau dans son papier de soie. Elle était toute rouge, l'air heureuse et légèrement coupable. « J'ai fait une sélection de six agenouilloirs et j'ai demandé à Marjory de deviner lequel était le tien. »

Marjory brandit l'agenouilloir aux glands à damier. « Je suis tombée juste ! Il y a tes initiales, *VS*. Tante Violet, je veux faire un agenouilloir et le laisser ici.

— Il faudra demander à Mrs Biggins, ma chérie. Je ne suis pas sûre qu'elle accepte. Tu devras d'abord t'entraîner pour réussir des points parfaits.

— C'est qui, Mrs Biggins ? »

Gilda fit la moue. « La vieille Biggins est un dragon qui mange les petits enfants ! » Elle bondit en rugissant, les mains crispées comme des serres. Marjory et Edward poussèrent des cris perçants et s'enfuirent, Gilda à leurs trousses. Violet et Dorothy se retrouvèrent seules dans l'avant-chœur.

Violet rougit, et s'en voulut de son malaise, mais,

depuis qu'elle avait vu Dorothy avec Gilda à l'office des brodeuses, en octobre, elle se sentait gênée en sa présence. Dorothy avait beau se faire rare aux séances de broderie, Violet la croisait fréquemment en ville ou à la cathédrale. Toutes deux se saluaient, comme maintenant, mais Violet continuait chaque fois son chemin en feignant d'être débordée ou en retard. Là, l'office ne commencerait pas avant un quart d'heure, et Gilda étant ailleurs avec les enfants – dans l'arrière-chœur, à en croire leurs hurlements ravis –, les deux femmes n'avaient d'autre choix que de rester ensemble à attendre.

Violet jeta un coup d'œil vers la nef bourdonnante.

« J'aime quand la cathédrale est pleine de monde, dit-elle, pour faire la conversation. Ses fondateurs l'imaginaient sûrement comme ça, un endroit qui serait toujours très fréquenté. »

Dorothy inclina la tête comme si elle écoutait avec attention. Ses lèvres étaient gercées, et elle ne portait pas de rouge à lèvres pour combler leurs crevasses, ni de poudre pour unifier son teint marbré. Son manteau d'hiver gris foncé ressemblait à une capote de soldat, et même son grand corps semblait flotter dedans. Le béret noir qu'elle ne portait pas de travers sur un œil comme la plupart des femmes, mais enfoncé tout droit sur ses oreilles, avait l'air d'un chapeau cloche improvisé. On aurait dû la trouver mal fagotée, or il n'en était rien. C'était peut-être parce qu'elle se moquait de son apparence qu'elle semblait si séduisante. Dorothy était l'antipode d'Olive Hill, avec sa coiffure, son maquillage et ses tenues soigneusement élaborés. Violet comprenait l'attirance que Gilda éprouvait pour elle, et en était décontenancée.

« Nos ancêtres venaient trouver ici la dose de beauté dont ils avaient besoin pour vivre, déclara Dorothy.

— Est-ce pour ça que vous êtes là... pour la beauté ?

— Pour ça, et pour d'autres raisons. »

Elles entendaient le rire de Gilda qui se rapprochait derrière la clôture du chœur. Violet cherchait quelque chose à dire sur Gilda, mais toutes les remarques qu'elle aurait pu faire lui semblaient indiscrètes. « Passerez-vous Noël chez vos parents ? » demanda-t-elle, se reprochant aussitôt la banalité de sa question et son désir désespéré d'amener la conversation sur un terrain moins dangereux.

Dorothy ne releva pas ; ses yeux étaient fixés sur le retable derrière l'autel. « Les hommes qui ont sculpté cette pierre, qu'ont-ils pu ressentir, d'après vous, une fois l'ouvrage terminé ? Est-ce qu'ils sont simplement allés au pub ensemble, heureux du devoir accompli ?

— Ils ont peut-être dit alors : *"Dulcius ex asperis."* »

Dorothy applaudit. « Bravo ! Vingt sur vingt. »

À ce moment-là, Gilda et les enfants apparurent sous la voûte sud, alors même qu'Arthur Knight surgissait du côté nord. Le cœur de Violet bondit et se mit à battre si fort que sa poitrine lui fit mal.

« Tante Violet, il y a des étoiles et des fleurs sur le sol là-bas ! s'écria Marjory.

— Arthur ! s'exclama Gilda. Que faites-vous ici ? »

Tous deux avancèrent et se rejoignirent au milieu, à côté de Violet et Dorothy. « Je faisais un petit tour avant l'office, répondit Arthur. Vous avez kidnappé des enfants ? »

Gilda pressa les mains de Marjory et d'Edward. « Eh oui. Je les ai emmenés dans l'arrière-chœur, mais maintenant je dois les rendre à leur tante. »

Arthur se tourna vers Violet. « Bonjour, Miss Speedwell. Cela fait longtemps que nous ne nous sommes vus...

— Oui. Bonjour, Mr Knight. » Violet serra la main

qu'il lui tendait, gênée par le formalisme de ces retrouvailles.

« Le carrelage médiéval qu'il y a là-bas est assez magnifique, pas vrai ? » dit Arthur à Marjory.

Elle hocha la tête.

« Je vais souvent le regarder quand je viens à la cathédrale. Voudrais-tu que je te montre autre chose d'intéressant ?

— Oui, s'il vous plaît. »

Il mena la troupe jusqu'à l'inscription *Harey Coppar a été fait carrilloneur*. « Qu'est-ce que tu lis ? »

Alors que Marjory cherchait à déchiffrer les lettres grossièrement gravées, Arthur murmura à l'oreille de Violet : « C'est le graffiti dont je vous ai parlé.

— Oui, je l'avais trouvé. Et j'en ai vu d'autres, dans l'arrière-chœur.

— Dans la chapelle de l'évêque Gardiner ?

— Oui… même sur sa statue ! Et ailleurs aussi. Je me mets à voir des graffiti partout. »

Gilda les dévisageait, stupéfaite.

« Miss Speedwell s'est prise d'intérêt pour les cloches, expliqua Arthur.

— Ah bon ?

— Oui, elle est montée dans la salle des sonneurs.

— Tiens donc ! » L'expression de Gilda se fit malicieuse. « Elle ne m'en a rien dit.

— Tante Violet, est-ce qu'on peut voir les cloches nous aussi ? demanda Marjory.

— Quand tu seras un peu plus grande, peut-être, ma chérie. Il y a énormément de marches pour grimper tout là-haut. » Le cœur de Violet battait toujours la chamade.

« J'ai toujours admiré les cloches, déclara Dorothy. Elles donnent vie aux lieux. »

Arthur sourit. « Très juste, Miss…

— Jordan, répondit Gilda à la place de son amie. Miss Dorothy Jordan.

— Comme l'actrice.

— Oui ! Je ne savais pas que vous aimiez le cinéma, Arthur. »

Arthur eut l'air perplexe. « Je pensais à la maîtresse de Guillaume IV… À la fin du XVIIIe siècle.

— Miss Jordan enseigne le latin à l'École de filles du comté de Winchester, expliqua Gilda. Et elle fait des coussins et des agenouilloirs, comme Violet et moi.

— Ah, les fameuses tapisseries. J'ai déjà vu une partie des agenouilloirs mais il faut que j'aille voir les coussins de plus près.

— Il n'y a que les agenouilloirs pour le moment. On attend d'avoir terminé suffisamment de coussins pour les sortir tous en même temps et créer une plus forte impression. Sans doute en février. L'un d'eux sera signé Dorothy.

— Vous avez vu l'agenouilloir de tante Violet ? » Marjory le ramassa et le tendit à Arthur. Violet aurait pu embrasser la gamine.

« Non, je ne l'avais pas vu. » Arthur prit l'agenouilloir et l'examina en souriant. « Ces glands sont superbes. » Il tapota une cupule quadrillée.

« Regardez les choristes ! » s'écria Edward. Les stalles commençaient à se remplir de petits chanteurs du Collège de Winchester en toge noire. Marjory et Edward les observaient, subjugués, surtout les plus jeunes, guère plus âgés que la nièce de Violet.

« Nous ferions mieux de regagner nos places », dit-elle aux enfants, qu'elle entraîna vers la nef par l'escalier sud, les autres dans leur sillage. Quelques rangées devant la leur, elle aperçut William Carver, Keith Bain et plusieurs autres carillonneurs. Keith Bain lui fit un signe.

« Nous avons sonné après l'office de huit heures, expliqua Arthur. Et nous avons eu envie de rester pour la messe de minuit. C'est un office particulièrement beau.

— Je regrette de ne pas vous avoir entendus. Nous étions encore chez moi à ce moment-là. »

Il hocha la tête. « Sans compter que la pluie étouffe le son. »

Le cœur de Violet avait recommencé à battre à tout rompre. Elle l'adjura de ralentir. « Quand sonnez-vous la prochaine fois ?

— L'équipe sonne demain à neuf heures quarante-cinq, mais je serai à Nether Wallop. Je reviendrai sonner au nouvel an.

— Vous allez faire tout le trajet à vélo ce soir ? Sous la pluie ?

— J'ai l'habitude. Ça m'éclaircit les idées. »

Violet n'osa l'interroger davantage, car la nef était remplie d'habitants de la ville et de sonneurs de cloches qui les regardaient parler.

« Joyeux Noël, dit-il, se glissant alors dans la rangée des sonneurs de cloches.

— À vous aussi. »

« Qui était-ce ? » demanda Tom tandis que sa sœur reprenait place près de lui. Son ton était suspicieux.

« Arthur Knight. Il est carillonneur. Je suis montée dans la tour voir les cloches.

— Avec lui ?

— Lui et d'autres. L'équipe des sonneurs. » Pour échapper aux soupçons de Tom, elle se tourna vers Gilda, qui s'était installée à côté d'elle. « Dorothy ne vient pas avec nous ?

— Dorothy est une individualiste, répondit Gilda. C'est à peine si elle vient aux réunions des brodeuses, alors, vous pensez, une messe de minuit dans la cathédrale…

— Pourquoi est-elle venue, dans ce cas ? »

Gilda posa l'un sur l'autre les gants de cuir vert bouteille qu'elle tenait à la main, puis les caressa. « Pour me voir. »

Dorothy vient de les lui offrir, comprit Violet. En cadeau de Noël. Elle ne sut comment réagir. À son grand soulagement, les fidèles commencèrent à se lever alors que le doyen et les bedeaux remontaient en procession l'allée centrale. Violet se saisit maladroitement de la feuille liturgique, contemplant sans les voir les chants de Noël figurant au programme : « Adeste fideles », « Les anges dans nos campagnes », « Il est né le divin enfant »…

Au moment où l'assistance entonnait « Exultez de joie, peuples divers », elle jeta un coup d'œil à son amie. Gilda serrait les gants dans sa main en chantant à tue-tête et légèrement faux.

# CHAPITRE 16

Violet n'avait pas passé de soirée de nouvel an mémorable depuis très longtemps. Enfant, elle adorait veiller en buvant du Horlicks près du feu de joie qu'allumait son père dans le jardin derrière la maison, même par temps de pluie ou de neige. Avec Laurence, elle sortait danser jusqu'à en avoir mal aux pieds. Pendant la guerre il n'y avait pas eu de réveillons et, après, les célébrations étaient devenues plus sobres. Elle avait essayé d'aller à des bals avec des amies, mais avait trouvé forcée l'ambiance joyeuse, et trop douloureux les souvenirs que suscitaient ces soirées. Elle préférait rester à la maison, assise au coin du feu de joie que son père continuait à faire, en buvant du brandy désormais. Plus récemment, elle avait gardé les enfants pour que Tom et Evelyn puissent sortir. Elle n'avait pas encore fêté le nouvel an à Winchester.

Lorsque Gilda l'invita à se joindre à elle et quelques amis dans un pub pour la soirée, Violet commença par se tâter. « Juste avant minuit nous allons tous à l'Hôtel de Ville, expliqua Gilda. Nous nous donnons la main autour de la statue du roi Alfred en formant un long cercle dans la Grand-Rue et nous chantons "Auld Lang Syne". Parfois on danse s'il y a un orchestre. On s'amuse vraiment bien.

— Il y aura des gens que je connais ?

— Mon père et mon frère. Et Dorothy. »

L'idée de passer la soirée avec Gilda et Dorothy fit hésiter Violet, qui se rappelait la mise en garde de Maureen. Mais on n'avait pas besoin d'elle comme baby-sitter cette année : la grossesse d'Evelyn la fatiguait et elle ne voulait pas sortir. Violet n'avait pas envie de rester à la maison avec Mrs Harvey et les autres pensionnaires, pour leur serrer la main avec cérémonie à minuit et siroter du sherry bon marché. Elle n'avait pas envie non plus de se coucher de bonne heure en compagnie de sa bouillotte.

Ce dont elle avait envie en réalité, c'était de boire un verre avec Arthur et de le regarder sonner les cloches de la cathédrale. Mais ce n'était pas envisageable.

« D'accord. Oui, je serai ravie de venir. » Violet n'en était pas du tout sûre, mais se sentait obligée de faire un effort pour prouver qu'elle acceptait l'état des choses entre Gilda et Dorothy. « L'état des choses » était la seule expression qu'elle voyait pour décrire leur relation qu'elle ne se résignait pas à considérer comme une histoire d'amour.

Elle mit sa robe en lamé couleur cuivre et se maquilla avec soin. Quand elle arriva au Suffolk Arms, au milieu de la Grand-Rue, à dix heures du soir, le pub était déjà bondé, aussi bien de femmes que d'hommes. Quelqu'un jouait « High Society Blues » au piano, et Gilda et Dorothy étaient assises avec un groupe dans un coin, chantant bras dessus, bras dessous. En l'apercevant, Gilda lui fit signe de les rejoindre.

Violet se fraya un chemin jusqu'aux deux amies dans la cohue. Gilda s'était frisé les cheveux en crans serrés et portait une robe argentée taille basse qui se terminait par plusieurs rangées de franges ; on aurait dit une garçonne un peu désuète. Dorothy portait une petite robe noire, avec une barrette papillon en strass dans ses cheveux en bataille... Simple et d'un chic débraillé, si une telle chose était possible.

Joe, le frère de Gilda, céda sa place à côté de sa sœur et proposa à Violet d'aller lui chercher un verre. Elle regarda autour d'elle : la plupart des femmes buvaient soit du sherry, soit du porto-citron. « Une demi-pinte de bière légère, s'il vous plaît.

— Vous voulez dire un panaché ?

— Non, juste une bière légère. »

Cela dut le surprendre qu'elle commande une boisson dont l'alcool ne soit pas adouci, mais il hocha la tête.

« Alors, comme ça, vous avez laissé Olive à la maison ? »

Joe prit un air penaud. « Rien que pour une heure ou deux. Elle a du mal à dormir, avec ce petit diable. Il est un peu braillard. »

Violet se souvint que, bébé, Marjory aussi avait tendance à brailler, donnant à Evelyn une mine éreintée qu'aucune quantité de poudre et de rouge à lèvres ne pouvait camoufler. L'espace d'un instant elle plaignit l'affreuse Olive.

Gilda la présenta à plusieurs personnes d'âges divers, qui étaient pour la plupart des voisins de la famille Hill. Violet oublia leurs noms illico, mais constata que cela n'avait pas d'importance. Un verre devant elle et installée de telle sorte qu'elle voyait la majeure partie de la salle, elle se carra dans son siège et observa la scène sans y prendre part. Gilda et Joe s'en chargeaient pour elle, joignant leurs voix aux plaisanteries, aux cris et aux chants qui avaient cours autour d'eux. La salle devint de plus en plus peuplée et enfumée, bourrée de gens voulant à tout prix s'amuser. Violet s'efforçait de ne pas grimacer en entendant les hurlements et les rires. Elle lança un coup d'œil à Dorothy : elle avait les yeux fermés, mais elle souriait.

Après une autre demi-pinte, offerte par le père de Gilda, Violet commença à se détendre, tant et si bien que quand le pianiste – un chauve à la figure rougeaude et à l'imposante bedaine – joua « Let's Do It », elle se joignit aux chants. Gilda et Dorothy se balançaient d'un côté à l'autre sur leurs sièges, et Gilda passa un bras autour de Violet pour l'inciter à se pencher en rythme tandis que tout le monde chantait en chœur.

Lorsque les morceaux se firent plus rapides, les gens se mirent à danser. Le père de Gilda obligea Violet à se lever et à danser avec lui sur « If I Had You ». La place manquait et ils se retrouvèrent à tanguer en échangeant des sourires. Elle n'était pas très à l'aise mais elle eut l'impression de se mêler aux festivités.

Gilda et Dorothy dansaient elles aussi, ce qui n'était pas si insolite. Depuis la guerre et la pénurie d'hommes, les femmes avaient pris l'habitude de danser ensemble sans que nul s'en étonne ou s'en formalise. Le plus souvent, elles dansaient soit à un rythme rapide, soit de manière très compassée, le dos droit et les mains sagement placées. Gilda et Dorothy ne respectaient pas ces principes. S'il était impossible de danser avec vigueur dans la cohue, les deux amies ne se montraient ni raides ni guindées. Au contraire, elles se tenaient les mains paume contre paume, doigts emmêlés, et, se balançant d'avant en arrière, les franges de la robe de Gilda chatoyant, elles se chantaient les paroles de la chanson, s'affirmant mutuellement que les montagnes coiffées de neige, les puissants océans et les déserts brûlants ne sauraient faire obstacle à l'amour véritable.

La barrette papillon de Dorothy s'était décrochée et pendait en équilibre précaire dans ses cheveux ébouriffés. Violet fut tentée de s'approcher pour que le papillon ne finisse pas écrasé sous les pieds de danseurs enthousiastes, mais il y avait trop de monde, et comme elle ne voulait pas attirer l'attention, elle demeura où elle était en s'efforçant de ne pas les fixer du regard.

Il y avait quelque chose de doux et d'enfantin chez ces deux femmes. Personne à part Violet ne semblait remarquer combien leur façon de danser était intime et, à un moment, Gilda lui fit un signe de la main comme pour la saluer tout en l'invitant à regarder ailleurs.

Voilà à quoi ressemble l'amour, songea Violet, sans savoir si elle était effarée ou ravie. Elle savait que ce genre de femmes existait. Elle avait entendu parler de ces amitiés malsaines dont on croyait qu'elles résultaient du manque d'hommes, du désir d'échapper vaille que vaille au célibat féminin. Pourtant, quand Gilda et Dorothy étaient ensemble, Violet n'avait pas du tout cette sensation. Les deux femmes semblaient faites l'une pour l'autre.

Elle s'aperçut qu'elle avait cessé de danser et se tenait immobile tandis que le père de Gilda continuait ses mouvements, gêné. Le pianiste enchaîna avec un slow, « Love Is the Sweetest Thing », le dernier succès d'Al Bowlly qui passait tous les soirs à la radio. Comme un seul homme, l'assemblée entonna les paroles romantiques de la chanson. Violet remercia Mr Hill et alla se rasseoir, fredonnant encore, s'éventant dans la chaleur de cette salle surpeuplée. Gilda et Dorothy dansaient toujours, mais plus serrées à présent, leurs corps parfaitement accordés, mains sur les épaules et sur la taille, presque comme un couple. Elles devaient savoir ce qu'elles pouvaient se permettre sans faire tiquer, car personne d'autre ne semblait les observer.

À la fin de la chanson, un autre homme prit le relais au piano et Gilda et Dorothy vinrent se rasseoir. « Tout va bien ? murmura Gilda à l'oreille de Violet.

— Oui. Oui. » Elle n'avait pas envie de parler.

Le nouveau pianiste interprétait des morceaux plus anciens, encore plus propices au chant. La plupart des hommes et quelques femmes avaient déjà pas mal bu, devenant plus chahuteurs et plus sentimentaux. Sans grande surprise, l'homme au piano attaqua bientôt l'air que Violet avait le moins envie d'entendre. Quand il se mit à jouer « It's a Long Way to Tipperary », elle serra les dents. La gaieté pétulante et la nostalgie insistante de la chanson juraient atrocement avec ce que la guerre avait été pour elle. Son ventre se nouait chaque fois qu'elle l'entendait, car elle pensait aux soldats – dont George et Laurence – qui la chantaient consciencieusement en montant à bord des trains à destination du continent, ou au fond des tranchées.

Elle semblait être la seule à réagir de manière aussi viscérale. Au moment où les hommes autour du piano commencèrent à taper du poing sur son couvercle en beuglant : « Goodbye, Piccadilly / Farewell, Leicester Square ! », Violet enfila son manteau. « Je sors prendre un peu l'air », glissa-t-elle à Gilda, sur quoi elle se fraya un passage jusqu'à la porte et sortit en trébuchant. Saisie par le froid piquant de la nuit hivernale, elle mit son chapeau et respira profondément, puis s'appuya contre le mur et alluma une cigarette de ses mains tremblantes. La fumée, en pénétrant dans ses poumons, la réveilla.

Elle leva les yeux vers le ciel, parsemé d'étoiles mais dépourvu de lune. Des fêtards passèrent devant elle en descendant la Grand-Rue. Soudain elle entendit les cloches. Ce n'était pas la sonnerie retentissante à laquelle elle s'était habituée. Non, une volée résonna normalement, et la suivante lui parvint étouffée, comme à travers un édredon. Le son était tantôt puissant, tantôt doux. Elles doivent être à demi assourdies, se dit Violet. Il lui semblait avoir entendu des cloches totalement assourdies quand elle était jeune, à l'occasion de la mort du roi, un son étrange, comme feutré et dénué de résonance.

Elle consulta sa montre à la lumière des fenêtres du pub. Onze heures et demie. Allaient-ils sonner sans trêve jusqu'à minuit ? Arthur faisait-il partie des carillonneurs ce soir ? Elle eut une envie subite de se trouver là-haut dans la salle des sonneurs, au-dessus de la ville. Peut-être y aurait-il quelqu'un à la cathédrale pour la laisser entrer, ou bien les sonneurs auraient-ils oublié de fermer une porte à clé. Elle n'eut pas le temps de se raisonner qu'elle écrasait déjà sa cigarette et fendait la foule en remontant la Grand-Rue à contre-courant. Elle tourna bientôt dans Market Street, une ruelle étroite qui menait à la pelouse autour de la cathédrale. Elle était bordée de boutiques, dont les vitrines étaient encore décorées de houx, de crèches et de flocons de neige. Ici il y avait moins de monde, et il faisait sombre. Elle croisa quelques couples qui riaient... pourquoi les gens étaient-ils toujours en couple, et toujours en train de rire ? Elle se dépêcha. L'Old Market Inn se dressait au coin ; en passant devant, elle entendit des gens qui chantaient.

Seule désormais, elle traversa l'esplanade. Des projecteurs éclairaient la façade de la cathédrale mais l'intérieur serait sombre et désert, puisque ce soir il n'y avait pas d'office. Les cloches, elles, sonnaient, plus sonores à présent mais toujours à demi assourdies, comme si une main était plaquée sur une bouche d'où un cri s'échappait de temps à autre.

Cette image fit frissonner Violet, qui marcha plus vite. Puis elle entendit des pas, et sut d'instinct que c'était lui.

Jack Wells sifflait « Love Is the Sweetest Thing ». Il sifflait cet air pour qu'elle comprenne qu'il avait été dans le pub avec elle ; il avait sans doute passé la soirée à l'observer à son insu, et maintenant il la suivait parce que rien ne l'en empêchait. Elle se crut à nouveau dans le champ de maïs, confrontée aux mêmes frayeurs et aux mêmes choix. Elle avait du mal à ne pas forcer l'allure, mais elle ne voulait pas lui montrer qu'elle avait peur. Ça y est, il me l'a gâchée, songea-t-elle. Il m'a gâché une chanson que j'aime.

Il n'y avait personne sur l'esplanade, seulement elle et l'homme du maïs qui s'approchaient de la silhouette sombre et ramassée de la cathédrale, sans rien d'autre que les cloches assourdies pour la réconforter et la guider.

La séquence se métamorphosa en gamme descendante ; celle-ci se répéta plusieurs fois, puis les cloches se turent. Leur désertion soudaine fut le comble pour Violet, qui se mit à courir.

Elle portait des talons plats et non les grosses chaussures qu'elle avait dans le champ, et ils claquaient bruyamment. Mais cette fois elle savait où elle allait et la distance qui lui restait à parcourir. L'homme fut pris de court. Le temps qu'il se ressaisisse et s'élance à ses trousses, Violet avait franchi le coin de la cathédrale et plongé dans l'étroit boyau qui menait à l'enclos intérieur. Par malheur, l'enclos aussi était désert, car éloigné des lieux qui attiraient la foule du réveillon. Elle aurait pu tourner à droite et galoper sur les pavés des étroites ruelles jusqu'au Wykeham Arms, mais l'homme l'aurait rattrapée avant qu'elle n'atteigne le pub. Elle devait chercher refuge ailleurs.

Elle continua à courir le long de la cathédrale vers un grand porche et un tunnel dans le transept sud, où se trouvait la porte d'accès au clocher – l'entrée de service, comme l'avait appelée Arthur. Elle était passée devant une fois ou deux en se promenant. L'entrée du tunnel évoquait un grand gouffre noir, mais il n'était pas question de tergiverser. Elle plongea dedans ; ses pas résonnaient, mêlés à ceux de son poursuivant, qui gagnait du terrain. D'une seconde à l'autre, elle s'attendait à sentir ses mains qui l'empoignaient. Elle s'arrêta à l'endroit où devait se trouver la porte, s'éraflant le tibia sur la haute marche qui y menait. « Oh ! » lâcha-t-elle, avant que sa main ne découvre une poignée métallique en forme de cœur, qu'elle actionna. La porte était fermée à clé.

Violet se mit à gémir en maniant la poignée en tous sens. Il n'y avait aucun lampadaire à proximité et il faisait noir comme dans un four. Un vague souvenir lui revenait… quelque chose que Keith Bain avait dit à propos de cette entrée. Un double de clé était caché quelque part. Si seulement elle pouvait le trouver… Elle passa ses mains sur le mur de pierre de chaque côté de la porte, cherchant des fissures dans le mortier.

Jack Wells avait ralenti le pas. Il devait sentir que sa proie était prise au piège. Il se remit à siffler.

Soudain, en hauteur sur sa droite, les doigts de Violet découvrirent un trou entre deux pierres, et rencontrèrent le métal froid de la clé. Elle l'extirpa de la crevasse et, les mains tremblantes, l'inséra sans bruit dans la serrure, tâchant de se concentrer sur ce qu'elle faisait et non sur l'homme qui se rapprochait d'elle. Elle tourna la clé et la porte céda. Se précipitant à l'intérieur, elle la claqua sur son poursuivant invisible.

Dans le noir, à tâtons, elle chercha la serrure pour y réintroduire la clé. Dehors, Jack Wells poussa la porte et Violet se jeta contre le panneau, puis parvint à tourner la clé. Elle s'immobilisa, adossée à la porte, tâchant de calmer sa respiration pour pouvoir entendre. L'homme secoua la poignée et pesta. Puis il se mit à susurrer les paroles de la chanson d'amour dont il avait sifflé la mélodie.

Violet se rua à l'aveuglette dans l'escalier.

Les marches montaient à l'infini en un étroit colimaçon, et les parois de pierre la frôlaient. Écorchant ses doigts sur les murs froids qui l'aidaient à se guider, elle essayait de tendre l'oreille, mais les battements de son cœur et son souffle haletant couvraient tous les bruits qu'aurait pu faire son poursuivant.

Longtemps après ce qu'elle aurait pensé être le sommet, elle grimpait encore, plus lentement à présent. Enfin, le jour se fit devant elle et elle atteignit le clair-étage, puis une autre volée de marches escarpées menant à la salle des sonneurs. Violet, dont l'unique objectif avait été de rejoindre Arthur, s'arrêta net, se demandant ce que les sonneurs diraient de son irruption échevelée et terrifiée dans leur petit monde bien ordonné au-dessus de Winchester.

Mais elle n'avait pas le choix. Elle gravit les marches et, à bout de souffle, s'immobilisa sur le pas de la porte en haut de l'escalier. L'équipe des sonneurs était réunie ; ils étaient tous en costume trois pièces. William Carver lança un coup d'œil vers elle, et elle dut avancer dans la lumière. Les sonneurs se tournèrent tous ensemble pour la dévisager. Un ou deux poussèrent même une exclamation. On aurait cru qu'un fantôme était apparu.

Arthur se précipita. « Violet, que se passe-t-il ? »

Elle secoua la tête, incapable de parler. Arthur lui prit le bras. « Venez vous asseoir. » Il la conduisit jusqu'aux chaises le long du mur, là où elle s'était assise pour les regarder officier.

« Arthur, nous avons des règles, décréta William Carver. Vous savez que toute visite doit être préalablement approuvée par le chef des sonneurs.

— Je n'attendais pas de visite, répondit Arthur. Manifestement, c'est un cas d'urgence. »

Un fracas de pas se fit entendre, et Violet se figea. Mais ce n'était que Keith Bain avec quelques autres, surgissant de l'escalier au-dessus. « Les étouffoirs sont ôtés ! » annonça-t-il, avant de sursauter à la vue de la visiteuse inattendue.

Bientôt Violet commença à reprendre ses esprits. Un petit radiateur électrique ronronnait à ses pieds, et il y avait de la lumière, et des gens. Elle était en sécurité.

Arthur s'agenouilla auprès d'elle. « Vous pouvez me dire ce qui vous arrive ?

— Jack Wells me suivait. Depuis l'esplanade. Il… » Comment lui expliquer qu'il sifflait du Al Bowlly sans avoir l'air ridicule ? Elle commençait à se sentir penaude. « Il fallait que je lui échappe. J'ai couru… et j'ai atterri ici.

— Est-ce qu'il vous a suivie dans l'escalier ?

— Je ne sais pas. Je ne crois pas. Je savais qu'il y avait un double de la clé, et j'ai refermé derrière moi.

— Qui vous a parlé de la clé ? » s'enquit William Carver d'un ton impérieux.

Violet regarda ses pieds, car la réponse était évidente.

« Et où est-elle, maintenant ? »

Violet leva la tête et vit les yeux pleins de colère de William Carver. « Je… je l'ai laissée dans la serrure, je crois.

— Je file la chercher, et m'assurer qu'il n'est pas entré, déclara Keith Bain. À quoi ressemble-t-il ?

— Ma taille, dit Arthur. Cheveux bruns, yeux foncés. Maigre et nerveux.

— Vous n'avez pas le temps, intervint William Carver. Gerald va sonner l'heure, et ensuite nous attaquons un Stedman Cinques. On a besoin de tout le monde.

— Sonnez un Stedman Caters à la place, avec neuf cloches plus la ténor, suggéra Arthur. Keith et moi nous retirons.

— Quoi ? Vous ne pouvez pas faire ça !

— Bien sûr que si. Il est clair que Miss Speedwell a besoin de notre aide. Vous n'allez pas la lui refuser ? »

William Carver semblait pourtant bien décidé à refuser à Violet toute attention qui pourrait détourner ses sonneurs de leur mission.

Keith Bain regarda les deux hommes tour à tour, puis il s'esquiva et disparut dans l'escalier.

« Voilà votre réponse, dit Arthur.

— Je vous mets une amende à tous les deux, déclara William Carver.

— Pour quel motif ?

— Retard. Il est l'heure de sonner et vous n'êtes pas prêts, j'appelle ça un retard. Un shilling chacun dans le bocal. Et un autre shilling chacun pour avoir révélé l'existence de la deuxième clé à une personne extérieure.

— Je paierai, affirma Violet, même si après les cadeaux de Noël elle n'avait pas les quatre shillings requis. C'est ma faute.

— Il n'en est pas question, répliqua Arthur.

— William, il est l'heure », signala Gerald.

William Carver rejoignit à grands pas une des cordes. « À vos places, messieurs. Après l'heure, nous n'avons plus le choix que de sonner un Stedman Caters. » Il fusilla Arthur du regard.

Gerald se mit à tirer la corde de la cloche la plus lourde afin de sonner minuit. Alors que retentissait le son grave et puissant, Violet imaginait la vibration parcourant l'esplanade et remontant la Grand-Rue jusqu'à la statue du roi Alfred, où elle provoquerait acclamations, chants et embrassades. Elle était contente de ne pas être là-bas.

Après le douzième coup, Gerald mit sa cloche bouche en l'air. William Carver, promenant un regard circulaire sur les autres sonneurs, déclara : « Attention à l'aiguë », puis se mit à tirer sa corde. « C'est parti. » La gamme descendante commença. Au bout de plusieurs salves, il annonça : « Stedman », et les carillonneurs attaquèrent. Assis, Violet et Arthur contemplaient leurs mouvements fluides et coordonnés. Le spectacle avait quelque chose d'apaisant, et Violet recouvra peu à peu son sang-froid.

« Bonne année, chuchota-t-elle.

— À vous aussi. » Arthur garda le silence un moment. « J'aime beaucoup votre robe, murmura-t-il. Très chic. J'espère que ce n'est pas déplacé de vous dire ça.

— Merci. » Violet lissa sur ses cuisses le tissu à motif d'écailles. Peut-être ne faisait-il que se montrer poli, mais le compliment la fit rougir.

Quelques minutes plus tard Keith Bain revint. « Personne, annonça-t-il en s'asseyant à côté de Violet. S'il était là, il est reparti. »

S'il était là... Keith Bain mettait-il en doute son histoire ? se demanda Violet. Et à vrai dire, maintenant qu'elle était ici dans la chaleur et la lumière de la salle des sonneurs, rassurée par le calme et la constance de leurs gestes énergiques, elle-même ne voyait plus trop comment l'homme du maïs aurait pu s'approcher un tant soit peu de cet univers. L'avait-elle imaginé, marchant, sifflant et la pourchassant ? C'était quand même une sacrée coïncidence qu'il soit tombé sur elle le soir du nouvel an, avec la foule qu'il y avait partout et le nombre de pubs où aller.

D'un autre côté, Winchester était la grande ville la plus proche de là où il habitait. Peut-être était-il simplement venu faire la fête et l'avait-il vue remonter la Grand-Rue tandis qu'il rejoignait la place où la foule convergeait à minuit. S'il sifflait Al Bowlly, c'était parce que cet air était populaire ; tout le monde le sifflait. À moins qu'il ne soit venu à Winchester exprès pour la retrouver, sachant qu'elle habitait cette ville et qu'il avait plus de chances de la croiser ce soir-là que n'importe quel autre ? Cette pensée la fit frissonner.

« Tout va bien, Violet ? » demanda Arthur. Il parlait à voix basse ; William Carver les regardait, l'air renfrogné.

« Maintenant, oui. J'étais un peu secouée, c'est tout. »

Soudain, Arthur et Keith Bain tournèrent la tête vers les sonneurs. William Carver cria : « Frank, huit-neuf avec la cinq ! » Violet ne discerna aucune différence, mais à en juger par la réaction des hommes, quelque chose n'allait pas. Ils continuaient à sonner, mais il y avait des coups d'œil et des froncements de sourcils à l'adresse de ce pauvre Frank, qui tirait sans l'aisance naturelle des autres. Les cloches ne sonnaient plus tout à fait en mesure et Violet supposait qu'une séquence sacrée avait été faussée.

« Encore, Frank ! » cria William Carver. Le fautif transpirait maintenant à grosses gouttes.

Violet allait parler, mais Arthur leva une main et fit non de la tête.

Puis, tout sembla rentrer dans l'ordre, car William Carver inclina le menton et Frank se détendit visiblement. Quelque chose, pourtant, avait été rompu : l'enchaînement magique censé s'effectuer sans accroc avait été troublé. L'atmosphère avait changé : l'équipe rigoureuse, fière de l'effet produit, tirait maintenant avec discipline, mais sans passion. Les cloches sonnaient pour sonner, même à l'oreille inexpérimentée de Violet. William Carver ne regardait pas leur trio ; il n'avait pas besoin : Violet savait que c'était leur faute... la sienne, en fait. Si elle n'était pas montée dans la salle des sonneurs, Arthur et Keith Bain n'auraient jamais été mêlés à ses déboires. Elle aurait dû rester au pub avec Gilda et sa bande, écouter « Tipperary » et les autres chansons de guerre qui allaient forcément suivre – « Keep the Home Fires Burning », « Take Me Back to Dear Old Blighty » –, et les sonneurs auraient carillonné le nouvel an sans la moindre anicroche. Elle mourait d'envie de déguerpir, mais se doutait que sa fuite ne ferait qu'aggraver les choses.

Les sonneurs reprirent les séquences, puis William Carver s'écria « En l'air ! », et les cloches se turent. Il y eut un bref silence. « J'aurais espéré une meilleure performance le soir du nouvel an, déclara le chef des sonneurs. Je suis déçu.

— Je suis désolé, William, commença Frank. J'ai...

— Ce n'est pas ta faute. De déplorables imprévus sont venus nous distraire. » Il se tourna vers le trio assis le long du mur, faisant de son mieux pour ignorer Violet, placée entre les deux hommes. « Arthur et

Keith, en plus des amendes, vous ne sonnerez pas le mois prochain. »

L'Écossais allait protester, mais Arthur le prit de vitesse : « Je comprends tout à fait. » Il se leva et se tourna vers ses deux acolytes. « Nous y allons ? »

Violet se leva à son tour. « Je suis vraiment navrée, dit-elle à William Carver et aux autres sonneurs.

— Miss Speedwell, répondit William Carver, je pense que cet incident vous prouve, si c'était nécessaire, que carillonner est une activité à ne pas prendre à la légère. La concentration indispensable pour sonner avec succès est aussi profonde que fragile. Toute perturbation peut entraîner un désastre. C'est pour cette raison que la salle des sonneurs n'est pas ouverte à n'importe qui. Les visiteurs sont l'exception, non la règle. J'espère que vous n'abuserez plus de notre tolérance.

— Non, je... non. » Violet retenait ses larmes. Elle était bannie du refuge qu'elle jugeait le plus sûr.

« Nous nous reverrons en février, alors, annonça Arthur. Bonne année, messieurs. » Il précéda Violet et Keith vers la sortie et, allumant une lampe électrique, il éclaira les marches escarpées qui menaient à l'escalier en colimaçon.

« L'idiot ! marmonna Keith Bain alors qu'ils amorçaient leur descente. L'idiot pontifiant ! »

Arthur s'arrêta et Violet faillit lui rentrer dedans. « Non, dit-il, les obligeant à faire halte dans l'escalier froid et humide. Non, William est beaucoup de choses, mais ce n'est pas un idiot. Il avait raison. Nous les avons distraits, et nous n'aurions pas dû. Notre exclusion est une punition tout à fait normale.

— Je suis désolée, bredouilla Violet.

— Il ne faut pas. Vous n'aviez pas le choix. Allez savoir ce qui se serait passé si vous n'étiez pas montée… Je suis content que vous l'ayez fait. Vraiment content. »

Touchée par cette insistance, Violet sentit son cœur se serrer.

Au pied des marches, Arthur leva une main. « Restez là, le temps que Keith et moi jetions un coup d'œil aux alentours. Vous n'avez rien à craindre derrière la porte verrouillée.

— Très bien », affirma-t-elle, alors qu'elle ne se sentait pas bien du tout ; elle se sentait chancelante. Mais elle ne voulait pas causer davantage de problèmes.

Arthur lui remit la lampe de poche, puis ouvrit la porte. Violet la referma solidement derrière eux. Elle attendit dans le froid, armée de la lampe qui éclairait à peine. Une éternité lui parut s'écouler avant qu'elle ne perçoive à nouveau la voix d'Arthur. « Tout va bien, Violet. Nous revoilà.

— On a regardé partout et on ne l'a pas vu, dit Keith Bain tandis qu'elle les rejoignait dans le tunnel. Il a dû filer.

— Nous allons vous raccompagner chez vous, ajouta Arthur.

— Merci, répondit Violet. Je ne tiens pas à ce qu'il sache où j'habite.

— Nous y avons pensé, dit Arthur. Vous habitez dans le Soke, c'est ça ?

— Oui. Ce n'est pas loin.

— On va prendre un chemin qu'il ne connaît sûrement pas. »

Arthur et Keith Bain l'encadrèrent en lui offrant leur bras. Ils dépassèrent l'extrémité est de la cathédrale, plongée dans l'ombre, et traversèrent l'enclos qui l'entourait. Le sentier se rétrécissait et déviait vers la gauche, pour aboutir dans Colebrook Street, une ruelle bordée de divers bâtiments

– un presbytère, une école, et des rangées de petites maisons à deux étages donnant directement sur la rue. Violet l'empruntait rarement car elle préférait remonter la Broadway voisine, où il y avait des boutiques et de l'animation, et où elle n'avait pas l'impression de se promener dans le salon des gens. Certaines rues latérales allaient dans des quartiers pauvres, étonnamment proches de la somptueuse cathédrale. Il y avait peu de monde dehors ; les gens encore debout étaient plus susceptibles de se trouver dans la Grand-Rue ou dans un pub.

La rue tournait brusquement à gauche. Au bout se dessinait le pont familier sur l'Itchen, avec, à gauche, le roi Alfred sur son socle : de la musique et des chants lui parvenaient de là-bas. Violet ralentit, puis s'arrêta, forçant les deux hommes à s'arrêter aussi. « S'il doit être quelque part, c'est là-bas, où il y a tout le monde.

— Je vais aller voir si je le repère. » Arthur lui pressa la main dans le pli de son coude, puis les abandonna dans la pénombre de Colebrook Street.

Violet lâcha le bras de Keith Bain, et tous deux restèrent là, mal à l'aise. Il doit être en train de penser que j'ai refusé de me promener avec lui, songea-t-elle. Pour détendre l'atmosphère, elle lui proposa une cigarette. Il la prit, sortit son briquet et alluma celle de Violet, puis la sienne.

« Je suis désolée pour tout ça, dit-elle avec un geste vague, consciente qu'elle recommençait à s'excuser, sans trop savoir quelle faute elle avait commise.

— Oh, le réveillon a été plus mouvementé comme ça.

— Mais vous n'allez pas pouvoir sonner les cloches pendant un mois.

— Pour être honnête, vous m'avez rendu service. Il fait froid dans la salle des sonneurs en janvier ! Ça me donne une excuse pour me la couler douce au coin du feu au lieu d'aller attraper des engelures dans la tour. »

Ils se turent à nouveau.

« Qu'est-ce qui vous a amené à Winchester ? » demanda Violet, étonnée qu'un Écossais puisse s'établir si loin au sud.

Keith Bain recracha sa fumée. « Ma femme est morte – un cancer –, et j'avais besoin de changement. De mettre un peu de distance entre moi et Paisley. J'ai pris le boulot qui m'en éloignait le plus.

— Je suis vraiment désolée.

— Oh, vous savez, chacun a ses malheurs, pas vrai ? »

Violet envisagea de lui poser d'autres questions, mais, curieusement, la franchise de sa réponse avait dissipé le malaise entre eux.

Ils étaient en train d'écraser leurs cigarettes quand Arthur revint. « Il est nulle part, dit-il. Mais faisons vite. Évitez peut-être de regarder en direction de la foule, Violet. »

Elle acquiesça, enfonça son chapeau sur son front, et leur reprit le bras. Alors qu'ils débouchaient de la ruelle, elle jeta un coup d'œil furtif vers la troupe des fêtards. Un orchestre s'était installé près de la statue, et des gens dansaient. Ils franchirent le pont ; Arthur scrutait les alentours pour s'assurer qu'ils n'étaient pas suivis.

Quelques minutes plus tard, ils étaient devant chez Violet. « Merci, dit-elle. Merci à tous les deux pour… pour tout.

— Vous avez passé un drôle de réveillon, répondit Arthur. Espérons que le prochain sera plus calme. En attendant, je vais me renseigner davantage sur Jack Wells. Vous me préviendrez, n'est-ce pas, s'il vous embête à nouveau ?

— Oui », dit Violet, qui se demandait comment

elle pourrait le joindre s'il ne venait pas sonner les cloches pendant un mois.

Comme s'il lisait dans ses pensées, Arthur ajouta : « Vous pourrez toujours téléphoner au pub, ils me transmettront le message. »

Elle inclina la tête.

« Bonne année, Violet, dit Keith Bain.

— À vous aussi. » Violet tendit la main, et les deux hommes la lui serrèrent tour à tour.

## CHAPITRE 17

« Une visite pour vous, Violet ! » cria Mrs Harvey tandis que Violet était en train de s'habiller le lendemain matin. La logeuse utilisait sa voix normale. S'il s'était agi d'un inconnu, elle aurait utilisé un ton plus guindé, plus empreint de suspicion.

Une visite surprise de Tom le 1er janvier ? s'étonna Violet en se lissant les cheveux et en ouvrant la porte de sa chambre.

Debout dans le vestibule au rez-de-chaussée, Gilda tortillait ses gants verts, l'air à la fois anxieuse, déterminée et contrariée.

« Gilda ! » Violet descendit l'escalier sans se presser.

« Bonne année, Violet. Je n'ai pas eu l'occasion de te la souhaiter hier soir, ajouta son amie de manière appuyée.

— Est-ce votre frère qui tient ce garage dans les Brooks ? intervint Mrs Harvey.

— En effet.

— Ah, eh bien, j'ai connu votre mère. Savez-vous qu'elle a grandi ici dans le Soke ? À quelques rues des Brooks, mais la rivière entre les deux donne l'impression que c'est loin. C'était une fille adorable. » Mrs Harvey hocha la tête, satisfaite du pedigree de

Gilda. « Bon, je pars chez ma fille, annonça-t-elle, enfilant son manteau. Vous devrez faire votre thé vous-mêmes. Rajoutez un peu de charbon dans le feu pour votre amie, Violet. Et il reste quelques biscuits Garibaldi. Offerts par la maison, puisque vous recevez la fille de Nell Hill. » Mrs Harvey planta une épingle dans son chapeau avec une telle vigueur que Violet et Gilda sourirent.

« Je vais mettre l'eau à chauffer pendant que tu t'occupes du feu », lança Violet dès que Mrs Harvey fut partie. Elle se précipita dans la cuisine pour préparer le thé et rassembler ses esprits. Il était clair que Gilda était venue la voir pour une raison précise, qui n'avait rien de joyeux.

Quand Violet revint avec une théière et une assiette de biscuits, Gilda se tenait près de la cage à oiseaux, regardant les perruches sauter de leur perchoir puis remonter dessus d'un bond. Elle n'avait pas ôté son manteau, même si elle s'était débarrassée de son chapeau et de ses gants. Les gants de Dorothy... Violet posa le plateau et servit le thé, attendant que son amie prenne la parole, car c'était toujours Gilda qui entamait les conversations. Cette fois, pourtant, elle demeura muette et se dirigea vers une chaise près du feu où elle s'assit toute courbée, son manteau sur les épaules, les mains autour de sa tasse de thé, la soucoupe abandonnée sur une table d'appoint.

« Merci de m'avoir invitée hier soir, commença finalement Violet. Je me suis beaucoup amusée. »

Les traits maigres de Gilda étaient tirés, comme si elle n'avait pas dormi. « Dis-moi, Violet, est-ce que tu te considères comme une bonne amie ?

— Je... » Violet s'apprêtait à dire qu'elle ne savait pas ce que Gilda entendait par là, mais elle s'interrompit. C'était une question sérieuse qui exigeait une vraie réponse et non une formule toute faite. « Je t'aime beaucoup, mais nous ne nous connaissons pas bien, déclara-t-elle prudemment. Cela prend du temps de tisser les liens qui font les bonnes amies.

— Une *amie*, alors, répliqua Gilda, pas forcément une *bonne amie*, mais une amie... ne quitte pas une soirée brusquement sans aucune explication.

— Je me suis expliquée... j'ai dit que je sortais prendre l'air.

— Mais tu n'es jamais revenue !

— Non. J'ai eu... un problème. Je suis désolée. Je comptais te l'expliquer quand je t'aurais revue. » Violet était étonnée que Gilda soit à ce point bouleversée, qu'elle se préoccupe de ce que Violet avait pu faire ou non, alors qu'elle était tellement captivée par Dorothy.

Gilda fronça les sourcils. « C'est inutile... je t'ai vue. Avec Arthur et cet autre homme... l'Écossais. Près du roi Alfred. Tu ne t'es même pas arrêtée pour nous saluer, nous souhaiter la bonne année, ni rien. Tu as simplement détalé. On aurait dit... » À la stupéfaction de Violet, Gilda ravala un sanglot. « ... que tu avais honte de moi !

— Tu te trompes. Ce n'était pas ça du tout.

— C'était quoi, alors ? J'aimerais savoir. » Gilda reposa sa tasse, joignit les mains sur ses cuisses et se pencha en avant.

« C'était "Tipperary". » Et elle lui expliqua, d'abord l'effet que la chanson avait sur elle, puis la réapparition de l'homme du maïs et sa fuite en haut du clocher de la cathédrale, et enfin Arthur et Keith Bain qui l'avaient raccompagnée et le soin qu'elle avait pris de ne pas être vue. « Il sifflait "Love Is the Sweetest Thing", et j'en ai déduit qu'il venait du pub, ajouta-t-elle. J'ai eu peur qu'il soit près de la statue du roi Alfred et qu'il me suive jusque chez moi. C'est pour ça que je ne suis pas revenue. »

Les traits de Gilda s'adoucirent, puis se durcirent différemment, reflétant une volonté farouche de protéger ses proches. « Tu veux dire qu'il était dans le pub avec nous ? s'écria-t-elle. Dans ce cas, il sera vite démasqué ! Il y avait des tas de gens là-bas… quelqu'un saura qui il est. J'enverrai Joe et ses copains lui régler son compte. Il ne t'embêtera plus. »

À la pensée que des hommes de Winchester puissent intervenir pour la défendre, Violet se sentit affreusement mal et vulnérable. « Non, s'il te plaît, ne fais pas ça. Je ne veux pas que Joe s'en mêle. S'il te plaît.

— Hum. » Gilda lui décocha une œillade. « Tu vas m'expliquer, pour Arthur ? »

Violet but une gorgée de son thé, froid à présent. « Il n'y a rien à expliquer. » Elle posa sa tasse sur sa soucoupe, plus bruyamment qu'elle n'en avait l'intention.

Gilda grimaça. « Arthur est un homme bien. Il est loyal. Et il est marié.

— Je sais.

— Alors tu ne dois pas le regarder comme tu le fais. J'ai bien vu, dans la cathédrale, à la messe de minuit. »

Violet chercha ses cigarettes dans la poche de son cardigan et en offrit une à Gilda. Elle avait besoin de cette petite lueur réconfortante au bout de ses doigts.

« Et l'Écossais ? » s'entêta Gilda.

Violet exhala une colonne de fumée. « Keith Bain.

— Il avait l'air gentil. Pourquoi tu ne t'intéresses pas à lui ?

— Et pourquoi pas *toi* ? » Elle regretta aussitôt sa riposte.

Gilda rétracta ses bras et sa tête dans son manteau à la manière d'une tortue dans sa carapace.

« Gilda. Je suis désolée. Je ne voulais pas…

— S'il te plaît, sois gentille. Je t'en prie, ne juge pas, chuchota Gilda. C'est ce que j'étais venue te dire.

— Alors ne me juge pas, moi non plus. »

Son amie se redressa, indignée. « Je ne te juge pas !

— Si. Tu fais des hypothèses sur Arthur et moi.

— Mais… bon, d'accord, en effet.

— Il n'y a rien entre nous. Nous sommes amis.

— Écoute-moi. » Gilda se pencha en avant, les yeux très brillants. « Je sais à quoi ressemble l'amour. Je le sais. Et crois-moi, Violet. Je le vois. »

Violet repensa à ce qu'elle avait vu entre Gilda et Dorothy la veille au soir, et à la cathédrale – le lien muet et invisible qui les unissait. Un tel lien s'était-il tissé entre Arthur et elle ? Elle aurait dû être consternée, mais elle était secrètement aux anges.

« Tu peux m'en dire plus sur lui ?

— Tout ce qui t'intéresse, c'est d'en parler, entendre prononcer son nom… comme les gens amoureux.

— Je pourrais en dire autant pour toi et Dorothy. »

Gilda soupira. « Que veux-tu savoir ?

— Il m'a parlé de la messe en hommage au sonneur de cloches juste après la guerre, et du fait qu'ils avaient appris la mort de leur fils le lendemain, et puis de Mrs Knight, mais sans entrer dans les détails. »

Les traits de Gilda s'affaissèrent. « Ça a été atroce pour eux. Jimmy était porté disparu depuis une éternité, ce qui, d'une certaine façon, est pire que de savoir, parce qu'on continue à espérer. Et Mrs Knight gardait particulièrement espoir, même après la fin de la guerre. Elle s'était mis dans la tête que Jimmy était hospitalisé quelque part, amnésique et sans papiers, et qu'il finirait par réapparaître. L'esprit peut échafauder des théories vraiment compliquées, quand il veut… Arthur était plus réaliste, même si bien sûr il tenait à soutenir sa femme. Et puis ils ont reçu une lettre disant que la plaque portée par Jimmy avait été retrouvée sur le champ de bataille à Passchendaele, dix-huit mois après qu'il a été porté disparu. Il aurait... – Gilda prit sa respiration – été touché par un tir de mortier, et il ne restait rien de lui. Seulement la plaque. »

Violet agrippa sa tasse vide. Jimmy Knight avait-il combattu aux côtés de Laurence à Passchendaele ? Avaient-ils patrouillé ensemble, s'étaient-ils allumé leurs cigarettes, avaient-ils ri en lisant une lettre de la famille ? Elle ne le saurait jamais.

« Jimmy était un garçon adorable, extrêmement drôle et gentil. » Gilda soupira. « Ça a été très dur pour la pauvre Mrs Knight. C'est pour cela qu'ils se sont installés à Nether Wallop. Elle ne pouvait plus supporter la vue de la cathédrale. Arthur n'allait guère mieux. Il a cessé de sonner à Winchester pendant plusieurs années. Il était si distrait qu'il commettait des erreurs et qu'on lui a demandé de faire une pause. C'était dommage qu'il ait dû arrêter, je crois que ça l'apaisait de sonner les cloches, ça lui changeait les idées. Tu as vu comme la broderie peut être absorbante au point qu'on oublie ses soucis ? Sonner les cloches doit produire le même effet. »

Violet acquiesça, étonnée. Il était difficile d'imaginer Arthur commettant une erreur quelconque.

« C'était un gros sacrifice pour lui d'aller habiter à Nether Wallop, ajouta Gilda. Il n'a plus travaillé qu'à mi-temps, et l'année dernière il a pris sa retraite avant l'heure, pour pouvoir s'occuper de sa femme. C'est pour ça qu'il n'a plus de voiture... pas d'argent et une toute petite pension pour vivre. Pour ça qu'on le voit toujours à bicyclette. Qu'il pleuve ou qu'il neige, il vient à vélo de Nether Wallop... vingt-deux kilomètres ! Ils n'ont pas le téléphone. Et ils cultivent eux-mêmes leurs fruits et légumes... il passe son temps à faire des conserves.

— Ça alors... » Violet pensa aux bocaux de pâte d'anchois qu'elle achetait en promotion, à l'échine bon marché qu'elle prenait chez le boucher pour faire du bouillon et aux sandwichs au cresson qu'elle mangeait au déjeuner. Elle n'aurait jamais cru que quelqu'un comme Arthur ait à s'inquiéter du prix des choses.

Elle leur resservit du thé, et comprit qu'il serait préférable de ne plus parler d'Arthur. « Alors, est-ce que Dorothy et toi avez... des projets d'avenir ?

— Oui, nous voulons vivre ensemble dans une petite maison, répondit aussitôt Gilda. On a tout calculé. À nous deux, on devrait y arriver. Le salaire de professeur de Dorothy est plus que correct. On vit les uns sur les autres chez mon père maintenant qu'Olive a eu le bébé. Et ils ne vont pas s'arrêter en si bon chemin. Ça me fait une excuse toute trouvée pour m'en aller. Finalement, qui l'eût cru, l'affreuse Olive est un don du ciel. » À en juger par son enthousiasme, Gilda était ravie d'exposer ses projets. Elle avait peu de chances de pouvoir les confier à quelqu'un d'autre.

« Tu l'as annoncé à Joe et à ton père ?

— Pas encore. J'attends le moment propice... de préférence quand on sera serrés comme des sardines et que le bébé sera en train de pleurer.

— Et la famille de Dorothy ?

— Ses deux parents sont morts de la grippe en 1918, comme maman. Dorothy vit avec sa sœur et sa famille. Ils seront contents d'avoir plus d'espace et une bouche de moins à nourrir. Et il n'y a pas de mal à ça, si ? Il arrive bien que des amies habitent ensemble, pas vrai ? » Elle donnait l'impression d'essayer de se convaincre elle-même.

« Je suppose. »

Elles demeurèrent silencieuses, finissant leur cigarette. Gilda mordit dans un biscuit et s'esclaffa. « Qu'est-ce qui me prend ? J'ai horreur des Garibaldis ! » Manifestement, elle était encore nerveuse, et Violet chercha un moyen de la mettre à l'aise. Ce n'était pas évident, vu son propre trouble. Bizarrement, au fil de leur conversation, sa relation avec Arthur avait été assimilée à celle de Gilda avec Dorothy. Si elle exprimait de l'horreur, de la consternation, du dégoût ou quoi que ce soit de négatif, cette réprobation, par quelque étrange phénomène, rejaillirait sur elle.

Elle se rendit compte qu'elle fronçait les sourcils, et que Gilda, en conséquence, fronçait aussi les siens. Violet posa la première question sincère qui lui vint à l'esprit : « Depuis combien de temps ressens-tu ça ?

— Pour Dorothy ou en général ?

— Les deux.

— Je l'ai su dès que j'ai fait sa connaissance il y a un an, à une séance des brodeuses. Il a fallu un certain temps pour l'amadouer. Nous nous sommes revues au château de Corfe pendant l'été.

— Près de Swanage.

— Oui. Et c'est là que les choses sont devenues plus claires, pour toutes les deux. Elle est tellement différente de moi ! Tellement... enfin, tu sais bien. Elle ne dit pas grand-chose, alors que je parle beaucoup trop. Elle est rêveuse alors que j'ai les pieds sur terre. Elle est tellement grande, tellement élégante à sa manière, alors que moi... » Gilda se désigna d'un geste. « Mais rien de tout ça n'a d'importance avec Dorothy.

— Et en général ? » insista Violet, qui était authentiquement curieuse.

Gilda la fixa du regard. « Depuis toujours.

— Alors…

— Alors toutes ces histoires que tu as dû entendre, comme quoi les femmes font ça parce qu'elles n'arrivent pas à avoir d'hommes, qu'elles sont désespérées, perverses, malheureuses et hystériques sous prétexte qu'elles n'ont pas connu… la chose. L'acte sexuel. Rien de tout ça ne s'applique à moi. Je ne sais pas pourquoi, et je ne sais pas si c'est contre-nature, mais je suis faite comme ça.

— Ta famille est au courant ? » Violet essayait d'imaginer la réaction de sa mère à une nouvelle pareille. Ou celle de Tom, ou d'Evelyn. Comment expliqueraient-ils une relation de ce genre à Edward et Marjory ? Elle eut une révélation soudaine : le problème serait exactement le même pour elle si elle avait une relation avec un homme marié.

« S'ils sont au courant, Dieu merci, ils n'ont jamais rien dit. Je pense qu'ils ne veulent pas savoir. » Gilda fit une moue. « C'est Olive, le hic. Elle ne le dit jamais carrément, c'est plus sournois : elle grimace dans le dos de Dorothy, elle ne veut pas que je tienne le bébé. Je crois que, sans savoir vraiment pourquoi, ils seront tous soulagés quand je m'en irai. »

Violet repensa à l'habileté de Gilda avec sa nièce et son neveu à la cathédrale. « Et les enfants ? »

Gilda haussa les épaules, mais sa nonchalance était peu convaincante. « J'ai trente-cinq ans. C'est trop tard pour moi, alors que j'en veuille ou non n'a pas grande importance.

— Trente-cinq ans, ce n'est pas trop tard pour avoir un bébé.

— Ça l'est si on ne se marie pas. »

Elles se turent, observant le charbon qui brûlait avec éclat dans la cheminée.

« Je vais te reposer la question que je t'ai posée en

arrivant, reprit enfin Gilda. Es-tu une bonne amie pour moi ? »

Le moment était décisif pour Violet. Elle fixait des yeux les briques de charbon rougeoyantes en train de se désagréger.

« Oui, répondit-elle avec plus de fermeté qu'elle n'en éprouvait au fond. Oui. Je le suis. »

## CHAPITRE 18

Janvier était toujours un mois sinistre, et celui de 1933 le fut particulièrement. En plein cœur de l'hiver les arbres étaient désolés, le sol tantôt dur comme l'acier, tantôt détrempé, et le temps, qui hésitait entre le froid et la pluie, toujours gris. Il n'y avait pas de festivités pour vous distraire, ni maintenant, ni plus tard, uniquement la sensation que toute l'énergie avait été concentrée sur Noël et que désormais il fallait se débrouiller pour résister à la vacuité de la saison. Violet repensa à la façon dont les gens, autrefois, stockaient la nourriture et attendaient que l'hiver se termine, dormant, mangeant et prenant leur mal en patience. Malgré la réfrigération et les magasins où on pouvait acheter des victuailles toute l'année, elle avait parfois, en janvier, l'impression de subsister comme ses ancêtres, d'attendre que le soleil et sa chaleur la libèrent et que les premières pousses du printemps lui confirment que la vie continuait.

Sa chambre chez Mrs Harvey était tellement glaciale que la plupart des soirs où elle n'allait pas au cinéma elle s'installait dans le salon avec les autres. Toutes les pensionnaires payaient le charbon, mais Mrs Harvey ne supportant pas que ses perruches aient froid, elle rajoutait du combustible pour qu'il fasse relativement chaud dans la pièce. Violet lisait ou brodait en écoutant la radio, pendant que Miss Frederick corrigeait ses copies, que Miss Lancaster restait assise les yeux fermés, et que Mrs Harvey tricotait, lisait le journal ou soupirait en entendant les nouvelles. Elle soupirait, que les nouvelles soient mauvaises ou bonnes : des morts en Espagne à la suite de manifestations politiques, le sauvetage de Lady Mary Bailey après l'écrasement de son avion au Niger, le succès du parti nazi aux élections régionales en Allemagne. Tout cela était pour elle du pareil au même, des parasites émanant du poste sans aucune hiérarchie.

Ce n'était pas déplaisant, d'être assises là ensemble, avec le pépiement des perruches en fond sonore, mais quelquefois le voisinage soir après soir de ces femmes avec qui elle n'avait pas grand-chose en commun rendait Violet claustrophobe et irritable. Le raclement hésitant de la plume de Miss Frederick sur les devoirs de ses élèves lui donnait envie de lui hurler d'être plus résolue ; les ronflements sporadiques de Miss Lancaster la faisaient tressaillir. Seulement, sa chambre était si froide qu'elle ne pouvait y séjourner que pour dormir, recroquevillée contre une bouillotte. En plus du *Guide Warren de Winchester*, Tom et Evelyn lui avaient offert pour Noël une bouteille de brandy. Elle s'était mise à en prendre un petit verre un soir sur deux, mais à la mi-janvier et après force raclements et autres ronflements, elle en était à deux verres par soir et se réveillait souvent le lendemain en ayant mal à la tête.

Le bureau était froid et sinistre lui aussi. Avec entre elles un pauvre petit radiateur Belling, Violet et Maureen rapprochaient leurs machines à écrire de façon à pouvoir partager le peu de chaleur qu'il dégageait. Violet tapait sans enlever son manteau, et il y avait toujours une tasse de thé à côté d'elle. Malgré cela elle avait attrapé des engelures aux doigts. Les crevasses lui rappelaient la salle des sonneurs et ce que Keith Bain avait dit du froid qui régnait là-haut. Les carillonneurs devaient avoir des engelures aux orteils.

Seule la maison paroissiale dans l'enclos intérieur semblait suffisamment chauffée. Peut-être Miss Pesel avait-elle conclu un arrangement avec le doyen Selwyn, car il y avait toujours quantité de charbon, et le feu était toujours lancé un certain temps avant la réunion des brodeuses. Ainsi, lorsqu'elles arrivaient, il faisait déjà assez chaud pour qu'elles ôtent leurs manteaux et cousent dans de bonnes conditions, sans avoir à s'interrompre pour se réchauffer les mains.

Les femmes travaillaient dur afin de terminer leur ouvrage à temps pour la prochaine Présentation des Broderies en février. Plusieurs coussins de stalle étaient presque prêts, leurs scènes historiques au petit point insérées dans un décor aux couleurs vives. Des dizaines d'agenouilloirs étaient achevés, et de longs coussins de banquette étaient en cours de fabrication, même s'ils étaient compliqués, et que Miss Pesel insistait pour qu'ils soient exécutés avec soin, quitte à leur consacrer plus de temps. « Tous les yeux seront braqués sur ces coussins de banquette, déclara-t-elle. Si nous nous trompons, ce sera une catastrophe. » À la surprise de Violet, Maureen avait fait suffisamment de progrès pour travailler sur les longs coussins.

Elle-même ne travaillait ni sur les agenouilloirs, ni sur les coussins. Après un agenouilloir et des mètres et des mètres de pourtour, elle se réjouissait d'avoir été choisie par Louisa Pesel pour confectionner des aumônières – ces petites bourses à cordon qui circulaient dans les travées durant les offices pour que les fidèles y glissent leurs offrandes. À St Michael, à Southampton, c'était une assiette qui servait pour la quête, et Violet avait toujours trouvé très gênant de voir ce que donnaient les autres, et que les autres voient ce qu'elle donnait. Les aumônières permettaient une plus grande discrétion. Miss Pesel tenait à ce qu'elles soient superbes. « Plus que les agenouilloirs, plus que les coussins, on remarquera les aumônières, expliqua-t-elle à Violet et au reste de l'équipe qu'elle avait réunie pour les fabriquer. Elles passeront de main en main, et les gens les regarderont avec attention. Ils noteront leurs couleurs, leurs motifs, leurs textures. Quand ces éléments sont mariés avec succès, les gens en éprouvent du plaisir, et le plaisir se traduit en… » Elle frotta son pouce contre deux autres doigts, et s'esclaffa à la vue de leurs mines sidérées. « Allons, allons, vous n'imaginez quand même pas que la cathédrale vit d'amour et d'eau fraîche ? Ce n'est pas un simple bâtiment, c'est une énorme machine, ou une petite ville, avec des rouages compliqués qui ont besoin d'être entretenus. La cathédrale compte beaucoup de bénévoles comme vous, mais elle ne peut pas se reposer uniquement sur eux. Le doyen doit être payé, ainsi que les bedeaux, les chapelains, les femmes de ménage, les maçons et les jardiniers. Et cela coûte de l'argent de chauffer la cathédrale, de faire marcher ses lumières, de la nettoyer et d'assurer son entretien. D'acheter les livres de prières et de cantiques et d'imprimer les feuilles de messe. D'acheter l'encaustique, les bougies et les fleurs, de réparer les chaises quand elles se cassent et le toit quand il fuit. La cathédrale ne reçoit pas d'argent de l'État. Elle doit demander aux fidèles, inlassablement, à chaque office. Et c'est ce que feront vos aumônières : elles rappelleront aux gens la beauté du lieu, l'amour et le soin entrés dans la confection de chaque vitrail, chaque pilier, chaque chapelle et chaque carreau du sol et, oui, ces aumônières seront tellement superbes qu'elles feront s'élever l'esprit et s'ouvrir les portefeuilles. »

Elle avait prévu quatre ensembles de quatorze aumônières, dans les quatre couleurs de l'année liturgique : le vert pour le temps ordinaire, la Pentecôte et la Trinité, le rouge pour le temps précédant l'Avent, le violet pour l'Avent et le carême, et le blanc pour Noël, l'Épiphanie et Pâques. Violet s'était vu assigner le violet (« Je ne pouvais pas imposer une autre couleur à une Violet ! » avait déclaré Miss Pesel en souriant). À la différence des coussins et des agenouilloirs, les dessins brodés s'inspiraient d'aumônières et de marquoirs élisabéthains que Louisa Pesel avait admirés dans la collection du Victoria and Albert Museum, mais avec un côté plus géométrique. « Je suis une pie voleuse, expliqua-t-elle aux brodeuses. Je dérobe mes motifs dans toutes sortes d'endroits. Il m'est même arrivé de copier des emballages de savon ! » Les aumônières étaient réalisées principalement au point de croix en diagonale, leurs motifs composés surtout de carrés et de losanges, avec, en bordure, des losanges d'un splendide noir et blanc exécutés au point de Hongrie. Des anses métalliques en forme de nœud celtique avaient été conçues exprès pour les aumônières, si bien que, quand on les tenait, le sac ouvrait grand la gueule pour accueillir tout ce qu'on pourrait y déposer, et que la main du donateur se trouvait caressée par la doublure en chevreau que Miss Pesel jugeait indispensable, car son velouté ne faisait qu'accentuer le bonheur de donner.

Un soir Violet travaillait sur son aumônière au coin du feu dans le salon avec les autres, à part Miss Lancaster, affectée à Portsmouth pour une période d'essai. À la radio, l'Orchestre symphonique de la BBC jouait du Elgar, auquel les perruches apportaient leur pépiante contribution. Les cloches de la cathédrale sonnaient au loin, car c'était un mercredi soir d'entraînement. Installée à la table où les pensionnaires mangeaient chaque matin leurs œufs pochés, Miss Frederick corrigeait une pile de copies. Lorsqu'elle soupira pour la troisième fois, Mrs Harvey s'écria : « Tous ces soupirs ! Qu'est-ce qui ne va pas, jeune dame ?

— J'ai le double de travail, grommela Miss Frederick, les cheveux ébouriffés et les mains tachées d'encre. Et la moitié en latin ! Une des enseignantes est partie subitement et j'ai dû reprendre certaines de ses classes. Mon latin est atrocement rouillé, à peine meilleur que celui des élèves ! »

Violet cessa de coudre. Il lui semblait avoir une enclume dans le ventre. Elle s'apprêtait à formuler une question anodine, mais Mrs Harvey, habile à flairer le scandale, la devança. « Partie subitement, dites-vous ? » fit-elle, réprobatrice, car elles savaient toutes ce que signifiait l'expression. Comme quand Olive avait subitement quitté les Assurances des Comtés du Sud.

« Oh, non, ce n'était pas ça, protesta Miss Frederick. Loin de là. L'inverse, plutôt ! » Elle rougit puis pouffa. Un ignoble rire dégoûté que Violet n'aurait jamais imaginé provenir d'une personne aussi douce.

Même Mrs Harvey parut interloquée. « Que voulez-vous dire ? demanda-t-elle.

— Quand est-elle partie ? intervint Violet.

— Aujourd'hui, dit Miss Frederick, répondant à la

question la plus facile. On m'a remis ce paquet de copies à corriger, et je vais reprendre la moitié de ses classes jusqu'à la fin du trimestre, à moins qu'ils ne trouvent une remplaçante avant. Et aucun supplément de salaire pour le surcroît de travail ! Vous n'enseignez pas le latin, par hasard ? » lança-t-elle, comme une bouteille à la mer.

Violet secoua la tête, avalant avec difficulté ; son repas lui remontait dans la gorge. Il y a plusieurs écoles de filles à Winchester, songea-t-elle, et d'autres professeurs de latin. Mais elle savait.

Lorsqu'on frappa à la porte, seule Violet aurait eu quelque raison de relier cette visite au récit de Miss Frederick. Pourtant, elles le firent toutes, échangeant des regards. Miss Frederick alla même jusqu'à se lever, paniquée : elle flanqua les devoirs qu'elle était en train de corriger sur la chaise d'à côté, qu'elle repoussa sous la table pour qu'on ne voie plus les copies.

« Qui diable cela peut-il être ? marmonna Mrs Harvey. Il est presque neuf heures !

— J'y vais, Mrs Harvey, proposa Violet.

— Pas question. C'est moi qui ouvre ma propre porte. » Mrs Harvey se força à se lever et disparut dans le vestibule. Violet se cramponnait à sa broderie. « La fille de Nell Hill pour vous, Violet, cria sa logeuse au bout d'un moment. Deuxième visite en un mois ! »

Miss Frederick la fixait des yeux. Violet aurait aimé lui river son clou, mais aucune remarque assez cinglante ne lui vint. Reposant son ouvrage, elle quitta la pièce, sentant le regard de l'autre pensionnaire qui lui vrillait le dos.

Gilda se tenait dans l'entrée, les yeux rouges et énormes dans son visage maigre. Elle essayait de sourire et de répondre d'un ton joyeux aux commentaires de Mrs Harvey sur le froid de la soirée. « L'heure est plutôt tardive, ma chère, dit la logeuse. Est-ce que tout va bien ?

— Oui, je suis désolée de vous déranger. Je voulais juste dire un mot à Violet à propos de… des broderies.

— On va monter dans ma chambre, suggéra Violet.

— Surtout pas, se récria Mrs Harvey. Il fera trop froid dans votre chambre. Venez dans le salon.

— Ne vous en faites pas pour nous. »

Le regard de la logeuse naviguait de Violet à Gilda, avec une expression changeante. « Vous voulez que je vous monte du thé ?

— Non merci, Mrs Harvey. » Violet n'en pouvait plus d'être scrutée ; elle se retourna et précéda Gilda dans l'escalier. Lorsqu'elle jeta un coup d'œil derrière elle, Mrs Harvey affichait un indéniable froncement de sourcils.

Elle fit entrer Gilda en toute hâte dans sa chambre et referma la porte. « Assieds-toi. » Elle indiqua le fauteuil et alla chercher le brandy et deux verres dans le placard. Versant un doigt d'alcool dans chaque verre, elle en tendit un à Gilda et se jucha sur le bord du lit. « Bois, ordonna-t-elle avant d'ajouter, tandis que Gilda absorbait une gorgée : Je sais ce qui est arrivé à Dorothy. »

Son amie tressaillit. « Seigneur, les gens parlent déjà ? Mais ça vient à peine d'arriver ! s'écria-t-elle, gémissante.

— Chut. Ne va pas donner plus de grain à moudre à Mrs Harvey », dit Violet à voix basse.

Gilda prit une inspiration tremblante, tâchant de se calmer. « Comment l'as-tu appris ?

— Miss Frederick, une des pensionnaires ici, enseigne à l'école de Dorothy. Elle vient de nous l'annoncer. Mais elle n'a cité aucun nom, tu n'as rien à craindre.

— Oh, Violet, non seulement Dorothy a perdu son emploi, mais sa famille l'a mise à la porte !

— Mise à la porte ?

— Chassée de la maison ! Elle n'a plus de toit sur sa tête. Je l'ai laissée au Suffolk Arms, où tout le monde nous regardait d'un drôle d'air. Nous ne savons pas quoi faire ! » Gilda pleurait à présent.

« Pourquoi venir me voir moi ? » avait envie de demander Violet, qui s'abstint. Elle se leva et sortit un mouchoir de sa commode. « Elle ne pourrait pas habiter avec toi quelque temps ? » demanda-t-elle en lui tendant le mouchoir.

Gilda frissonna et serra son manteau autour d'elle. « Papa et Joe ont dit non. Ils... ils sont au courant pour nous, maintenant. J'ai de la chance qu'ils me laissent rester, mais c'est à condition que je ne voie plus Dorothy.

— Et... tu as accepté ?

— Bien sûr que non ! » L'indignation fit cesser les larmes de Gilda. Depuis son arrivée, c'était la première fois qu'elle redevenait un peu elle-même. « Enfin... je n'ai ni accepté ni refusé. J'ai dit qu'on en discuterait demain matin. » Elle se moucha.

« Ils te croient où en ce moment ?

— Je leur ai raconté qu'il y avait une réunion de broderie. Violet... » Gilda tourna ses yeux rouges vers elle. « Penses-tu que... Est-ce que Dorothy pourrait dormir ici ce soir ? Juste pour une nuit, s'empressa-t-elle d'ajouter, le temps de trouver une solution. »

C'était ce que redoutait Violet depuis l'arrivée de Gilda, en fait depuis l'annonce de Miss Frederick – elle craignait d'être entraînée dans leur pétrin. « Je suis désolée, répondit-elle, mais Mrs Harvey a une politique très stricte qui interdit d'héberger des gens la nuit. » Alors même qu'elle prononçait ces mots, elle repensa à la chambre inoccupée de Miss Lancaster.

« On pourrait la faire entrer en cachette quand elle sera couchée.

— Ça ne marchera pas... elle a l'ouïe très fine. Et elle sera d'autant plus à l'affût qu'elle se doute de quelque chose. Dorothy n'a-t-elle pas d'autres amies à qui demander ?

— Aucune qui comprendrait et qui aurait ta gentillesse. »

Violet éprouva une bouffée de fierté, même si elle se savait moins gentille et moins compréhensive que ne le croyait Gilda.

« Qu'est-ce qu'on peut faire ? » Son amie se couvrit le visage de ses mains, mais sans se remettre à pleurer.

Elles restèrent silencieuses quelque temps, à siroter leur brandy. Puis Violet entendit la gamme descendante des cloches de la cathédrale. Lorsqu'elles se turent, la ténor retentit neuf fois.

« Je dois passer un coup de fil, annonça Violet. Et toi tu dois détourner l'attention de Mrs Harvey. »

Elle demeura un moment près du téléphone dans l'entrée, hésitant entre le coup de fil qu'elle voulait passer et celui qu'elle devait passer. Elle entendait Gilda dans le salon qui bavardait avec Mrs Harvey et Miss Frederick. Sa voix était haut perchée et frôlait l'hystérie. Mais Gilda parvenait à tenir son rôle et même à faire rire Mrs Harvey.

Violet avait une envie folle d'entendre au bout du fil la voix ferme d'Arthur. Elle aurait aimé l'arracher à ses fléchettes ou à son *cribbage* et être rassurée par son ton à la fois raisonnable et heureux d'avoir de ses nouvelles.

Mais il était à vingt-deux kilomètres, il était sonneur de cloches, et il vivait dans un autre monde. Elle devait s'appuyer sur son monde à elle. Elle décrocha.

« Bien sûr, dit Louisa Pesel quand Violet lui expliqua sommairement la situation. Les brodeuses doivent s'entraider. » Violet fut soulagée qu'elle ne demande pas de détails.

« Qu'est-ce que tu lui as dit ? » demanda Gilda alors que toutes deux descendaient la colline vers le pont et la Grand-Rue, encore mortifiées par le regard perçant de Mrs Harvey et ses remontrances sur l'heure tardive.

« Seulement que Dorothy avait des problèmes familiaux et besoin d'un toit pour une nuit ou deux. Elle aura de quoi payer la chambre ?

— Elle a un peu d'argent à la banque. Elle économisait pour qu'on parte en vacances cet été. On devait aller dans la région des Lacs. »

Violet les imaginait, gravissant les montagnes, visitant le cottage de Wordsworth, riant dans des salons de thé, se promenant en barque sur un des lacs. Elle ressentit une pointe de jalousie, avant de se rappeler dans quelle mauvaise posture se trouvaient à présent les deux femmes.

L'atmosphère était paisible au Suffolk Arms, très différente du réveillon. Tout le monde leva la tête quand Gilda et Violet entrèrent. Quelques hommes étaient éparpillés dans la salle ; Violet ne put s'empêcher de chercher celui du maïs, mais il n'était pas là. Le piano était silencieux, couvercle rabattu. Dorothy était assise dans un coin sombre, les yeux fermés. Un verre de sherry à moitié plein et un grand verre d'eau étaient posés sur la table devant elle. Elle leva le regard lorsqu'elles approchèrent. « Bonjour, Violet, dit-elle. Tu viens à mon secours ?

— Exactement, répondit Gilda. Et elle s'est surpassée !

— Je ne sais pas trop. En tout cas, on ferait mieux d'y aller. » Les yeux braqués sur leur trio mettaient Violet mal à l'aise. « Ce n'est pas la porte à côté, et il est tard.

— Laissez-moi juste finir ça. » Dorothy prit le verre de sherry, déclara : « *In vino veritas* », et le vida. Elle s'empara ensuite du verre d'eau. « *In aqua sanitas*, ajouta-t-elle, avant d'en avaler une gorgée. Bien. Je suis prête pour ma prochaine aventure. » Ramassant le petit sac à ses pieds, elle s'exclama : « *Via trita, via tuta !* Sentiers battus, sentiers plus sûrs, et les sentiers battus ne sont pas pour moi.

— Elle est un peu ivre, chuchota Gilda. Qui irait le lui reprocher ?

— Dorothy, tu as réglé ta consommation ? »

Dorothy haussa les épaules.

Violet soupira. « Je m'en occupe. Emmène-la dehors. »

Elle avait commandé trois sherries, lui apprit le barman, soit ce que lui coûtait son film hebdomadaire aux meilleures places. L'homme attendit que Violet ait payé et que les pièces aient atterri dans le creux de sa main pour dire : « Ne revenez pas ici. Aucune de vous. »

Violet se détourna prestement pour qu'il ne voie pas sa mine bouleversée. Elle adopta une expression d'une parfaite neutralité en rejoignant les deux autres à l'extérieur. Dorothy tenait le visage de Gilda dans ses mains. « *Nil desperandum. Omnia vincit amor*.

— Parle donc anglais ! s'écria Gilda. Je me sens idiote.

— Il ne faut jamais désespérer. L'amour triomphe

de tout. » Dorothy l'embrassa sur le front. « Horace et Virgile. »

Me voilà bel et bien embringuée dans leur histoire, songea Violet. Elle aurait aimé faire machine arrière, laisser Gilda accompagner Dorothy jusqu'à l'hôtel où habitait Miss Pesel, et rentrer se coucher. Arthur ne ferait pas ça, se gronda-t-elle. Ni Miss Pesel. Ni Gilda.

Elle enfonça résolument son chapeau sur sa tête et dit : « Bon, allons-y. Miss Pesel nous attend. »

Louisa Pesel habitait un hôtel de St Cross, aux confins sud de la ville. Elle s'y était installée l'année précédente, fatiguée de faire le trajet à vélo depuis Twyford, un village plus au sud. « Il faut vraiment que je trouve un logement plus permanent », leur expliqua-t-elle dans le salon bien chauffé de l'hôtel, tandis que les trois femmes dégelaient lentement. Elle portait une épaisse tunique dont l'encolure était brodée d'un dessin géométrique : un motif grec, selon Violet. « Mais le projet de la cathédrale ne m'a pas laissé une minute à moi. Je n'ai pas du tout eu le temps de chercher. Je finirai sans doute par emménager dans un quartier plus proche de la cathédrale. Je voudrais un jardin assez grand, pour mes iris.

— Vos iris ? répéta poliment Violet.

— Oui. C'est une des fleurs que je préfère. Depuis toujours. J'ai fondé une Société des Iris à Twyford, et je compte faire la même chose ici, une fois que j'aurai un jardin. J'ai planté quelques bulbes pour l'hôtel – des barbus blancs, et aussi des violets –, mais je ne suis pas certaine qu'ils en feront grand cas l'été prochain. »

Gilda et Dorothy étaient assises côte à côte sur un canapé, chevilles croisées et genoux rapprochés.

Toutes deux semblaient hébétées et épuisées, et demeuraient muettes. Au moins Dorothy avait-elle dessaoulé au cours de leur marche dans le froid, et ne débitait-elle plus de proverbes latins. Mais il incombait visiblement à Violet de faire la conversation. Il était maintenant dix heures passées, et elle rêvait d'être au lit, en train de lire Trollope.

« Miss Pesel, commença-t-elle, avant de se demander comment poursuivre.

— Bien sûr, ma chère, excusez-moi. La dernière chose dont vous ayez besoin à l'heure qu'il est, c'est d'un cours sur les iris. Alors, Dorothy... – Elle se tourna vers l'intéressée. – Il vous faut une chambre pour quelques nuits, c'est ça ? »

Dorothy hocha la tête.

« Nous sommes un bon nombre ici à habiter l'hôtel au mois, mais certaines chambres sont louées à la nuit. J'ai demandé au directeur, et il y a une chambre libre. Elle est toute petite, mais elle est aussi moins chère. Et puis vous ne devez pas avoir beaucoup de bagages... » Elle jeta un coup d'œil au sac de Dorothy. « J'espère quand même que vous avez emporté votre broderie ! »

Violet crut qu'elle plaisantait, mais lorsque Dorothy acquiesça, Miss Pesel reprit : « Parfait. Quand un bouleversement survient, rien ne vaut les travaux d'aiguille pour recouvrer calme et concentration. Bon, je crois que nous devrions laisser nos deux amies aller se coucher, non ? Je vais vous faire voir la chambre. J'ai la clé. Les filles, vous allez pouvoir rentrer seules ? Ou voulez-vous que je demande au directeur de vous raccompagner ?

— Ça ira très bien, merci », répondit Violet.

Louisa Pesel appliquait sa vitalité de brodeuse à cette situation inédite, et – au grand soulagement de Violet – ne manifestait ni jugement, ni réel désir de savoir pour quelle raison Dorothy avait besoin d'une chambre. Peut-être ne faisait-elle que se montrer discrète.

Dorothy se leva, plus fringante qu'elle ne l'avait été de toute la soirée. Elle sourit à Gilda. « *Dum spiro spero* », murmura-t-elle.

Louisa Pesel approuva. « Très juste. Tant qu'il y a de la vie, il y a de l'espoir. Toujours. »

# CHAPITRE 19

Pas plus le lendemain que le surlendemain, Violet ne se précipita chez Gilda après le bureau pour prendre des nouvelles de Dorothy et elle. En faisant ses courses dans la Grand-Rue le samedi, elle s'abstint de flâner et de chercher ses amies, même si elle tomba sur Louisa Pesel à la bibliothèque, en train de fouiller parmi les volumes restitués. Elle tenait un exemplaire de l'*Histoire naturelle de Selborne* de Gilbert White. « Je le relis si souvent que je ferais mieux de me l'acheter, dit-elle. J'étais aux anges d'emménager près de Selborne après avoir si bien connu la ville par ce livre. Vous l'avez lu ?

— Mon père, oui, mais moi non. Je devrais. »

Miss Pesel lâcha alors spontanément que Dorothy était toujours à l'hôtel. « Je lui ai trouvé des cours de latin à donner à des filles d'amies. Ça l'occupera en attendant. »

Violet se demanda ce qu'elle savait de l'éviction de Dorothy, tant de son école que de chez elle. Peut-être ne savait-elle rien et n'avait-elle pas posé la question. Violet se félicitait que Miss Pesel ait pris si naturellement les choses en main ; elle avait d'autant plus honte de son propre manque de générosité.

À la réunion des brodeuses du mercredi, Gilda

fit son apparition, les traits amaigris, blafards et fatigués. S'asseyant à côté de Violet, elle chuchota : « Je suis venue seule aujourd'hui. Dorothy viendra le lundi, quand elle viendra. Mieux vaut éviter de nous montrer ensemble pour l'instant. » Ce bref échange murmuré suffit à éveiller l'attention des autres brodeuses. L'atmosphère dans la salle changea : plusieurs femmes haussèrent les sourcils en se regardant, et Maureen eut un petit rire nerveux, même si elle se calma quand Violet plissa le front et secoua la tête.

« On déjeune après ? » proposa-t-elle, pensant qu'il serait plus facile de parler à ce moment-là.

Gilda accepta et elles ne parlèrent plus que de leur broderie.

« Nous devons être très prudentes, expliqua Gilda tandis qu'elles mangeaient leur toast au fromage chez Awdry. Quand je pense comme on était insouciantes, mais maintenant… Dorothy ne peut plus approcher de la maison ou du garage. Moins à cause de papa et Joe que de l'affreuse Olive. On pourrait croire qu'elle aurait assez à faire avec le bébé, mais je la surprends tout le temps à écarter les rideaux et à scruter la rue, espérant sûrement repérer Dorothy en train de rôder dehors.

— Que va-t-elle faire ?

— Dorothy ? Chercher une chambre, mais, sans emploi, pas évident de gagner la confiance d'une logeuse. Je doute qu'elle trouve un autre poste d'enseignante à Winchester. Les écoles se connaissent entre elles, et les gens parlent. Elle va être obligée de s'éloigner, d'aller à Southampton, Portsmouth ou Salisbury. Mais personne ne recrute en milieu d'année. Au mieux, elle décrochera des remplacements, et des cours particuliers. Miss Pesel a été formidable, mais même elle ne peut pas faire de miracles. »

Gilda soupira, et Violet eut un pincement au cœur en voyant que son amie avait perdu sa *joie de vivre*.

Gilda retourna au garage et Violet au bureau. Maureen y était déjà en train de taper à la machine, le dos raide de réprobation. Violet l'ignora et s'installa devant sa pile de formulaires. Il faisait froid dans la pièce, le radiateur chauffait à peine ; elle garda son manteau.

« Je vous ai vues chez Awdry toutes les deux », annonça Maureen.

Violet continua à taper sans rien dire.

« Tu devrais faire attention, Violet. Les gens parlent. »

Violet s'interrompit. « C'est une menace ?

— Non ! Ce n'est pas de moi que tu dois te méfier. Tu veux garder ta place ici, pas vrai ? »

La peur parcourut le corps de Violet comme un courant électrique. Dire que sa précieuse indépendance reposait sur ce boulot consistant à taper des documents censés assouvir le besoin de sécurité d'autrui. « À mon avis, Mr Waterman se préoccupe surtout de ma vitesse et de ma précision de frappe, pas des personnes avec qui je mange un toast au fromage. »

Maureen haussa les épaules. « J'essaie de te mettre en garde, c'est tout.

— Tu parles d'une amie à moi, et j'apprécierais que tu n'abordes plus le sujet. »

Maureen grommela. « Inutile de prendre la mouche. »

Elles se remirent à taper, fronçant les sourcils et soufflant sur leurs mains pour les réchauffer.

Toutes deux sursautèrent quand Mr Waterman apparut dans l'encadrement de la porte. « Pouvez-vous venir un instant dans mon bureau, Miss Speedwell ?

— Bien sûr. » Alors qu'elle se levait pour le suivre, Violet lança un coup d'œil à Maureen, s'attendant à lui voir une mine triomphante. Mais sa collègue avait l'air malheureuse, les yeux sur ses mains qui gisaient, immobiles, sur le clavier de sa machine à écrire.

« Bon, commença Mr Waterman après avoir fermé la porte et l'avoir conviée à s'asseoir, c'est une affaire assez délicate. Vous allez bien, Miss Speedwell ? Vous êtes toute pâle.

— J'ai... j'ai un peu froid.

— Ah ! Je vais régler ça tout de suite. » Il se leva d'un bond et orienta vers elle le radiateur placé près de sa table de travail.

Violet contempla l'appareil. Un seul radiateur pour deux dactylos. Et le même radiateur pour un chef tout seul. Une fureur soudaine l'envahit et elle ne put s'empêcher de déclarer : « Il fait très froid dans notre bureau, Mr Waterman, et Maureen et moi n'avons qu'un seul radiateur. C'est pour cela que nous gardons nos manteaux. Serait-il possible d'en avoir un autre ?

— Oh ! mon Dieu, je ne m'étais pas rendu compte. » Mr Waterman tripota nerveusement les papiers sur sa table et renversa un pot de crayons.

« Pourrai-je aller en acheter un tout à l'heure chez Kingdon ? s'enquit-elle tandis qu'il remettait en hâte stylos et crayons dans leur pot. Nous avons un compte là-bas, et je pourrais nous prendre un autre Belling comme celui-ci... ça ne coûtera pas plus de trois livres, je pense. » Violet avait regardé des radiateurs pour sa chambre chez Mrs Harvey, mais n'avait pas les moyens de s'en offrir un. « Sinon, j'ai peur que notre rendement décline tant qu'il fera froid comme ça.

— Eh bien, euh, je... euh. »

Violet attendit.

« Très bien, Miss Speedwell, céda-t-il avec un soupir. Si vous le dites.

— Merci. » Il va peut-être me renvoyer, mais au moins ma remplaçante travaillera dans une pièce un peu moins glaciale. Une petite victoire.

Ils demeurèrent silencieux un moment. Mr Waterman était tellement désarçonné par la requête de Violet qu'il semblait avoir oublié que c'était lui qui l'avait fait venir. « Vous vouliez me voir ? l'aida-t-elle.

— Oui. Oui. Eh bien, euh, c'est à propos des femmes avec qui vous brodez. »

Violet avala sa salive. Manifestement, l'histoire de Gilda et Dorothy était parvenue aux oreilles de Mr Waterman. « Oui ?

— Je… c'est très délicat, voyez-vous. Je ne veux provoquer ni inquiétude ni rancœur. Je veux agir comme il convient. »

Violet attendit.

« Il semble que ma femme se soit entichée des coussins que vous faites pour la cathédrale.

— Je suis heureuse qu'ils lui plaisent.

— À tel point qu'elle voudrait qu'on lui en fasse dans le même style pour nos chaises de salle à manger.

— Elle… Ah bon ?

— Oui, mais elle ne veut pas s'adresser à Mrs Biggins. Elles se sont disputées, voyez-vous, à propos du roulement établi pour la décoration florale de l'église. Mrs Biggins estimait que ma femme bénéficiait des semaines où les fleurs du jardin étaient le plus belles. Quoi qu'il en soit, nous nous sommes dit qu'il valait mieux emprunter un autre biais. C'est pourquoi je m'adresse à vous. Nous ne pouvons pas vous le demander à vous ou à Miss Webster, ce n'est pas que je doute de vos compétences, mais il serait déplacé de faire appel à une employée.

Néanmoins… si par hasard vous pouviez me recommander quelqu'un ? »

Cette requête était si éloignée de ce que redoutait Violet que son esprit resta figé sur l'image des deux femmes en train de se battre pour une histoire de bouquets.

« Miss Speedwell, vous êtes sûre que vous allez bien ? » Violet se ressaisit. « Pardon. Vous m'avez prise au dépourvu. Soyons bien clairs : vous proposez de payer une brodeuse pour vous fabriquer des coussins ?

— Oui, oui, répliqua Mr Waterman avec impatience. On dirait que tout est toujours une question d'argent avec vous, Miss Speedwell ! »

Là, Violet faillit perdre son sang-froid, mais elle se refréna : c'était l'occasion pour une brodeuse de gagner de l'argent, et elle savait qui en avait besoin. « La vie n'est pas facile pour les femmes indépendantes, répondit-elle avec autant de douceur qu'elle put. L'argent est souvent primordial quand on en a très peu. Il se trouve que je connais une brodeuse de talent qui pourra peut-être vous dépanner. Et pas la peine d'impliquer Mrs Biggins. Je pourrai demander à Miss Louisa Pesel de vous téléphoner pour discuter des conditions au nom de la brodeuse. Elle saura mieux évaluer le travail que représente cette commande.

— Excellent, approuva Mr Waterman, qui avait l'air gêné de s'être emporté. Très bien, Miss Speedwell. J'attendrai des nouvelles de Miss Pesel. Merci.

— Je m'en vais acheter ce radiateur pour notre bureau, annonça Violet en se levant. Si je fais vite, je serai revenue de chez Kingdon avant la fin de la pause-thé. » Elle fila avant que Mr Waterman n'ait le temps de changer d'avis, pour les coussins comme pour le radiateur.

Lorsqu'elle passa prendre son chapeau et ses gants, Maureen la regarda, éberluée. « Il ne t'a quand même pas déjà renvoyée ? gémit-elle. Je pensais qu'il te donnerait un avertissement, c'est tout ! Violet, je suis désolée. Vraiment. Je sais que Gilda et Dorothy n'y peuvent rien. Elles n'ont pas le choix, n'est-ce pas, avec le peu d'hommes qu'il y a ?

— Ce n'est pas ça du tout, riposta Violet avec vigueur. Mais peu importe. Nous allons avoir du chauffage ! »

# CHAPITRE 20

Le premier mercredi de février, celui où Arthur devait recommencer à sonner, Violet se rendit à une séance de broderie de l'après-midi. En arrivant, elle fut étonnée de voir que Gilda n'était pas là, mais que Dorothy travaillait tranquillement dans l'angle de la pièce. Elles se saluèrent de la tête, sans un mot. Si Dorothy avait certes peu d'échanges avec les autres brodeuses, l'atmosphère était moins glaciale avec elle qu'avec Gilda. Gilda était populaire, si bien que le sentiment de trahison avait été plus prononcé : on avait cru en quelqu'un à qui on ne pouvait plus faire confiance. Dorothy ayant toujours constitué un mystère, elle s'avérait plus difficile à juger.

Au bout d'une heure, Louisa Pesel fit son apparition. Tapant des mains pour obtenir l'attention des ouvrières, elle annonça : « Quinze jours, mesdames. Nous avons quinze jours pour achever notre travail avant l'office de Présentation des Broderies. Les agenouilloirs avancent bien et les aumônières sont presque terminées. La broderie de six coussins de stalle est elle aussi terminée, il ne reste qu'à les assembler. Plusieurs coussins de banquette sont bien avancés aussi, mais ils ne seront pas prêts pour cet office-ci. Peu importe, il y en aura plein d'autres.

Bon, si vous avez un ouvrage à finir, vous êtes priées de vous concentrer dessus. Si vous êtes libres, venez me voir, que je vous confie de nouvelles missions. Mrs Way notera ce que vous êtes censées faire. »

Mrs Biggins avait dit à peu près la même chose au début de la réunion, mais venant de Miss Pesel, ces propos furent pris plus au sérieux. Une queue se forma sans tarder pour la consulter ; Mabel Way se tenait à ses côtés, armée d'une planche à pince. Violet n'avait pas besoin de la consulter : elle travaillait toujours sur la deuxième moitié des aumônières, et n'aurait besoin de conseils qu'au moment de l'assemblage.

Lorsqu'elle rejoignit l'armoire pour s'approvisionner en laine violette, elle tomba sur Dorothy, qui examinait des aiguilles. Elles se dirent bonjour mais leurs regards ne se croisèrent pas.

« Je crois que c'est à toi que je dois ma commande de coussins, déclara Dorothy, extrayant deux aiguilles d'un porte-aiguilles brodé et les brandissant dans les airs pour comparer leur taille. Je vais être payée, merci.

— Inutile de me remercier, ça m'a fait plaisir. Miss Pesel a-t-elle négocié pour toi ?

— Oui. Je pense que les Waterman ne se rendaient pas compte du temps qu'il faut pour broder un coussin. Mais elle va simplifier les motifs pour me faciliter la tâche. Et puis, maintenant que je n'ai plus de copies de latin à corriger, j'ai beaucoup plus de temps libre le soir.

— Tout se passe bien à l'hôtel ?

— Pour l'instant. » Dorothy replaça le porte-aiguilles sur une étagère du placard, adressa un bref sourire à Violet, puis se faufila derrière elle pour rejoindre la queue. Les rencontres avec Dorothy avaient beau la mettre mal à l'aise, Violet était vexée de s'être fait plus ou moins éconduire. Le rêve de résoudre les problèmes de Dorothy et Gilda s'était envolé. La réalité avait pris le dessus.

Après la réunion, elle se glissa dans la cathédrale pour assister au bref office du soir célébré quotidiennement durant la semaine, et aussi dans l'espoir de tomber sur Arthur. Elle ne l'avait pas vu ni n'avait eu de ses nouvelles depuis le réveillon, et avait passé une grande partie de ses loisirs à penser à lui et à se le reprocher.

Comme elle était en avance, elle s'arrêta à la chapelle des Pêcheurs. Il n'était pas rare qu'elle y découvre un visiteur, en général un pêcheur à la ligne se recueillant devant la tombe d'Izaak Walton. Cette fois, à sa grande surprise, il s'agissait d'Arthur, assis sur un des petits bancs en face d'un vitrail représentant le Christ sur un trône, entouré de plusieurs saints. Elle faillit l'interpeller, mais se retint, et prit place à côté de lui, le banc grinçant sous son poids. Il se tourna pour la regarder, mais, chose étonnante, il ne sourit pas. Il avait les traits tirés.

« Arthur, que se passe-t-il ? » chuchota Violet.

Long silence.

« Hitler, répondit-il, sans prendre la peine de parler à voix basse. Hitler, bon Dieu, voilà ce qui se passe. »

Il n'était pas du genre à jurer. Comment ça ? fut-elle tentée de demander. En quoi cela nous concerne-t-il ? Mais Violet se souciait trop d'Arthur, et de ce qu'il pensait d'elle, pour réagir si impulsivement. Elle s'accorda un moment pour réfléchir. Elle avait entendu à la radio qu'Hitler était devenu chancelier d'Allemagne deux jours plus tôt, après des semaines de machinations politiques qu'elle n'avait pas suivies de près. Elle se souvenait que quelqu'un avait été évincé.

« Vous pensez qu'il a des chances de durer ? » demanda-t-elle, car elle avait eu vent de ce doute-là. Les gens prédisaient qu'un chef de parti minoritaire semant autant la dissension ne resterait pas longtemps au pouvoir. Comment un homme aux opinions aussi tranchées et radicales pourrait-il diriger efficacement un pays ?

« Qu'il soit arrivé jusque-là prouve son endurance, répondit Arthur. Les Allemands cherchent quelqu'un qui les sorte du gouffre économique dans lequel ils se trouvent, gouffre que nous avons contribué à creuser avec nos traités et nos plans punitifs. Nous avons été d'une grande bêtise après la guerre de nous obstiner à nous venger au lieu de régler le problème pour qu'un pareil drame ne se reproduise pas. La fierté des Allemands a été blessée par la défaite, et nous ne leur avons donné aucun moyen de retrouver leur dignité. Nous les avons conduits vers l'extrémisme, et nous allons en payer le prix.

— Vous voulez dire que… » Violet s'interrompit, parce qu'elle n'avait pas envie de prononcer le mot. Quand on a subi la chose une fois, on ne peut pas imaginer la subir à nouveau.

« Les valeurs d'Hitler ne sont pas les valeurs britanniques, quoi que prétende le *Mail*, déclara Arthur. Si les Allemands le soutiennent, rien ne le destituera sinon la guerre. »

Violet frissonna. Elle pensait à Eddie. Il n'avait que sept ans, mais les guerres avaient le don d'emporter les jeunes. Heureusement, ils ont eu une autre fille, songea-t-elle. La petite fille de Tom et Evelyn était née quinze jours avant. Ils lui avaient donné Violet comme deuxième prénom, ce qui l'avait flattée, même s'il était associé au premier prénom assez ingrat de Gladys.

Elle essuya une larme, puis s'aperçut qu'Arthur avait placé sa main sur la sienne. Une bouffée de joie l'envahit qui balaya Gladys, Eddie, Hitler et la crainte de la guerre. Elle retourna sa main pour lui enlacer les doigts. Malgré le froid de la chapelle des Pêcheurs, la main d'Arthur était chaude.

C'était si bon d'avoir la main d'Arthur dans la sienne qu'elle en aurait crié de joie. Elle se calma en étudiant le vitrail devant eux. Sous le Christ et les saints il y avait diverses citations bibliques en rapport avec l'eau et les poissons : *L'Éternel était sur son trône lors du déluge, Apportez des poissons que vous venez de prendre, Je vous ferai pêcheurs d'hommes*. Les parties religieuses du vitrail étaient assez belles, mais ses préférées étaient deux portraits dans les coins inférieurs gauche et droit où on voyait Izaak Walton lui-même, en habit puritain à col blanc et chapeau noir. Dans les deux cas, il était assis au bord d'une rivière sinueuse, avec sa canne à pêche et son panier. Sur l'un, un homme l'accompagnait et un pique-nique était déployé ; au-dessous on lisait : *Rendez grâces en toutes choses*. Sur l'autre, il était seul, en train de lire un livre, la canne à pêche inutilisée à côté de lui ; dessous étaient inscrits les mots : *Mettez votre honneur à vivre tranquilles*.

« Cela m'a toujours plu que Walton ne soit jamais en train de pêcher sur ces vitraux, dit-elle, en les indiquant de la tête. Ça l'aurait beaucoup amusé. Le maître verrier avait le sens de l'humour. »

Arthur lui lança un regard oblique. « Vous avez lu *Le Parfait Pêcheur à la ligne* ?

— Oui, quand j'étais plus jeune.

— Je ne crois pas avoir jamais rencontré une femme qui l'ait lu.

— Disons que je l'ai plus feuilleté que lu *in extenso*. C'était pour faire plaisir à mon père.

— Il était pêcheur ?
— Oui. Et vous ?
— Bien sûr. La Test est la meilleure rivière du pays pour la pêche à la mouche. Il serait impensable d'habiter à côté et de ne pas en profiter… même si je ne suis pas un pêcheur invétéré. Je pêche quand j'ai besoin de m'évader quelques heures et qu'il n'y a pas de cloches à sonner.
— Mon père disait toujours qu'un pêcheur passait autant de temps à ne *pas* pêcher qu'à pêcher.
— Très juste. Et à ne pas penser. Nous avons tous besoin de faire des choses qui nous sortent de nous-mêmes.
— Taper à la machine me fait cet effet-là. Et la broderie, qui est plus satisfaisante, bien sûr, puisqu'il en résulte quelque chose de beau.
— De la pêche, on rapporte un poisson à manger.
— C'est vrai. »
Ils se turent.
« Arthur, j'ai toujours votre mouchoir de notre première rencontre. Je ne vous l'ai pas rendu.
— Je sais. Ça me plaît que vous l'ayez. » Il marqua une pause. « Violet, j'ai touché un mot à Jack Wells. Il est venu au Five Bells un soir. Je lui ai dit de vous laisser tranquille, sans quoi il aurait affaire à moi et à la police. »
Violet essaya de ne pas frissonner. « Comment… comment a-t-il réagi ? »
Arthur grimaça. « Par des menaces. » En voyant son expression affolée, il ajouta : « Ne vous inquiétez pas. Bob, le tenancier du pub, l'a envoyé paître, et lui a interdit de revenir. On ne le verra plus.
— Merci. » Le sentiment que quelqu'un s'occupait d'elle et veillait à sa sécurité lui donnait envie de pleurer. Elle était également consciente qu'ils se tenaient encore fermement la main, et se demanda

comment cette étreinte allait prendre fin, et qui y mettrait fin.

Ce furent les enfants de chœur qui s'en chargèrent. Ils se mirent à chanter, rappelant à Violet qu'elle était censée assister aux vêpres. Sans le vouloir, elle remua à peine la main, et Arthur la lâcha.

Ils se levèrent ; la situation aurait pu être gênante, mais non. Le contact de leur main avait transmis à Violet quelque chose de concret qu'elle conserverait et chérirait toujours, quoi qu'il advienne. C'était comme recevoir une pièce dont on a pu éprouver la solidité métallique dans le creux de sa main ; qu'on la dépense ou non, on en connaissait la valeur.

« Êtes-vous impatient de recommencer à sonner ici ? demanda-t-elle tandis qu'ils quittaient la chapelle des Pêcheurs.

— Oui. Je ne pensais pas que ça me manquerait autant, puisque je peux encore sonner à Nether Wallop, mais je serai heureux de retrouver un ensemble qui a plus de cinq cloches.

— Croyez-vous que William Carver vous en veut toujours ? Va-t-il vous mettre à la plus mauvaise cloche ? »

Arthur sourit. « Il n'y a pas de mauvaise cloche, même si certaines constituent un plus grand défi que d'autres. Et William aura tourné la page. Il aura le sentiment de nous avoir punis et cela suffira. Mais Keith l'a encore mauvaise. Il faudra que je lui touche un mot avant, et que je l'aie à l'œil. On dit que les roux sont coléreux, je commence à croire qu'il y a du vrai. »

Ils atteignirent le couloir du transept sud au moment où le chœur finissait de chanter. « Vous venez aux vêpres ? » chuchota Violet.

Arthur secoua la tête. « Je dois m'entretenir avec William et je le retrouve pour dîner de bonne heure.

— Viendrez-vous à la Présentation des Broderies le 16 ? » Violet ne voulait pas le quitter sans savoir quand elle le reverrait.

Arthur lui jeta un regard. « Je ne pense pas que ce soit une bonne idée. »

Violet se représenta la cérémonie bondée de femmes de Winchester prêtes à colporter le ragot qu'Arthur Knight avait assisté à l'office des brodeuses. « Vous avez sans doute raison. Mais j'aurais aimé vous montrer notre travail. »

Debout en haut des marches, pour veiller au bon déroulement du service, un bedeau les observait d'un air réprobateur, exactement comme Mabel avec Violet des mois plus tôt.

« Vous en aurez l'occasion, murmura Arthur en l'attrapant par le coude et en l'entraînant plus loin vers la nef. Que diriez-vous de nous retrouver dans quinze jours ? Vous me montrerez les coussins et nous irons dîner, avant que j'aille sonner.

— D'accord. J'en serai ravie. » Ce n'était pas un rendez-vous galant ; c'était plus que cela.

Ils se regardèrent. « Merci, dit-il.

— Il n'y a pas de quoi. C'est moi qui devrais vous remercier.

— Il y a de quoi. Vous m'avez écouté discourir sur Hitler, et vous avez changé de sujet pour parler d'Izaak Walton. De ce qui compte vraiment. Et vous avez eu raison. Je vous suis redevable, Violet Speedwell. »

# CHAPITRE 21

Alors qu'il restait une petite semaine avant l'office des brodeuses, une des ouvrières tomba malade et Violet fut chargée de terminer son aumônière, qui présentait le même motif que celle qu'elle venait de faire. Elle dut travailler tard dans le salon après le départ des autres pensionnaires, tenant même plus longtemps que Mrs Harvey, à qui elle assura qu'elle penserait à couvrir le feu et à éteindre les lumières. L'admiration de Mrs Harvey pour l'œuvre des Brodeuses de la Cathédrale l'emportait sur ses soupçons à l'égard de Violet et Gilda, même si elle marmonnait encore que Nell Hill serait horrifiée d'entendre les rumeurs qui couraient sur sa fille. Elle adressait alors à Violet un regard insistant, comme si elle espérait d'elle une confirmation ou un éclaircissement. Mais Violet se contentait de changer de sujet.

Elle aimait être assise au coin du feu avec la radio pour seule compagnie, du moins jusqu'à minuit et l'arrêt des programmes sur la formule « *God Save the King* ». Le silence ajouté à sa concentration sur son ouvrage lui faisait oublier Gilda et Dorothy, et parfois Arthur, même si elle s'autorisait un sourire à la perspective de dîner bientôt avec lui.

Le lundi soir précédant l'office du jeudi, Violet

venait de couper le dernier brin de laine blanche et admirait son ouvrage terminé – le lendemain Miss Pesel assemblerait prestement les deux parties, puis doublerait l'aumônière de chevreau – quand le téléphone sonna dans le vestibule. Elle sursauta et jeta un coup d'œil à la pendule sur la cheminée : minuit moins le quart. Personne n'appelait à une heure aussi tardive, sinon pour une urgence. Bien sûr, l'appel devait concerner Mrs Harvey : elle avait des petits-enfants qui risquaient de tomber malades, et un gendre qui avait tendance à rouler trop vite. Mais depuis que Gilda était apparue à la porte, Violet redoutait que tout imprévu frappant cette demeure n'ait forcément un lien avec elle.

Elle ne voulait pas que ses problèmes réveillent la maisonnée, aussi, après une seconde d'hésitation, se dépêcha-t-elle de rejoindre l'appareil. Elle décrocha et annonça : « Winchester 438 », tâchant d'imiter le ton résolu de sa logeuse.

« Violet. » La voix de Tom était tellement claire qu'il aurait pu se tenir à côté d'elle, et lui parler à l'oreille. « Pardon d'appeler si tard, mais c'est à propos de maman. »

Violet s'y attendait si peu qu'elle faillit éclater de rire. Elle étouffa cet élan juste à temps. « Que se passe-t-il ?

— Elle a eu une sorte d'attaque. Apoplexie, pensent les médecins. Pas trop grave, mais on a dû l'emmener au Borough Hospital. C'est de là que je t'appelle. » Le Borough Hospital était l'endroit où Tom était né, où le bras cassé de George avait été placé dans une attelle, où le père de Violet était mort des suites d'une crise cardiaque. « Pas trop grave », avaient-ils dit là aussi.

« Oh, mon Dieu. » Elle savait qu'elle aurait dû le questionner, mais elle n'éprouvait rien ; elle était pétrifiée. « Evelyn est avec toi ? » Mieux valait s'en tenir aux faits.

« Non, elle est avec les enfants. Il n'y a que maman et moi. Les médecins la croient hors de danger, mais ce serait quand même mieux que tu sois là. Je viendrais bien te chercher, mais je ne peux pas laisser maman. Tu connais quelqu'un qui pourrait t'amener en voiture ? Sinon tu pourrais prendre le premier train demain matin. »

Mrs Harvey avait surgi dans l'escalier, en robe de chambre en finette bleu clair. Elle réussit l'exploit de hausser les sourcils tout en plissant le front.

« Je trouverai un moyen pour venir à l'hôpital le plus vite possible », déclara Violet, accentuant le mot *hôpital* à l'intention de sa logeuse. Le plissement de front fut supplanté par une moue compatissante.

« Merci, ma vieille. C'est gentil à toi. » Il avait beau crâner, Tom paraissait jeune et effrayé. Dès qu'il s'agissait des parents, il était difficile de garder une maturité d'adulte. Quand son père était mort, Violet avait pleuré et s'en était prise à sa mère et son frère comme si elle était redevenue une petite fille.

Lorsque Violet raccrocha, Mrs Harvey finit de descendre l'escalier. « Qu'y a-t-il, ma chère ?

— Ma mère a eu une crise d'apoplexie. » En énonçant ces mots, Violet ravala un sanglot. « Je... je dois trouver un moyen de rallier Southampton.

— Je vais mettre la bouilloire à chauffer. »

Comme lors de la crise concernant Dorothy, Violet brûlait de décrocher le téléphone pour appeler Arthur. Une impulsion sans la moindre utilité pratique : il était à vingt-deux kilomètres, et il n'avait pas de voiture. Mais c'était plus fort qu'elle, elle n'arrêtait pas de penser à sa main dans la sienne.

Ce fut Mrs Harvey qui trouva la solution pendant qu'elles buvaient leur thé. En femme de ressources, elle suggéra : « Demandez au frère de Gilda Hill de vous emmener. Les voitures ne manquent pas, dans son garage, et j'ai cru comprendre que sa sœur vous devait bien un service ou deux. »

Dans d'autres circonstances, Violet se serait inquiétée de ce que sous-entendait Mrs Harvey. Là, elle se borna à hocher la tête et monta préparer un sac de voyage au cas où.

Mrs Harvey insista pour l'accompagner dans la nuit glaciale jusque chez Gilda, enfreignant sa règle des neuf heures du soir. À l'évidence, elle se réjouissait de ce drame et tenait à y jouer son rôle à fond, si petit soit-il. Elle affronta même une Olive sidérée lorsque celle-ci ouvrit la porte, un bébé en pleurs calé sur son épaule. « Réveillez votre mari s'il dort, Olive Hill. Et ôtez-moi ce bébé du courant d'air, il va attraper la mort. » Si Violet n'avait pas été aussi engourdie par ce qui arrivait à sa mère, elle aurait été amusée par la mine ahurie de son ancienne collègue.

Mrs Speedwell avait l'air à la fois minuscule et replète dans le lit d'hôpital, petit tonneau à l'abri sous une couverture. Elle avait les yeux fermés. Tom dormait dans un fauteuil à côté d'elle, et Violet ne le réveilla pas, mais resta là à étudier sa mère. Elle paraissait dans les limbes, ni endormie, ni réveillée, ni morte.

Soudain ses yeux s'ouvrirent, et elle dévisagea sa fille, ses lèvres remuant sans produire aucun son. Alors, mère, te voilà enfin muette, songea Violet, qui s'en voulut d'avoir une telle pensée.

Elle s'éclaircit la gorge et Tom se réveilla. « Merci d'être venue, ma vieille », dit-il, se levant d'un bond et l'embrassant sur la joue. Il semblait épuisé. « Comment as-tu fait, finalement ?

— Le frère d'une amie m'a emmenée. Joe Hill... tu l'as rencontré à la messe de minuit. » Joe s'était montré étonnamment disposé à conduire Violet à Southampton ; il avait eu le bon sens d'obéir à Mrs Harvey et d'ignorer les grimaces réprobatrices de sa femme. Son seul dilemme semblait être de décider quelle auto avait le plus besoin de se dégourdir les jambes. Il ne prononça pas un mot durant le trajet, à part les vœux de rétablissement qu'il émit pour sa mère en déposant Violet à l'hôpital.

« Un chic type, dit Tom. Ça me fera plaisir de lui payer une pinte quand tout ça sera fini. »

Violet indiqua le lit d'un signe de tête. « Mère est réveillée.

— Ah, oui ! Maman, dit-il très fort, tu as eu une petite attaque, et nous t'avons emmenée à l'hôpital. Mais le médecin n'est pas inquiet, il dit que tu seras très vite sur pied. »

Les yeux bleu pâle de Mrs Speedwell fixèrent ceux de Tom, sans la moindre expression.

« Tu es sûr qu'elle va bien ? chuchota Violet. Elle ne... réagit pas.

— Elle est désorientée. Elle va reprendre ses esprits. » Tom bâilla.

« Tu devrais rentrer dormir un peu, suggéra Violet. Je vais rester avec elle. »

Son frère sembla soulagé. « Merci, ma vieille, tu as raison. Juste quelques heures.

— Appelle tante Penelope demain matin pour la prévenir.

— Bien sûr. Et toi, appelle s'il y a du nouveau. »

En définitive, elle passa quinze heures à veiller sa mère toute seule. Les infirmières entraient et sortaient, venant contrôler tension artérielle et température, apporter un repas qui repartait intact, ou vider une bassine. Violet admirait leur efficacité joyeuse. À une époque, elle avait envisagé une carrière d'infirmière, mais ce métier nécessitait un grand dévouement aux autres et elle n'était pas assez altruiste pour s'engager dans cette voie-là.

Durant ces différents soins, Mrs Speedwell demeurait silencieuse alors même que les infirmières enchaînaient commentaires et questions sans obtenir de réponse. La patiente s'endormait de temps à autre, et Violet en profitait pour sortir se chercher un petit pain au lait ou une tasse de thé. Mais chaque fois qu'elle revenait, sa mère était réveillée, et ses yeux pleins de reproche.

Violet avait oublié d'emporter sa tapisserie – bien qu'elle n'ait plus aucun travail en cours pour le cercle des brodeuses : elle avait chargé Gilda de leur remettre son aumônière terminée. Elle n'avait pas non plus pensé à prendre un livre. Elle réussit à barboter un journal dans la salle d'attente, mais sinon elle fut contrainte de patienter sans rien faire. Ce désœuvrement lui laissa tout le temps de penser à sa mère, quand elle ne pensait pas à Arthur.

Il était plus facile de réfléchir au cas de Mrs Speedwell quand l'intéressée n'était pas en mesure de parler : quand elle ne pleurait pas sur son sort, ne lançait pas de piques contre Violet, ne se plaignait pas de l'éducation qu'Evelyn donnait aux enfants, ou ne reprochait pas à Tom de la négliger. La fermeture bénie de ce robinet de critiques offrait enfin à Violet un silence lui permettant d'éprouver de la compassion. Elle se souvint de ce qu'avait dit Arthur à Nether Wallop : qu'il n'y avait rien de pire pour un parent que la perte d'un enfant, et que sa mère porterait le fardeau de ce chagrin jusqu'à la fin de ses jours.

Elle ne pourra plus jamais être vraiment heureuse, songea Violet en la regardant dormir. La plupart des gens avaient un air paisible, une fois les soucis quotidiens effacés de leur visage. Mais Mrs Speedwell était renfrognée même dans son sommeil. Violet fut tentée de tendre la main pour défroisser le front plissé de sa mère.

Le médecin arriva en milieu de matinée, aussi vieux que Mrs Speedwell et presque aussi irascible. « Où est votre frère ? demanda-t-il, impérieux, à Violet, en s'emparant de la planche à pince accrochée au bout du lit. Je dois parler au chef de famille.

— Le chef est là, dit Violet en désignant sa mère, qui avait ouvert les yeux quand le médecin avait parlé.

— Ne dites pas de bêtises, répliqua le médecin. Je veux dire le parent responsable. » Il jeta un coup d'œil à la planche à pince. « Thomas Speedwell. C'est lui que je cherche.

— Mon frère est rentré dormir un peu. Je suis sa sœur. Vous pouvez certainement vous adresser à moi, non ? »

Le médecin parut dégoûté à cette perspective.

« Parlez à ma fille. »

Violet et le médecin sursautèrent l'un et l'autre. « Mère ! » Violet lui prit la main, étonnamment émue d'entendre sa voix.

« Ah, Mrs Speedwell a décidé de nous faire l'honneur de sa présence, déclara le médecin. Comment vous sentez-vous ?

— Je veux rentrer chez moi. Ramène-moi à la maison, Violet. Pas question qu'une autre infirmière ou un autre médecin vienne me patouiller. » Elle n'articulait pas très bien, mais on la comprenait.

Violet se tourna vers le médecin. « Elle peut rentrer chez elle ?

— Oui, en fin de journée. » Il haussa la voix et parla lentement, comme à une enfant ou à une étrangère. « Vous vous portez comme un charme, Mrs Speedwell. Nous avons tout vérifié, vous avez eu une attaque cérébrale bénigne. Avec un peu de repos, vous devriez vous rétablir complètement. » Il se tourna vers Violet. « Dites à votre frère qu'elle doit rester alitée au moins quatre semaines, sous surveillance. Une infirmière passera deux fois par jour, mais sa famille doit s'occuper d'elle. Vous vous en chargerez ? »

Elle ne savait pas s'il lui demandait de relayer le message à Tom ou de s'occuper en personne de sa mère, mais elle hocha la tête, ne serait-ce que pour se débarrasser de lui.

Après son départ, Mrs Speedwell demanda : « Tu rentres à la maison ? », les yeux braqués sur ceux de sa fille. Violet ne put se résoudre à répondre. Elle pensa à Winchester et à toutes les petites choses qu'elle y avait assemblées ces quinze derniers mois, sa chambre chez Mrs Harvey, le bureau avec Maureen, les brodeuses, Louisa Pesel, Gilda, Dorothy, les sonneurs de cloches, Keith Bain et, surtout, Arthur. Prises séparément, ces choses étaient peut-être insignifiantes, mais, réunies, elles composaient une sorte d'existence. Et une seule question semblait les avoir fait voler en éclats.

Quand Tom reparut en fin d'après-midi, reposé, rasé, et rongé de mauvaise conscience, Mrs Speedwell était habillée et assise sur son lit, prête à partir. « Oh ! Bonjour, maman. Regarde-toi, tu vas vraiment mieux ! Désolé, ma vieille, dit-il en se tournant vers Violet. J'ai fait un somme, mais ensuite Evie n'a pas réussi à calmer Gladys, et puis il a fallu aller chercher les enfants à l'école, bref, le temps a filé.

— Maman a été autorisée à sortir et elle est prête », dit Violet.

Tom eut l'air un peu déconcerté. « Ça alors, c'est

formidable. » Il baissa la voix. « Mais où l'emmène-t-on ? » De toute évidence, il rechignait à la ramener chez lui : il avait déjà suffisamment de personnes à sa charge.

« À la maison, déclara Mrs Speedwell. Je rentre à la maison, et Violet avec moi. »

Une tasse de thé. Non, plus léger que ça. Un autre oreiller pour sa tête. Non, un fauteuil près du feu, plutôt. Pff, le médecin ne sait pas de quoi il parle : rester au lit ne fera que l'affaiblir. Il faut remettre du charbon sur le feu. C'est trop, il va brûler sa robe de chambre ! Un toast avec de la marmelade. Mais pas celle d'Evelyn ; elle ne coupe pas l'écorce d'orange assez fin. Allume la radio. Ah, non, Hitler encore, qu'est-ce qu'ils ont à toujours parler de lui ? Ils ne peuvent pas passer un peu de musique ? Un livre, plutôt, dans ce cas... à lui lire à haute voix. Non, pas Trollope, ça l'endort. Dickens *idem*. Wodehouse... trop frivole. Peut-être le *Journal d'un homme sans importance* ; une valeur sûre.

Alors qu'elle lisait tout haut les aventures quotidiennes de l'infortuné Mr Pooter, de sa très patiente épouse et de son fils rebelle, Violet n'en revenait pas : sa mère, en moins d'une heure, avait ressuscité son envie chronique de fuir la maison. Elle essaya de se rappeler le sentiment qu'elle avait éprouvé pour elle à l'hôpital, cette pitié et cet amour dont Mrs Speedwell, en reprenant du poil de la bête, se passait de mieux en mieux.

Le seul changement par rapport à sa personnalité d'avant était qu'elle dormait davantage. Violet profita de ces siestes pour passer quelques coups de téléphone. D'abord à Mr Waterman, afin de lui expliquer qu'elle allait devoir prendre un congé pour s'occuper de sa mère. « Bien sûr, bien sûr. Quoi de plus normal qu'une fille s'occupe de sa mère ? Combien de congé sans solde comptez-vous prendre ? »

Tiens, tiens, qui ne pense qu'à l'argent, maintenant ? fut tentée de répliquer Violet. « En gros, une semaine.

— Pas plus ? Miss Speedwell, vous êtes sûre de ne pas envisager de vous occuper de votre mère à titre permanent ?

— Absolument.

— C'est le problème que j'ai, voyez-vous, avec les dactylos. Elles me laissent toujours en plan pour se marier ou prendre soin de leurs parents. Je me demande vraiment pourquoi les femmes tiennent tant à travailler. »

Si elle n'avait eu peur de perdre son emploi, Violet aurait rétorqué : parce qu'elles ne veulent pas être des esclaves…

« Je vous serais très reconnaissant de me prévenir, voyez-vous, insista Mr Waterman, pour que je puisse chercher une remplaçante.

— Je ne retourne pas habiter chez ma mère, répéta Violet avec fermeté, tout en essayant de murmurer pour que Mrs Speedwell ne l'entende pas.

— Enfin, c'est vous qui savez. » Au ton de Mr Waterman, on aurait cru que Violet n'en savait rien, mais que lui si.

« Je vous tiens informé dès que je peux. » Violet raccrocha sans dire au revoir. Au besoin, elle arguerait qu'elle était bouleversée et non pas en colère.

Elle appela ensuite Mrs Harvey pour la mettre au courant, et Gilda pour l'avertir qu'elle ne pourrait pas assister à la Présentation des Broderies. Compatissante, Gilda promit de lui raconter la cérémonie par le menu lorsqu'elles se reverraient, et de s'excuser pour elle auprès de Louisa Pesel et des autres brodeuses. « Mais les mères passent en premier, déclara-t-elle, même avant la cathédrale. Quelle chance d'en avoir une à dorloter ! »

Le plus compliqué fut d'appeler Arthur, la personne à qui elle avait le plus envie de parler et l'échange qu'elle voulait le moins que sa mère entende. Mrs Speedwell ne semblait pas vouloir aller se coucher, insistant pour rester dans le salon près du feu quand Tom, Evelyn et Gladys leur rendirent visite. (Les aînés, estimés trop envahissants, étaient gardés par une voisine.) Il était plus de neuf heures et demie lorsqu'ils partirent, et une demi-heure s'écoula encore avant que Violet ne puisse convaincre Mrs Speedwell de rejoindre son lit. Une fois couchée, elle exigea que sa fille continue à lui lire le *Journal d'un homme sans importance*. Violet commençait à trouver lourd de sens le choix de ce roman, dans lequel un parent voit ses espérances surannées trahies par sa progéniture. Mais Mrs Speedwell ne semblait pas opérer le rapprochement. Lorsqu'elle finit par s'endormir au milieu de la scène où le fils annonce ses fiançailles soudaines à ses parents stupéfaits, il était dix heures et demie.

Violet téléphona au Five Bells, certaine qu'Arthur serait retourné chez lui. Quand le patron taciturne décrocha, elle osa à peine demander à lui parler, tant elle était nerveuse. « Je suis désolée d'appeler si tard, réussit-elle enfin à dire. J'imagine qu'Arthur Knight n'est plus là ?

— Il vient de partir. Attendez une minute. »

Violet patienta, sentant des palpitations dans sa gorge.

« Violet ? » appela sa mère depuis l'étage.

Violet pesta dans sa barbe. « Une seconde, mère ! » cria-t-elle, la main sur l'appareil.

« Violet ?

— Arthur. Comment avez-vous su que c'était moi ?

— Bob a reconnu votre voix. Tout va bien ?

— Oui, oui, ça va, merci. Mais ma mère a eu une petite attaque. Apoplexie, pense le médecin. Ce qui fait que je suis à Southampton, pour m'occuper d'elle. Manifestement, je ne pourrai pas vous voir demain. Je suis vraiment désolée. » Elle réprima un sanglot.

« Violet ! » Mrs Speedwell était en haut de l'escalier.

« Oh. Je suis désolé moi aussi. »

Ces mots d'Arthur étaient une corde qu'elle empoigna.

« Il faut que j'y aille. Mais je… je…

— Violet, à qui parles-tu ? Qui est Arthur ? »

Violet raccrocha et lança à sa mère un regard noir, se demandant comment elle réagirait si sa fille répondait : « Je parle au seul homme que j'aie aimé depuis Laurence. » Mais elle dit simplement : « Retourne te coucher, mère. Tu es en plein courant d'air et ce n'est pas bon pour toi.

— Je n'en reviens pas que ma fille soit en train de bavarder au téléphone alors que sa mère est si gravement malade.

— Je n'en reviens pas qu'une mère si gravement malade puisse quitter son lit de souffrance pour espionner les conversations de sa fille. Peut-être n'est-elle pas si malade en fin de compte. »

Mrs Speedwell agrippa sa robe de chambre. « Comment oses-tu suggérer une chose pareille ? Ce que tu peux être méchante et ingrate ! » Elles se foudroyèrent du regard, de retour sur l'habituel champ de bataille de leur relation.

Soudain les traits de sa mère se chiffonnèrent. « Oh, c'est fou ce que ton père me manque », soupira-t-elle, les yeux remplis de larmes.

La colère de Violet s'évanouit instantanément. « Il me manque aussi, dit-elle en s'écroulant sur la marche du bas. Et George. Et Laurence. » Il était rare qu'elle prononce leurs noms devant sa mère.

Les deux femmes se regardèrent : l'escalier entre elles rendait l'honnêteté plus facile. Elle a perdu l'amour de sa vie, songea Violet. Et le fils qu'elle était censée protéger. La pauvre. « Va te coucher, mère, suggéra-t-elle d'un ton plus doux. Je vais te monter de l'eau fraîche. »

Sa mère hocha la tête et regagna sa chambre d'un pas traînant, sans voir que Violet essuyait une larme.

L'état de Mrs Speedwell s'améliora rapidement, si bien qu'au bout de quelques jours elle insistait pour s'habiller et rester en bas, même si elle remontait faire une courte sieste dans la matinée et une plus longue l'après-midi... exactement comme les enfants en bas âge, remarqua Evelyn quand elle passa. Une infirmière venait deux fois par jour prendre sa tension et sa température, et s'assurer que les choses évoluaient dans le bon sens. Depuis leur face-à-face dans l'escalier, Violet et sa mère s'entendaient mieux, ou avaient du moins tacitement décidé d'observer une trêve. Mrs Speedwell ne posait pas de questions sur Arthur, et Violet tolérait ses caprices. Elle allait chercher les tasses de thé, les châles, les lunettes ou le tricot que sa mère gardait sur ses genoux sans jamais y travailler. Elle lui faisait la lecture – terminant le *Journal d'un homme sans importance* et la persuadant d'essayer Somerset Maugham. Elle montait ou baissait le son de la radio, ou éteignait le poste. Elle mettait de l'ordre dans la maison en suivant les directives maternelles, et s'efforçait d'éliminer l'odeur de moisi, mais la chose aurait nécessité de bien aérer toutes les pièces, ce qui était exclu en février.

Violet téléphonait aux voisins et aux amis pour organiser de brèves visites, sortant des biscuits (« Pas trop, insistait Mrs Speedwell, sinon ils resteront là tout l'après-midi à boulotter ! ») et versant l'eau dans la théière. Elle allait faire les courses et préparait des repas tout simples, des omelettes, de la soupe aux poireaux et aux pommes de terre ou de la sole cuite à l'eau, utilisant l'argent de sa mère pour les régaler l'une et l'autre de pêches ou de tronçons d'ananas en boîte, nappés de crème façon melba.

Elle devenait indispensable.

Elle téléphona à Gilda, qui parla à Miss Pesel et lui envoya dessin et fournitures pour qu'elle puisse broder d'autres pourtours de coussins. Elle téléphona à Mr Waterman pour lui demander une deuxième semaine de congé, et avant qu'il n'ait pu l'interroger ou la chapitrer, elle prétendit que sa mère l'appelait et raccrocha. Elle téléphona à Mrs Harvey, qui demanda d'abord comment allait sa mère, puis si elle pourrait continuer à payer son loyer. Elle envisagea de réclamer de l'argent à sa mère, mais craignit que cela ne rompe le fragile équilibre qu'elles avaient réussi à atteindre, et que Mrs Speedwell ne dise simplement : « Tu n'as qu'à revenir à Southampton. »

Elle n'appela pas le Five Bells.

Elle s'occupa aussi de tante Penelope quand celle-ci vint passer quelques jours, mais sa présence n'avait rien d'astreignant : elle était tellement habituée à répondre aux exigences des autres qu'elle en négligeait ses propres besoins. Douce et débonnaire, Penelope préférait réagir à la tyrannie de sa sœur par de petits rires. C'était comme regarder quelqu'un s'acharner sur un oreiller tellement moelleux que les coups de poing demeuraient sans effet. Violet finissait par se croire transportée dans un roman de Jane Austen, mais au moins le bref séjour de sa tante lui accorda-t-il un peu de répit.

Une fois tante Penelope rentrée à Horsham, et après une journée particulièrement éreintante à faire les quatre volontés de sa mère, Violet accueillit avec plaisir, le soir, la visite de son frère. Tom avait pris l'habitude de passer après le travail avant d'aller retrouver Evelyn et les enfants. Mrs Speedwell, à qui elle avait dû lire des nouvelles de Somerset Maugham presque tout l'après-midi, était endormie au coin du feu. Lorsque le « Bonjour ! » de Tom retentit, Violet se précipita à la porte pour lui dire de faire doucement. Il agita une bouteille de brandy. « J'ai pensé que ce ne serait pas de trop pour t'aider à tenir le coup », chuchota-t-il.

Violet le ramena dans la cuisine, où le fourneau maintenait une certaine chaleur, et où ils purent fermer la porte pour parler sans que leur mère entende. Une soupe *mulligatawny* bouillonnait sur un des ronds de cuisson, faisant flotter dans la pièce une agréable vapeur au parfum de viande et de curry.

« Comment va maman aujourd'hui ? demanda Tom tandis que Violet sortait deux verres.

— Bien. Somerset Maugham a fini par l'endormir, mais moi j'aime assez cet auteur.

— Il faut reconnaître, ma vieille, que tu t'occupes rudement bien d'elle. Beaucoup mieux que je n'imaginais. Pardon, se reprit-il. On dirait une critique. Ce n'est pas comme ça que je l'entendais.

— Je sais ce que tu voulais dire. » Violet leur servit à chacun un brandy. « Moi-même je ne pensais pas résister si longtemps. » Elle leva son verre à la santé de son frère et ils burent.

« Et maintenant, ajouta-t-elle, je veux rentrer chez moi. »

Tom resta silencieux un moment. « Tu n'es pas chez toi, ici ? Après tout, tu y as vécu trente-huit ans, alors que tu as passé à peine plus d'un an à Winchester. »

De fait, Violet connaissait chaque angle aigu, chaque marche grinçante et chaque rideau fané de cette maison, au point que tous ces détails se trouvaient inconsciemment gravés dans sa mémoire. Mais cela n'en faisait pas pour autant sa maison.

« Tu ne crois pas être plus utile à t'occuper de maman qu'à taper des formulaires pour des inconnus ? poursuivit-il. Que sont pour toi les Assurances des Comtés du Sud, et toi pour elles ?

— Il n'y a pas que mon travail dans ma vie à Winchester, riposta-t-elle. Il y a aussi les brodeuses. » Elle ne pouvait pas parler des cloches ni d'Arthur, ni de la sensation qu'elle avait d'être en train de se construire là-bas une vie personnelle... de se construire elle-même. Il ne comprendrait pas : lui était déjà construit.

« Maman ne compte donc pas plus que la broderie ? »

À sa manière, son frère utilisait le même genre d'arguments que Mr Waterman. Ce raisonnement lui fit de la peine. « Tu avais dit à Noël que tu étais content pour moi, que j'avais l'air heureuse à Winchester.

— Oui, mais maman n'était pas tombée malade à ce moment-là. Ça change un peu la donne, non ? »

Ils se turent. Violet décida d'ignorer ce que Tom venait de dire. « Je ne vais pas tarder à retourner à Winchester reprendre le cours de ma vie, déclara-t-elle. Je voulais parler avec toi de ce qu'il faut faire de mère. Elle va beaucoup mieux, et même si elle ne le croit pas, je pense qu'on peut la laisser seule. » Violet n'en était pas tout à fait sûre. Quinze jours n'étaient certes pas les quatre semaines au lit prescrites par le médecin.

Tom avala d'un trait son brandy. « Evie m'avait prévenu que tu dirais ça. »

Violet reposa son verre. « Et tu pensais pouvoir m'acheter avec une bouteille de brandy ? Tu devrais avoir honte, Tom.

— Non ! Non, pas du tout, ma vieille. Je comprends très bien. Mais on ne peut pas laisser maman toute seule. Elle va mieux parce que tu es ici. Sans aide, même si des infirmières passent tous les jours et que nous faisons revenir la femme de ménage, elle risque de s'affaiblir, de faire une chute, ou de ne plus s'alimenter. Evie s'inquiète... nous nous inquiétons tous les deux, à l'idée d'être obligés, à terme, de la prendre chez nous. C'est beaucoup de travail avec trois jeunes enfants. Accueillir une personne supplémentaire, surtout d'un caractère aussi difficile que maman... on appréhende, à vrai dire. Tu dois bien t'en douter. »

Elle s'en doutait. Elle se demandait s'ils « appréhendaient » aussi que Violet elle-même vienne un jour habiter avec eux. Ils n'en avaient jamais discuté ; les rares fois où elle avait abordé le sujet, Tom avait éludé en disant : « Oh, pas la peine de se tracasser pour ça. On a tout le temps d'y réfléchir. »

Mais aujourd'hui, à moins de prendre fermement position – quitte à passer pour égoïste –, elle allait se retrouver acculée dans son ancienne chambre et dans une vie consistant uniquement à s'occuper de sa mère. « Explique-moi ce qu'il en serait si j'étais mariée et mère de famille ? Est-ce que nous aurions cette conversation ?

— Mais tu n'es pas mariée et mère de famille, répondit Tom. J'en suis navré pour toi, mais c'est un fait.

— N'empêche, quelle discussion aurions-nous si j'avais bel et bien une famille ? Les choix ne seraient pas les mêmes. Pourquoi ne pas examiner ces options-là ? »

Tom se renfrogna. « Je suppose qu'on envisagerait de prendre quelqu'un à demeure. Pas forcément une infirmière, mais une dame de compagnie. Quelqu'un qui cuisinerait et resterait avec elle… pas toute la journée, mais qui lui ferait la lecture, et lui rendrait des petits services de ce genre. En échange d'un toit. Quelqu'un qui serait *in situ* en cas de problème, et qui pourrait nous prévenir ou appeler le médecin.

— *In situ*, répéta Violet.

— Oui, *in situ*. Tu sais ce que ça veut dire ? C'est du latin.

— Je sais ce que ça veut dire, le coupa Violet. Oui, du latin…

— Qu'y a-t-il ?

— Je suis en train de penser à une solution. »

# CHAPITRE 22

Violet n'aurait jamais pensé qu'elle serait aussi heureuse de retrouver le bureau glacial des Comtés du Sud et son cardigan havane drapé sur le dossier de sa chaise ; ni de voir Maureen s'arrêter net dans l'embrasure, une tasse de thé à la main, et son visage sévère s'éclairer d'un sourire.

« Oh là là, ce que je suis contente que tu sois de retour ! s'écria-t-elle. J'ai cru mourir noyée sous la paperasse. » Elle entra précipitamment, renversant du thé par terre, et indiqua l'imposante pile de formulaires à côté de sa machine à écrire. « Sans compter que c'est ennuyeux comme la pluie de rester ici toute seule toute la journée. »

Violet sourit ; à l'entendre, Maureen et elle étaient les meilleures copines du monde. Sa collègue semblait avoir oublié qu'elles étaient en froid, mais Violet était disposée à l'oublier aussi. « Mr Waterman ne t'a pas prévenue que je revenais aujourd'hui ?

— Mr Waterman ne m'a rien dit, seulement que tu serais absente jusqu'à nouvel ordre, que je devais faire au mieux, et de ne brancher qu'un seul radiateur. » Elle désigna le nouveau Belling que Violet avait été autorisée à acheter. « Maintenant on va pouvoir rallumer les deux ! Tiens, prends ce thé, je m'en ferai un autre. » Maureen colla sa tasse dans la main de Violet, puis s'agenouilla pour appuyer sur l'interrupteur. « C'est par Olive que j'ai appris, pour ta mère. Comment va-t-elle ?

— Beaucoup mieux, merci.

— Il y a quelqu'un pour s'occuper d'elle ?

— Une pensionnaire qui lui fait la cuisine et lui tient compagnie. » Violet ne précisa pas que la pensionnaire s'appelait Dorothy Jordan.

Elle posa sa tasse et son sac à main pour regarder autour d'elle. Elle n'était partie que quinze jours, mais la pièce lui semblait différente : petite, morne, triste. Bien qu'heureuse de reprendre son existence normale après la parenthèse de Southampton, Violet comprit qu'elle ne pourrait pas rester ici éternellement. Elle allait devoir passer à autre chose et trouver un autre mode de vie.

Cette conviction soudaine fit que son entretien avec Mr Waterman ne la perturba pas autant qu'il l'aurait pu. Son supérieur la convoqua dans son bureau pour lui faire bon accueil, demandant des nouvelles de sa mère et allant jusqu'à vanter l'efficacité avec laquelle Maureen avait assumé son surcroît de travail. « Bien sûr, cela m'inquiète que notre équipe de dactylos soit composée exclusivement de femmes sur qui je ne peux pas compter à cent pour cent », ajouta-t-il, faisant tourner un presse-papier en verre sur sa table de travail.

Violet sentit son dos se raidir. « Que voulez-vous dire ?

— Eh bien, Maureen suivra sans doute le même chemin qu'Olive, non ? Elle se mariera et elle s'en ira, comme la plupart des jeunes femmes que nous pourrons embaucher. Évidemment, les vieilles filles sont plus fiables – il ne remarqua pas la grimace de Violet –, mais il y a le risque qu'elles partent s'occuper de leurs “Vieux Parents”. »

Violet le dévisagea. Même l'allusion à Dickens ne pouvait atténuer le choc. « Que proposez-vous, Mr Waterman ? Que nous fassions passer notre travail avant notre famille ?

— Bien sûr que non, bien sûr que non. C'est d'ailleurs pour ça que les jeunes femmes quittent leur emploi quand elles se marient... pour se consacrer à leur famille.

— Si vous n'aviez pas votre femme pour s'occuper de vos "Vieux Parents", comme j'imagine qu'elle le fait – la mine surprise de Mr Waterman lui confirma qu'elle avait vu juste –, qu'est-ce que vous feriez, vous, s'ils avaient besoin de vous ? »

Mr Waterman se redressa dans son siège. « Miss Speedwell, évitons les allusions personnelles. Elles sont absolument inutiles.

— C'est pourtant ce que vous venez de faire.

— Oui, mais c'est ma mission en tant que supérieur de veiller aux intérêts de mes employés, tout comme à ceux des Assurances des Comtés du Sud. Je suis désolé si vous ne voyez pas la chose de cette façon.

— Vous auriez peut-être intérêt à embaucher des veuves vieillissantes qui ne prévoient pas de se remarier, fit remarquer Violet, ne plaisantant qu'à moitié. Ou des hommes.

— Allons, il y a peu de chances que des hommes acceptent de taper à la machine toute la journée. C'est une... une occupation féminine, dirais-je, même en ces temps où l'emploi est rare. Mais une veuve... » Il fit à nouveau pivoter le presse-papier d'un demi-tour, l'air pensif.

Il va faire une drôle de tête quand je lui remettrai ma démission, songea Violet, à présent consciente que, à peine de retour, elle était prête à repartir.

Les retrouvailles avec les brodeuses furent plus réussies. Toutes parurent sincèrement contentes de la revoir, même Mrs Biggins, qui approuva vivement que Violet ait profité de son temps libre chez sa mère pour travailler sur des pourtours de coussins. « La loyauté et l'assiduité à la tâche, voilà des qualités que j'aime, déclara-t-elle. Envers la cathédrale comme envers la famille. »

Mabel Way la salua de la tête et dit : « Venez me voir si vous avez besoin d'autres fournitures. »

Gilda la serra dans ses bras et chuchota : « Merci mille fois d'avoir trouvé un toit pour Dorothy… tu es une vraie amie ! » S'asseyant alors avec elle, elle lui décrivit, comme promis, l'office des brodeuses que Violet avait manqué. « Il faut que tu ailles voir les coussins, lui enjoignit-elle. Une douzaine ont été mis en place, et ils sont splendides, comme des petits morceaux de vitraux partout sur les sièges. Maintenant on se rend compte de l'effet qu'ils feront quand le projet sera terminé et qu'il y en aura beaucoup plus. Et puis il paraît que les nouvelles aumônières ont servi dimanche et qu'elles ont récolté un tiers de dons supplémentaires ! Bien sûr, les bedeaux se sont plaints parce que la quête a pris deux fois plus de temps : tout le monde voulait inspecter les sacs, et ça a pas mal ralenti le déroulement de l'office. Imagine un peu, Violet : ta broderie va passer de main en main pendant des années et des années ! »

Assises ensemble, elles bavardèrent avec insouciance tout en travaillant à leur ouvrage. Il y avait moins de tension dans la salle autour de Gilda qu'en janvier, à l'apogée de la crise avec Dorothy. Les brodeuses ne lui jetaient plus de regards et ne chuchotaient plus entre elles : elles avaient recommencé à écouter ses histoires et à s'en amuser. Dorothy n'étant pas là, il était plus facile d'ignorer le fait que Gilda et elle formaient un couple.

« Dorothy m'a dit qu'elle s'était bien adaptée à Southampton. » Gilda s'exprimait à voix basse.

« Oui, j'ai l'impression, dit Violet, à voix basse elle aussi. Ça m'a drôlement étonnée, car mère n'est pas la personne la plus facile à satisfaire. J'avais bien averti Dorothy. »

À vrai dire, dès le début, Dorothy ne s'était pas laissé malmener. Bien que reconnaissante d'être logée gracieusement, elle avait précisé, avec sa nonchalance habituelle, qu'elle tenait à garder du temps libre pour broder les coussins de Mr et Mrs Waterman ou pour aller à Winchester donner ses cours de latin aux enfants. Elle ne se posait pas en victime, et ne permettait pas non plus à Mrs Speedwell de le faire. Elle ne rampait pas devant elle et ne cédait pas à sa multitude d'exigences et de plaintes. Son premier matin, alors que Violet était encore là pour faciliter la transition, Dorothy avait refusé d'apporter un deuxième thé à Mrs Speedwell, déclarant : « Nous en prendrons un toutes les trois à onze heures. » La mère de Violet avait été tellement stupéfaite qu'elle n'avait pas renouvelé sa demande. Lorsqu'elle se plaignit du manque de sel dans la soupe de légumes faite par sa pensionnaire, Dorothy lui passa la salière. « Si vous préférez faire votre soupe vous-même, ça me va très bien. » Elle avait refusé de lire le *Mail* ou l'*Express* à voix haute, et les avait rendus à Mrs Speedwell en disant : « Je n'aime pas ces journaux et leurs opinions, alors vous devrez les lire vous-même. » Elle avait rejeté également les livres que Mrs Speedwell voulait lui imposer, privilégiant les classiques latins. Au moment où Violet était partie, Dorothy était en train de lui lire des extraits de l'*Énéide* de Virgile, d'abord la page en latin, puis sa traduction en anglais. Mrs Speedwell dormait à poings fermés. De toute évidence, elle serait bientôt matée.

« Tu arrives à voir un peu Dorothy ? demandait maintenant Violet.

— Par-ci par-là, quand elle vient donner ses cours particuliers. » Gilda se renfrogna. « Ce n'est pas comme avant, quand nous avions du temps à revendre. Mais c'est mieux que rien. Nous allons devoir trouver une solution. Peut-être que je vais moi aussi emménager chez ta mère ! »

Violet cessa de broder, son aiguille enfilée dans deux trous du canevas. Sa mère avait jadis employé le terme de « déviantes » pour décrire deux femmes qui vivaient ensemble dans la rue voisine et dont Violet comprenait à présent qu'elles devaient être en couple. Que dirait Mrs Speedwell d'une déviance semblable sous son propre toit ?

Après la réunion des brodeuses, elle alla à la cathédrale admirer les coussins, remontant à la hâte l'allée centrale puis gravissant les marches qui menaient au chœur. Elle ne fut pas complètement étonnée de trouver Arthur assis dans une des stalles, un coussin brodé sur les genoux. Elle avait espéré qu'il serait là-bas à l'attendre, or en l'apercevant, elle éprouva des sentiments contradictoires et son ventre se noua… cette angoisse mêlée de joie qu'elle savait due à l'amour. Elle se réjouissait à l'idée de s'asseoir près de lui et de lui raconter ses journées avec sa mère, de lui dire combien elle était heureuse de reprendre leurs rendez-vous, de lui exposer ses affres professionnelles et ses interrogations sur ce qu'elle pourrait faire par la suite. Elle avait envie de lui confier toutes ces choses-là, d'en discuter avec lui comme on le fait avec un mari ; comme elle l'aurait fait avec Laurence s'il avait vécu. Mais Arthur n'était pas son mari ; il était le mari d'une autre.

Elle était également un peu déçue qu'il ait déjà vu les coussins. Elle avait rêvé de les lui montrer d'un geste théâtral, en particulier celui qu'il tenait : le coussin du roi Arthur brodé par Dorothy.

Arthur le mit de côté et se leva à son approche. « Violet.

— Je suis vraiment contente de vous trouver ici », dit-elle. Elle lui tendit la main, car elle voulait le toucher, et il la lui serra, de façon cérémonieuse. Sa main était froide, et Violet remarqua soudain qu'il faisait un froid glacial dans la cathédrale, alors qu'on était début mars et qu'elle pensait les rigueurs de l'hiver terminées. Mais les gros bâtiments de pierre mettaient toujours plus longtemps à se réchauffer ou à se rafraîchir.

Un étrange mélange d'émotions traversa le visage d'Arthur. Il était manifestement heureux de la voir, mais aussi soulagé. Elle n'avait pas pu le rappeler après son bref coup de fil interrompu. Peut-être avait-il attendu ici ces deux derniers mercredis dans l'espoir de la voir apparaître après sa séance de broderie. Mais ses traits reflétaient une autre émotion : il était contrarié. Avait-elle fait quelque chose ?

« Que se passe-t-il ? » demanda-t-elle.

Arthur évita de répondre. « Comment va votre mère ? » Tout le monde posait cette question, avait remarqué Violet. Personne ne demandait comment elle allait, elle.

« Elle se requinque. Une des brodeuses loge là-bas et garde l'œil sur elle. Dorothy Jordan... vous l'avez rencontrée à la messe de minuit.

— Ah, oui, celle qui porte le nom de l'actrice. C'est bien. Votre mère ne vous a pas trop fait tourner en bourrique ?

— Si. Mais nous… nous avons trouvé une sorte de *modus vivendi*. Grâce à vous, en fait. » Arthur haussa les sourcils. « Quelque chose que vous avez dit, expliqua Violet, sur le fait de perdre un enfant. La manière dont ça transforme un parent. J'ai pu mieux comprendre pourquoi elle était comme elle est. Et je vous en remercie. »

Arthur s'inclina. « C'est avec plaisir.

— Alors, vous avez vu les coussins ? »

Arthur acquiesça. « En effet. » Sa mâchoire se contracta. Ce sont les coussins qui le chagrinent, se dit Violet, étonnée. Elle ne voyait pas pourquoi : ils étaient magnifiques, et même s'il n'y en avait encore que quelques-uns disséminés sur les sièges du chœur, ils éclairaient et égayaient le bois sombre des stalles. Des motifs aussi beaux qu'originaux, une facture soigneuse, sans un point qui détonne… elle ne comprenait pas comment ils pouvaient contrarier qui que ce soit.

Sa femme brodait-elle ? se demanda Violet. Peut-être estimait-il qu'elle aurait dû participer au projet coussins de la cathédrale. Violet repensa à la seule fois où elle avait aperçu Jean Knight, avec ses longs cheveux gris, assise les yeux fermés dans le jardin de Nether Wallop, son visage baigné de soleil. Était-ce le visage d'une brodeuse ? Elle n'en avait aucune idée.

Elle procéda avec prudence, évoquant le sujet du coussin plutôt que son exécution. « Je pensais que le coussin du roi Arthur vous plairait. Mais je me demandais en quoi ce thème était lié à Winchester. » Violet avait fait exprès de poser la question, consciente que, comme beaucoup d'hommes, Arthur aimait transmettre son savoir à un public bien disposé.

Il se ragaillardit. « Avez-vous vu la Table ronde accrochée dans le Grand Hall… l'unique vestige du château de Winchester ? »

Violet hocha la tête. Elle avait emmené Marjory et Edward la voir ; s'était ensuivi l'obligatoire combat à l'épée, mené au moyen de roseaux cueillis dans les champs inondables. Gigantesque, six mètres de diamètre, le plateau était divisé en vingt-quatre segments peints en vert et blanc au bord desquels était inscrit le nom de chaque chevalier du roi Arthur. Au centre figurait une rose Tudor rouge et blanc, assortie d'un portrait du roi en habit rouge, blanc et bleu, tenant une épée.

« C'est une reproduction médiévale de la Table ronde du roi Arthur, décorée ultérieurement sur l'ordre d'Henry VIII. Il a été suggéré que le château de Winchester était peut-être Camelot, bien qu'il n'y ait évidemment de cela aucune preuve historique, pas plus, d'ailleurs, que de l'existence du roi Arthur. J'imagine que le coussin s'inspire simplement de ces rumeurs. » Après ce bref sursaut de passion, il recouvra sa morosité, comme si parler du coussin lui rappelait un mauvais souvenir.

Il ne lui posa aucune question, et Violet se sentit obligée de combler ce silence gêné. Elle s'empara du coussin et promena une main dessus. « Le motif est superbe, n'est-ce pas ? C'est Sybil Blunt qui a dessiné l'ensemble des médaillons historiques. Dorothy Jordan a brodé celui-ci au petit point. Le décor de rochers et d'arbres derrière l'épée est très habilement ombré, vous ne trouvez pas ? Et c'est Miss Pesel qui a conçu le cadre, fait d'une combinaison de points plus ou moins épais pour qu'il ait une texture d'apparence variée. Miss Pesel est très douée dans ce domaine. Une autre brodeuse s'est chargée d'exécuter cette partie-là. Le médaillon au petit point y a ensuite été inséré, avec tellement d'adresse qu'on ne devinerait jamais que le coussin a été réalisé par deux mains différentes. » Elle contempla la tapisserie. « Vous voyez les petites taches jaunes à l'intérieur des nœuds bleus ? Et cette petite zone de vert à côté des fleurs rouges ? Et ces points de croix bleu clair qui bordent le médaillon ? Chacun de ces détails a été soigneusement pesé par Miss Pesel, et ils apportent de la vie au dessin. » Elle avait conscience de pontifier, mais Arthur la rendait nerveuse.

« Et qui a dessiné et brodé cette bordure ? » Arthur retourna le coussin de façon à montrer à Violet le pourtour de trois centimètres qui lui donnait son épaisseur.

Violet sourit. Il avait repéré la surprise qu'elle lui réservait. « Miss Pesel l'a dessinée, et... et c'est moi. C'est moi qui ai brodé le pourtour. » Elle était aux anges d'avoir confectionné ne serait-ce qu'une infime partie du coussin portant le nom de cet homme.

« C'est vous qui l'avez brodé. » Devant la mine crispée d'Arthur, Violet se figea. Quelque chose n'allait pas et elle ne savait pas quoi. Elle regarda attentivement la bordure, cherchant des points irréguliers ou sautés, des couleurs qui juraient ou une particularité incongrue du motif. La bordure était composée de petits carrés bleus entourés de jaune. Un carré sur deux présentait des fleurs à quatre pétales ombrés de rouge et de rose avec un cœur jaune. Les autres présentaient deux lignes jaunes croisées et coudées à chaque extrémité, ressemblant un peu à des araignées.

« Je... j'aurais peut-être pu broder les points rouges et roses dans les pétales un peu plus proprement, reconnut-elle. Ils se brouillent par endroits. Cela n'a pas eu l'air de déranger Miss Pesel, qui a pourtant un grand souci de la perfection. Elle nous a souvent demandé de recommencer.

— Vous ne contestez jamais ses dessins ?

— Non. Elle nous laisse pas mal de liberté en ce

qui concerne le choix des couleurs, mais elle est intraitable sur les dessins. Elle est extrêmement calée en broderie, ses connaissances viennent du monde entier, et je crois vraiment qu'elle sait mieux que personne ce qui convient. J'ai confiance en son jugement.

— Donc vous n'avez pas discuté sa décision d'inclure des swastikas dans le dessin ? »

Violet le dévisagea. La moustache d'Arthur frémissait, très léger indice de son irritation. Elle regarda la bordure et s'empourpra soudain. Bien sûr, les lignes croisées formaient des swastikas. Elle s'en était rendu compte quand elle avait commencé à broder. Mais il ne lui était pas venu à l'esprit d'y voir autre chose qu'un motif créé par Louisa Pesel pour un pourtour de coussin, et Violet avait accepté sa mission sans protester. Les swastikas ne pointaient pas vers la droite et ne s'inscrivaient pas en noir sur un fond blanc encadré de rouge, comme les avaient représentés les nazis. Ils étaient réalisés dans une innocente laine jaune bien duveteuse, au point de croix allongé, entourés de bleu, avec des fleurs intercalées. Il n'y avait rien de menaçant ni de politique dans ce motif. Mais, vus à travers le regard d'Arthur, Violet comprenait le choc qu'ils constituaient.

Il l'observait ; elle le sentait qui scrutait la moindre expression sur ses traits, cherchant la réponse qui pourrait l'apaiser. Violet ignorait quelle était cette réponse. « Je suis désolée, dit-elle. Je ne les percevais pas comme ça pendant que je faisais la bordure. Je... » Elle tenta de plaisanter. « Je voyais des petits bonshommes jaunes en train de courir.

— Des petits bonshommes jaunes en train de courir », répéta Arthur, et Violet, en entendant répéter la formule, comprit qu'elle avait dit une sottise.

Elle essaya de se rattraper. « Ils faisaient simplement partie du motif. Partie de l'ensemble. Je ne les associais pas aux nazis.

— Non. En effet. » Arthur resta silencieux un moment : la déception qu'elle lui causait était palpable. Il posa le coussin du roi Arthur sur le siège à côté de lui, avec précaution, comme s'il était en porcelaine. « Je dois aller voir un des bedeaux. Vous voulez bien m'excuser ? » Il salua Violet, puis, tournant les talons, il s'éclipsa sous la voûte de l'allée nord, après le graffiti de Harey Coppar.

Violet parvint à se retenir jusqu'à ce qu'il soit suffisamment loin, puis elle fondit en larmes.

C'est dans cet état que Louisa Pesel la découvrit, sanglotant et cherchant un mouchoir dans son sac. « Ma chère, qu'y a-t-il ? murmura son professeur, s'asseyant sur le siège voisin. Que s'est-il passé ?

— Oh ! Rien, c'est... » Violet dénicha enfin un mouchoir et s'essuya les yeux. C'était le mouchoir d'Arthur, celui qu'elle ne lui avait jamais rendu. « Je, je... oh. » Elle n'arrivait pas à parler ; ses larmes auraient jailli à nouveau.

Miss Pesel sembla le comprendre, et attendit.

Violet soupira. « C'est le coussin du roi Arthur.

— Oui ?

— Je l'ai montré à un ami et il m'a interrogée sur les... les croix gammées, et je n'ai pas su quoi dire. » Ses lèvres se mirent à trembloter.

« Ah. » Louisa Pesel regarda alentour. « Votre ami est-il toujours ici ?

— Il est allé voir les bedeaux. Du moins, c'est ce qu'il a prétendu. Il est peut-être parti.

— Et comment s'appelle-t-il ?

— Arthur. Arthur Knight.

— Très bien. » Miss Pesel lui tapota la main. « Attendez ici. Je reviens tout de suite. » Elle se leva et se dirigea vers le transept nord ; ses escarpins cliquetaient bruyamment. Violet trouva ce son réconfortant. Louisa Pesel avait les idées claires et saurait s'expliquer, contrairement à elle, avec sa pensée embrouillée.

Elle ne tarda pas à revenir. Arthur la suivait mollement, l'air sceptique. Violet rangea le mouchoir dans son sac avant qu'il ne le voie.

« Il se trouve que Mr Knight et moi nous sommes déjà rencontrés, annonça Miss Pesel. Il m'avait semblé reconnaître son nom. Nous étions l'un et l'autre à l'office de St Swithun l'année dernière : lui représentait les sonneurs de cloches et moi les brodeuses. Miss Speedwell me dit que vous avez une question concernant le motif du coussin du roi Arthur, est-ce exact ? » Son ton était aussi ferme que celui d'une directrice d'école ; il eut pour effet d'inciter Arthur à se redresser, et de donner à Violet envie de glousser, malgré le caractère sérieux du moment.

« C'est exact. Je me demande pourquoi vous avez choisi de faire figurer des croix gammées dans la bordure, vu leur association avec le parti nazi. »

Louisa Pesel hocha la tête. « C'est un souci compréhensible, mais infondé. Ce ne sont pas des croix gammées. Ce sont des fylfots.

— Des fylfots, répéta Arthur.

— Oui. Un vieux mot anglo-saxon. Un symbole ancestral utilisé depuis des milliers d'années, dans nombre de cultures et de religions, de l'Inde à la Scandinavie, et notamment dans l'hindouisme et le bouddhisme. Un symbole de lumière, de vie et de bonne fortune. Je l'ai observé moi-même dans l'architecture grecque, sur de vieux vases grecs, et aussi en Égypte quand j'y suis allée. Les Coptes utilisaient ce symbole. »

Si Arthur était impressionné par les voyages de Miss Pesel, il n'en montra rien.

« D'après vous, à qui le parti nazi l'a-t-il emprunté ? ajouta-t-elle. Ce n'est pas eux qui l'ont inventé.

— Le symbole ancien est orienté en sens inverse des aiguilles d'une montre, alors que l'emblème nazi est orienté dans l'autre sens, répliqua Arthur. Comme les symboles sur ce coussin. » Il le ramassa et le lui tendit. Violet aurait pu dire à Arthur que Louisa Pesel connaissait chaque centimètre de chaque dessin, qu'elle aurait pu lui en décrire le moindre détail avec une précision qui l'aurait certainement dépassé : les points et les couleurs de laine utilisés, mais aussi, apparemment, les origines de chaque symbole. Elle faillit tressaillir de douleur, car il y avait quelque chose de mesquin dans le ton et le geste d'Arthur. Mais Violet était mal placée pour juger : elle n'avait pas réagi contre les swastikas quand elle aurait dû le faire.

Louisa Pesel repoussa le coussin d'une main indifférente. « L'orientation du symbole n'a aucune importance. Il est utilisé dans les deux sens depuis des siècles. Je vais vous montrer. » Elle se retourna et, au grand étonnement de Violet, traversa le porche vers le transept sud et la nef. « Prenez le coussin avec vous ! » lança-t-elle par-dessus son épaule.

Violet et Arthur se regardèrent tandis qu'ils lui emboîtaient le pas. Miss Pesel les conduisit le long de l'allée sud et s'arrêta devant la chapelle de l'évêque Edington, une des sept chapelles funéraires construites pour les évêques les plus puissants et les plus influents de la cathédrale. De style gothique, elle était fermée par une porte en bois peinte en bleu qui en condamnait l'accès, hormis lors des prières en l'honneur de l'évêque. Il était cependant possible de bien voir sa tombe par les étroites baies aux arches festonnées qui formaient deux des quatre murs de la chapelle, et faisaient que l'édifice semblait composé autant d'air que de pierre.

« Voilà. Regardez bien le tombeau d'Edington, ordonna Louisa Pesel. À part le fait qu'il constitue un des plus beaux spécimens de sculpture médiévale qu'on puisse rencontrer, que voyez-vous ? »

Violet et Arthur se postèrent à deux baies adjacentes. Étendu sur la tombe, un gisant d'albâtre montrait l'évêque Edington vêtu de ses habits sacerdotaux et coiffé d'une couronne, la tête sur un oreiller de pierre, ses mains, jointes sur sa poitrine, cachées sous le drapé élaboré des manches de sa soutane. L'albâtre sculpté était délicat, brillant, d'un gris nacré. Violet eut un sursaut de stupéfaction, car elle repéra immédiatement ce que Louisa Pesel voulait qu'ils voient. Elle avait déjà contemplé cette chapelle et cette statue, mais, chose bizarre, elle n'avait jamais remarqué la guirlande pourtant bien visible de croix gammées décorant l'étole de l'évêque – la longue bande d'étoffe qu'il portait autour du cou et qui lui descendait sur les manches. Des swastikas apparaissaient également sur son col, et même sur le bas de la robe qui lui couvrait les pieds.

Non seulement cela, mais presque aussi surprenant pour elle, elle découvrit, entre les swastikas, des fleurs à quatre pétales exactement identiques à celles qu'elle avait brodées sur le pourtour du coussin. Elles étaient même divisées en carrés par des arêtes d'albâtre. Miss Pesel avait reproduit scrupuleusement ce motif sur la bordure. Violet eut envie de s'esclaffer, et c'est ce que fit Arthur : pas un gros éclat de rire, mais pas un petit rire non plus. C'était un rire de surprise, de perplexité, de capitulation.

« Ce sont des fylfots, déclara Louisa Pesel. Des swastikas du XIV$^{e}$ siècle, si vous préférez. Et vous remarquerez qu'ils tournent dans le sens des aiguilles d'une montre, bien avant qu'un malheureux suppôt du nazisme ne décide de les dessiner comme ça. »

Ils examinèrent les fylfots en silence. Louisa Pesel devait considérer qu'elle n'avait pas besoin d'en dire plus : les fylfots parlaient d'eux-mêmes.

Enfin, Arthur recula, et Violet l'imita. « C'est vraiment extraordinaire, dit-il. Cela fait quarante ans que je fréquente cette cathédrale, j'ai regardé ce tombeau des dizaines de fois, et je n'ai jamais remarqué les swastikas. Les fylfots, se corrigea-t-il. Moi qui croyais avoir un don d'observation...

— Dans mes dessins pour les coussins et les agenouilloirs de la cathédrale, je me suis inspirée d'une foule de motifs et de symboles, expliqua Miss Pesel. Certains des nœuds centraux sur les agenouilloirs viennent de marquoirs élisabéthains ou d'un catalogue de modèles du XVIe siècle établi par un imprimeur du nom de Peter Quentel. Mais j'aime énormément assortir mes motifs à ceux déjà présents dans la cathédrale. C'est ainsi que certains sont inspirés des carreaux médiévaux de l'arrière-chœur, ou des bossages de bois et de pierre dans la voûte de la nef et de l'avant-chœur. Vous les avez vus ? »

Violet et Arthur acquiescèrent. Violet les étudiait parfois dans l'avant-chœur durant l'office du soir. Ils avaient beau se situer en altitude et ne pas être faciles à distinguer, elle sentait intuitivement que les bossages figuraient des motifs et des symboles chargés d'histoire.

« Je crois que ce sont principalement des emblèmes héraldiques, déclara Arthur, son ton plus déférent qu'assuré face au puits de science qu'était Louisa Pesel.

— Oui, ils datent du XIIIe siècle, mais certains sont un peu plus récents. Il y a plusieurs blasons de riches familles de Winchester, ainsi que des motifs décoratifs de feuillage et d'animaux. Je crois qu'il y a même un lion avec un cochon dans la gueule. Je l'ai repéré avec des jumelles. L'exécution est remarquable, surtout quand on pense que leurs créateurs savaient qu'une fois en place personne n'en verrait les détails de près. Les sculpteurs devaient éprouver un immense amour pour la cathédrale pour réaliser un travail aussi raffiné tout en sachant que personne ne le discernerait jamais. Ils n'avaient pas prévu l'invention des jumelles ! Mais vous comprenez ce sentiment, n'est-ce pas, Violet ? De vouloir que son ouvrage soit le plus réussi possible, sans se soucier qu'on l'admire ou non ? »

Violet opina.

« Comme pour les sonneurs de cloche, ajouta Arthur. On sonne du mieux qu'on peut, même s'il est probable que personne ne remarque... ni les erreurs ni les séquences parfaites. Mais, contrairement aux sculptures et aux broderies, les sonneries sont éphémères.

— Sauf dans le souvenir, déclara Louisa Pesel. Et ce souvenir peut être extrêmement puissant.

— Très juste.

— C'était astucieux de reprendre le motif de l'étole pour créer le pourtour du coussin, dit Violet. Il s'y prête merveilleusement. »

Arthur tint le coussin en l'air pour qu'ils puissent comparer le pourtour à son modèle sur la statue.

Louisa Pesel hocha la tête. « Oui, le sculpteur était un malin. Les quatre pétales de la fleur rappellent les quatre branches du fylfot, mais apportent une ponctuation immobile entre les symboles en mouvement. C'est ce que le fylfot a de très ingénieux : il donne l'impression d'avancer. Si bien que le motif n'est pas statique. C'était tentant de s'en servir. »

Arthur abaissa le coussin. « Je suis curieux, pourtant. Vous étiez sûrement consciente en le dessinant de la nature de plus en plus controversée de la croix gammée comme symbole. On pourrait facilement penser que celui qui l'a conçu, ou réalisé – il désigna Violet du menton – soutenait le parti nazi. »

Louisa Pesel se redressa. « Ce serait une supposition malheureuse. Mais je vois plus loin… beaucoup plus loin. Travailler dans une cathédrale vieille de neuf cents ans produit cet effet-là. Ce symbole, dit-elle, indiquant les fylfots sur la statue de l'évêque, existe depuis des milliers d'années. Il survivra aisément à une triste bande de fascistes. Je n'ai pas voulu leur faire l'honneur de m'interdire d'utiliser un magnifique motif ancestral. Autrement, ils auraient gagné, non ? Au contraire, je lui restitue sa véritable signification. Ce n'est pas le parti nazi qui va décider pour moi de l'interprétation à donner au fylfot. J'en appelle à la longue histoire du symbole ; voilà ce qui compte pour moi. J'espère que quand les gens auront vu les fylfots, ils y penseront chaque fois qu'ils s'assiéront dans les stalles, et les associeront à la cathédrale et à l'évêque Edington et non aux fascistes allemands. Le sculpteur de la statue s'est servi du symbole en toute innocence. Je m'en suis servie de manière subversive. Un seul fil fait parfois toute la différence. »

Arthur pencha la tête de côté. « Je ne sais pas si vous êtes courageuse ou insensée, Miss Pesel. »

Louisa Pesel pouffa. « Peut-être un peu des deux. »

Violet les regarda qui souriaient l'un et l'autre, manifestement complices, leur conflit derrière eux. Il a trouvé quelqu'un à sa mesure, songea-t-elle. Miss Pesel avait probablement une petite soixantaine, un an ou deux de plus qu'Arthur, et Violet pouvait les imaginer mariés, croisant tendrement le fer autour du café et des toasts à la marmelade du matin, discutant de ce qu'ils avaient lu dans le journal ou entendu à la radio. Elle-même se sentait de trop. Ces deux personnes étaient bien plus nobles qu'elle pourrait jamais l'être.

Un gouffre béant s'ouvrit en elle – ce sombre abîme qui la happait chaque fois qu'elle perdait quelque chose d'important –, et Violet dut se détourner pour qu'ils ne voient pas les larmes qui lui piquaient les yeux. « Je suis vraiment désolée, mais il faut que je parte. Je suis en retard… » Elle s'esquiva dans l'allée centrale en direction de la sortie.

« Au revoir, ma chère, à la semaine prochaine », lança candidement Miss Pesel derrière elle. Violet n'entendit pas Arthur ; elle n'en avait pas envie.

Dehors, elle obliqua et traversa l'esplanade pour gagner la Grand-Rue. Il commençait à faire nuit ; les gens quittaient les bureaux et les magasins, regagnaient leur maison, leur train ou leur autobus, tenant des parapluies car il s'était mis à bruiner pendant qu'elle était dans la cathédrale. Elle avait oublié le sien et sentait l'humidité imprégner ses vêtements.

Elle venait d'atteindre l'Old Market Inn quand Arthur la rattrapa. « Violet. »

Elle continua à marcher, tout en sachant que c'était grossier et puéril.

Arthur lui attrapa le bras. « S'il vous plaît. »

Violet chassa sa main. « Je suis vraiment pressée. » Pressée de retrouver sa chambre morne et ses haricots à la tomate sur un toast.

Arthur se planta devant elle pour l'obliger à s'arrêter, et lui posa les mains sur les épaules. « S'il vous plaît, mon cœur. »

Cette brève supplique la cloua sur place, même si

elle était incapable de le regarder. Arthur la saisit par le coude et la conduisit dans un passage tranquille où ils pourraient être seuls. Il avait un parapluie ; il l'éleva au-dessus de leurs têtes, les protégeant de la pluie et leur ménageant un monde à eux.

« Pourquoi êtes-vous partie ? » demanda-t-il, la mine anxieuse sous la faible lumière d'un lointain lampadaire.

Violet soupira, et son souffle sembla ouvrir la voie aux paroles qui suivirent. Elles sortirent lentement avant de jaillir de plus en plus vite, telle une source qui aurait été libérée et se transformerait en rivière pour voyager jusqu'à la mer.

Elle ne parla pas de lui et de Louisa Pesel, parce que c'était trop douloureux. Au lieu de cela elle parla d'elle. « Je suis fatiguée. Je suis terriblement fatiguée. Je suis fatiguée depuis 1916. D'abord George est mort, puis Laurence. Ensuite j'ai eu l'impression d'être au fond d'un trou dont il m'a fallu une éternité pour ressortir. J'étais comme somnambule, réveillée mais incapable de dire quoi que ce soit ou de faire quoi que ce soit qui rende ma vie… qui la rende à nouveau vivante. Père m'aidait, mais mère aggravait les choses. »

Arthur ajusta le parapluie au-dessus de leurs têtes, sans rien dire.

« Après la mort de père, la situation n'a fait qu'empirer jusqu'à ce que je me décide à venir ici. Et là, les choses se sont améliorées, petit à petit. Le moment où j'ai eu la sensation de me détacher du passé, c'était dans la salle des sonneurs avec vous. Là, je me suis sentie revenir enfin à la vie, comme quand on passe de l'hiver au printemps. Ou comme lors d'une journée de fin de printemps, quand on sait qu'on peut sortir de la maison sans manteau, cesser de contracter son corps contre le froid. Quand on sait qu'on aura chaud. C'est ce que j'ai ressenti avec vous et les cloches.

— Pas avec les brodeuses, et vos coussins et vos agenouilloirs ?

— Ils m'aident aussi. Je suis heureuse qu'ils me procurent le moyen de laisser derrière moi une petite marque durable. Et ils apportent du confort aux gens, un soutien douillet qui leur permet de penser à autre chose qu'à leurs maux divers et variés. Je suis contente d'être en mesure de faire cela. Mais on est élevées pour ça… pour donner aux autres, pour apporter du bien-être aux autres, quels que soient nos propres sentiments. Cela peut s'avérer fatigant, ingrat, d'être si généreuse en permanence. J'aimerais être sonneuse de cloches… rien que pour monter dans la tour et, pendant une heure, ne me concentrer que sur le son des cloches et ma place parmi elles. Ça, pour moi, ce serait le paradis.

— Vous savez faire du vélo ? »

Violet le dévisagea. La pluie gouttait sur la joue d'Arthur, tombant d'une des baleines du parapluie. Il ne semblait pas le remarquer. « Je n'en ai pas ici. Le mien est à Southampton.

— Pourrez-vous le récupérer dans les semaines qui viennent ?

— Je pense.

— Bien. Nous attendrons un mois ou deux qu'il fasse plus chaud et que les journées soient plus longues.

— Pour faire quoi ? »

Il ne répondit pas, mais déclara : « Je sais ce dont vous avez besoin par-dessus tout à l'heure qu'il est. »

D'un baiser, songea-t-elle. De vos mains sur moi. Des Perséides. Elle sentit son corps palpiter.

Arthur ne l'embrassa pas et ne la toucha pas. Il la précéda vers l'Old Market Restaurant, où il lui offrit un repas complet, entrée-plat-dessert, avec de la crème anglaise sur son crumble aux pommes et de la crème dans son café. Après ce festin, elle se sentit presque rassasiée.

## CHAPITRE 23

Normalement, Violet entrait chez sa mère sans frapper. Toutefois, depuis l'arrivée de Dorothy, elle se sentait plus respectueuse des usages et moins encline à débarquer à l'improviste. Ainsi, le dimanche le plus proche de son anniversaire en avril, frappa-t-elle à la porte de son ancienne maison.

Dorothy vint ouvrir au bout d'un moment. « Joyeux anniversaire, Violet », dit-elle, s'écartant pour la laisser passer. Son nouveau rôle de dame de compagnie n'avait rien changé à son apparence ; ses cheveux étaient toujours crépus et indisciplinés, l'ourlet de sa robe pendait en biais, et elle souriait d'un air rêveur, le regard perdu au-dessus de l'épaule de Violet. « J'ai fait le gâteau », ajouta-t-elle.

Mrs Speedwell était assise près du feu, malgré la chaleur de ce jour printanier. Bien que presque totalement remise de son attaque deux mois auparavant, elle semblait filer doux. Matée par Dorothy, soupçonnait Violet. « Bonjour, ma chérie, dit-elle, tendant sa joue pour que sa fille l'embrasse. Joyeux anniversaire. Tu sais que Dorothy a fait le gâteau ? Je lui ai dit que tu aimais la génoise, mais elle a tenu à faire un cake au citron.

— C'est vous qui aimez la génoise, répliqua Dorothy en entrant dans la pièce, et ce n'est pas votre anniversaire. Violet est du genre à préférer les desserts avec une note acidulée. »

Violet la regarda. Dorothy avait les yeux dans le vague. Mais elle était tombée juste.

« Assieds-toi un moment avec moi, Violet, dit sa mère. Mettez la bouilloire à chauffer avant de sortir, voulez-vous, Dorothy ? » Elle avait un ton plus hésitant qu'autoritaire.

« Je ne pars pas tout de suite. Mais je vais mettre l'eau à chauffer.

— Je dois faire attention à ce que je dis, avec elle, chuchota Mrs Speedwell quand Dorothy s'éclipsa. Elle peut se montrer *difficile*.

— Comment ça ? Que fait-elle ?

— Elle quitte la pièce ! »

Violet éclata de rire.

« Je ne vois pas ce qu'il y a de drôle, déclara Mrs Speedwell, scandalisée. Il n'y a rien de pire que d'être ignorée.

— Je sais.

— Comment ça, tu sais ? Comment peux-tu savoir ce que j'endure ? » Elle redevenait elle-même.

À ce moment-là Violet entendit la porte d'entrée s'ouvrir et le « Bonjour ! » familier de Tom. Elle remarqua que Tom, malgré la présence de Dorothy, n'éprouvait pas le besoin de frapper. « Joyeux anniversaire, ma vieille ! » s'écria-t-il en apparaissant sur le seuil, ses deux aînés derrière lui. Il lui remit un bouquet de fleurs. « Bonjour, maman, ajouta-t-il, embrassant sa mère.

— Joyeux anniversaire, tante Violet ! » répétèrent plusieurs fois Marjory et Edward, gambadant autour d'elle comme des chiens qui ont envie d'aller se promener. Evelyn surgit, solide, sérieuse et épuisée,

Gladys dans les bras. La fillette avait trois mois et arrivait désormais à tenir sa tête toute seule. Habillée en blanc de pied en cap dans un assortiment de vêtements tricotés, elle regardait autour d'elle en plissant le front d'un air réfléchi.

« Bonjour, Gladys », la salua Violet, attrapant son petit poing et le lui secouant. Le plissement de front s'accentua tandis que la fillette scrutait sa tante. Elle avait un peu l'expression indignée de sa grand-mère.

Violet se retourna et embrassa sa belle-sœur. « Tu prendras un thé ? Dorothy est en train d'en faire. »

Evelyn soupira. « Oh, oui. Dorothy est un don du ciel. »

Violet comprenait son soupir. Quand une femme a envie d'un thé, en général c'est elle qui doit le faire, pour elle et pour son entourage. Rien n'est meilleur qu'une tasse de thé préparée par quelqu'un d'autre.

Marjory se planta à son côté et posa une main sur son bras. « Tante Violet, je veux te donner mon cadeau tout de suite.

— Après le déjeuner, Marjory, lui rappela sa mère.

— Je veux lui donner *maintenant*, répéta Marjory. Je sais que tu vas l'adorer. Je le sais ! » Elle avait pris beaucoup d'assurance cette année, remarqua Violet. Cette confiance nouvelle, il convenait de l'encourager et non de la réprimer. Violet se demanda si sa nièce pourrait venir passer un week-end avec elle à Winchester.

« Peut-être que je pourrais recevoir un de mes cadeaux tout de suite, et les autres plus tard ? suggéra-t-elle. Et, si personne n'y voit d'inconvénient, j'aimerais que ce cadeau soit celui de Marjory.

— Dans ce cas, d'accord, céda Evelyn. Marjory, tu le trouveras dans mon sac, dans l'entrée. »

Marjory fila comme une flèche. « Je vais te dire quel cadeau je t'offre, annonça Mrs Speedwell, coiffant Marjory au poteau. De l'huile d'amande pour ta peau. Dorothy est allée l'acheter pour moi chez Plummers. J'ai commencé à l'utiliser à ton âge et mon teint s'est fané moins vite.

— Merci infiniment, mère. » Violet jeta un coup d'œil à Evelyn, et elles eurent un petit sourire.

Marjory revint avec un paquet faisant à peu près la taille de la main de Violet, sommairement emballé dans du papier kraft. La fillette le plaça sur les genoux de sa tante puis dansa d'un pied sur l'autre, levant le regard vers Dorothy, qui avait apporté le plateau de thé et était adossée au chambranle. Violet ressentit un pincement de jalousie : elle n'avait pas prévu que sa nièce nouerait une quelconque relation avec Dorothy, or toutes deux semblaient bien se connaître. Si j'étais restée m'occuper de mère, j'aurais plus souvent vu Marjory, se dit-elle, avant de se raisonner, et de se concentrer plutôt sur son cadeau.

Elle ôta le papier kraft pour découvrir un porte-aiguilles brodé, dont le motif, violet, rose et crème, reprenait celui des aumônières qu'elle avait fabriquées. Il ressemblait à un petit livre, avec des pages de feutre pour planter les aiguilles, comme le porte-aiguilles que Violet avait offert à sa nièce pour Noël. « C'est toi qui as fait ça ?

— C'est moi ! » Marjory, incapable de se contenir, se mit à bondir sur place. « Tu en as fait un pour moi et moi j'en ai fait un pour toi !

— Allons, Marjory, arrête de sautiller et sois honnête, la gronda Evelyn. Dorothy t'a beaucoup aidée, non ? Marjory est venue ici presque tous les jours, travailler sur ce cadeau », ajouta-t-elle.

Tandis qu'elle examinait l'étui de plus près, Violet pouvait distinguer les zones brodées par Dorothy et celles où elle avait laissé tels quels des points sautés ou enchevêtrés pour indiquer l'œuvre de Marjory.

Elle leva les yeux vers Dorothy, qui souriait en regardant le feu, puis vers sa nièce, dont le visage rayonnait d'un bonheur que Violet connaissait bien, celui d'avoir produit quelque chose d'utile et de beau à la fois.

« Je l'adore, dit-elle. Merci mille fois, ma chérie. » Elle serra Marjory dans ses bras. « Je vais tout de suite y ranger mes aiguilles. » Sachant que les enfants aimaient les résultats immédiats, elle attrapa son sac à main et en sortit le porte-aiguilles en loques qui s'y trouvait en permanence.

« Alors voilà où était passé mon porte-aiguilles ! s'exclama Mrs Speedwell en fusillant sa fille du regard.

— Oui, mère, et il m'a été bien utile, merci. » Violet transféra les aiguilles du vieil étui au nouveau sous les yeux de Marjory, enchantée.

« Je serai brodeuse quand je serai grande, annonça-t-elle.

— Je te présenterai à Miss Pesel, répondit Violet, mettant de côté l'étui de sa mère. La broderie est son métier. Elle l'a même enseignée en Grèce. Et elle est même montée à dos de chameau, ajouta-t-elle, pour rendre la vie de Louisa Pesel encore plus exotique et attrayante, si ténu que soit le lien entre la couture et les chameaux.

— Ce sera mon métier, alors, déclara Marjory. C'est décidé. » Elle jeta un coup d'œil en coin à sa mère et sa grand-mère, comme si elle s'attendait à des protestations. Mais Mrs Speedwell n'avait pas suivi l'échange entre sa fille et sa petite-fille, et Evelyn était distraite par Gladys. Marjory regarda Violet, et elles se sourirent.

On frappa à la porte, et Dorothy disparut pour aller ouvrir. Elle revint, accompagnée de Gilda, alors que Violet servait le thé. Au grand étonnement de

Violet, son amie fut saluée avec naturel par le reste de la famille Speedwell, qui l'avait manifestement rencontrée à plusieurs reprises. « Joyeux anniversaire, Violet ! s'écria Gilda. J'espère que tu as aimé le cadeau de Marjory. Elle a fait un magnifique travail, n'est-ce pas ?

— Magnifique. »

Gilda se tourna vers le frère de Violet. « Tom, Joe a dit qu'il avait peut-être quelque chose pour vous. Vous devez lui téléphoner, il vous en dira plus. »

Quand Violet lui lança un regard interrogateur, Tom haussa les épaules. « J'envisage d'acheter une plus grosse voiture. Plus d'espace pour les mômes... Le frère de Gilda m'aide à chercher.

— Je vois. » Il y avait tout un pan de vie familiale qui semblait intégrer Gilda et Dorothy et dont Violet ne faisait pas partie. Le prix à payer pour rester à Winchester, se dit-elle, dodelinant de la tête. Elle était disposée à le payer.

Dorothy avait mis son manteau vert et son béret et patientait près de la porte. « Bon, on se sauve, dit Gilda.

— Vous allez voir quoi ? demanda Evelyn.

— *The Indiscretions of Eve.* » Gilda jeta un regard à Dorothy et sourit. « Nous l'avions loupé la première fois.

— Vous avez de la chance. Tom, dis-moi qu'un jour on retournera au cinéma ! »

Dorothy s'adressa à Violet : « Profite bien du cake au citron et de ton après-midi. *Panem et circenses*.

— Ah, ce latin ! grogna Mrs Speedwell. Que dirait Geoffrey ?

— Il approuverait, répondit Violet.

— Des filles épatantes », commenta Tom une fois la porte d'entrée refermée.

Violet, suivant la formule latine, profita pleinement

du pain et des jeux. L'adoucissement de sa mère y contribua, il était plus facile de la taquiner et de lui céder quand elle se sentait moins coupable. Mrs Speedwell, de son côté, raconta d'autres anniversaires, et parvint même à évoquer George. « Quand ton frère t'a vue pour la première fois, il a été cruellement déçu que tu ne sois pas capable d'empiler des cubes avec lui. "M'intéresse pas tant qu'elle sait pas ! Vous pouvez la rapporter !" » répéta Mrs Speedwell, en gloussant.

Elle semblait de bonne humeur, et laissa passer tout le déjeuner, le gâteau, le thé, les cadeaux, avant de se racler la gorge. « J'aimerais dire quelque chose. »

Violet tenait Gladys, Marjory appuyée contre son genou. La tante et la nièce devisaient, se demandant si elles pouvaient débarrasser le bébé d'une épaisseur de tricot, vu qu'il faisait chaud dans la pièce et que la fillette avait la figure toute rouge. Violet jeta un coup d'œil aux parents de Gladys : Tom jouait aux cartes avec Edward et Evelyn était installée dans le canapé, les yeux fermés et les pieds surélevés. « Je crois qu'on peut », décida Violet, qui entreprit d'enlever le gilet blanc du bébé tandis que celui-ci l'observait d'un air grave. La fillette ne pleura pas, mais tendit le bras pour pincer le nez de Violet.

« J'ai pris une décision », poursuivit Mrs Speedwell. Tom dressa la tête et Evelyn ouvrit les yeux, alarmée. « J'ai décidé qu'il était temps que je quitte cette maison. Elle est trop grande pour moi. J'irai m'installer chez Penelope à Horsham cet été. Elle a besoin de mon aide. Elle a bien trop à faire, à s'occuper de sa belle-mère et de cette ribambelle de petits-enfants. Ma présence lui sera très précieuse. »

Tom, Evelyn et Violet écarquillaient les yeux. « Maman ! Pourquoi ne nous avoir rien dit ? s'écria

Tom. Tu n'es pas obligée de... » D'un balancement de tête, Evelyn le fit taire.

Si, songea Violet. Tu es obligée. C'est une décision raisonnable. Merci, tante Penelope. Elle aurait dû se sentir soulagée, mais en réalité elle avait envie de pleurer. Elle enfouit son visage dans le cou de Gladys, qui avait une odeur chaude et aigrelette.

« Mais... et Dorothy ? s'enquit Marjory, avec une inquiétude étonnamment adulte. Où est-ce qu'elle va habiter ?

— Ne t'en fais pas pour elle, répondit Evelyn. Je suis sûre qu'elle trouvera où aller.

— Dorothy sait déjà, reprit Mrs Speedwell. J'en ai discuté avec elle. C'est elle qui m'a suggéré l'idée en premier. Une fille très sensée. Gilda et elle sont en ce moment même en train de visiter des logements avant d'aller au cinéma.

— Tu veux dire... un logement pour Dorothy... à Southampton ? bredouilla Violet.

— Un logement pour toutes les deux. C'est bien d'avoir une aussi bonne amie, non ? Même si je ne sais pas comment Gilda fera pour supporter toutes ces formules latines ! » Elle ne leur reprochait pas de détester les hommes et ne les qualifiait pas de déviantes. Est-ce que mère sait ? se demanda Violet.

Elle croisa le regard insistant d'Evelyn. Elle, elle sait, se dit Violet, même si elle a assez de jugeote pour ne rien dire, y compris à Tom. « Comment vont-elles vivre ? » demanda-t-elle, plus pour elle-même qu'à l'adresse de sa mère.

Mrs Speedwell se carra dans son fauteuil, fière d'être dans la confidence. « Elles cherchent du travail. Dorothy comme professeur de latin, et Gilda comme comptable. Même en ces temps difficiles, les comptes doivent être tenus et les enfants doivent apprendre.

— Et le garage de son frère ?

— Sa belle-sœur a l'intention de tenir les comptes. "L'affreuse Olive", comme l'appelle Gilda. Elle a l'air en effet épouvantable. D'après Gilda, elle porte des robes bien trop moulantes pour une mère de famille. » Mrs Speedwell lâcha un « tss-tss » joyeux.

Voilà ce que Gilda et Dorothy sont en train de faire, songea Violet, revoyant la mine heureuse et épanouie qu'affichait Gilda au moment de partir. Vous avez bien raison, se surprit-elle à ajouter. Et elle serra Gladys tellement fort que la fillette se mit à pleurer.

# CHAPITRE 24

Violet dut faire appel à toutes ses réserves de patience pendant qu'elle attendait Arthur. Elle avait ramené sa bicyclette de Southampton et demandé au frère de Gilda de lui gonfler les pneus et de graisser la chaîne. La bicyclette elle aussi attendait désormais Arthur, dans le jardin de derrière de Mrs Harvey, une bâche la protégeant de la pluie insistante d'avril.

« En mai », dit-il quand elle l'interrogea autour d'un plat de côtelettes à l'Old Market Restaurant, où ils avaient désormais l'habitude de se retrouver chaque semaine pour dîner après la réunion des brodeuses et avant qu'il n'aille sonner. Il ne lui prenait pas la main et ne l'appelait pas « mon cœur », mais il n'avait pas besoin. Il y avait quelque chose de réconfortant à être attablés ensemble de manière cérémonieuse au restaurant, serviettes en lin sur les genoux, à discuter du menu, des services pour lesquels il était censé sonner, de la broderie à laquelle elle travaillait, de l'emménagement imminent de sa mère à Horsham (« Bel ensemble de huit cloches à Ste Mary », commenta Arthur), des semis qu'il faisait pousser dans sa serre et ne tarderait pas à replanter. Nous sommes comme un vieux couple marié, mais sans être mariés, se disait-elle. Cette pensée ne la dérangeait pas.

Les dîners à l'Old Market étaient censés la remplumer, disait-il. À n'avoir vécu pendant un an et demi que de pâte d'anchois, de sandwichs au cresson et de Marmite, elle n'était plus simplement mince, mais maigre. Violet lui était reconnaissante, mais craignait qu'il ne puisse se le permettre avec sa petite retraite. Pourtant, elle avait beau se sentir coupable, elle n'arrivait pas à se contenter de la soupe et du plat principal, et commandait toujours un dessert – des desserts bien nourrissants comme la charlotte aux pommes ou le pain perdu, arrosés de crème anglaise. « Ça tient au corps », déclarait Arthur, opinant du chef. Elle sentait sa taille s'arrondir sous sa jupe, ses clavicules devenir moins saillantes, son ventre se bomber.

Durant son mois d'attente, elle s'occupa. Au bureau, elle réorganisa la répartition des tâches de sorte que Maureen et elle exploitent mieux leurs points forts : Violet tapait les rapports présentant de gros blocs de texte, et Maureen les formulaires délicats nécessitant des espacements précis. Cette modification améliora suffisamment leur rendement pour que Mr Waterman cesse de se plaindre et ne dise plus qu'il allait devoir embaucher une autre dactylo ou confier leur besogne à l'équipe de Southampton.

Maureen avait rompu récemment avec son employé de banque, et Violet la présenta à Keith Bain. Ils allèrent au cinéma un soir et ne parlèrent plus jamais l'un de l'autre.

Les brodeuses travaillaient d'arrache-pied à une autre fournée de coussins qui devaient être bénis à une Présentation des Broderies en mai : cela en ferait neuf à ajouter à ceux déjà en place. Un mercredi, quand Miss Pesel l'assigna à nouveau à la confection de bordures, elle demanda expressément à broder des fylfots. Miss Pesel retira ses lunettes et dévisagea Violet. Elles se tenaient toutes les deux près de l'armoire dans la maison paroissiale, entourées du bourdonnement des brodeuses qui s'affairaient et bavardaient dans la salle, Mabel Way rôdant à proximité, prête à noter la mission de Violet. « Je suis très satisfaite des fylfots d'Edington sur le coussin d'Arthur, commença Miss Pesel. Cependant, on ne va peut-être pas enfoncer le clou. Il y a plein d'autres motifs intéressants à utiliser.

— J'y tiens, insista Violet. Cette fois, je saurai ce que je suis en train de broder... ce que signifie le symbole. Je veux me rebeller en connaissance de cause, pas à mon insu. »

Louisa Pesel sourit. « Il est important pour vous de vous rebeller, on dirait ?

— Oui. » Depuis qu'Arthur avait parlé d'Hitler dans la chapelle des Pêcheurs, Violet enrichissait sa réflexion en se montrant plus curieuse, en lisant des articles sur lui et le parti nazi dans les journaux, en écoutant des analyses politiques à la radio, en discutant des actualités avec Arthur à l'Old Market. Elle n'était pas certaine qu'Hitler reste très longtemps à la tête de l'Allemagne : beaucoup le prenaient pour un fanatique qui goûtait son heure de gloire et ne tarderait pas à disparaître, remplacé par une tentative différente de remédier aux problèmes économiques de l'Allemagne. Si tel était le cas, les fylfots sur les coussins pourraient redevenir l'inoffensif symbole ancestral qu'ils avaient toujours été.

« Très bien, céda Louisa Pesel. Il y a un coussin auquel il manque encore sa bordure. J'ai mis longtemps à en concevoir le motif, car c'est un coussin important que beaucoup de gens regarderont. Il sera placé sur la grande banquette en face du coussin du roi Arthur, et que les deux aient le même pourtour ne fera que les relier davantage.

— L'Arbre de Vie ? » demanda Violet, se rappelant le coussin inachevé que lui avait montré Gilda quand elle avait rejoint les brodeuses.

Louisa Pesel hocha la tête. « Exact. Sur le plan symbolique, les fylfots se marieraient bien avec. Mais vous allez devoir vous activer pour que la bordure soit assemblée à temps pour la Présentation. » Prenant dans l'armoire la boîte étiquetée *Modèles*, elle fouilla à l'intérieur et y dénicha l'étroite bande de toile où les fylfots alternaient avec les fleurs à quatre pétales. Violet s'était servie de ce modèle pour la bordure du roi Arthur. Miss Pesel le lui tendit. « Allez-y, rebellez-vous, Miss Speedwell. »

Ensuite, Violet s'installa avec Gilda et Dorothy pour travailler. Elles avaient beau, en temps normal, ne pas participer aux mêmes réunions, Dorothy était venue de Southampton soumettre à l'inspection de Louisa Pesel un des coussins des Waterman qu'elle avait terminés, puis était restée coudre. Violet ignorait ce que les autres brodeuses savaient de leur arrangement. Gilda était comme d'habitude pleine de vie, racontant des histoires aux ouvrières voisines, tandis que Dorothy demeurait silencieuse avec son demi-sourire. Les femmes alentour riaient et faisaient des commentaires sans leur lancer de regards torves. La crise paraissait révolue, tant que les deux amies n'affichaient pas leur affection devant elles.

Violet dut attendre que la séance soit finie et qu'elles soient toutes les trois chez Awdry à boire une tasse de thé pour questionner Gilda et Dorothy sur leurs projets.

« Comment va mère ? demanda-t-elle d'abord.

— Mrs Speedwell est allée à Horsham vérifier ses conditions de logement, répondit Dorothy. Je l'ai mise dans le train, et votre tante devait l'accueillir à l'arrivée.

— Merci de lui avoir suggéré cette possibilité. Je... nous te sommes tous reconnaissants. »

Dorothy haussa les épaules. « C'est la solution logique. Mrs Speedwell avait juste besoin d'un coup de pouce pour aboutir à cette décision et se l'approprier.

— Pendant son absence, Evelyn, Dorothy et moi faisons le tri dans la maison, intervint Gilda.

— Je devrais peut-être vous donner un coup de main ?

— C'est plus facile quand on n'est pas impliqué affectivement. Je n'en reviens pas, Violet, chez ta mère, à part pour le téléphone et l'électricité, le temps s'est arrêté en 1894 !

— L'année de ma naissance...

— Ça ne va pas être évident de faire bouger tout ça, concéda Dorothy, mais on se débrouillera. *Aut viam inveniam aut faciam*. Hannibal : “Je trouverai le chemin ou je le percerai.”

— Mère sait-elle ce que vous êtes en train de faire ?

— Oui, et ça n'a pas l'air de la déranger, déclara Gilda. Oh, elle râle, mais ça ne va pas plus loin. Dorothy la manœuvre sans difficulté. Elle a plus de mal avec ses élèves qu'avec Mrs Speedwell. » Elle lorgna son amie d'un air admiratif.

« Et ça y est, vous avez trouvé à vous loger à Southampton ? »

Gilda et Dorothy échangèrent un regard. « On va habiter la maison de ta mère jusqu'à ce qu'elle soit vendue. Il paraît qu'une maison se vend mieux quand elle est habitée. Les gens n'ont pas d'imagination et trouvent les pièces vides peu engageantes. Ensuite… eh bien, nous trouverons quelque chose. J'ai une piste pour un boulot, en tout cas. Je ne vais pas tarder à déménager. Violet, qu'est-ce qui ne va pas ? »

Violet avait les larmes aux yeux à la pensée que la seule vraie amie qu'elle s'était faite à Winchester était sur le point de s'en aller. Elle s'éclaircit la gorge et essaya de rire. « C'est juste que j'ai quitté Southampton et que maintenant tu vas t'y installer. »

Gilda se pencha en avant au-dessus de sa tasse. « Oh, mais ne t'en fais pas, je reviendrai à Winchester. D'abord, il faut bien que je surveille l'affreuse Olive, qu'elle ne mène pas le garage à la faillite ! Et puis il y a les brodeuses, évidemment. Miss Pesel a bien dit que nous avions encore trois ans de travail devant nous ? Je ne pourrai pas venir aux réunions chaque semaine une fois que j'aurai un travail, mais je me débrouillerai. Et tu viendras nous voir, n'est-ce pas ? » Bien qu'elle ait empoigné la main de Violet, c'était Dorothy qu'elle regardait, la mine réjouie.

« Bien sûr que je viendrai, répondit vaillamment Violet. Après tout, c'est ma ville et vous avez besoin d'un guide. »

Enfin, lors d'un dîner un mercredi, Arthur demanda à Violet de le retrouver à sept heures et demie le dimanche matin près de la tombe de Thetcher, avec sa bicyclette. « C'est tôt, je sais, mais il faut ça, dit-il pour s'excuser. En tout cas, il devrait faire beau pour pédaler. »

Violet eut le bon sens de ne pas demander de détails, goûtant par avance la surprise. Alors qu'elle l'attendait par ce doux matin de mai, le soleil illuminant la tour trapue de la cathédrale mais le reste encore plongé dans l'ombre, elle prit soudain conscience qu'Arthur était en train d'effectuer tout le trajet à vélo depuis Nether Wallop à cette heure si matinale. À son arrivée, ils se serrèrent poliment la main, presque comme des étrangers, et ce fut seulement quand elle lui demanda : « Où allons-nous ? » et qu'il répondit : « À Nether Wallop » qu'elle mesura la force de son caractère. Il avait pédalé vingt-deux kilomètres pour venir la chercher et la ramener à son point de départ.

Ils prirent la route au nord-ouest de Winchester en direction de Stockbridge. Comme il était tôt, il n'y avait pas beaucoup de circulation, et Violet, qui n'avait pas fait de vélo depuis dix-huit mois, put retrouver ses jambes. Elle vacilla un peu dans la côte à la sortie de la ville, mais une fois sur le plat elle pédala avec plus d'assurance, suivant le dos droit d'Arthur et son allure régulière. Elle soupçonnait qu'il allait bien plus lentement qu'à son habitude. En fin de compte il se déporta et ralentit afin qu'elle le rattrape et que tous deux puissent progresser de front dans la campagne étincelante. Le soleil, levé depuis deux heures, avait séché la rosée. Tout à l'heure il ferait chaud, mais pour l'instant il régnait une fraîcheur piquante et le ciel était d'un blanc bleuté.

Les champs se déroulaient et s'évanouissaient comme des vagues. Récemment labourés, certains, avec leur terre soulevée, paraissaient noirs. Dans d'autres, les pousses donnaient au paysage un aspect duveteux. La végétation était bien plus neuve et verte qu'elle ne l'avait été en août quand elle avait marché jusqu'à Salisbury. La campagne était alors une femme mûre, pleine de sagesse et un peu lasse. Aujourd'hui elle était l'ingénue de mai, jeune, fringante et curieuse de l'avenir. Quel mois de l'année serais-je ? se demanda Violet. Plus tout à fait le mois de mai, pas encore le mois d'août. Je suis le mois de juillet, se dit-elle, étonnée. Je suis dans la fleur de l'âge, et je suis prête.

« Arrivera-t-on à Nether Wallop pour les cloches ? demanda-t-elle à Arthur, car elle avait bien compris que c'était le but, même si elle ne voyait pas quel rôle elle jouait là-dedans.

— On devrait, dit-il, tout en accélérant légèrement. Nous nous arrêterons avant Stockbridge pour souffler un peu. Alors, comment vont les brodeuses ? Une de vos œuvres a-t-elle été bénie pendant l'office spécial de la semaine dernière ?

— Une autre aumônière, et la bordure d'un des coussins.

— Que représentait le motif ? »

Violet hésita. « Des fylfots. »

La roue avant d'Arthur bringuebala.

« Mon acte conscient de rébellion, contre les nazis et tous ceux qui les soutiennent, ajouta-t-elle. Comme nous l'a expliqué Miss Pesel.

— Je vois. » Au bout de quelques secondes Arthur demanda : « Alors, comme ça, vous comptez remplir les stalles de fylfots ?

— Non, seulement sur ce coussin. Il représente l'Arbre de Vie, et les fylfots m'ont semblé convenir. Mais Miss Pesel et moi avons décidé que deux bordures comme ça suffisaient, bien qu'elle ait précisé qu'elle se réserve le droit d'en faire une autre un jour, si sa colère est vraiment trop forte. Elle espère toutefois que ça n'arrivera pas. »

Ils atteignirent Nether Wallop juste avant neuf heures, Violet un brin essoufflée après l'effort, et inquiète de ce que les autres sonneurs penseraient de sa présence.

« Bon, je dois entrer me préparer, expliqua Arthur alors qu'ils s'arrêtaient au bout de la ruelle qui menait à l'église et descendaient de vélo. Je vous suggère de rester dehors pour écouter. Puis, vers la fin, aux alentours de moins le quart, d'entrer dans l'église et de vous asseoir dans le fond, à droite. »

Violet, à présent moite de sueur, acquiesça. Elle était déconcertée et déçue. Elle avait rêvé de sonner les cloches, même si elle savait que c'était ridicule de sa part. Keith Bain lui avait expliqué avoir passé un mois rien qu'à apprendre à tirer la corde : le mouvement en deux temps était plus compliqué qu'il n'en avait l'air. Mais, apparemment, Arthur ne l'avait amenée ici que pour écouter.

Il disparut dans l'église, et Violet se dirigea vers le banc où elle s'était assise neuf mois plus tôt pour écouter les cloches. En passant à côté de la pyramide qui dominait le cimetière, elle marqua une pause et plaça une main sur sa surface lisse, que le soleil avait chauffée. Cela faisait presque vingt-huit ans que son frère avait tenté de l'escalader. Il était mort depuis dix-sept ans, et Laurence seize. Peut-être, à la longue, la douleur de ces deuils s'était-elle émoussée. Elle était encore en vie, et heureuse de l'être. Sa mère aussi : Mrs Speedwell avait également franchi un cap, même si ce n'était pas le même que pour Violet, puisqu'une mère ne pouvait jamais se remettre vraiment. Alors qu'elle continuait sa route et s'asseyait sur le banc, les cinq cloches entamèrent leur gamme descendante ; Violet ferma les yeux et tourna son visage vers le soleil.

À dix heures moins le quart elle se leva et retraversa le cimetière vers l'entrée de l'église : nerveuse à présent, elle ne savait trop ce qui allait se passer.

Allait-il la présenter à sa femme ? Allaient-ils rester sagement assis pendant l'office, dévisagés par les villageois ? Ou bien allaient-ils repartir sur leurs bicyclettes quand il aurait fini de carillonner ? Et pour faire quoi ?

Il faisait frais et assez sombre à l'intérieur et, mis à part les sonneurs de cloches, l'église était vide. Les femmes avaient composé leurs bouquets, épousseté les bancs, balayé le sol et disposé les livres de prières ; le pasteur avait préparé ses papiers sur la chaire.

Les carillonneurs étaient en pleine séquence, tirant en souplesse et se guettant les uns les autres avec une qualité de concentration que Violet n'avait jamais vue ailleurs. Elle se glissa sur un banc en dehors de leur champ de vision pour ne pas les distraire, puis resta assise là à écouter, repérant les combinaisons en suivant parmi les autres ce que faisait l'aiguë. Il était plus facile de discerner ce qui se passait quand il y avait moins de cloches, et elle réussit à entendre chacune revenir à sa place initiale jusqu'à ce que l'ensemble se mette à sonner une volée.

« En l'air ! » lança le chef, et quatre cloches se turent ; seule la ténor continua, plus rapide, signalant de manière pressante que l'office n'allait pas tarder à commencer. Les sonneurs sortirent à la queue leu leu, et Violet demeura parfaitement immobile pour qu'ils ne la remarquent pas.

Quand la porte se referma derrière eux, elle entendit Arthur l'appeler : « Violet, venez. » Elle rejoignit en hâte le pied du clocher, où quatre cordes pendillaient et où Arthur actionnait la ténor bien en rythme, abaissant la corde jusqu'à sa taille, puis la laissant remonter en se mettant presque sur la pointe des pieds. « Vous voyez ce rideau ? » Il désignait un rideau de velours orange décoloré accroché dans l'angle près de l'entrée. « Tirez-le. Comme ça, les fidèles ne se laisseront pas distraire. »

Non, songea Violet. Comme ça, les fidèles ne me verront pas. Mais elle obtempéra, tirant le rideau qui les séparait de la nef juste au moment où la porte s'ouvrait sur l'homme au complet de laine à la grande silhouette distinguée qui lui avait parlé en août. Elle ne savait trop s'il l'avait vue ou non.

Elle revint auprès d'Arthur. « Très bien, dit-il. Je vais vous apprendre à manier la corde. » Il tira sur la sienne et la laissa remonter haut entre ses mains, avant de l'arrêter. Le silence était saisissant. Violet entendait les gens de l'autre côté du rideau : l'église commençait à se remplir.

« Mettez-vous en face de moi », reprit Arthur à voix basse. Ils étaient maintenant face à face, la corde pendant entre eux. « Vous allez tirer la partie molletonnée pendant que je tirerai l'extrémité. Attrapez-la à deux mains au-dessus de votre tête... c'est ça. Ensuite vous tirerez jusqu'à ce que vos mains atteignent votre taille, puis vous lâcherez pour laisser remonter la corde. Je la contrôlerai en la tenant par l'extrémité, et quand la poignée redescendra, préparez-vous à l'attraper au moment où elle commencera à remonter, puis vous la tirerez une fois qu'elle sera devant vous. Compris ?

— Je...

— Nous n'avons pas le temps. Contentez-vous de me suivre, et faites-moi confiance. Attrapez la sally et tirez la corde jusqu'à votre taille. » Arthur indiqua le segment rayé. Violet respira profondément, saisit la sally à deux mains et tira. La cloche n'était pas aussi lourde qu'elle s'y attendait ; elle avait tiré beaucoup trop fort. « Lâchez ! » lança Arthur d'un ton sifflant. Violet s'empressa de lâcher, et alors que le segment rayé se dirigeait vers le plafond, il ajouta :

« Ne regardez pas la corde. Regardez-moi. » Il tira sur le bout de la corde pour que la sally redescende. « Attrapez-la au moment où elle sera devant vous. Maintenant, tirez. Sans cesser de me regarder. »

Elle tira et, là encore, il dut lui rappeler de lâcher, et de ne pas regarder la corde. C'était une curieuse sensation de va-et-vient et, pour accéder au rythme adéquat, une concentration totale s'avérait nécessaire. Au début, elle n'arrivait pas à maîtriser la corde, qui avait tendance à frétiller au lieu de monter et descendre sans à-coups. Plusieurs fois, Arthur dut saisir la sally pour rétablir la trajectoire. Au bout de quelques minutes elle parvint à coordonner ses mouvements et à maintenir un rythme régulier : la chose lui semblait plus facile si elle gardait les yeux braqués sur Arthur sans penser à quoi que ce soit d'autre. Il se tenait tout près d'elle, tirant et l'observant comme elle-même l'observait. Un regard intense, fixé à la fois sur la corde, la cloche et le partenaire. Elle avait la sensation d'être sur une balançoire qui demeurait parfaitement équilibrée tant que chacun surveillait avec attention ce que faisait l'autre, mais aussi les réactions de la planche. Pendant un petit moment elle se sentit complètement en phase avec Arthur, la corde et la cloche.

Elle était tellement absorbée par le mouvement de la corde qu'elle mit plusieurs minutes à prendre conscience du son de la cloche qui, au-dessus d'eux, émettait sa musique singulière. Alors seulement elle comprit, de la manière la plus viscérale, que c'était la corde qu'elle tirait qui était responsable de ce son. « L'appel de tous les pécheurs », murmura-t-elle, en souriant à Arthur.

Il lui rendit son sourire. « Oui, je crois qu'on les a bien rameutés. Arrêtez de tirer, je vais abaisser la cloche, maintenant. »

Elle n'avait pas envie d'arrêter. Mais elle percevait la présence des fidèles derrière le rideau, et savait que cette brève et profonde complicité entre Arthur, elle et la cloche ne pouvait être prolongée. Elle tira sur la sally une dernière fois, puis lâcha. Arthur leva les bras alors que le bout de la corde montait vers son point culminant ; il tira dessus plus délicatement, enroulant la corde avec une rapidité croissante pour abaisser la cloche, jusqu'à ce qu'elle se taise. Tous deux se regardèrent. « Merci », dit Violet, et Arthur hocha la tête.

Il consulta sa montre et gagna le mur afin de libérer un long câble métallique suspendu à un clou. Il y eut un grincement, puis la cloche, immobile, se mit à résonner, frappée par un mécanisme automatique. Dix coups. « Un peu en retard, mais ce n'est pas grave », dit Arthur. Il décrocha une corde munie d'un grappin et la descendit, puis Violet l'aida à y enrouler les extrémités des autres cordes. Lorsque toutes furent accrochées, il tira sur la corde pour faire remonter le grappin, créant une version simplifiée des lustres de chanvre qu'elle avait admirés dans le clocher de la cathédrale.

Derrière eux les fidèles entonnèrent le premier cantique. « Il vaut mieux que vous sortiez maintenant, dit Arthur. Je vous retrouve aux vélos dans quelques instants. »

Violet acquiesça, mais hésita. Elle se représenta tous les fidèles la tête tournée vers eux, la dévisageant telle une coupable. Nous n'avons rien fait de mal, se persuada-t-elle. Et pourtant, il s'était bien passé quelque chose alors qu'ils sonnaient ensemble, si proches tous les deux et si concentrés sur la corde, sur la cloche et sur l'autre.

Quand elle se glissa derrière le rideau et déboucha dans la nef, l'assemblée contemplait la chaire où prêchait le pasteur. Une seule personne tourna la tête alors qu'elle se dirigeait vers la porte : l'homme au complet de laine. Il la surprit avant qu'elle ne l'atteigne, et son regard lui fit l'effet d'une cigarette rougeoyante écrasée sur sa peau. Tout le village va être au courant, se dit-elle. Et la femme d'Arthur.

Elle envisagea de le lui dire quand il arriva aux bicyclettes quelques minutes plus tard, mais il paraissait tellement content et euphorique qu'elle renonça.

« Alors, ça vous a plu ? demanda-t-il.

— J'ai adoré. Rien ne m'a jamais donné cette sensation avant.

— C'est incroyable, n'est-ce pas ? Tout le reste s'évanouit.

— C'était astucieux de me faire sonner à ce moment-là, pendant l'appel de tous les pécheurs.

— Oui. D'habitude, les débutants viennent aux soirées d'entraînement, où on les laisse tourmenter le village quelques minutes par leurs erreurs. Mais j'ai pensé que le dimanche matin vous arrangerait davantage. Plus facile de faire l'aller et retour de jour... »

Oui, et comme ça pas besoin de me montrer aux fidèles et aux autres sonneurs, se dit-elle. Mais elle n'était pas fâchée. C'était une solution pragmatique.

Elle n'ajouta pas qu'elle avait envie de recommencer, car elle avait conscience que ce ne serait pas évident à goupiller, si ce n'est impossible, maintenant que l'homme au complet de laine l'avait vue. Cette séance de cloches demeurerait sans suite.

Arthur attrapa la bicyclette de Violet et la lui tendit. « Nous pourrions rentrer à Winchester par le même chemin, en passant par Stockbridge. Mais il y aura la circulation du dimanche, ce sera moins agréable. Il existe un autre itinéraire sur de plus petites routes, qui passe par Broughton et par King's Somborne. Ce sera plus paisible.

— Parfait. Mais vous n'avez pas besoin de me raccompagner jusqu'au bout. Et puis cela vous ferait arriver à Winchester bien trop tôt pour sonner l'office du soir. Je suis sûre que je saurai trouver mon chemin. » Elle devenait plus guindée avec lui. « Vous… vous devez avoir d'autres choses à faire un dimanche. » Un déjeuner dominical avec votre femme, songea-t-elle.

« Je ne sonne pas à Winchester ce soir. Mais je vais faire un bout du trajet avec vous. Le chemin est un peu compliqué pour traverser la rivière et arriver à King's Somborne. Une fois passé l'embranchement, c'est quasiment tout droit.

— Voulez-vous que je parte devant, et vous me rejoindrez ensuite ? » Comme dans une vraie liaison… ajouta-t-elle en son for intérieur.

Arthur sourit. « Pas la peine, les commères du village sont toutes à l'intérieur. » Il désigna l'église, où les chants avaient pris fin.

Ils roulèrent vers le sud, sur une route longeant Wallop Brook qu'elle avait prise à pied en sens inverse l'été d'avant. Bien que côte à côte, ils ne disaient plus rien. L'exubérance qu'elle avait ressentie après avoir sonné avec lui s'était dissipée, remplacée par une tristesse grandissante, pareille à la mélancolie qui la saisissait le dernier jour des vacances, quand elle aurait presque souhaité qu'elles soient déjà finies, pour retrouver la monotonie de sa vie quotidienne.

Après Broughton, ils continuèrent à pédaler vers la Test, qu'ils ne purent franchir qu'au prix de maints détours. Puis ils passèrent sur une voie de chemin de fer, et l'auberge John O'Gaunt apparut. Le patron était devant son pub, à arroser des bacs de pensées.

« Arthur ! » cria-t-il, avant de marquer un temps d'arrêt en reconnaissant Violet.

Arthur le salua, mais ne s'arrêta pas. Une fois hors de portée de voix, il pesta doucement.

« Voilà une commère qui n'est pas à l'église, commenta Violet.

— En effet.

— Vous préférez peut-être faire demi-tour ?

— Non, mais je rentrerai par un autre chemin pour éviter qu'il m'arrête et me questionne sur vous. »

Ils atteignirent bientôt une route plus importante qui les mena au village de King's Somborne, regroupant quelques maisons, un pub et une église. Arthur obliqua sur une plus petite route et, très vite, les maisons disparurent et des haies coururent le long des champs. Il se gara et Violet fit halte à côté de lui, mettant pied à terre, la bicyclette entre les jambes.

« Si vous continuez par cette route sur une dizaine de kilomètres, vous arriverez à la périphérie de Winchester, expliqua Arthur. Il y aura peu de circulation, et la campagne est ravissante.

— Très bien. » Violet ne bougea pas. « Merci pour cette matinée. Pour tous les repas que vous m'avez offerts. Pour m'avoir montré les cloches de la cathédrale. Pour tout. » Elle savait que ses paroles ressemblaient à des adieux. Et c'en était. Quelque chose dans l'attitude d'Arthur lui avait bien fait comprendre qu'une telle journée était une exception. Elle ne se reproduirait pas. Il l'avait fait venir pour sonner les cloches, point final. Il la contemplait maintenant avec une certaine impuissance, et ce désarroi semblait confirmer son intuition. Il allait lui dire au revoir et repartir pour Nether Wallop.

Violet sentit l'abîme s'agrandir en elle. Elle pouvait

dégringoler dedans, ou prendre les choses en main. Son acte de rébellion.

Ils s'étaient arrêtés devant une barrière métallique par laquelle un tracteur pouvait passer pour labourer et moissonner. La route, les haies et les champs alentour étaient totalement silencieux, pleins d'attente. Violet se dégagea de son vélo et alla l'appuyer contre la haie. Elle se mit à escalader la barrière.

« Violet. »

Une fois en haut, elle passa une jambe par-dessus le dernier barreau et s'y assit à califourchon, sa jupe gonflée autour d'elle. Elle respira à fond avant de parler. « Est-ce que vous viendriez dans ce champ avec moi ? Parce que je suis prête, et que l'occasion ne se représentera jamais. »

Arthur la dévisageait.

« Vous pouvez me suivre ou vous pouvez vous en aller. » Violet sauta dans le champ et s'éloigna de la barrière sans regarder derrière elle. Elle avait pris un risque ; c'était à lui de décider s'il en prendrait un aussi. Laissé en jachère, le champ était envahi d'herbe et de trèfle qui avaient la hauteur idéale pour s'y allonger, ni trop hauts ni trop courts et sans rien qui piquait. Tandis qu'elle attendait, elle pensait à tous les gens qui ne comprendraient pas ce qu'elle était en train de faire : sa mère, Tom et Evelyn, Louisa Pesel, et même Gilda et Dorothy. Elle pensa à eux, puis les occulta. Il n'y avait qu'une seule personne dont il fallait tenir compte. Elle ferma les yeux et revit Jean Knight l'unique fois où elle l'avait aperçue, image saisissante avec ses cheveux dénoués et son visage qui buvait le soleil. Pardonne-moi, songea Violet. Pardonne-moi de construire ma vie sur les ruines de la tienne.

Au bout d'un moment elle sentit Arthur debout à côté d'elle. Elle ouvrit les yeux et se tourna vers lui, si bien qu'ils étaient face à face, comme tout à l'heure quand ils sonnaient les cloches. Tendant le bras, elle lui prit une main, et Arthur lui prit l'autre. Il lui sembla qu'ils étaient enfin parfaitement raccordés et que le courant, circulant en boucle entre leurs deux corps, redoublait de puissance dans le bas de son ventre.

Elle lui demanda de partir en premier. Elle voulait être seule dans le champ, apaiser son émoi avant de reprendre le fil de son existence.

« Je suis désolé, Violet, dit Arthur, se relevant subitement. Je ne suis pas doué pour ça. » Il agita les mains, les englobant non seulement l'un et l'autre et le champ, mais tous leurs rendez-vous, les choses qu'ils s'étaient dites et ce qu'ils venaient de faire. « Ma femme...

— Je sais. »

Il tenait à continuer. « Jean en a vraiment bavé. Elle a besoin de moi.

— Bien sûr. Je pense qu'il vaut mieux éviter de nous revoir, et cesser tout contact. C'est mieux comme ça. » La bouche de Violet tremblait tellement qu'elle fut obligée de se mordre les lèvres. « Parce que ce serait trop dur autrement, maintenant que nous avons...

— Oui. Ça vaut mieux. » Ce simple acquiescement brisa le cœur de Violet, elle aurait voulu qu'il proteste. Mais il avait raison, quelles que soient les conséquences de cette journée. Ils en étaient conscients tous les deux.

Arthur tint le visage de Violet un moment, ses yeux tristes et bleus, et sourit. Il l'embrassa, puis rejoignit la barrière qu'il enjamba sans regarder en arrière. Quand le cliquetis de sa bicyclette se fut évanoui,

Violet se tamponna les joues avec le mouchoir d'Arthur, rajusta ses vêtements, ôta les herbes de ses cheveux, calma sa respiration. Elle resta plantée là, contemplant le champ parsemé de boutons-d'or, le mouchoir en boule dans sa main. Elle se sentait encore toute vibrante, ouverte aux changements qui pourraient survenir dans sa vie.

Elle était en train de ranger le mouchoir dans son sac à main quand elle perçut le bruit métallique de la barrière, et se demanda pourquoi Arthur revenait. Elle se retourna. Ce n'était pas Arthur. Jack Wells avait le pied sur le barreau inférieur de la clôture. Il empoigna la barre du haut et, d'un bond plein d'énergie, balança ses jambes par-dessus pour atterrir gracieusement de l'autre côté.

Il la scrutait de son regard noir et fixe avec son lent sourire, et le temps sembla se figer. Elle n'y avait pas réfléchi, mais sa ferme avec ses machines rouillées et le champ de maïs où il l'avait suivie ne devaient se trouver qu'à environ deux cents mètres au sud. Elle avait été tellement habitée par Arthur et les cloches qu'elle n'avait pas repensé à ce jour d'été, ni au soir du nouvel an. Elle avait réussi à le chasser de ses pensées, jusqu'à cet instant.

Non, décida-t-elle. Je ne te laisserai pas abîmer cette journée. « Allez-vous-en », dit-elle, prenant les devants.

Le sourire de Jack Wells s'élargit. « Et pourquoi je ferais ça ?

— Parce que je vous le demande, et que les gentlemen font ce que les dames leur demandent.

— Sans blague ? Je suis moins sûr que vous. Je dirais qu'un homme peut prendre ce qui lui plaît. »

Il fit un pas vers elle. Elle recula d'autant. C'était le moment de réfléchir vite et bien. Ne panique surtout pas, entendit-elle son père lui chuchoter. Réfléchis calmement à toutes les options et dépêche-toi de choisir celle qui te semble la meilleure. Ne va pas te perdre en conjectures.

Elle tendit l'oreille. Arthur était parti ; il n'y avait pas de maisons à proximité, et pas de fermiers qui travaillaient dehors le dimanche. Personne ne pouvait l'aider. Pouvait-elle le dissuader ? Peu probable, à en juger par ses rencontres précédentes avec lui. Le laisser faire ce qu'il voulait ? De cette manière, il serait peut-être moins violent.

Non. Hors de question. Elle ne pouvait pas supporter l'idée qu'il lui gâche le souvenir de ce qui venait de se passer avec Arthur. Qu'avait-elle appris au cours de ces dix-huit derniers mois à Winchester ? Elle allait résister.

Violet jeta un coup d'œil au contenu de son sac ouvert : le mouchoir d'Arthur, son portefeuille, un bâton de rouge à lèvres, un poudrier, quelques tickets de caisse, et le rouleau de toile qu'elle était en train de broder pour fabriquer une bordure de coussin. Elle l'avait fourré dans son sac afin d'avoir de quoi s'occuper si elle devait attendre Arthur. Il était accompagné de l'étui à aiguilles que lui avait offert Marjory pour son anniversaire : courtes, épaisses, plusieurs aiguilles au bout arrondi étaient fichées dans ses feuillets de feutre.

Jack Wells fit un autre pas vers elle. « Qu'est-ce que tu fais ici toute seule ? »

Il ne l'avait donc pas vue avec Arthur, en conclut-elle non sans soulagement.

« Je... je regarde les fleurs.

— Pourquoi tu es si souvent toute seule ?

— Ça me regarde. Quel mal y a-t-il à ça ?

— Une femme devrait pas être toute seule. Elle a besoin d'un homme pour la protéger. Il peut lui arriver n'importe quoi sinon.

— C'est ridicule ! » répliqua Violet, soudain furieuse. La colère semblait lui aiguiser l'esprit. « De toute façon, nous ne sommes pas seuls. Il y a quelqu'un sur la route. » Elle eut un mouvement de tête vers la barrière. Alors que l'homme pivotait pour regarder, elle plongea la main dans son sac, ouvrit agilement le porte-aiguilles, en sortit la plus grande et la plaça le long de la pliure de manière que la pointe dépasse. Elle referma l'étui, le tenant pincé entre le pouce et l'index au niveau de l'aiguille, afin de bien la coincer. La manœuvre n'avait pas pris plus de trois secondes mais elle l'avait à peine menée à bien qu'il se retournait déjà, agacé.

« Tu te crois maligne ? Tu me prends pour un idiot ? Espèce de garce. » Il fondit si vite sur elle que Violet n'eut pas le temps de réagir. Lorsqu'il la poussa, elle tomba en arrière, son coude et son épaule heurtant violemment le sol. Malgré le choc, elle réussit à ne pas lâcher le porte-aiguilles, mais n'osa pas vérifier si la pointe était toujours en place.

Il resta planté un moment au-dessus d'elle : à contre-jour, elle ne voyait plus que sa silhouette triomphante. Soudain il se baissa pour se coucher sur elle, lui clouant les épaules à terre avec ses mains. Il n'était pas grand, mais sec et vigoureux à force de travailler en plein air, et il sentait la sueur, la cigarette et l'odeur âcre de la ferme. Lorsqu'il appuya son bas-ventre contre le sien, il était dur. Violet gisait paralysée et terrifiée.

Elle tenait toujours le porte-aiguilles. Sous ses doigts se dessinait le motif régulier de la tapisserie, ces points appliqués et maladroits brodés par sa nièce qui l'aimait. Le contact de ces points ramena Violet à l'instant présent.

Jack Wells lâcha une de ses épaules pour défaire sa boucle de ceinture. *Maintenant*, se dit Violet, et, pinçant très fort l'étui, elle souleva son bras et le rabattit le plus puissamment qu'elle put, priant tandis qu'elle le frappait dans le cou pour que l'aiguille soit toujours là.

Il hurla et roula sur le côté en s'agrippant la gorge. *File !* s'ordonna Violet, qui se leva d'un bond. Ignorant la douleur dans son coude, son épaule, son dos, elle ramassa son sac et détala, trébuchant au début puis courant plus vite qu'elle ait jamais couru, même quand ses frères la pourchassaient du temps où elle était petite. Elle atteignit la barrière et l'escalada. Elle ne regarda pas derrière elle – ça aurait ralenti sa course. Sa bicyclette était toujours appuyée contre la haie. Au moment où elle l'attrapait, elle entendit le bruit de la barrière qu'on enjambait. S'interdisant de tourner la tête, elle enfourcha son vélo et s'élança dans un sprint éperdu.

Elle entendait ses halètements, ses jurons et ses rugissements, de plus en plus proches, puis sentit une main sur son bras. Tentée de se libérer brutalement, elle résista, de peur de tomber, et pédala de toutes ses forces. L'accélération soudaine obligea l'homme à lâcher prise. Violet s'échappa.

Elle continua à pédaler comme une folle, les poumons en feu, l'esprit tétanisé, évitant de se retourner, se gardant de ralentir, appuyant encore et encore sur les pédales jusqu'à ce qu'elle ait mis plusieurs kilomètres entre elle et son poursuivant. La route était déserte, et il n'y avait pas de fermes dans les parages, seulement des champs et des bois se déployant vers l'horizon. Son isolement lui fit bénir sa monture : son vélo était comme un fidèle coursier l'emportant loin du danger.

Lorsqu'elle atteignit des bâtiments agricoles en bordure de route et un tournant qui menait à un village, elle se risqua enfin à ralentir. Il y avait de la vie dans la ferme : non seulement des vaches broutaient dans le champ adjacent et des poulets picoraient en nombre dans la cour, mais une femme versait quelque chose dans l'herbe près d'une porte latérale, un homme lisait un journal dans un fauteuil au soleil, et trois enfants tapaient dans un ballon. Un chien gambadait autour des enfants en aboyant. La scène devant elle était tellement ordinaire après ce qu'elle venait de subir qu'elle faillit éclater d'un rire incrédule.

Comme elle avait laissé son chapeau dans le champ, elle était tout ébouriffée, et l'homme et la femme la dévisageaient avec curiosité. Elle continua sa route. Il y avait plus de circulation à présent – des gens qui revenaient de l'église ou allaient déjeuner en famille –, et Violet s'arrangea pour ne pas croiser le regard des conducteurs ni des passagers.

Aux abords de Winchester elle s'arrêta, cala sa bicyclette contre le panneau d'entrée de ville, et chercha son poudrier dans son sac à main. Voyant dans le petit miroir ses joues marbrées et ses cheveux emmêlés, sa lèvre coupée et ses yeux hagards, elle se dit que poudre et rouge à lèvres ne lui seraient d'aucun secours. Elle passa ses doigts dans ses cheveux pour les lisser tant bien que mal. Lorsqu'elle remit le poudrier dans son sac, elle se rendit compte que le porte-aiguilles de Marjory avait disparu. Il devait être resté dans le champ avec le chapeau, et était perdu à jamais, car il n'était pas question pour Violet de retourner là-bas. À la pensée de l'étui abandonné elle se mit à pleurer, de gros hoquets frissonnants qui lui ébranlaient tout le corps.

Mais ses sanglots ne durèrent pas ; c'était fait, elle n'y pouvait rien.

Violet prit le mouchoir d'Arthur pour se sécher les yeux et s'essuyer le visage. Allumant une cigarette, elle inspira à fond et rejeta la fumée vers le ciel. Un bref instant, elle envisagea d'aller porter plainte contre Jack Wells. Mais cela signifierait expliquer à des policiers dubitatifs pourquoi elle se trouvait seule dans un champ, et peut-être entraîner Arthur dans l'affaire. Non. Elle se représenta l'aiguille fichée dans le cou de Jack Wells, et s'applaudit toute seule. C'était suffisant. Violet Speedwell, regarde un peu ce que tu as osé faire.

Elle réenfourcha son vélo et descendit la colline pour entrer dans la ville. Elle passa devant la gare, franchit la porte ouest, longea la Grand-Rue, puis tourna à droite à la Buttercross en direction de l'esplanade. Elle avait à peine besoin de pédaler : elle se sentait attirée vers la cathédrale comme par un aimant.

Laissant sa bicyclette contre un mur, Violet pénétra dans la fraîcheur de l'édifice et remonta tout droit l'allée centrale vers les marches qui menaient au chœur. Il était désert, à l'exception d'un bedeau occupé à disposer une nappe et des bougies sur l'autel au fond du sanctuaire, le préparant pour l'office du soir. Violet contempla les rangées de sièges de part et d'autre de l'entrée centrale. À sa gauche il y avait le coussin d'Arthur ; à sa droite l'Arbre de Vie récemment terminé. Sur les deux coussins, les frises de fylfots étaient visibles, mais discrètes ; il fallait observer les pourtours avec attention pour les remarquer.

Violet hésita un moment entre les deux coussins, puis se décida. Elle s'assit sur l'Arbre de Vie, et le siège grinça sous son poids. Fermant les yeux, elle évalua l'étendue des dégâts. Sa respiration avait ralenti et était presque redevenue normale. Elle avait toujours mal au coude, mais sa douleur à l'épaule s'était atténuée. Les muscles de ses cuisses étaient contractés après cette longue course à vélo et sa brusque échappée. Elle prendrait un bain tout à l'heure afin de les détendre.

Son bas-ventre était endolori, après Arthur et après le vélo. Mais tandis qu'elle était assise là à ausculter mentalement ce qui se passait dans son corps, il lui sembla éprouver un petit élancement. Violet ouvrit les yeux et son regard se posa sur un coussin des brodeuses garnissant un siège en face d'elle. Le jaune moutarde et le rouge se détachaient comme des joyaux sur le bois sombre.

C'est maintenant que tout commence, se dit-elle. C'est maintenant que je commence.

# CHAPITRE 25

« Rien de tel que les voyages en train. Le train guérit tous les maux. » Le paysage du Hampshire défilait ; Gilda s'en détourna pour sourire à Violet d'un air radieux.

« Oui. » Violet lui rendit son sourire, même si celui-ci ne pouvait cacher son épuisement. Elle dormait si peu depuis trois mois qu'elle se demandait comment elle arrivait à fonctionner.

Dorothy était assise en face d'elles, arborant son manteau vert et son regard lointain. Violet avait choisi un samedi pour que ses amies puissent l'accompagner ; pour les autres, elle n'était pas sûre de leur présence. Tom et Evelyn avaient dit qu'ils viendraient, mais la garde des enfants semblait poser mille problèmes et Violet les soupçonnait d'avoir fabriqué ce prétexte pour se défiler. Elle aurait aimé que Marjory, Eddie et Gladys soient là, mais savait qu'elle ne pouvait demander à son frère de les amener. De tous les changements survenus dans l'année, le plus douloureux était de ne plus les voir aussi régulièrement. Elle vivait encore dans l'espoir que la réprobation tacite de Tom et Evelyn s'atténue. Avec l'aide de Dorothy, elle avait même refait le porte-aiguilles que Marjory lui avait offert, recréant scrupuleusement ses défauts, au cas où sa nièce lui rendrait visite et demanderait à le voir. Le mois précédent, Marjory lui avait confectionné une carte d'anniversaire, un minutieux dessin représentant des violettes. Violet s'était réjouie que Tom et Evelyn aient bien voulu le lui donner. Tom avait secoué la tête en décrivant l'insistance féroce de la fillette pour que la carte soit remise à sa tante. « Je ne sais pas de qui elle tient ça », avait-il dit.

« Regardez, c'est la colline Ste Catherine ! On est presque arrivées. » Gilda commença à rassembler leurs affaires.

L'espace d'un instant, Violet se demanda ce qu'il adviendrait si elle restait dans le train et continuait jusqu'à Londres, comme elle l'avait envisagé un jour d'été un peu moins de deux ans auparavant. La vie serait-elle plus facile pour elle dans la grande ville anonyme ? Peut-être. Mais, au fond de son cœur, elle savait qu'elle n'emménagerait jamais là-bas, et le fantasme s'était évanoui.

« Merci de m'accompagner, dit-elle.

— Tu plaisantes ! s'écria Gilda. Pas question de rater ça, pas vrai, Dorothy ?

— *Per angusta, ad augusta*. Vers les sommets par des chemins étroits. »

Violet et Gilda n'échangèrent même pas un regard. Violet avait constaté que quand on vivait avec les gens, on s'habituait à les entendre débiter du latin. Elle-même devait avoir des manies qui exaspéraient Dorothy.

En parlant de manie… Elle rejoignit le landau garé près de la portière du wagon et jeta un coup d'œil dedans. Iris dormait, et ce depuis qu'elles avaient quitté la maison. Si c'était une bénédiction pour les autres voyageurs, cela signifiait que le bébé risquait de se réveiller et de donner de la voix plus tard. Tant pis. Violet sourit à la vue du miracle qu'était sa fille. Pour cette enfant, elle serait capable d'affronter des épreuves bien plus graves que des pleurs.

Elle s'arma cependant de courage pour aller de la gare jusqu'à la cathédrale. Elle n'était pas revenue à Winchester depuis que sa grossesse avait commencé à se voir et qu'elle avait perdu son emploi. Dès que Mr Waterman l'avait convoquée dans son bureau par un frais matin d'octobre, elle avait su qu'il avait fini par se rendre compte qu'elle ne prenait pas simplement du poids. Elle leur avait épargné à tous deux un pénible entretien en s'asseyant et en déclarant sans détour : « Je vais avoir un bébé en février. Préférez-vous que je parte tout de suite ou en janvier ? »

Mr Waterman avait ouvert des yeux ronds. « Miss Speedwell, je… je…

— Peut-être est-ce mieux tout de suite », trancha-t-elle. Cette décision avait beau la priver de deux mois de salaire supplémentaires, elle ne pourrait pas supporter plus longtemps les bafouillements rubiconds de Mr Waterman. Elle avait déjà dû essuyer les regards torves de nombreuses habitantes de la ville. Mrs Harvey, toutefois, s'était montrée étrangement tolérante. Violet apprit qu'une de ses filles avait eu un bébé sans être mariée. « Bien sûr, vous ne pourrez pas rester quand le bébé sera là, ajouta-t-elle. Je ne dirige pas ce genre d'institution. »

Mais la plus grande surprise, le jour où elle avait perdu son emploi, avait été Maureen, qui avait déjà deviné qu'elle était enceinte. Lorsque Violet revint de son entretien avec Mr Waterman et expliqua qu'elle allait partir sous peu, sa collègue grommela : « J'aurai bientôt rendez-vous avec lui moi aussi. Je vais me marier.

— Te marier ? » Violet s'efforça de ne pas paraître

stupéfaite, mais rien, au fil des mois, n'avait laissé penser que Maureen avait un homme dans sa vie. Cette annonce soudaine était très différente de tout le bla-bla sur les fiançailles, les bagues et autres grandes réceptions dont se gargarisaient Maureen et O à peine un an et demi plus tôt. Maureen avait mûri, se dit-elle. « Avec qui ?

— Keith, bien sûr. » Devant l'expression sidérée de Violet, Maureen s'esclaffa. « Tu as l'air étonnée ? C'est quand même toi qui nous as présentés ! »

Violet avait du mal à penser à Keith Bain sous le simple prénom de Keith. Il était fait pour porter un nom de famille. Et il allait épouser Maureen. Peut-être aurait-il sur elle un effet bénéfique. « Ça alors. Félicitations à vous deux.

— Merci. Keith me fait rire, et il me pousse à réfléchir. Ah, je suis pressée de voir la tête de Mr Waterman quand il s'apercevra qu'il perd ses deux dactylos d'un coup ! Tu viendras au mariage, n'est-ce pas ? Puisque c'est grâce à toi qu'on s'est connus. Il faut que tu sois là. À condition, bien sûr – elle indiqua le ventre de Violet –, que cela ne t'en empêche pas.

— Je l'espère. »

Mais elle ne l'espérait pas. Arthur serait là, sans doute en tant que témoin, et elle savait qu'elle devait l'éviter, tout comme elle avait évité la cathédrale et l'Old Market Restaurant le mercredi soir et le dimanche après-midi.

Elle n'était tombée sur lui qu'une seule fois. Elle sortait de la maison paroissiale quand elle l'avait aperçu derrière un groupe de choristes du collège qui traversaient l'enclos en un troupeau bruyant. Il était appuyé contre un des arcs-boutants de la cathédrale, et, manifestement, il la guettait. Elle s'était immobilisée et, après le passage des garçons, il l'avait repérée, ainsi que la bosse qui tendait les plis de son manteau.

Ils s'étaient dévisagés à distance. Violet mourait d'envie de s'avancer sur les pavés qui les séparaient pour se jeter dans ses bras. Mais elle n'avait pas bougé, et lui non plus, ratifiant par là la décision qu'ils avaient prise avant même de connaître la situation. Au bout d'un moment, Violet lui avait adressé un petit signe de tête, puis s'était détournée alors qu'Arthur sortait un mouchoir de sa poche pour s'essuyer les yeux.

Elle n'alla pas au mariage. Lorsque Maureen et Keith se marièrent fin décembre, elle était retournée habiter Southampton et put arguer du temps hivernal et de ses chevilles enflées, même si le couple, à ce moment-là, avait sûrement deviné la vraie raison de son absence. Ils ne lui en voulurent pas. Au contraire, les Bain devinrent des amis véritables. Ils la soutinrent pendant sa grossesse et à l'arrivée d'Iris, au point que Violet leur demanda d'être parrain et marraine.

Alors que le train s'arrêtait, elle contempla le visage de sa fille ; elle ressemblait tellement à Arthur que Violet était étonnée qu'on puisse s'enquérir de l'identité du père. Iris ouvrit les yeux : enfoncés, comme deux éclats de saphir. « Pile à l'heure », murmura Violet. Elle fourra sous les couvertures un petit oreiller blanc avec les initiales *AK* brodées dans l'angle ; elle l'avait confectionné avec le mouchoir d'Arthur. « Bienvenue à Winchester, poussin. *Sic parvis magna*. Des petites choses naît la grandeur. »

Gilda et Dorothy ne paraissaient pas inquiètes à l'idée de traverser la ville à pied. Depuis qu'elles habitaient à Southampton, où elles étaient installées ensemble et travaillaient l'une comme comptable, l'autre comme professeur, les habitants de Winchester semblaient soulagés de ne plus avoir à réfléchir à la nature de leur relation. Loin des yeux, loin du cœur, disait l'adage. Dans la Grand-Rue, Gilda et Dorothy avaient l'air de deux amies qui marchaient et bavardaient tranquillement en se rendant à un baptême.

Le péché de Violet, lui, était plus flagrant. Tandis qu'elle poussait le landau vers la Buttercross, elle sentait les regards sur elle, comme à Southampton au cours des derniers mois de sa grossesse et des premiers mois d'Iris. Elle avait le cuir plus épais aujourd'hui, mais c'était encore une épreuve difficile à endurer. Avoir Gilda et Dorothy avec elle était d'un grand secours : les deux amies ne cheminaient plus ensemble mais l'encadraient désormais sans un mot. Comme des gardes m'accompagnant à ma cellule, songea Violet, ironique, bien que reconnaissante.

Le meilleur stimulant consistait à garder les yeux sur le visage de sa fille. Iris l'observait tout aussi intensément, son farouche regard bleu reflétant le grave devoir de rester en vie ; sa totale dépendance à l'égard de sa mère incitait Violet à avancer d'un pas vif et les épaules bien droites. C'était ce qui lui avait donné la force de persuader son frère de ne pas vendre la maison familiale et de la laisser y habiter avec Gilda et Dorothy. Tom avait été désarçonné par cette suggestion, comme il l'avait été d'apprendre la grossesse de sa sœur. Mais Violet cultivait une fermeté nouvelle que son frère avait du mal à contredire. « Je vais avoir une famille, avait-elle déclaré, et j'ai besoin d'une maison de famille. Mère n'a pas l'intention de revenir à Southampton. Alors à moins que tu aies besoin de l'argent tout de suite, pourquoi ne pas me laisser habiter ici ? »

Gilda et Dorothy entretenaient Violet avec leurs revenus. N'ayant pas de loyer à payer, elles arrivaient à s'en sortir, et Violet s'occupait d'elles, de la maison et d'Iris. C'était un arrangement singulier, abondamment commenté dans leur dos par les voisins ; plus d'une fois, Violet les avait entendus parler d'elles d'un ton sifflant et qualifier leur logis de « maison du péché ». Si Tom et Evelyn réussissaient à accepter l'arrangement de Gilda et Dorothy en prétendant n'y voir qu'une amitié, ils ne pouvaient pas fermer les yeux sur la présence très réelle d'Iris, pas plus que sur l'absence de mari pour Violet ou de père pour la fillette. Il n'y avait pas moyen de dissimuler ce fait à leurs enfants. Lorsqu'ils venaient, ils ne les amenaient jamais et avaient toujours une bonne excuse : maladie, fatigue, ou punition pour une quelconque bêtise.

Violet tenait le coup. De Dorothy, elle avait appris : *Suum cuique*. À chacun son dû. Elle se tracassait, pourtant, car il s'agissait là, au mieux, d'un arrangement temporaire. Serait-elle un jour en mesure de retravailler ? Allait-elle devoir en appeler encore à Tom, et prier pour qu'il se montre magnanime ? Il était pénible d'imaginer ces conversations, mais il allait bien falloir qu'elle discute avec son frère de leur avenir à Iris et elle, afin que cet avenir lui paraisse un peu moins précaire.

Alors que les trois femmes traversaient l'esplanade gazonnée, le cœur de Violet se mit à battre la chamade. Quoi que les habitants de Winchester puissent penser d'elle, elle se souciait davantage de la façon dont la cathédrale réagirait à sa nouvelle vie. Le bâtiment avait été un refuge pour des milliers de gens au fil des siècles, et en avait été un pour elle quand elle habitait la ville. Elle redoutait les changements qu'elle pourrait percevoir entre ses murs : les yeux qui la suivraient, les soupirs réprobateurs tandis qu'elle pousserait le landau d'Iris dans la nef. Cette visite serait-elle sa dernière en ce lieu ?

Mais Louisa Pesel était là qui attendait à la porte principale. C'était elle qui avait convaincu le doyen Selwyn de permettre que le baptême d'Iris se tienne dans la cathédrale. Violet se demandait ce qu'elle avait raconté, et si elle avait été obligée de le soudoyer par la promesse d'un coussin à son nom ; mais elle soupçonnait que le doyen avait jugé tout bonnement impossible de s'opposer à Miss Pesel.

« Ah, vous voilà ! s'écria-t-elle en approchant sourire aux lèvres. Et où est notre petite vedette ? » Elle plongea sa tête dans le landau comme font les gens qui n'ont jamais affaire à des bébés, et Iris la regarda, effarouchée. Miss Pesel lui tapota la joue avant de se redresser. « Des yeux bleus incroyables », déclara-t-elle. Violet se demanda si elle cherchait à établir le lien entre l'enfant et le père.

Si tel était le cas, elle n'en montra rien. En réalité, elle n'avait jamais fait le moindre commentaire sur le père ou l'absence d'alliance au doigt de Violet, mais avait accueilli Iris avec le même enthousiasme candide que sa nièce Marjory, ravie d'avoir une petite cousine dont s'occuper, l'unique fois où Tom et Evelyn avaient autorisé les enfants à venir les voir.

« Vous lui avez choisi le prénom le plus merveilleux, continua Miss Pesel. Les iris sont ma deuxième passion après la broderie, comme vous le savez. Plus tard dans l'année, j'emménage dans la Maison Blanche de Colebrook Street, à un jet de pierre d'ici, et j'ai déjà réfléchi au jardin d'iris. Quand ils auront pris, dans un an ou deux, il faudra amener votre fille, qu'elle voie les fleurs dont elle porte le nom. Si nous y allions, maintenant ? »

Elle les précéda dans le collatéral, passa devant la chapelle de l'évêque Edington avec ses fylfots d'albâtre, et se dirigea vers la chapelle des Pêcheurs. Ainsi escortée par Louisa Pesel, Violet avait moins de complexes et remontait la nef en poussant le landau de sa fille avec plus d'assurance.

Les Bain les attendaient dans la chapelle, Maureen souriante et non plus renfrognée. Il y avait aussi Mrs Harvey, et, au grand étonnement de Violet, Mabel Way, des Brodeuses de la Cathédrale. La Mabel qui lui avait fait « chut ! » deux ans auparavant à côté de la chapelle des Pêcheurs... Elle semblait regretter sa venue, et jetait autour d'elle des regards apeurés ; peut-être avait-elle supposé que d'autres brodeuses seraient présentes en dehors de Gilda, Dorothy et Miss Pesel. Mrs Biggins ne l'était pas, évidemment ; bien qu'elle n'ait pu exclure Violet des réunions, elle l'avait mise si mal à l'aise que Violet, une fois installée à Southampton, avait cessé de s'y rendre. Elle avait quand même continué à travailler sur les coussins des stalles jusqu'à ce qu'Iris arrive et qu'elle n'ait plus un instant à consacrer à ce genre d'activités.

Il y avait forcément une raison pour que Mabel Way soit là. La vie des gens cachait tellement de secrets : un mari envolé, un bébé inopiné qu'on faisait passer pour un frère ou une sœur, une passion mal placée, une épouse perdue. Peut-être un jour Violet connaîtrait-elle l'histoire de Mabel. Le défi consistait à apprendre à mener son existence en transportant de tels fardeaux sans qu'ils vous rendent triste, amer ou critique. Violet adressa un signe de tête à Mabel pour la rassurer. Mabel répondit par un sourire hésitant.

Malgré cette assemblée inattendue et l'excitation que lui causait l'événement, Violet éprouvait une légère déception. Elle avait espéré qu'Arthur serait là, quitte à enfreindre leur serment. Elle avait été claire sur cet interdit, et lui aussi.

Elle salua ses amis, mais Iris, réagissant sans

doute à retardement à l'irruption du visage de Louisa Pesel, se mit à pleurer, et Violet, obligée de s'occuper de sa fille, ne put participer aux conversations. Heureusement, cela n'avait pas d'importance, puisque la plupart des invités se connaissaient entre eux ou se montraient polis, même si, dans la petite chapelle, Mabel et Mrs Harvey prirent soin de demeurer du côté opposé à Gilda et Dorothy. On n'y pouvait rien : si elles étaient assez ouvertes d'esprit pour venir au baptême de l'enfant d'une fille-mère, l'idée de deux femmes ensemble leur était intolérable. Violet, qui avait elle-même été déconcertée au début, parvenait à comprendre leur répugnance. Mais cela faisait plusieurs mois maintenant qu'elle habitait avec Gilda et Dorothy, et elle ne remettait plus en cause leur relation. Elles étaient comme un vieux couple à ses yeux. Au moins, Maureen leur parlait ; elle était devenue plus généreuse depuis qu'elle avait épousé Keith Bain.

Le pasteur d'une église villageoise des alentours arriva – un homme terne qui s'était révélé le seul pasteur de la région à bien vouloir procéder à ce baptême, essentiellement pour pouvoir raconter qu'il avait conduit un office à la cathédrale de Winchester. Tout le monde prit place, Maureen et Keith Bain aux côtés de Violet en tant que parrain et marraine. Iris vagissait toujours, et Violet regardait autour d'elle, inquiète, les nerfs crispés par les pleurs de sa fille. Tom et Evelyn n'étaient pas là ; ils ne viendraient pas.

Soudain Evelyn surgit, hors d'haleine et se répandant en excuses. « Vous allez vite comprendre pourquoi on est en retard… » Lorsque Tom apparut à la porte avec leur mère à son bras, Violet faillit pousser un cri.

Depuis qu'elle s'était installée à Horsham, Mrs Speedwell avait refusé de voir sa fille. Violet avait écrit plusieurs lettres sans obtenir de réponse. Chaque fois qu'elle téléphonait, tante Penelope lui parlait avec circonspection. Elle disait : « Oh, ta mère dort, ma chérie. Mieux vaut ne pas la déranger », alors même que Violet entendait ses commentaires en fond sonore. À l'occasion d'un appel, sa tante avait chuchoté : « Je laisserais tomber pour l'instant, ma chérie. Je suis sûre qu'elle finira par s'y faire. Tu la connais. » Comment Tom avait persuadé leur mère de venir au baptême, Violet n'en avait aucune idée. Mais ce fut seulement quand elle la vit – plus vieille, plus petite et plus lente, la mine sombre – que Violet comprit à quel point elle tenait à sa présence. Devenir mère elle-même lui avait fait prendre conscience en profondeur du lien qui existait entre un parent et son enfant. La pensée de perdre Iris la faisait trembler d'une terreur viscérale. Sa mère avait perdu un fils, et elle avait dû surmonter cette terreur. Pas étonnant qu'elle soit devenue si amère.

Confiant Iris à Gilda, dont la panoplie de grimaces apaisait toujours la fillette, Violet alla à la rencontre de sa mère. « Merci, Tom », murmura-t-elle. Son frère hocha la tête. Peut-être était-ce pour lui une première étape, et ramènerait-il bientôt le reste de la famille dans la vie de sa sœur.

« Mère, dit-elle en prenant les mains gantées de Mrs Speedwell dans les siennes. Ça me fait très plaisir que tu sois là. »

Les traits de Mrs Speedwell se rembrunirent et elle arracha ses mains à celles de sa fille. « Je ne me sens pas bien du tout, geignit-elle. Je n'aurais pas dû venir. Tout ce voyage pour… si peu. » Elle regarda la petite chapelle avec dégoût. Peut-être Tom et Evelyn l'avaient-ils attirée au baptême en lui promettant qu'il se tiendrait dans une partie plus grandiose de la cathédrale. « Je me demande bien ce que Geoffrey penserait de tout ça.

— C'était la chapelle préférée de père. C'est pour cette raison que je l'ai choisie.

— Quel bonheur que vous soyez venue, Mrs Speedwell ! » Louisa Pesel s'avança, main tendue. « Nous nous faisions une fête de vous voir. Je suis Miss Pesel, je dirige le cercle des Brodeuses ici à la cathédrale. Votre fille a fait pour nous un travail magnifique, comme je suis sûre que vous le savez. »

La mère de Violet nota le col de fourrure de Louisa Pesel, son chapeau légèrement démodé et son air naturel d'autorité, et lui adressa un bref signe de tête. « Enchantée de faire votre connaissance. »

Elle a trouvé quelqu'un pour légitimer cette réunion, songea Violet, cachant un sourire.

« La relation qu'a un enfant avec sa grand-mère est extrêmement importante, vous ne croyez pas ? poursuivit Miss Pesel. La mienne m'a guidée pour mon premier marquoir. Je lui dois l'œuvre de ma vie, en réalité. Venez dire bonjour à votre petite-fille. »

Mrs Speedwell se laissa mener auprès de Gilda, qu'elle regarda avec un certain soulagement car c'était un visage familier. Personne n'avait osé lui expliquer clairement la nature de la relation de Gilda et Dorothy ; il avait été tacitement décidé que la grossesse de Violet constituait un choc suffisant.

« Voici Iris, s'exclama Gilda en brandissant le bébé. Elle a cessé de pleurer, rien que pour vous ! »

Mrs Speedwell considéra sa petite-fille d'un œil critique. « C'est la robe de baptême de Violet ?

— Oui, mère. » Violet s'approcha.

« Elle est bien trop grande pour elle. Il faut dire que tu étais un gros bébé. Dodue comme un Yorkshire pudding. »

Violet croisa le regard de Keith Bain. Il souriait

de cette comparaison improbable et lui fit un clin d'œil. Il avait été touché qu'elle lui demande d'être le parrain d'Iris.

Iris dévisageait sa grand-mère, menton relevé. « Elle a les yeux de Geoffrey », fit remarquer Mrs Speedwell.

D'un bleu très pâle, les yeux du père de Violet n'avaient pas l'éclat cristallin de ceux d'Iris, mais elle n'allait pas ergoter. « Assieds-toi donc, mère, nous allons commencer. »

Iris n'apprécia pas beaucoup l'eau versée sur son front – si bénite soit-elle –, et pleura pendant presque toute la durée de la cérémonie. Elle ne se calma qu'après, quand Violet l'emmena à côté dans une chapelle déserte pour la nourrir. Lorsque sa fille, repue, somnola dans ses bras, Violet put à nouveau se consacrer à ses invités. Ils étaient réunis autour de Mrs Speedwell, qu'ils écoutaient, aimables, raconter sa nouvelle existence à Horsham. Dorothy, dans son coin, inspectait les vitraux d'Izaak Walton. Maureen bavardait avec Mrs Harvey. Keith Bain avait disparu, peut-être parti fumer une cigarette.

« Violet, ma chère, il faut que vous veniez… nous avons quelque chose à vous montrer. » Louisa Pesel était avec Gilda, et lui fit signe de les accompagner. Quittant la chapelle des Pêcheurs, les autres dans leur sillage, elles gravirent les marches menant à l'avant-chœur. Les sièges étaient garnis de leurs agenouilloirs, les glands aux cupules quadrillées de Violet quelque part parmi eux.

« Regardez ! » Gilda indiqua de la main les stalles sur leur gauche. La dernière fois que Violet était venue, plusieurs mois auparavant, il y avait une vingtaine de coussins sur les sièges du chœur. Dix longs coussins ornaient aujourd'hui les banquettes, dans des couleurs éblouissantes. Violet alla les examiner. Chaque coussin de banquette comportait deux médaillons historiques insérés dans des décors raffinés aux teintes bleues, jaunes et vertes. Ils représentaient Richard Ier et Henry VIII, les évêques Edington et Wykeham, Charles Ier et la destruction de l'intérieur de la cathédrale par les soldats de la Grande Rébellion. Il y avait même un médaillon représentant Izaak Walton. Il en restait encore deux douzaines à confectionner, mais l'effet produit était d'ores et déjà superbe.

« Saviez-vous, Mrs Speedwell, commença Miss Pesel, que la reine Mary nous a rendu visite le mois dernier ? Elle s'intéresse énormément à la broderie, et qu'elle ait voulu voir notre travail par elle-même atteste du talent des Brodeuses de la Cathédrale. Cette reconnaissance a été le temps fort de ma carrière. »

La mère de Violet opina. Elle avait de l'estime pour la femme du roi, même si elle était loin de valoir la reine Victoria.

Gilda et Dorothy avaient assisté à la visite de la reine, et en avaient fait le soir à Violet le récit détaillé : elles lui avaient raconté que le doyen avait pris les choses en main et guidé la reine comme s'il était expert en broderie, que la reine était beaucoup plus grande que Louisa Pesel, qu'elle avait posé des questions pertinentes et distingué l'ouvrage de Dorothy pour en louer les qualités. Violet s'était réjouie de ce compte rendu, consciente qu'elle n'aurait jamais pu se rendre là-bas : Iris était trop jeune pour être gardée, et les Brodeuses de la Cathédrale n'étaient assurément pas encore prêtes à lui ouvrir les bras. Mrs Biggins l'aurait expulsée du sanctuaire à coups de regards noirs. Un jour prochain, elle espérait que Louisa Pesel saurait museler suffisamment Mrs Biggins pour que Violet puisse revenir travailler avec les autres brodeuses.

Quand Gilda ajouta : « Ils ont sonné les cloches pour la reine » en lui lançant un regard entendu, Violet sentit son cœur se serrer. Elles parlaient rarement d'Arthur, même si Gilda, bien sûr, avait tout de suite deviné qu'il était le père d'Iris. Son amie s'était bien gardée de lui faire des reproches.

Violet observait les coussins de banquette lorsqu'elle aperçut un pourtour familier – une rangée de fylfots et de fleurs sur le coussin dédié à l'évêque Wodeloke.

« J'ai fait celui-là moi-même. » Louisa Pesel s'était postée auprès d'elle. « Je n'ai pas eu beaucoup l'occasion de broder pour ce projet-ci, à part pour créer des modèles destinés aux autres brodeuses. Mais quand j'ai appris que le gouvernement allemand avait interdit aux juifs d'exercer toutes sortes de professions, j'ai été tentée de reprendre notre modeste combat contre le sieur Hitler. C'était un exutoire très satisfaisant à ma colère. » Toutes deux contemplaient la bordure, plus frappante que celles des coussins du roi Arthur et de l'Arbre de Vie. « Mais nous allons nous en tenir là. Nous avons exprimé notre point de vue, et il reste une quantité de motifs merveilleux à utiliser pour les autres coussins. »

Violet acquiesça. Malheureusement, le Chancelier semblait raffermir son pouvoir et non pas disparaître comme l'avaient prédit certains. Le renforcement de l'Allemagne aurait dû l'inquiéter, rouvrir le gouffre en elle. Mais, en dépit de tout ce qu'on disait dans son dos et des regards en coin qu'elle devait supporter, elle avait Iris. Sa fille abolissait ce désespoir-là et décuplait ses forces.

Haut au-dessus de leurs têtes, une cloche solitaire se mit à sonner, hésitante au début, comme s'il s'agissait d'une erreur, puis hardie et pressante, comme la sonnerie qu'Arthur et elle avaient exécutée ensemble à Nether Wallop. L'appel de tous les pécheurs.

« C'est Arthur, chuchota Maureen, se faufilant jusqu'à elle. Keith est monté le prévenir que le baptême était terminé. C'est son cadeau à Iris. »

Les yeux de Violet s'agrandirent. On ne sonnait les cloches que pour les offices de la cathédrale, et pour la famille royale ; pas pour le baptême d'une fillette. « Mais... que va dire William Carver ? Il va l'exclure de l'équipe.

— Arthur est prêt à courir le risque. Avec un peu de chance, le vieux Carver n'entendra pas. »

Violet écouta, repensant à cette matinée à Nether Wallop et à tout ce qu'elle représentait. Elle regarda, dans ses bras, le fruit de ce fameux jour. Sa fille était bien réveillée à présent, les yeux braqués vers le ciel. Regardait-elle le visage de sa mère, ou écoutait-elle la cloche de son père ? Lorsque Iris sourit, un grand sourire édenté, Violet songea : peut-être les deux.

# *Remerciements*

Par souci de clarté : la broderie sur canevas dont il est question dans ce livre est aussi appelée tapisserie à l'aiguille.

Louisa Pesel a réellement existé, tout comme existent encore les coussins et les agenouilloirs de la cathédrale de Winchester (fylfots compris) ; ils sont toujours utilisés et on peut s'asseoir ou s'agenouiller dessus. J'espère avoir rendu hommage au travail et au caractère de Louisa d'une manière qu'elle-même et ses descendants approuveraient.

J'ai eu recours à de nombreuses sources pour écrire ce livre. En voici quelques-unes, au cas où vous voudriez approfondir le sujet.

### LOUISA PESEL ET LES TAPISSERIES DE LA CATHÉDRALE DE WINCHESTER

Collection Louisa Pesel à l'Université de Leeds : https://library.leeds.ac.uk/special-collections

*Embroideries of Winchester Cathedral*, Dorothy Carbonell et Hugh Carey (1982)

*Crewel Embroidery in England*, Joan Edwards (1975)

*Stitched and Woven : The Embroideries of Winchester Cathedral*, Sheila Gray (2006)

## LA CATHÉDRALE DE WINCHESTER

*The Cathedrals of England*, Harry Batsford et Charles Fry, révisé par Bryan Little (1960)
*The Glories of Winchester Cathedral*, Raymond Birt (1948)
*Winchester Cathedral*, John Crook (2001)

## L'ART CAMPANAIRE

« The Ringing Men », dans *Akenfield : Portrait of an English Village*, Ronald Blythe (1969)
*Discovering Bells and Bellringing*, John Camp (1968)
*An Elementary Handbook for Beginners in the Art of Change-Ringing*, Central Council of Church Bell Ringers (1976)
Le site internet du Dove's Guide for Church Bell Ringers : https://dove.cccbr.org.uk/
*Bells and Bellringing*, John Harrison (2016)
*The Nine Tailors* (*Les Neuf Tailleurs*), Dorothy L. Sayers (1934)

## LES FEMMES DANS LES ANNÉES 1930

*Diary of a Wartime Affair : The True Story of a Surprisingly Modern Romance*, Doreen Bates (2016)
*Testament of Youth*, Vera Brittain (1933)
*The English in Love : The Intimate Story of an Emotional Revolution*, Claire Langhamer (2013)
*Singled Out*, Virginia Nicholson (2007)

## L'ANGLETERRE DANS LES ANNÉES 1930

*The Thirties : An Intimate History*, Juliet Gardiner (2010)
*The Long Weekend : A Social History of Great Britain, 1918-1939*, Robert Graves et Alan Hodge (1940)



J'aimerais remercier les personnes suivantes :

*Les documentalistes et bibliothécaires.* Jo Bartholomew à la cathédrale de Winchester ; Suzanne Foster au Collège de Winchester ; David Rymill aux Hampshire Archives and Local Studies du Hampshire Record Office ; Jill Winder à l'University of Leeds International Textiles Archive (ULITA), qui héberge la Collection Louisa Pesel.

*Les Brodeuses de Winchester.* Celles d'aujourd'hui, qui m'ont montré leur travail et expliqué les points ; elles s'emploient actuellement à nettoyer et réparer les coussins et agenouilloirs de Louisa Pesel afin qu'ils retrouvent leur éclat d'origine.

*Les sonneurs de cloche.* Les sonneurs de cloche de Winchester, qui m'ont autorisée à les regarder sonner ; et en particulier, le chef des sonneurs, Nick Bucknall, et Colin Cook, qui ont tous deux patiemment répondu à mes nombreuses questions, et relu les passages sur les cloches en y apportant maintes corrections indispensables. (L'art campanaire est une chose compliquée.) Je remercie aussi les sonneurs de Ste Anne's Highgate, pour m'avoir autorisée à assister à un entraînement et m'avoir laissée essayer. Enfin, mon amie Catherine Moore, qui connaît les cloches par cœur et m'a permis de bien mieux comprendre la sensation que procure cette pratique ; elle a également lu le manuscrit et m'a orientée dans la bonne direction. Les erreurs éventuelles sont toutes de mon fait.

*Les autres.* Phil Yates, qui m'a confié des détails pittoresques sur la vie dans le Winchester des années 1930. La restauratrice de textiles Jacqui Hyman, pour avoir partagé avec moi ce qu'elle sait de Louisa Pesel. Le guide du clocher de la cathédrale de Winchester, Jeff Steers, et le bedeau, Benedict Yeats. Le personnel de l'équipe de documentation du Bristish Film Institute, à Londres.

*Sans oublier.* Gemma Elwyn Harris, pour être allée dénicher toutes sortes de renseignements sans le moindre battement de cils devant mes étranges requêtes. Mon mari Jon Drori, pour avoir marché sous la pluie avec moi entre les cathédrales de Winchester et Salisbury, tout cela au nom de mes nécessaires recherches.

Mes éditrices Suzie Dooré et Andrea Schulz, pour avoir apporté leur soutien entier à Violet, à la tapisserie, à la campanologie et à ma personne. Mes correctrices Kym

Surridge et Rhian McKay pour avoir discrètement corrigé les erreurs grandes et petites. Et l'assistante d'édition Ore Agbaje-Williams, pour avoir calmement trouvé le bon titre quand tout le monde désespérait. Mes agents Jonny Geller et Deborah Schneider, qui me déchargent de tous les aspects financiers d'un livre et me laissent toute au plaisir d'écrire.

Enfin, j'aimerais remercier Keith Bain pour l'usage de son nom. Keith, lors d'une vente aux enchères destinée à lever des fonds pour Freedom From Torture, une admirable organisation caritative anglaise qui offre traitements et réadaptation aux victimes de la torture, a acheté le privilège de voir un personnage porter son nom. Keith a généreusement parié sur moi et mon livre ; j'espère qu'il estime avoir gagné.

*Remerciements de la traductrice*

Anouk Neuhoff remercie vivement les sonneurs de cloche de l'église anglicane de Vernet-les-Bains, en particulier M. Jeff Ladd, pour le soin qu'ils ont apporté à la relecture des passages sur l'art campanaire.

## DE LA MÊME AUTRICE

*Aux Éditions de La Table Ronde*

LA JEUNE FILLE À LA PERLE, Quai Voltaire, 2000 (Folio n° 3648)

LE RÉCITAL DES ANGES, Quai Voltaire, 2002 (Folio n° 3943)

LA DAME À LA LICORNE, Quai Voltaire, 2003 (Folio n° 4166)

LA VIERGE EN BLEU, Quai Voltaire, 2004 (Folio n° 4355)

L'INNOCENCE, Quai Voltaire, 2007 (Folio n° 4272)

PRODIGIEUSES CRÉATURES, Quai Voltaire, 2010 (Folio n° 5267)

LA DERNIÈRE FUGITIVE, Quai Voltaire, 2013 (Folio n° 5884)

À L'ORÉE DU VERGER, Quai Voltaire, 2016 (Folio n° 6464)

LA BRODEUSE DE WINCHESTER, Quai Voltaire, 2020 (Folio n° 7000)

*Aux Éditions Phébus*

LE NOUVEAU, 2019

# COLLECTION FOLIO

*Dernières parutions*

| | | |
|---|---|---|
| 6689. | Éric Reinhardt | *La chambre des époux* |
| 6690. | Éric Reinhardt | *Cendrillon* |
| 6691. | Jean-Marie Rouart | *La vérité sur la comtesse Berdaiev* |
| 6692. | Jón Kalman Stefánsson | *Ásta* |
| 6693. | Corinne Atlan | *Petit éloge des brumes* |
| 6694. | Ludmila Oulitskaïa | *La soupe d'orge perlé* et autres nouvelles |
| 6695. | Stefan Zweig | *Les Deux Sœurs* précédé d'*Une histoire au crépuscule* |
| 6696. | Ésope | *Fables* précédées de la *Vie d'Ésope* |
| 6697. | Jack London | *L'Appel de la forêt* |
| 6698. | Pierre Assouline | *Retour à Séfarad* |
| 6699. | Nathalie Azoulai | *Les spectateurs* |
| 6700. | Arno Bertina | *Des châteaux qui brûlent* |
| 6701. | Pierre Bordage | *Tout sur le zéro* |
| 6702. | Catherine Cusset | *Vie de David Hockney* |
| 6703. | Dave Eggers | *Une œuvre déchirante d'un génie renversant* |
| 6704. | Nicolas Fargues | *Je ne suis pas une héroïne* |
| 6705. | Timothée de Fombelle | *Neverland* |
| 6706. | Jérôme Garcin | *Le syndrome de Garcin* |
| 6707. | Jonathan Littell | *Les récits de Fata Morgana* |
| 6708. | Jonathan Littell | *Une vieille histoire.* Nouvelle version |
| 6709. | Herta Müller | *Le renard était déjà le chasseur* |
| 6710. | Arundhati Roy | *Le Ministère du Bonheur Suprême* |

| | |
|---|---|
| 6738. Philippe Lançon | *Le lambeau* |
| 6739. Zadie Smith | *Swing Time* |
| 6740. Serge Toubiana | *Les bouées jaunes* |
| 6741. C. E. Morgan | *Le sport des rois* |
| 6742. Marguerite Yourcenar | *Les Songes et les Sorts* |
| 6743. Les sœurs Brontë | *Autolouange* et autres poèmes |
| 6744. F. Scott Fitzgerald | *Le diamant gros comme le Ritz* |
| 6745. Nicolas Gogol | *2 nouvelles de Pétersbourg* |
| 6746. Eugène Dabit | *Fauteuils réservés* et autres contes |
| 6747. Jules Verne | *Cinq semaines en ballon* |
| 6748. Henry James | *La Princesse Casamassima* |
| 6749. Claire Castillon | *Ma grande* |
| 6750. Fabrice Caro | *Le discours* |
| 6751. Julian Barnes | *La seule histoire* |
| 6752. Guy Boley | *Quand Dieu boxait en amateur* |
| 6753. Laurence Cossé | *Nuit sur la neige* |
| 6754. Élisabeth de Fontenay | *Gaspard de la nuit* |
| 6755. Elena Ferrante | *L'amour harcelant* |
| 6756. Franz-Olivier Giesbert | *La dernière fois que j'ai rencontré Dieu* |
| 6757. Paul Greveillac | *Maîtres et esclaves* |
| 6758. Stefan Hertmans | *Le cœur converti* |
| 6759. Anaïs LLobet | *Des hommes couleur de ciel* |
| 6760. Juliana Léveillé-Trudel | *Nirliit* |
| 6761. Mathieu Riboulet | *Le corps des anges* |
| 6762. Simone de Beauvoir | *Pyrrhus et Cinéas* |
| 6763. Dōgen | *La présence au monde* |
| 6764. Virginia Woolf | *Un lieu à soi* |
| 6765. Benoît Duteurtre | *En marche !* |
| 6766. François Bégaudeau | *En guerre* |
| 6767. Anne-Laure Bondoux | *L'aube sera grandiose* |
| 6768. Didier Daeninckx | *Artana ! Artana !* |
| 6769. Jachy Durand | *Les recettes de la vie* |
| 6770. Laura Kasischke | *En un monde parfait* |
| 6771. Maylis de Kerangal | *Un monde à portée de main* |
| 6772. Nathalie Kuperman | *Je suis le genre de fille* |

| | | |
|---|---|---|
| 6773. | Jean-Marie Laclavetine | *Une amie de la famille* |
| 6774. | Alice McDermott | *La neuvième heure* |
| 6775. | Ota Pavel | *Comment j'ai rencontré les poissons* |
| 6776. | Ryoko Sekiguchi | *Nagori. La nostalgie de la saison qui vient de nous quitter* |
| 6777. | Philippe Sollers | *Le Nouveau* |
| 6778. | Annie Ernaux | *Hôtel Casanova* et autres textes brefs |
| 6779. | Victor Hugo | *Les Fleurs* |
| 6780. | Collectif | *Notre-Dame des écrivains. Raconter et rêver la cathédrale du Moyen Âge à demain* |
| 6781. | Carole Fives | *Tenir jusqu'à l'aube* |
| 6782. | Esi Edugyan | *Washington Black* |
| 6784. | Emmanuelle Bayamack-Tam | *Arcadie* |
| 6785. | Pierre Guyotat | *Idiotie* |
| 6786. | François Garde | *Marcher à Kerguelen.* |
| 6787. | Cédric Gras | *Saisons du voyage.* |
| 6788. | Paolo Rumiz | *La légende des montagnes qui naviguent.* |
| 6789. | Jean-Paul Kauffmann | *Venise à double tour* |
| 6790. | Kim Leine | *Les prophètes du fjord de l'Éternité* |
| 6791. | Jean-Christophe Rufin | *Les sept mariages d'Edgar et Ludmilla* |
| 6792. | Boualem Sansal | *Le train d'Erlingen ou La métamorphose de Dieu* |
| 6793. | Lou Andreas-Salomé | *Ce qui découle du fait que ce n'est pas la femme qui a tué le père* et autres textes psychanalytiques |
| 6794. | Sénèque | *De la vie heureuse* précédé de *De la brièveté de la vie* |
| 6795. | Famille Brontë | *Lettres choisies* |
| 6796. | Stéphanie Bodet | *À la verticale de soi* |

| | |
|---|---|
| 6822. Philippe Djian | *Les inéquitables* |
| 6823. Carlos Fuentes | *La frontière de verre.* Roman en neuf récits |
| 6824. Carlos Fuentes | *Les années avec Laura Díaz.* Nouvelle édition augmentée |
| 6825. Paula Jacques | *Plutôt la fin du monde qu'une écorchure à mon doigt.* |
| 6826. Pascal Quignard | *L'enfant d'Ingolstadt. Dernier royaume X* |
| 6827. Raphaël Rupert | *Anatomie de l'amant de ma femme* |
| 6828. Bernhard Schlink | *Olga* |
| 6829. Marie Sizun | *Les sœurs aux yeux bleus* |
| 6830. Graham Swift | *De l'Angleterre et des Anglais* |
| 6831. Alexandre Dumas | *Le Comte de Monte-Cristo* |
| 6832. Villon | *Œuvres complètes* |
| 6833. Vénus Khoury-Ghata | *Marina Tsvétaïéva, mourir à Elabouga* |
| 6834. Élisa Shua Dusapin | *Les billes du Pachinko* |
| 6835. Yannick Haenel | *La solitude Caravage* |
| 6836. Alexis Jenni | *Féroces infirmes* |
| 6837. Isabelle Mayault | *Une longue nuit mexicaine* |
| 6838. Scholastique Mukasonga | *Un si beau diplôme !* |
| 6839. Jean d'Ormesson | *Et moi, je vis toujours* |
| 6840. Orhan Pamuk | *La femme aux cheveux roux* |
| 6841. Joseph Ponthus | *À la ligne. Feuillets d'usine* |
| 6842. Ron Rash | *Un silence brutal* |
| 6843. Ron Rash | *Serena* |
| 6844. Bénédicte Belpois | *Suiza* |
| 6845. Erri De Luca | *Le tour de l'oie* |
| 6846. Arthur H | *Fugues* |
| 6847. Francesca Melandri | *Tous, sauf moi* |
| 6848. Eshkol Nevo | *Trois étages* |
| 6849. Daniel Pennac | *Mon frère* |
| 6850. Maria Pourchet | *Les impatients* |
| 6851. Atiq Rahimi | *Les porteurs d'eau* |
| 6852. Jean Rolin | *Crac* |
| 6853. Dai Sijie | *L'Évangile selon Yong Sheng* |

| | |
|---|---|
| 6854. Sawako Ariyoshi | *Le crépuscule de Shigezo* |
| 6855. Alexandre Dumas | *Les Compagnons de Jéhu* |
| 6856. Bertrand Belin | *Grands carnivores* |
| 6857. Christian Bobin | *La nuit du cœur* |
| 6858. Dave Eggers | *Les héros de la Frontière* |
| 6859. Dave Eggers | *Le Capitaine et la Gloire* |
| 6860. Emmanuelle Lambert | *Giono, furioso* |
| 6861. Danièle Sallenave | *L'églantine et le muguet* |
| 6862. Martin Winckler | *L'École des soignantes* |
| 6863. Zéno Bianu | *Petit éloge du bleu* |
| 6864. Collectif | *Anthologie de la littérature grecque. De Troie à Byzance* |
| 6865. Italo Calvino | *Monsieur Palomar* |
| 6866. Auguste de Villiers de l'Isle-Adam | *Histoires insolites* |
| 6867. Tahar Ben Jelloun | *L'insomniaque* |
| 6868. Dominique Bona | *Mes vies secrètes* |
| 6869. Arnaud Cathrine | *J'entends des regards que vous croyez muets* |
| 6870. Élisabeth Filhol | *Doggerland* |
| 6871. Lisa Halliday | *Asymétrie* |
| 6872. Bruno Le Maire | *Paul. Une amitié* |
| 6873. Nathalie Léger | *La robe blanche* |
| 6874. Gilles Leroy | *Le diable emporte le fils rebelle* |
| 6875. Jacques Ferrandez / Jean Giono | *Le chant du monde* |
| 6876. Kazuo Ishiguro | *2 nouvelles musicales* |
| 6877. Collectif | *Fioretti. Légendes de saint François d'Assise* |
| 6878. Herta Müller | *La convocation* |
| 6879. Giosuè Calaciura | *Borgo Vecchio* |
| 6880. Marc Dugain | *Intérieur jour* |
| 6881. Marc Dugain | *Transparence* |
| 6882. Elena Ferrante | *Frantumaglia. L'écriture et ma vie* |
| 6883. Lilia Hassaine | *L'œil du paon* |
| 6884. Jon McGregor | *Réservoir 13* |
| 6885. Caroline Lamarche | *Nous sommes à la lisière* |

6886. Isabelle Sorente — *Le complexe de la sorcière*
6887. Karine Tuil — *Les choses humaines*
6888. Ovide — *Pénélope à Ulysse* et autres lettres d'amour de grandes héroïnes antiques
6889. Louis Pergaud — *La tragique aventure de Goupil* et autres contes animaliers
6890. Rainer Maria Rilke — *Notes sur la mélodie des choses* et autres textes
6891. George Orwell — *Mil neuf cent quatre-vingt-quatre*
6892. Jacques Casanova — *Histoire de ma vie*
6893. Santiago H. Amigorena — *Le ghetto intérieur*
6894. Dominique Barbéris — *Un dimanche à Ville-d'Avray*
6895. Alessandro Baricco — *The Game*
6896. Joffrine Donnadieu — *Une histoire de France*
6897. Marie Nimier — *Les confidences*
6898. Sylvain Ouillon — *Les jours*
6899. Ludmila Oulitskaïa — *Médée et ses enfants*
6900. Antoine Wauters — *Pense aux pierres sous tes pas*
6901. Franz-Olivier Giesbert — *Le schmock*
6902. Élisée Reclus — *La source* et autres histoires d'un ruisseau
6903. Simone Weil — *Étude pour une déclaration des obligations envers l'être humain* et autres textes
6904. Aurélien Bellanger — *Le continent de la douceur*
6905. Jean-Philippe Blondel — *La grande escapade*
6906. Astrid Éliard — *La dernière fois que j'ai vu Adèle*
6907. Lian Hearn — *Shikanoko, livres I et II*
6908. Lian Hearn — *Shikanoko, livres III et IV*
6909. Roy Jacobsen — *Mer blanche*
6910. Luc Lang — *La tentation*
6911. Jean-Baptiste Naudet — *La blessure*
6912. Erik Orsenna — *Briser en nous la mer gelée*
6913. Sylvain Prudhomme — *Par les routes*
6914. Vincent Raynaud — *Au tournant de la nuit*

6915. Kazuki Sakuraba — *La légende des filles rouges*
6916. Philippe Sollers — *Désir*
6917. Charles Baudelaire — *De l'essence du rire* et autres textes
6918. Marguerite Duras — *Madame Dodin*
6919. Madame de Genlis — *Mademoiselle de Clermont*
6920. Collectif — *La Commune des écrivains. Paris, 1871 : vivre et écrire l'insurrection*
6921. Jonathan Coe — *Le cœur de l'Angleterre*
6922. Yoann Barbereau — *Dans les geôles de Sibérie*
6923. Raphaël Confiant — *Grand café Martinique*
6924. Jérôme Garcin — *Le dernier hiver du Cid*
6925. Arnaud de La Grange — *Le huitième soir*
6926. Javier Marías — *Berta Isla*
6927. Fiona Mozley — *Elmet*
6928. Philip Pullman — *La Belle Sauvage. La trilogie de la Poussière, I*
6929. Jean-Christophe Rufin — *Les trois femmes du Consul. Les énigmes d'Aurel le Consul*
6930. Collectif — *Haikus de printemps et d'été*
6931. Épicure — *Lettre à Ménécée* et autres textes
6932. Marcel Proust — *Le Mystérieux Correspondant* et autres nouvelles retrouvées
6933. Nelly Alard — *La vie que tu t'étais imaginée*
6934. Sophie Chauveau — *La fabrique des pervers*
6935. Cecil Scott Forester — *L'heureux retour*
6936. Cecil Scott Forester — *Un vaisseau de ligne*
6937. Cecil Scott Forester — *Pavillon haut*
6938. Pam Jenoff — *La parade des enfants perdus*
6939. Maylis de Kerangal — *Ni fleurs ni couronnes* suivi de *Sous la cendre*
6940. Michèle Lesbre — *Rendez-vous à Parme*
6941. Akira Mizubayashi — *Âme brisée*
6942. Arto Paasilinna — *Adam & Eve*
6943. Leïla Slimani — *Le pays des autres*
6944. Zadie Smith — *Indices*

6945. Cesare Pavese — *La plage*
6946. Rabindranath Tagore — *À quatre voix*
6947. Jean de La Fontaine — *Les Amours de Psyché et de Cupidon* précédé d'*Adonis* et du *Songe de Vaux*
6948. Bartabas — *D'un cheval l'autre*
6949. Tonino Benacquista — *Toutes les histoires d'amour ont été racontées, sauf une*
6950. François Cavanna — *Crève, Ducon !*
6951. René Frégni — *Dernier arrêt avant l'automne*
6952. Violaine Huisman — *Rose désert*
6953. Alexandre Labruffe — *Chroniques d'une station-service*
6954. Franck Maubert — *Avec Bacon*
6955. Claire Messud — *Avant le bouleversement du monde*
6956. Olivier Rolin — *Extérieur monde*
6957. Karina Sainz Borgo — *La fille de l'Espagnole*
6958. Julie Wolkenstein — *Et toujours en été*
6959. James Fenimore Cooper — *Le Corsaire Rouge*
6960. Jean-Baptiste Andrea — *Cent millions d'années et un jour*
6961. Nino Haratischwili — *La huitième vie*
6962. Fabrice Humbert — *Le monde n'existe pas*
6963. Karl Ove Knausgaard — *Fin de combat. Mon combat - Livre VI*
6964. Rebecca Lighieri — *Il est des hommes qui se perdront toujours*
6965. Ian McEwan — *Une machine comme moi*
6966. Alexandre Postel — *Un automne de Flaubert*
6967. Anne Serre — *Au cœur d'un été tout en or*
6968. Sylvain Tesson — *La panthère des neiges*
6969. Maurice Leblanc — *Arsène Lupin, gentleman-cambrioleur*
6970. Nathacha Appanah — *Le ciel par-dessus le toit*
6971. Pierre Assouline — *Tu seras un homme, mon fils*
6972. Maylis Besserie — *Le tiers temps*
6973. Marie Darrieussecq — *La mer à l'envers*
6974. Marie Gauthier — *Court vêtue*

| | | |
|---|---|---|
| 6975. | Iegor Gran | *Les services compétents* |
| 6976. | Patrick Modiano | *Encre sympathique* |
| 6977. | Christophe Ono-dit-Biot et Adel Abdessemed | *Nuit espagnole* |
| 6978. | Regina Porter | *Ce que l'on sème* |
| 6979. | Yasmina Reza | *Anne-Marie la beauté* |
| 6980. | Anne Sinclair | *La rafle des notables* |
| 6981. | Maurice Leblanc | *Arsène Lupin contre Herlock Sholmès* |
| 6982. | George Orwell | *La Ferme des animaux* |
| 6983. | Jean-Pierre Siméon | *Petit éloge de la poésie* |
| 6984. | Amos Oz | *Ne dis pas la nuit* |
| 6985. | Belinda Cannone | *Petit éloge de l'embrassement* |
| 6986. | Christian Bobin | *Pierre,* |
| 6987. | Claire Castillon | *Marche blanche* |
| 6988. | Christelle Dabos | *La Passe-miroir, Livre IV. La tempête des échos* |
| 6989. | Hans Fallada | *Le cauchemar* |
| 6990. | Pauline Guéna | *18.3. Une année à la PJ* |
| 6991. | Anna Hope | *Nos espérances* |
| 6992. | Elizabeth Jane Howard | *Étés anglais. La saga des Cazalet I* |
| 6993. | J.M.G. Le Clézio | *Alma* |
| 6994. | Irène Némirovsky | *L'ennemie* |
| 6995. | Marc Pautrel | *L'éternel printemps* |
| 6996. | Lucie Rico | *Le chant du poulet sous vide* |
| 6997. | Abdourahman A. Waberi | *Pourquoi tu danses quand tu marches ?* |
| 6998. | Sei Shônagon | *Choses qui rendent heureux* et autres notes de chevet |
| 6999. | Paul Valéry | *L'homme et la coquille* et autres textes |
| 7000. | Tracy Chevalier | *La brodeuse de Winchester* |
| 7001. | Collectif | *Contes du Chat noir* |
| 7002. | Edmond et Jules de Goncourt | *Journal* |
| 7003. | Collectif | *À nous la Terre !* |
| 7004. | Dave Eggers | *Le moine de Moka* |

7005. Alain Finkielkraut — *À la première personne*
7007. C. E. Morgan — *Tous les vivants*
7008. Jean d'Ormesson — *Un hosanna sans fin*
7009. Amos Oz — *Connaître une femme*
7010. Olivia Rosenthal — *Éloge des bâtards*
7011. Collectif — *Écrire Marseille.* 15 grands auteurs célèbrent la cité phocéenne
7012. Fédor Dostoïevski — *Les Nuits blanches*
7013. Marguerite Abouet et Clément Oubrerie — *Aya de Yopougon 5*
7014. Marguerite Abouet et Clément Oubrerie — *Aya de Yopougon 6*
7015. Élisa Shua Dusapin — *Vladivostok Circus*
7016. David Foenkinos — *La famille Martin*
7017. Pierre Jourde — *Pays perdu*
7018. Patrick Lapeyre — *Paula ou personne*
7019. Albane Linÿer — *J'ai des idées pour détruire ton ego*
7020. Marie Nimier — *Le Palais des Orties*
7021. Daniel Pennac — *La loi du rêveur*
7022. Philip Pullman — *La Communauté des esprits. La trilogie de la Poussière II*
7023. Robert Seethaler — *Le Champ*
7024. Jón Kalman Stefánsson — *Lumière d'été, puis vient la nuit*
7025. Gabrielle Filteau-Chiba — *Encabanée*
7026. George Orwell — *Pourquoi j'écris* et autres textes politiques
7027. Ivan Tourguéniev — *Le Journal d'un homme de trop*
7028. Henry Céard — *Une belle journée*
7029. Mohammed Aïssaoui — *Les funambules*
7030. Julian Barnes — *L'homme en rouge*
7031. Gaëlle Bélem — *Un monstre est là, derrière la porte*
7032. Olivier Chantraine — *De beaux restes*
7033. Elena Ferrante — *La vie mensongère des adultes*

| | | |
|---|---|---|
| 7034. | Marie-Hélène Lafon | *Histoire du fils* |
| 7035. | Marie-Hélène Lafon | *Mo* |
| 7036. | Carole Martinez | *Les roses fauves* |
| 7037. | Laurine Roux | *Le Sanctuaire* |
| 7038. | Dai Sijie | *Les caves du Potala* |
| 7039. | Adèle Van Reeth | *La vie ordinaire* |
| 7040. | Antoine Wauters | *Nos mères* |
| 7041. | Alain | *Connais-toi* et autres fragments |
| 7042. | Françoise de Graffigny | *Lettres d'une Péruvienne* |
| 7043. | Antoine de Saint-Exupéry | *Lettres à l'inconnue* suivi de *Choix de lettres dessinées* |
| 7044. | Pauline Baer de Perignon | *La collection disparue* |
| 7045. | Collectif | *Le Cantique des cantiques. L'Ecclésiaste* |
| 7046. | Jessie Burton | *Les secrets de ma mère* |
| 7047. | Stéphanie Coste | *Le passeur* |
| 7048. | Carole Fives | *Térébenthine* |
| 7049. | Luc-Michel Fouassier | *Les pantoufles* |
| 7050. | Franz-Olivier Giesbert | *Dernier été* |
| 7051. | Julia Kerninon | *Liv Maria* |
| 7052. | Bruno Le Maire | *L'ange et la bête. Mémoires provisoires* |
| 7053. | Philippe Sollers | *Légende* |
| 7054. | Mamen Sánchez | *La gitane aux yeux bleus* |
| 7055. | Jean-Marie Rouart | *La construction d'un coupable.* À paraître |
| 7056. | Laurence Sterne | *Voyage sentimental en France et en Italie* |
| 7057. | Nicolas de Condorcet | *Conseils à sa fille* et autres textes |
| 7058. | Jack Kerouac | *La grande traversée de l'Ouest en bus* et autres textes beat |
| 7059. | Albert Camus | *« Cher Monsieur Germain,... »* Lettres et extraits |
| 7060. | Philippe Sollers | *Agent secret* |

*Tous les papiers utilisés pour les ouvrages
des collections Folio sont certifiés
et proviennent de forêts gérées durablement.*

*Composition Nord Compo
Impression Maury Imprimeur
45330 Malesherbes
le 30 octobre 2022
Dépôt légal : octobre 2022
1er dépôt légal dans la collection : octobre 2021
Numéro d'imprimeur : 266502*

ISBN 978-2-07-293694-4 / Imprimé en France.

**560942**